Ishii Shinji

Kuhtse, der Weizenstampfer

Roman

Aus dem Japanischen übersetzt
und mit einem Nachwort versehen
von Thomas Jordi

japan edition im
be.bra verlag

 Mehr Informationen im Internet.

Bibliografische Information der Deutschen Bibliothek

Die Deutsche Bibliothek verzeichnet diese Publikation
in der Deutschen Nationalbibliografie; detaillierte bibliografische
Daten sind im Internet über http://dnb.d-nb.de abrufbar.

Japanischer Originaltitel
Mugifumi Kūtse
© Ishii Shinji 2002
Erstveröffentlichung in Japan bei Shinchōsha, Tōkyō
Deutsche Übersetzung © Thomas Jordi 2013
Verantwortlicher Herausgeber für den deutschen Sprachraum: Eduard Klopfenstein

© 2013, japan edition im be.bra verlag GmbH, KulturBrauerei Haus 2,
Schönhauser Allee 37, 10435 Berlin
post@bebraverlag.de
Lektorat: Marijke Topp, Berlin
Umschlaggestaltung: Hauke Sturm, Berlin
Umschlagmotiv: Canstock
Satzbild: Friedrich, Berlin
Schrift: Minion 9,4/13 pt
Druck und Bindung: GGP Media GmbH, Pößneck
ISBN 978-3-86124-916-0

www.bebraverlag.de

Erstes Kapitel

Auf dem Operationstisch

Von so etwas wie Weizenstampfen hatte ich keine Ahnung.

Ich wuchs in einer mit Steinen gepflasterten Hafenstadt auf und meine Nase war weniger an den Geruch von Erde als vielmehr an den Rauch aus ölig glänzenden Fabriken und Bierschwaden in der flimmernden Luft gewöhnt. Der starke Wind, der vom Meer blies, trug gelegentlich Dinge in die Stadt, die ich nicht einmal im Traum erwartet hätte. Die Unterhose eines Matrosen. Ein Testament. Eine fremde Flagge, die ich noch nie gesehen hatte. Und in der Nacht das leise Heulen der Geister, die draußen im Meer umherschwammen.

In den Gassen gab es oft Raufereien unter den Matrosen. So ein Streit zwischen Seeleuten ist in der Regel schnell entschieden. Gleichstand gibt es nicht. Der stärkere streckt seinen Gegner meistens mit einem Schlag nieder und geht dann triumphierend in die Kneipe zurück. Die Kinder packen den Verlierer an beiden Armen, schleifen ihn in die nächste Kneipe und schütten ihm ein Glas Wasser über den Kopf. Zwei oder drei mit Nasenblut verschmierte Münzen gaben uns die armen Teufel immer.

Das erste Mal begegnete ich Kuhtse kurz nachdem ich in die Grundschule gekommen war.

Es war eine schwüle Nacht im Hochsommer.

Mitten in der Nacht wachte ich mit einem höchst unguten Gefühl auf. Während ich mir die Augen rieb, schaute ich erst in das rechte, dann in das linke Bett. Keiner da, weder Vater noch Großvater. Ich stieg aus dem Bett und drehte barfuß drei Runden durchs Schlafzimmer. Außer meinen Schritten herrschte Totenstille im Haus. Ich warf einen Blick in die Rumpelkammer neben dem Schlafzimmer. Niemand da. Das untere Ende der Holztreppe führte zu einer alten Küche aus Stein, wie man sie in unserer Gegend nur noch selten antraf. Mein Vater war nicht in der Küche. Nebenan im Wohnzimmer saß mein Großvater auch nicht auf seinem alten Sofa. Die Haustür war mit einem rostigen Schloss verriegelt.

Ich rannte die Treppe hinauf, sprang in mein Bett und zog mir die Decke über den Kopf.

Niemand da? War ich in dieser furchtbaren Nacht ganz allein in diesem verschlossenen Haus?

Ich vergrub meinen Kopf noch tiefer in das Dunkel unter der Decke.

Sollte das eine Strafe sein?

Vielleicht passierte das ja nicht nur heute Nacht, sondern ich würde ab jetzt jeden Abend alleine gelassen. Oder war das etwa schon immer so gewesen? In diesem verlassenen Steinhaus, tief in der Nacht, umhüllt von Grabesstille.

Mich schauderte es.

»Das ist ein Traum!«, sagte ich mir leise. Ich drehte mich auf den Rücken und presste die Hände über der Brust zusammen.

In Wirklichkeit lagen die beiden bestimmt wie gewohnt rechts und links neben mir. Würde ich erst am Morgen wie immer Vaters Omelett essen und mit Großvater am Kanal spazieren gehen, dann würde dieses Gefühl mit Sicherheit verschwunden sein. Es war ein Traum! Es war einfach nur ein schlechter Traum, dass die beiden nicht da waren.

Da hörte ich es.

Tam, tatam

Was war das? Ich spitzte die Ohren unter der Bettdecke.

Tam, tatam

Von draußen hörte ich ein rhythmisches, monotones Geräusch. Es klang, als ob auf etwas Weiches geklopft würde. Ich hatte noch nie solch ein Geräusch gehört, aber seltsamerweise machte es mir keine Angst. Ich streckte den Kopf unter der Decke hervor, das Schlafzimmer war von Licht durchflutet.

Wahnsinn, es wurde ja schon Tag!

Die Morgensonne tauchte das ganze Zimmer in goldenes Licht, die weißen Laken, das Aquarell an der Wand, meine Spielzeugjacht. Ich stieg aus dem Bett und stand auf dem kalten Fußboden.

Tam, tatam

Das Geräusch kam mit dem Licht direkt von draußen durch das Fenster. Barfuß ging ich durchs Zimmer und schaute hinaus.

Da verschlug es mir den Atem.

Vor dem Haus hätte eigentlich der Kanal zum Hafen sein sollen, auf dem jeden Morgen die Transportleichter hin und her fuhren. Bei den morgendlichen Spaziergängen mit Großvater warfen mir die Matrosen immer kleine Dinge wie Süßigkeiten oder Bälle zu und pfiffen im Chor Beifall, wenn ich sie geschickt auffing. Großvater schlug dann als Antwort lautstark mit seinem Stock auf das Steinpflaster.

Ich starrte auf das Bild vor meinem Fenster. Da war kein Kanal. Und nicht nur der Kanal, nein, die ganze Stadt war verschwunden. Ein offenes, gelbes Feld breitete sich vor mir aus, dessen Horizont in weiter Ferne golden schimmerte. Ich war so überwältigt, dass ich sogar vergaß zu blinzeln. Vermutlich habe ich mich damals ähnlich gefühlt, wie jemand, der zum ersten Mal das Meer erblickt.

Tam, tatam

Überrascht schaute ich nach unten. Vor unserer Haustür befand sich eine seltsame Gestalt, die mit den Füßen auf die Erde stampfte. Ihr großer Strohhut, das Hemd, die weiten Hosen, alles an ihr war genauso knallgelb wie der Boden. Außer den Stiefeln. Nur die großen, breiten Lederstiefel waren pechschwarz. So leise wie möglich öffnete ich das Fenster. Mit gesenktem Kopf schob der komische Kauz seine stattlichen Stiefel Schritt für Schritt einen neben den anderen und ging so seitwärts über das Feld. Von seinen Füßen wirbelten gelbe Staubwolken auf.

Tam, tatam, tam

Ich konnte mich nicht zurückhalten und fragte:

»Hallo, was machst du denn da?«

Er antwortete, ohne den Kopf zu heben.

– Ich stampfe Weizen!

Es war eine raue Stimme. Sie hätte sowohl einem Mann als auch einer Frau gehören können.

»Wie heißt du?«

– Ich bin Kuhtse!

Die Gestalt hörte nicht auf, seitwärts zu stampfen.

Ich nickte unsicher und wiederholte ein paarmal leise den Namen. Kuhtse, Kuhtse.

»Ist das dein Nachname? Oder vielleicht ein Spitzname?«

– Keine Ahnung!

Tam, tatam, tam

»Ach?!« Ich starrte von oben auf den Weizen stampfenden Kuhtse.

Es roch herrlich nach Sommer. Die Sonne schien auf die gelbe Erde, auf Kuhtse und auf meinen Kopf. Nach einer Weile begann ich im Rhythmus des Weizenstampfens mit den Fingern auf das Fensterbrett zu klopfen.

Tam, tatam, tam

Irgendwann wollte auch ich auf diesem Feld den Weizen stampfen. Ja!, wenn ich groß wäre, dann würde ich an der Seite von Kuhtse auf diesem gelben Boden bis an den Horizont schreiten. »He, Kuhtse, sobald ich solche stattlichen, schwarzen Weizenstampfer-Stiefel finde, komme ich auch! Hör mal, wie gut ich den Takt halten kann!«

Tam, tatam

Tam

»Steh auf!«

Jemand schüttelte mich und ich richtete mich ruckartig auf. Mein Vater zog die verwickelte Decke von meinem Kopf und senkte seinen tadelnden Blick, als ob er geblendet würde. »Großvater ist alleine spazieren gegangen, weil du nicht heruntergekommen bist! Putz dir sofort die Zähne, ich gehe inzwischen Eier kaufen!«

Das wirkliche Morgenlicht war nicht so schön wie im Traum. Ich wusch mir im Zeitlupentempo den Kopf und steckte mir die Zahnbürste in den Mund. Durch die offene Tür hörte ich den Lärm von draußen. Einige Kinder rannten auf der Jagd nach Süßigkeiten den Weg am Kanal entlang. Nachdem ich den Mund ausgespült hatte, blieb ein Geschmack von rostigem Eisen zurück. Mit dem bitteren Geschmack auf der Zunge leckte ich über meine Lippen.

Nanu! War da noch jemand im Haus?

Es zog mich unwiderstehlich die Treppe hinauf.

Doch, da war was. Zweifellos kam ein Geräusch aus dem Dach, direkt über meinem Bett. Ich nahm einen Stuhl, kletterte auf den Schrank, löste ein Brett aus der Decke und streckte den Kopf unters Dach. Da war Kuhtse, ungefähr so groß wie eine Weinflasche, und stampfte wie im Traum – tam, tatam – seitwärts seinen Weg.

Danach stieg ich über viele Jahre regelmäßig auf den Schrank und traf Kuhtse unter dem Dach, wenn ich alleine zu Hause war. Auf meine Fragen antwortete er stets mit geheimnisvollen Worten. Zum Beispiel:

»Lebt in dieser Gegend mit dem gelben Boden eigentlich nur Kuhtse?«

– Da sein gibt es nicht! Aber – nicht da sein auch nicht.

Kuhtse murmelte im Takt zu seinen Schritten, als ob er singen würde.

– Da sein oder nicht da sein, ist eine Frage der Entfernung.

Tam, tatam, tam

Manchmal hörte ich ihn auch draußen, wenn ich zum Beispiel in der Kneipe auf Großvater wartete oder auf dem Heimweg von der Schule. Zuerst das Geräusch seiner Tritte und dann seine nüchterne Stimme an meinem Ohr. Ich blieb dann immer ganz verblüfft stehen.

Was Kuhtse auch sagte, er zeigte nie Gefühle, weder als später die Stadt vom Unglück heimgesucht wurde noch als der Hausmeister verunglückte. Selbst als er das Ende des »Mäusemannes« voraussagte, blieb sein Stampfen völlig ausdruckslos. Mit seiner rauen Stimme, die außer mir niemand hören konnte, vertraute mir Kuhtse alle möglichen Dinge an, während er unbekümmert weiter den Weizen stampfte.

Tam, tatam, tam

Seitdem sind über zehn Jahre vergangen.

Sogar jetzt, wo ich hier im Halbdunkel auf dem Operationstisch liege, höre ich tief in meinem Kopf das Geräusch seiner Schritte näherkommen. Jeder einzelne Tritt lässt hinter meinen geschlossenen Augenlidern verschiedene Bilder aufleben.

Tam

Die Klassenzimmer aus der Grund- und Mittelschule.

Tatam

Die goldenen Instrumente aus dem Konzertsaal. Der silberne Stock. Der Taktstock des Dirigenten.

Tam

Die Mäuse. Die sieben Hunde. Der Klang des Cellos.

Tatam

Letzten Endes war es nicht nur das Weizenstampfen, das mir damals fremd war, es gab auch sonst viele Dinge, von denen ich nicht die leiseste Ahnung hatte.

Und wahrscheinlich ist das heute noch genauso.

»Kuhtse! Sei ehrlich, das denkst du doch auch, oder?«

Tam, tatam, tam

Der unsichtbare Kuhtse antwortet nicht. Nur seine Schritte hallen durch die Dunkelheit.

Undeutlich nehme ich mehrere weiß gekleidete Menschen wahr, die ins Zimmer kommen.

Der König der Blasmusik

Das erste Instrument, auf dem Großvater nach seiner Ankunft in der Stadt trommelte, war das Eisentor von Lagerhaus Nr. 2 am Kai.

Wir hatten nach einer einwöchigen Seereise den Hafen dieser großen Insel erreicht. Ich war noch ein Säugling und Großvater soll eines Abends, nachdem er mich in den Schlaf gewiegt hatte, den Wirt im Gasthaus gefragt haben, was das bloß für ein Lärm sei, der da jeden Tag um die gleiche Zeit losgehe.

»Ach, das.«

Der dicke Wirt lachte spöttisch, während er im Gästebuch blätterte.

»Das sind ein paar Beamte, die sich zum Pfeifen und Trommeln treffen. Nächsten Monat kommt ein Kriegsschiff und für die Begrüßungsfeier üben die jetzt etwa zu zehnt Tschingderassabum. Falls es Sie nervt, Meister, wie wär's zur Ablenkung mit einer Partie Poker?«

Als er vom Gästebuch aufschaute, war Großvater aus der Gaststätte verschwunden.

An diesem Abend nieselte es. Viele Leute aus der Stadt berichteten später, sie hätten Großvater gesehen, wie er im Regen mit ungeheurer Tatkraft durch die Straßen schritt und dabei mit seinem silbernen Stock auf das Pflaster schlug. Ich war noch klein, als mir der Schankwirt aus der Kneipe erzählte, er habe ganz schön gestaunt, als Großvater am Lokal vorbeigestürmt sei. »Er hat ausgesehen wie ein wutentbrannter Missionar!« »Nein, wie eine Wildkatze!«, fiel ihm der Wachtmeister ins Wort. »Für mich hat es ausgesehen, als sei von der Fracht am Hafen eine pechschwarze Wildkatze ausgerissen. Aber leider fange ich ja nur Menschen, für Wildkatzen bin ich nicht zuständig.«

Am Kai angekommen, ging Großvater zielstrebig durch das Lagerviertel. Es war klar, wo der Lärm herkam. Aus dem zweitältesten Getreidespeicher am Hafen dröhnte der schiefe Klang von unkoordinierten Blasinstrumenten. Großvater baute sich vor dem großen, grün gestrichenen Eisentor auf und holte mit seinem silbernen Stock aus.

»Kommt raus!!«, schrie er und trommelte mit voller Kraft gegen das eiserne Tor.

Drinnen warfen sich alle auf den Boden, weil sie dachten, der Blitz hätte eingeschlagen.

»Ihr seid eine Schande! Eine Schande für alle Musiker seid ihr!!«

Mitten im Nieselregen hämmerte Großvater ununterbrochen auf das eiserne Tor von Lager Nr. 2 ein. Die lauten Schläge hallten durch die ganze Stadt, an der Kneipe vorbei, durch den Haupteingang der Schule, bis ins Lehrerzimmer, wo sie laut und deutlich auch die Ohren von Vater erreichten, der gerade mit den Formalitäten seines Stellenantritts beschäftig war. Der Schuldirektor soll mit düsterer Miene gesagt haben:

»In welcher Fabrik ist das denn? Also wirklich, so spät am Abend!«

Vater erwiderte mit müden Worten:

»Das …, ja ja, das ist gewiss mein Vater, zweifellos.«

Der Direktor machte große Augen.

»Ist ihr Vater etwa ein randalierender Trinker?«

Vater lächelte bitter und schüttelte den Kopf.

»Viel schlimmer – er ist richtig bösartig!«

Der für die Klarinette zuständige Fleischer bemerkte das Geschrei, das sich ins Donnergetöse mischte. Er kroch über den feuchten Boden des Speichers und schob ängstlich das Eisentor auf.

Großvater sah in seinem völlig durchnässten, schwarzen Mantel aus, wie irgendetwas, das gerade vom dunklen Meeresboden samt Schlick und Algen geborgen worden war. Ohne zu zögern betrat er mit seinem hämmernden Stock das Lagerhaus und sagte, was sie hier zuerst einmal machen müssten, sei stimmen.

»Und wenn ihr damit fertig seid, Long Tones! Fleißig üben, sonst wird das nichts!«

Großvater befahl ihnen, sich mit ihren Stühlen um ihn herumzugruppieren. Er sprach mit eindeutig ausländischem Akzent. Keiner der Anwesenden im Lagerhaus hatte den klaren Worten dieses alten Mannes aus einem fremden Land etwas entgegenzusetzen. Long Tones ist eine Übung für Blasinstrumente, bei der einzelne Töne möglichst lange und stabil gehalten werden. Nach diesem Tag konnten die Blechbläser für eine ganze Weile keinen in Essig eingelegten Fisch und keinen Senfbraten mehr essen. Zu heftig brannten die geschundenen, geschwollenen Lippen.

Ein Jahr später schrieb ein für seinen Optimismus bekannter älterer Journalist im Kulturteil einer Tageszeitung zum Schluss seiner Kolumne:

»Ein Schlag mit einem Zauberstab bescherte unserer Stadt die wahre Musik.«

Den Artikel hatte ich in einem Sammelalbum des Schulhausmeisters gefunden.

»Bis dahin gab es in unserer Stadt – bildlich gesprochen – nicht mehr als ein paar Blasebalg-Arbeiter, die selbst für ihren Beruf noch zu schwach auf der Brust waren, aber eine Trompete in die Hand nahmen und mit gekrümmtem Rücken hineinpusteten.«

Weniger als zwei Jahre später – ich lernte gerade sprechen – war die Pfeif- und Trommelkapelle der Stadt auf fünfundvierzig Mitglieder angewachsen und hatte sich zu einer Formation entwickelt, die man ohne Bedenken Blasorchester nennen konnte.

Beim inselweiten Wettbewerb belegten sie Rang zehn, worauf im Stadtrat einstimmig ein Etat für den Kauf von neuen Instrumenten freigegeben wurde.

Die Ladung für das Orchester wurde beim Löschen Stück für Stück von sieben Bläsern, die sich auf dem Pier aufgestellt hatten, mit Fanfaren empfangen. Der ständige starke Seewind legte sich plötzlich und über dem ruhigen Meer erschallte klar und deutlich ein ausgewogener Klang von Blechblasinstrumenten. In der Zeitung schrieb selbiger Journalist folgenden Kommentar:

»Die am Hafen versammelten Herrschaften konnten gestern hautnah erleben, wie das Orchester unserer Stadt mit seinen Fanfaren den verwünschten Wind aus dem Meer verstummen ließ. Seit alters her nennt man Blasmusik auch Windmusik. Der wohlklingende Wind, den unser Orchester in die Luft blies, besiegte das Meer und die raue Seebrise.«

Schon bald sollte sich dieser leichtfertige Kommentar aufs Heftigste rächen.

Großvater war der König der Blasmusik.

Die Verantwortung liegt hauptsächlich bei den Kesselpauken – vier große Trommeln in verschiedenen Tonhöhen, die im Orchester jeweils ganz hinten am höchsten Punkt platziert sind. Großvater, selbst während der Proben bis hin zur Krawatte ganz in schwarz gekleidet, überblickte von dort das Geschehen. Er atmete ruhig ein und nickte dem Postdirektor, der mit dem Taktstock bereitstand, zu.

Sanft hob die Musik an.

In der Luft waren Farben. Obwohl ich damals noch klein war, konnte ich es deutlich sehen. Wenn das Konzert des Orchesters begann, fing die feuchte Luft im Lagerhaus nach und nach zu leuchten an. Sie strahlte glänzend, wie durchsichtiges Metall. Wir saßen auf dem Boden und atmeten diese Luft ganz langsam durch die Nase ein, als ob sie eigentlich zu kostbar dazu wäre. Dann spürte ich, wie jenes glänzende Leuchten in meinen Körper überging. Blasmusik ist magischer Wind.

Betrachtet man den Standort des Dirigenten als Ausgangstor der Musik, so saß Großvater im tiefsten Innern des anhebenden Windes. »Die Schlaginstrumente bilden das Rückgrat der Blasmusik«, pflegte er zu sagen, und war die Intonation eines Blasinstrumentes auch nur ein wenig unsicher, so bestrafte er es, boing!, mit dem Schlag einer absichtlich verstimmten Pauke. Sofort senkte dann ein Mitspieler beschämt seinen Kopf. Die Hornisten mussten oft ihre Köpfe senken. Großvater machte das sogar mit dem Dirigenten.

»Nein, nein, ich bin dankbar dafür!«, sagte der Postdirektor in der Probepause, während er seinen schweißtriefenden Taktstock abwischte.

»Immerhin genieße ich die gleiche Leitung, wie ein berühmtes ausländisches Orchester – direkt vom Paukisten, der da viele Jahre an oberster Stelle gedient hat. Alle mögen deinen Großvater und in der Kneipe ist er doch ein äußerst friedfertiger Gentleman.«

Aber wenn es um Musik ging, dann war es vorbei mit der Friedfertigkeit. Auch kleinste Unregelmäßigkeiten im Ensemblespiel entgingen seinen Ohren nicht. Die Orchestermitglieder hatten erst nur zum Zeitvertreib und später mit dem Ziel, beim Wettbewerb einen guten Platz zu belegen, geprobt. Aber Großvater war anders. Er machte den Eindruck, als wolle er aus einem unerklärlichen Grund unbedingt mit größter Ernsthaftigkeit Musik machen. Die Mitspieler ließen sich davon mitreißen, so dass das Orchester schon bald beim Wettbewerb in den höheren Rängen landete. Über dem Haupteingang des Amtsgebäudes wurde ein Emblem in Gestalt einer Trompete und einer Trommel angebracht.

Ein friedfertiger Gentleman?

Es war tatsächlich so. Außerhalb der Proben wirkte Großvater ruhig und friedfertig. Er saß in der Kneipe vor dem hintersten Spiegel und trank genüsslich seinen klaren Schnaps. Die hagere Gestalt im weißen Hemd mit schwarzer Krawatte fiel kaum auf. Als er mein Kommen bemerkte, winkte er mich mit den Worten: »Katze, Katze« heran und bat den Schankwirt, ein paar leere Gläser nebeneinander auf den Tisch zu stellen.

»Katze, spiel mal!«

Ich nickte und begann mit zwei Rührstäben einen exakten 4/4-Takt auf den unterschiedlich großen Gläsern zu trommeln. Großvater schloss genüsslich die Augen. »Der unsystematische Lärm in der Kneipe wird durch deinen Rhythmus geordnet und gestrafft«, sagte er.

War Großvater in Stimmung, benetzte er selbst seine schmalen Finger und strich damit flink über die Ränder der aufgereihten Gläser. Dann ertönte aus dem Grund jedes Glases ein geheimnisvoll schwingender Ton. Das war richtige Magie. Nach solch einem kleinen Konzert gab es hier und dort in der Kneipe Applaus. »So ein Instrument gibt es wirklich«, flüsterte mir Großvater ins Ohr. »Manchmal wird es sogar im Orchester eingesetzt – ja, eigentlich gibt es nichts auf dieser Welt, was nicht als Musikinstrument taugt.«

Großvaters Meinung nach waren es vor allem die Schlaginstrumente, die die Wurzeln und das Wesen der Musik ausmachten. Die erste Musik der aufrecht gehenden Affen entstand vermutlich auf Schlaginstrumenten aus Steinen und Knochen. Wenn ein Komponist neue Klangfarben in die Blasmusik aufnimmt, müssen diese Geräusche immer von den Schlagzeugern übernommen werden. Regen und Windböen, ein trabendes Pferd, der Knall einer Peitsche. Sogar verschiedene Tierstimmen gehören zum Part eines Schlagzeugers.

Seit mir Großvater, um mich als Baby zu unterhalten, das Nachahmen von Tierstimmen beigebracht hatte, nannte er mich Katze.

»Wie ist die Stimmung, Katze?«

Wenn er mich das fragte, presste ich als Antwort stets ein »Miau« aus meiner Kehle. Ob auf dem Markt oder auf der Probebühne, ich miaute. Es war mir zwar peinlich, aber ich konnte mich nicht widersetzen. Unter keinen Umständen hätte ich mich getraut, dieses Spiel, das wir von klein auf spielten, eigenmächtig abzubrechen.

Alle im Orchester meinten, mein Miauen klinge anders als alle anderen. Nicht einfach wie eine geschickte Nachahmung, sondern wie eine richtige Katze. Oder fast noch katzenhafter als eine Katze – offen gestanden, schon unheimlich.

Wenn ich mich richtig erinnere, zeigte mir Großvater kurz bevor ich in die Schule kam einmal die Noten eines alten Marsches. Über den fünf Linien stand die Anweisung: »Katzenmiauen – heiter.« Ich war verblüfft. Erstaunt, dass es das Instrument »Katzenmiauen« wirklich gab. Es soll aussehen wie eine Konservendose, in der sich ein Gewicht befindet. Aber in Orchestern mit Anspruch miauen die Schlagzeuger diese Stellen aus eigener Kehle.

»Deine Stimme besitzt mehr Talent als alle Instrumente in diesem Orchester«, sagte Großvater gut gelaunt. Seine damals noch schönen Zähne blitzten. »Irgendwann wirst du mit mir auf der Bühne stehen, Katze, was meinst du?«

Mit anderen Worten, ich wurde halb als Instrument großgezogen.

Er war wirklich ein friedliebender Gentleman.

Am Abend spendierte er einem völlig unbekannten jungen Matrosen einen Drink. Wenn es Tag wurde, sammelte er allerlei Müll auf, der vom Hafen herübergeweht worden war, und grüßte freundlich eine Gruppe von Hausfrauen aus der Nachbarschaft. Wenn es jedoch um Musik ging, dann war Großvater wie von Sinnen.

Dank meiner Katzenimitation sollte ich später noch gute, aber auch ziemlich bittere Erfahrungen machen.

Der Platz ganz hinten oben

Ganz hinten zu sitzen und von oben das Geschehen zu überblicken, war etwas, das ich selbst gut kannte.

Ich war ein großes Kind. Von klein auf erschraken die Leute regelmäßig, wenn ich ihnen auf die Frage nach meinem Alter Auskunft gab. Selbst großgewachsene Mitschüler gingen mir meistens gerade mal bis zur Brust. Bei der Eintrittsfeier an der Grundschule musste ich als Einziger einen Schritt Abstand von den anderen halten, weil das Kind vor mir heftig zu weinen anfing, als ich mich in die Reihe stellte.

Beim Morgenappell oder beim Sportfest war es genauso. Auf dem Campus grenzte die Mittelschule direkt an unsere Grundschule. Selbst da dürfte es damals schwierig gewesen sein, ein Kind zu finden, das größer war als ich. Der Schularzt sagte jedes Jahr mit ernstem Gesicht, die Menge von irgendetwas, das aus den Organen heraussickert, sei ungewöhnlich und sollte dringend näher untersucht werden, aber weder Vater noch Großvater schienen sich deswegen ernstlich Sorgen zu machen.

Die neunte Klasse bestand fast zur Hälfte aus Kindern von Seeleuten, die sich in den Pausen die ganze Zeit prügelten. Sie waren alle ungefähr gleich stark, so dass bei einer Rauferei in der Regel selbst nach fünf bis zehn Minuten noch kein Ende in Sicht war. Jedoch:

Bim, bam

Wenn der Hausmeister die Glocke läutete, hörte der Streit schlagartig auf, wie eine Welle, die sich glättet. Die Schüler wuschen alle ihre Fäuste an der Wasserleitung und stürmten ins Klassenzimmer. Das lag wahrscheinlich – wie der Hausmeister meinte – an dem kampferprobten Matrosenblut in ihren Adern.

Mit meiner Körpergröße mischte ich mich nie unter die raufenden Kinder und im Klassenzimmer musste ich immer ganz hinten sitzen. Bei der Verlosung von Sitzplätzen stand mein Stuhl gar nicht erst zur Auswahl.

Während ich von zuhinterst geistesabwesend auf die vielen Köpfe vor mir blickte, überfiel mich immer wieder das Gefühl, in einem anderen Raum zu sitzen und nur durch den Spalt in einem schwarzen Vorhang heimlich ins Klassenzimmer zu schauen. Der Lehrer ruft jemanden auf. Der Schüler antwortet etwas Unsinniges und die ganze Klasse lacht, aber ich gaffe nur. Während ich, ohne zu verstehen was los ist, in die Runde glotze, legt sich das Gelächter allmählich und im Schulzimmer kehrt wieder die ursprüngliche Ruhe ein. Wäre das Klassenzimmer das Meer, so wäre ich wie eine entlegene kleine Insel, deren Spitze knapp aus dem Wasser schaut.

Aber es gab auch Dinge, die ich gerade von ganz hinten deutlicher sehen konnte. Dieser und der da werden sich in der nächsten Pause garantiert prügeln; das Mädchen dort hat sich wohl beim Schlafen den Hals verrenkt; der Geschichtslehrer bevorzugt diesen Schüler ja maßlos – bestimmt möchte er sich von dessen Eltern Geld leihen.

Bevor ich auch während des Unterrichts die Stimme von Kuhtse zu hören begann, änderte ich manchmal zum Zeitvertreib im Kopf die Sitzordnung der Klasse.

Wenn der da neben jenem Mädchen sitzen würde, wäre er zweifellos bald genervt. Und die Dünne, direkt dahinter, eifersüchtig. Das große Plappermaul setzen wir mitten in die Klasse. Neben mich kommt der Nörgelfritze, der sich keine Brille leisten kann. Herr Lehrer, ich kann an der Wandtafel nichts sehen! Ich kann nichts sehen, Sie müssen größer schreiben! Darauf der Schreiblehrer: Sei ruhig! Wenn du keine Brille hast, dann klau halt auf irgendeinem Schiff einen Feldstecher oder ein Fernrohr! Ich grinste verstohlen.

Der Einzige, der niemals in dieser Fantasieklasse auftauchte, war mein Vater.

Vater war Mathematiklehrer. Er war mit Großvater in diese Stadt gekommen, weil ihm hier eine Stelle an der Hochschule verschafft werden sollte.

Vater hatte im Ausland, wo er geboren und aufgewachsen war, zusammen mit Großvater »ein elendes Leben« gefristet. Als er hörte, dass er hier möglicherweise eine Professorenstelle bekommen könnte, ließ er sich ein Empfehlungsschreiben ausstellen.

Wo genau sich die Geschichte verhedderte, ist mir unklar, jedenfalls existierte damals in der Stadt überhaupt keine Hochschule, wahrscheinlich bis heute nicht. Der amtliche Schulrat erklärte meinem völlig ratlosen Vater, sie hätten schon Lehrervakanzen, allerdings in der Grund- und Mittelschule. Schließlich trat er eine Stelle an, die bestimmt nicht seinem Herzenswunsch entsprach, nämlich als Mathematiklehrer für wilde Matrosenkinder in der neunten Klasse.

Über das elende Leben im Ausland wollte Vater auf keinen Fall sprechen. Auch sonst gab es viele Dinge, über die er nicht gerne redete, und sein Unterricht, der war eine einzige Misere.

Von ganz hinten sah ich den Gesichtsausdruck von Vater besonders deutlich. Weinerliche Züge mit den ersten tiefen Falten unter den langen, früh ergrauten Haaren. Seine knappen Worte klangen, als ob er Wespen im Mund hätte. An den Rücken der Schüler konnte ich erkennen, dass nicht einer zuhörte.

»Bis hier ist alles klar, ja?«

Vater murmelte, ohne den Blick zu heben. »Also, das bedeutet dann … ab hier wird es schwierig.«

Das Plappermaul brach plötzlich in schallendes Gelächter aus, worauf der Junge neben ihm den Hals reckte, um auch in dessen Manga zu gucken. Geistesabwesend schrieb Vater weiter Zahlen an die Wandtafel. Die Mädchen klapperten pausenlos mit Stricknadeln.

Ich hielt es nicht mehr aus und schaute ins Lehrbuch. Doch auch da waren komplizierte Zahlenreihen und unbekannte Symbole. Die bizarren Piktogramme gruppierten sich und befahlen mir:

Beweise es! Beweise es! Beweise es!

In der knappen Stunde, bis der Hausmeister die Glocke läutete, fand ich nicht die Ruhe, mir eine Fantasieklasse auszumalen. In meinem Kopf drehte sich alles um das Mitleid mit Vater und das Gefühl tiefster Beschämung.

Meine Mitschüler jedoch hänselten mich nie wegen meines Vaters, im Gegenteil, keiner verlor auch nur ein Wort über ihn. Nicht nur die Schüler, auch die Lehrer benahmen sich so, als ob ich überhaupt nicht da wäre. In den Pausen spazierte ich alleine mitten durch die raufenden Schüler.

Wie Kuhtse später sagte:
– Große Dinge fallen auf. Aber wenn sie zu groß sind, werden sie manchmal unsichtbar.

Abgesehen vom Kochen verbrachte mein Vater nach der Arbeit die meiste Zeit zu Hause auf der Treppe. In dem zweistöckigen Backsteinhaus befand sich oben unser gemeinsames Schlafzimmer, daneben eine Rumpelkammer und unten die Küche mit angrenzendem Wohnzimmer. Die Menschen, die vor knapp hundert Jahren dieses Haus gebaut hatten, mussten damals außergewöhnlich großen Wert auf die Treppe gelegt haben. Jedenfalls glänzte mitten in dem staubigen Gebäude diese bis in den letzten Winkel sorgfältig gearbeitete Holztreppe, und das Geländer – in Form eines geschnitzten Waldes – war ein regelrechtes Kunstwerk. Vater setzte sich jeweils exakt in der Mitte auf die zwölfte Stufe und kritzelte Formeln auf ein Bündel Papier, während er ununterbrochen »hm, hm, hm« vor sich hin stöhnte.

Vater arbeitete an der Beweisführung zur Lösung eines berühmten Problems, über das sich Mathematiker auf der ganzen Welt die Köpfe zerbrachen. Er hoffte, wenn seine Arbeit bei dem Wettbewerb einen Preis gewänne, würde man ihn als ordentlichen Professor an eine richtige Hochschule in einer größeren Stadt berufen. Konnte er seine Gedanken nicht richtig ordnen, dann pflegte er mit dem Kugelschreiber in kurzen Abständen auf die dreizehnte Stufe der Treppe zu klopfen. Eifrig und zielstrebig, tack, tack, so als versuchte er sich mitten im Nebel zu orientieren. Ich lauschte diesem Geräusch oft regungslos auf dem Sofa im Wohnzimmer.

Großvater war immer bis spät am Abend im Lagerhaus Nr. 2 und nach den Orchesterproben ging er oft noch alleine in die Kneipe. Selbst wenn ich ihn abholte, schien er keine Lust zu haben, nach Hause zu gehen, solange Vater noch wach war. Ich hatte damals den Eindruck, dass Großvater ihm aus dem Weg ging, aber wenn ich jetzt darüber nachdenke, fällt mir auf, dass auch Vater sich nicht ein einziges Mal bei einem Blasmusikwettbewerb blicken ließ, geschweige denn je im Lagerhaus Nr. 2 auftauchte.

Ob im Wohnzimmer oder auf dem Boden im Lagerhaus – ich lauschte einfach nur aufmerksam den Geräuschen, die die beiden produzierten. Die Knie fest umschlungen, immer bemüht, diesen viel zu großen Körper möglichst eng zusammenzufalten.

Dinosaurier

Obwohl sie Großvater als Gentleman respektierten, pflegten die Orchestermitglieder – abgesehen vom Hausmeister – keinen freundschaftlichen Kontakt zu ihm. Das mag auch daran gelegen haben, dass er seinerseits nicht den gesellschaftlichen Umgang suchte, aber ich denke, sie waren vor allem von dem Druck in den Proben eingeschüchtert. Er war ein Mensch, der meilenweit von Zufriedenheit entfernt war, sobald sich das Gespräch um Musik drehte.

Der Hausmeister vermied aber deshalb nicht etwa das Thema Musik, nein, ganz im Gegenteil, er sprach in Gegenwart von Großvater von nichts anderem und stellte auch keine Fragen zu anderen Dingen. Seit er ihn im Lagerhaus das erste Mal getroffen hatte, verehrte er ihn als Musiker wie einen Gott. Es gab neben Großvater noch vier andere Schlagzeuger in dem Orchester, aber soweit ich mich erinnere, waren sie außerhalb des Lagerhauses so gut wie nie mit ihm zusammen.

»Du, Katze, dein Großvater macht keine halben Sachen«, meinte der Hausmeister zu mir. »Verstehst du, dein Großvater, der ist sozusagen selbst Musik!«

Seine Worte waren schwer zu verstehen. Er lallte oder, besser gesagt, er sprach ohne klare Artikulation, wie ein dumpfes, ausgeleiertes Kassettentonband. Obwohl er nicht viel jünger war als Großvater, hatte er eine makellose Haut, ohne eine einzige Falte im Gesicht und an den Händen. Sein ganzer Körper war haarlos. Augen und Nase saßen auf unangenehme Weise mitten im Gesicht und seine Bewegungen waren eckig, wie bei einer mechanischen Puppe mit verrutschten Zahnrädern. Als junger Mann soll er zur See gefahren und nach vielen Reisen schließlich auf einer Südseeinsel von einer Fieberkrankheit befallen worden sein. Seitdem lebte er nun schon über vierzig Jahre in der Schule und beaufsichtigte die Grund- und Mittelschüler.

In der Nacht, in der Großvater an das Tor von Lagerhaus Nr. 2 gepoltert hatte, war der Hausmeister auch da gewesen. Ich nehme an, dass den anderen im Spielmannszug das Schleppen der schweren Trommel einfach zu mühsam war und sie ihm deshalb die Verantwortung für die Pauke übergeholfen hatten. Als er hörte, wie jemand »Da kommt ein Gewitter!« rief, warf er sich flach auf den Boden und wollte bis zuletzt nicht aufstehen.

»Ich bin halt feige!«, lachte er verschämt, »Gewitter sind für mich ganz schlimm.«

Während er als Matrose auf der Südseeinsel mit Fieberträumen in einer feuchten Hütte gelegen hatte, hatte es draußen ununterbrochen gestürmt. Der Hausmeister erzählte, er habe damals gespürt, wie der Blitz mehrmals durch seinen Körper gefahren sei.

Jedenfalls war der Unterricht, den er als Verantwortlicher für das Schlagzeug bei Großvater genoss, besonders streng und wirkte für Außenstehende wie harter Drill. Ich beobachtete zum Beispiel, wie er einen Pingpong-Ball auf das Fell der kleinen Trommel legte und mit einem leisen Wirbel zu spielen begann. Während er den springenden Ball etwa in Gesichtshöhe über der Trommel stabil hielt, trommelte er immer weiter. Ein, zwei Stunden oder länger.

Hörte man im Park entlang des Kanals klappernde Geräusche, dann waren das Großvater und der Hausmeister beim Unterricht. Leere Dosen, eine Parkbank, eine Eiche, ein Briefkasten.

Wie Großvater gesagt hatte, gibt es nichts auf dieser Welt, was nicht als Musikinstrument taugt. Der König der Blasmusik und sein Lieblingsschüler spazierten durch die Stadt und trommelten auf allen möglichen Dingen, denen sie begegneten.

Seltsamerweise waren die unnatürlichen Bewegungen des Hausmeisters wie weggeblasen, wenn er Schlagzeug spielte. Er selbst meinte, wenn er so trommelte, wie Großvater es ihn lehrte, dann würde er sich so geschmeidig bewegen wie noch nie. Die Musik von Großvater bringe seinen Körper in Ordnung.

»Wahrhaftige Musik, die kann so was!«, sagte er.

Die Schulglocke läutete nicht maschinell, der Hausmeister zog an einem Seil und ließ die riesige Glocke aus Zinn mit vollem Körpereinsatz erklingen.

Im Schulhof stand ein alter Glockenturm aus Holz. Er stieg ganz hinauf bis zur Spitze, schlang das Seil um seine Faust, schob die Glocke ein-, zweimal an und zog sie dann mit der Kraft seines ganzen Körpers nach unten. Sie machte einen ohrenbetäubenden Lärm, der einem fast die Trommelfelle zerriss, wenn man daneben stand. Tatsächlich stopfte sich der Hausmeister immer Pfropfen aus in Öl getränkter Seidenwatte ins Ohr, bevor er am Seil zog. Möglicherweise erinnerte ihn das Läuten auch an ein Gewitter. Jedenfalls schlichtete die Glocke des Hausmeisters den Streit der Matrosenkinder und sie erlöste mich von der drückenden Mathematik. Sie war für uns alle mehr als einfach nur eine Glocke.

In den großen Pausen und nach der Schule schaute ich oft noch im Zimmer des Hausmeisters vorbei. Es war der einzige Ort in der Schule, an dem ich mich als Kind ernst genommen fühlte, zudem bereitete es mir Vergnügen, den alten Matrosenwitzen und den Geschichten über die Orchestermitglieder, als sie selbst noch missratene Schulkinder waren, zu lauschen. Und da war vor allen Dingen dieser Berg von alten Sammelalben.

An der einen Wand des Zimmers stand ein Stahlregal, vollgestopft mit blauen Ordnern. Sonntags ging der Hausmeister immer hinunter zum Kai und ließ sich von den Matrosen ausländischer Schiffe bündelweise alte Klatschzeitschriften geben. Die Artikel, die ihm gefielen, schnitt er aus und legte sie in diesen Ordnern ab.

Ich las sie leidenschaftlich gerne, bäuchlings auf dem Boden. Die fünftausend Kilometer lange Reise eines senilen Hundes; der Komiker, der sein Furzen so gut beherrscht, dass er damit bekannte Melodien pfeifen kann; das Bergdorf aus Eis, in dem der Schneemensch wohnt, und so weiter und so fort. Die blauen Ordner schienen vollgestopft mit allen möglichen Mysterien dieser Welt.

Unsere Lieblingsgeschichte war die von den »Dinosauriern«. Es gab Berichte von Dinosauriern, die in Seen und Meerengen auf der ganzen Welt gesichtet worden waren. Einige Nachkommen der riesigen Saurier, die vor Millionen von Jahren ausgestorben sein sollen, hätten bis heute überlebt. Sie lebten einsam an entlegenen Orten verstreut und tauchten nur gelegentlich auf der Suche nach einem Freund aus dem tiefen Wasser auf. Der Ruf der Dinosaurier soll traurig klingen. Die riesigen Tiere strecken ihren langen Hals und rufen mit sehnsuchtsvollem Blick in die Ferne.

Der Hausmeister erzählte, wie er einmal als Matrose im kalten Nordmeer einem Dinosaurier begegnet sei.

»Es herrschte dichter Nebel.« Er senkte seine Stimme. »Ich kletterte auf die Antenne auf der Brücke, um sie zu entfrosten. Plötzlich begann es fürchterlich zu stinken, als ob eine ganze Horde Säufer, die sich von verfaultem Fisch eine Lebensmittelvergiftung geholt hatten, an Bord gekommen wäre. Mir wurde schwindlig. Als ich auf das Deck herunterschaute, standen da alle und zeigten auf mich. ›Blödmänner!‹, schrie ich, ›dieser Gestank kommt doch nicht von mir!!‹ In diesem Moment spürte ich von hinten lauwarmen Atem an meinem Kopf. Der Gestank war so unsäglich, dass ich fast vergessen hätte, mich festzuhalten. Ich klammerte mich verzweifelt an die Antenne und schaute nach hinten. Da sah ich das Gesicht des Burschen.«

»Ein Dinosaurier!« Obwohl ich die Geschichte schon oft gehört hatte, platzte es an dieser Stelle aus mir heraus.

»Genau, es war ein Dinosaurier.«

Der Hausmeister zuckte mit den Augen. »Sein glatter Kopf glänzte schwarz. Mir rutschte das Herz in die Hose. Das war's, ah, jetzt werde ich gefressen, dachte ich und schloss die Augen. Es verging eine Weile, doch es passierte nichts. Als ich die Augen öffnete, war der Augapfel des Sauriers direkt vor meiner Nase und glotzte mich an. Ich weiß auch nicht weshalb, aber ich – der Feigling – schaute dem Kerl in dem Moment fest und gerade ins Gesicht. Da sah ich, wie ihm langsam die Tränen kamen.«

»Der Dinosaurier hat geweint?«

»Ja.«

Der Hausmeister biss sich auf die Unterlippe. »Langsam entfernte sich der Kerl vom Schiff und sein gigantischer, rabenschwarzer Körper verschwand schließlich im Nebel. Als ich aufs Deck herunterkam, befahl der Kapitän, die Dampfpfeife zu betätigen – die Dampfpfeife, die die Seeleute seit alters her dabei hatten und mit der sie pfeifen, wenn sie auf See etwas Rätselhaftem begegnen. Unser Signal hallte also durch den Nebel, worauf von drüben aus dem weißen Dunst ein schrilles Heulen, wie von einer Sirene, zurückkam. Jedes Mal, wenn die Pfeife ertönte, antwortete dieses Heulen. Das ging über mehrere Stunden so. Als sich der Nebel verzog, hörte auch das Heulen auf. Das Meer lag ruhig und still. Wir kamen zu dem Schluss, dass der Dinosaurier unser Schiff für einen Verwandten gehalten haben musste. So pechschwarz gestrichen und mit seinem ziemlich hohen Mast, hatte er meinen Körper an der Antenne mit dem Kopf verwechselt.«

Ich zitterte wie Espenlaub.

»Nach zwei, drei Tagen wurde der Gestank an meinem Mantel immer heftiger. Ich wollte ihn als Beweis für meine Begegnung mit nach Hause nehmen, aber der Kapitän redete mir scharf ins Gewissen, und so musste ich den Ledermantel wohl oder übel im kalten Wasser versenken. Ich habe die Tat seitdem oft bereut, wenn es kalt war.«

An dieser Stelle schwiegen der Hausmeister und ich immer eine Weile und stießen dann fast gleichzeitig einen tiefen Seufzer aus.

Am Ende des Regals, hinter den vielen blauen Sammelalben, standen zwei schicke, rote Ordner. In dem einen waren Artikel aus den Lokalblättern abgelegt, in denen etwas über das Orchester stand, in dem anderen, dicken, waren die Noten.

Als ich anfing, das Zimmer des Hausmeisters zu besuchen, hatte er nicht nur das Schlagzeugspielen, sondern auch das Komponieren angefangen. Die Notenschrift sowie die Regeln des Tonsatzes hatte ihm Großvater beigebracht. Jede Woche schrieb er regelmäßig ein neues Stück, das er dann zur Probe ins Lagerhaus Nr. 2 mitbrachte. Für meine Ohren klangen sie nur wie hektischer Lärm aus schrägen Melodien und wirren Rhythmen und auch die Orchestermitglieder teilten diese Meinung. Die Kompositionen des Hausmeisters glichen auf eine Art seinen merkwürdigen Körperbewegungen.

Während ich in die Sammelalben vertieft war, widmete sich der Hausmeister auf der Toilette dem Komponieren. Das Notenpapier gegen die Tür gedrückt, schrieb er vor sich hin summend Note um Note auf.

An einem schwülen Nachmittag nach der Schule las ich ganz begeistert das Interview mit dem »Wiedergeburtsmann, der im Besitz aller Erinnerungen der letzten dreitausend Jahre ist«. Dieser Mann war schon bei vielen wichtigen Ereignissen der Geschichte dabei gewesen. Er wurde zwölfmal ermordet und war König von sechs unbedeutenden Ländern. Er diente fünfundzwanzig Feldherren, war achtzigmal verheiratet und zwanzigmal geschieden. Alle möglichen Sprachen verschiedenster Länder und Zeiten beherrschte der Wiedergeburtsmann.

Auf dem Bauch liegend meinte ich zum Hausmeister, der gerade aus der Toilette kam:

»Dieser Mann ist früher mal einer der Arbeiter gewesen, die die Pyramiden gebaut haben. Schon damals, beim Bau der Pyramiden, haben die Leute scheinbar zusammen gesungen.«

Der Hausmeister nickte ein-, zweimal zustimmend und sagte, während er mit einem Schritt über mich hinwegstieg, er habe eben versucht, sich dieses Bild vorzustellen und in sein Stück einfließen zu lassen.

»Was meinst du, Katze, wird es deinem Großvater gefallen?«

Die drei Notenblätter waren übersät mit schwarzen Symbolen. Ich konnte damals noch keine Noten lesen und seine Stücke, die ich bis dahin im Lagerhaus gehört hatte, hatten auch nie in dem Maße mein Interesse geweckt wie die Sammelalben. Immer wieder blätterte ich durch die Noten. An meinem Daumen klebte Bleistiftpulver. Der Hausmeister schaute mich im Stehen an.

Endlich sagte ich etwas.

»Also, ich weiß nicht, was das für ein Stück ist, aber der Titel ›Alles mit Hilfe von Hebeln und Rollen‹ gefällt mir sehr.«

»Ach wirklich?« Der Hausmeister lachte erleichtert und goss mit zitternder Hand heißen Tee ein.

Auf diese Weise entstand aus den Zeitungsausschnitten nach und nach Musik für Blasorchester. Stücke wie »Alles mit Hilfe von Hebeln und Rollen«, »Serenade für einen jammernden Dinosaurier«, »Ensemble aus Schneemensch und Mammut« und so weiter.

Außerdem verwendete der Hausmeister auch Szenen aus dem Schulalltag als Stoff für seine Musik. »Fanfare für raufende Kinder« war zum Beispiel so ein Stück. Seine Kompositionen wurden jedoch nur gelegentlich bei den Proben gespielt und auf keinen Fall im Rahmen eines Konzertes aufgeführt. Betrachtet man Blasmusik als Windmusik, so war den Orchestermitgliedern bei den linkischen Stücken des Hausmeisters weder klar, wann der Wind anfing noch wohin er blies. Und mir auch nicht.

Aber wie klangen sie wohl in den Ohren von Großvater?

Den Zeitungsartikel, den ich an dem Tag fand, an dem ich das erste Mal Kuhtse begegnete, kenne ich noch heute, nach mehr als zehn Jahren, auswendig. Ich musste am Mittag nicht zum Sport und war im Zimmer des Hausmeisters. Am Turnunterricht durfte ich nie teilnehmen, da mir wegen der Belastung für das Herz jegliche körperliche Anstrengung verboten war.

Es war ein heißer Tag. Vor dem Fenster des Hausmeisters lagen tote Zikaden.

»Das tragische Ende der Taubenfrau«
Die unter dem Künstlernamen Taubenfrau berühmt gewordene Akrobatin verstarb gestern Abend eines traurigen Todes. Die Kieselsteine, die sie in ihrem Magen gesammelt hatte, raubten ihr das Leben. Der Zirkusdirektor fand sie in ihrem Wohnzelt. Nach seiner Aussage war der Gestank, der aus dem Zelt nach draußen drang, so schlimm, dass es ihm schwer fiel, hineinzugehen. »Es war so ein übler Geruch, dass es einem fast die Eingeweide rausgekehrt hat«, formulierte es der Direktor.

Ironischerweise war es aber eben die Taubenfrau, der es bei ihrem Tod die Eingeweide herausgekehrt hatte. Sie hatte ihren runden, aufgeblähten Bauch immer triumphierend vor aller Augen geschüttelt. Dabei tönte aus dem Innern ihres Körpers das unheimliche Geräusch knirschender Steine, die sich aneinander reiben. Die Gesamtzahl der Kieselsteine, die den Körper der Taubenfrau der Länge nach entzwei gerissen hatten, lag bei über 70 Stück, ihr Gesamtgewicht bei 30 Kilogramm. Der ganze Hohlraum im Körper der Taubenfrau, vom Dickdarm bis zum

Hals, war vollgestopft mit Steinen. Ohne die Steine wog sie nur knapp 20 Kilo. Wie allgemein bekannt ist, verschlucken Tauben zur Unterstützung ihrer Verdauung kleine Steinchen.

Ich war fassungslos.

Immer und immer wieder las ich diesen grausigen Artikel.

Ich kenne das Gesicht meiner Mutter nicht. Man hatte mir nur gesagt, dass sie starb, bevor wir mit dem Schiff in diese Stadt gekommen sind. Woran war sie gestorben? Nicht nur Vater, sogar Großvater hüllte sich in Schweigen. Kaum wollte ich über Mutter sprechen, bekamen beide schlechte Laune.

Ich hielt mir den Artikel, den ich heimlich aus dem blauen Ordner herausgenommen hatte, an die Brust und legte mich flach auf den Rücken. Zum Teufel, was für ein schwerer Körper!

Langsam schloss ich die Augen und begann meine Gedanken wiederzukäuen.

Dieser Körper hatte meiner Mutter die Eingeweide rausgekehrt.

Wirklich? Mein riesiger Körper hatte den Bauch von Mutter der Länge nach entzwei gerissen?

Mir grauste, diesen Körper zu berühren. Mich überfiel die Vorstellung, er wäre von oben bis unten mit feuchtem, klebrigem Blut beschmiert.

Bim, bam

Die Glocke läutete. Der Sportunterricht war also aus und der Hausmeister würde bald zurückkommen.

Aber ich bewegte mich nicht. Mein Herz pochte in meinem Innern.

Das Dröhnen der Glocke, schwerer als ein Donnerschlag, ließ meinen riesigen Körper vibrieren. Während ich in den Klang der Glocke eingehüllt regungslos da lag, wurde mein schrecklicher Gedanke zur Gewissheit.

Bim, bam!

Ich konnte mich nicht bewegen.

Ich lag auf dem Rücken – den Körper, der meine Mutter umgebracht hatte, lang auf dem Boden ausgestreckt – und hielt die Augen fest geschlossen. Beide Hände auf der Brust, direkt über meinem pochenden Herz.

Biim, babam!!

Wettbewerb

Mein Körper wurde in den neun Jahren Grundschule immer größer und noch größer. In der Stadt stieß ich mir an allen möglichen Türrahmen den Kopf. Ich kann mich nicht mehr an sämtliche Spitznamen erinnern, die man mir in der Schule gab. Baumstamm, Telegrafenstange, Langrumpfgiraffe, Träumerturm, Ausländergebirge, Schattengespenst. Wie man an diesen Namen erkennt, war ich nie dick. Ich wuchs einfach immer weiter und weiter in die Länge, dem von der Seebrise durchwehten Himmel entgegen. Damals gewöhnte ich mir an, immer leicht nach vorne geneigt zu gehen.

Der Turnlehrer stellte sich jeweils zu Semesterbeginn mit verschränkten Armen vor die Klasse und sagte, dass es da nichts zu lachen gebe.

»Damit das klar ist, auf Kosten eines Kranken treibt man keine Späße!«

In der zweiten und dritten Klasse der Mittelschule festigte sich mein alter Spitzname »Katze«. Das heißt nicht, dass mich jetzt etwa jemand freundlich angesprochen hätte – aber das erwartete ich auch nicht. Jeden Morgen betrat ich das Klassenzimmer und setzte mich ganz nach hinten. Wenn die Glocke läutete, ging ich hinaus, beim nächsten Läuten wieder hinein. Am Abend traf ich entweder zu Hause Kuhtse oder ich lauschte im Lagerhaus den Orchesterproben.

Kuhtse trug unter dem Dach zu jeder Jahreszeit jahraus, jahrein dieselben Kleider. Ich habe ihn nie gefragt, wie er eigentlich immer wieder von dem gelben Feld auf den Dachboden kam, und selbst über seine rätselhaften Worte habe ich mich nie gewundert. An seinen Stiefeln und Hosen klebte stets gelber Löss und jedes Stampfen verströmte einen Schwall feuchter Sommerluft.

Tam, tatam, tam

Den Kopf durch die Decke gezwängt, fragte ich ihn eines ruhigen Frühlingstages:

»Du Kuhtse, meinst du, Vater gewinnt dieses Jahr den Preis?«

Seit dem Winter schien sich Vaters Zustand zunehmend zu verbessern. Ich hörte so gut wie kein Kugelschreiber-Geklopfe mehr von der Treppe und der Tisch war jeden Abend mit neuen, bisher noch nicht dagewesenen Gerichten gedeckt. Sein Kopf sei frei, sagte Vater, er habe Lust, Neues auszuprobieren. Salat aus Karotten und Flunder, sternförmige Steaks, gedünstete ganze Zwiebeln. Und es schmeckte. Man kann sagen, dass Vater bei guter Laune ein ziemlich einfallsreicher Koch war. Der Abgabetermin für seine Arbeit rückte näher.

Tam, tatam

– Mitten in der Schafherde gähnt ein schwarzes Loch, sprach Kuhtse, während er auf die Deckenbretter stampfte.

– Ein schwarzes Schaf und noch ein schwarzes Schaf – nanu, das werden ja immer mehr.

Ich musste lachen. Seine Worte klangen lustig, wie ein Kinderreim.

»Eigentlich habe ich ja nach der Arbeit von Vater gefragt, aber …«

Kuhtse stampfte weiter und meinte nur:

– Eine Lawine – aus schwarzen Schafen.

Ich verstand kein Wort, aber was sollte ich machen. Es war immer das gleiche und so fragte ich halt etwas Anderes.

»Gibt es da in dem gelben Land auch Blasmusik?«

– Ja, gibt es, antwortete Kuhtse.

Tatam, tam

»Oh ja? Und mit welchen Instrumenten?«

– Mit Stiefeln!

Tam, tatam

Nachdem ich eine Weile nachgedacht hatte, schaute ich mit anderen Augen auf Kuhtses stattliche Stiefel.

»Das Bodenstampfen ist also Blasmusik?«

– Es ist vieles!

So Kuhtse.

– Erde. Regenwürmer. Weizen. Ich trete auch auf Katzen. Es macht keinen Unterschied.

»Trittst du etwa auf alles drauf?«

– Hier gibt es nichts, was nicht klingt! Gar nichts. Hier ist alles Musik!

Tam, tatam

Im sanften Sonnenschein wirbelte Staub von Kuhtses Füßen auf.

Ich erinnere mich, dass ich zu jener Zeit oft Vater beim Kochen half. Als ich das erste Mal versuchte, ein Omelett zu braten, meinte er mit gequältem Lächeln, die Farbe sehe aber gar nicht gut aus.

»Durch die Art und Weise, wie du die Eier umrührst, verändert sich das Gelb der Omeletts. Siehst du, wenn du sie mit Tomaten garnieren willst, muss die Farbe viel mehr leuchten!«

Verglichen mit denen, die er zubereitete, sahen meine in der Tat nicht besonders appetitlich aus.

Petersilie, Rotkohl und Tomaten. Das frische Gelb von Vaters Omeletts konnte es mit ihnen aufnehmen.

Eines Abends, als ich auf dem Tisch einen kleinen Berg von Ackerbohnen angehäuft hatte, fragte mich Vater, wie viele ich geschält hätte. Ich verteilte den Bohnenberg auf dem Tisch und begann zu zählen.

»Ähm, vierundvierzig Stück.«

»Vierundvierzig? Das geht nicht, auf gar keinen Fall!«

Vater brachte neue Schoten aus dem steinernen Spülbecken. »Du musst noch zwei schälen, damit es entweder dreiundfünfzig oder neunundfünfzig Bohnen werden«, sagte er vorwurfsvoll und trocknete die Hände an seiner Schürze ab.

»Wieso?«

»Was wieso? Weil du sonst ja wohl kaum auf eine Primzahl kommst!«

»Primzahl??«

»Hast du das noch nicht gelernt? Primzahlen sind einzigartige Zahlen, die dadurch vollendet sind, dass sie sich nur durch eins und durch sich selbst teilen lassen. Unter den Fünfzigern gibt es gleich zwei Primzahlen. Unter den Sechzigern gibt es auch zwei, einundsechzig und siebenundsechzig. Was glaubst du, wie viele es unter den Neunzigern gibt?«

»Weiß ich doch nicht!«

»Nur eine einzige, die siebenundneunzig!«, murmelte Vater verzückt und fügte hastig hinzu, als wäre er wieder zu sich gekommen: »Na ja, wenn du so viele schälst, dann können wir die gar nicht alle aufessen, bleib lieber bei den Fünfziger Primzahlen!«

In diesem Frühling war auch das Orchester im Lagerhaus Nr. 2 am Hafen in außerordentlich guter Verfassung. Jeden Tag, wenn sich die Mitglieder mit bedeutungsvoll geschulterten Instrumentenkoffern im Lagerhaus versammelten, fanden sich zahlreiche Besucher mit Lunchpaketen ein, um bei den Proben zuzusehen. Auch Matrosen. Auf dem Weg von den einzelnen Schiffsanlegestellen am Kai bis zur Kneipe in der Stadt schauten sie im Lagerhaus vorbei und tauchten in die Blasmusik ein, die Großvater und seine Leute spielten. Das war für sie so etwas Ähnliches wie eine Dusche, direkt nach der Landung. Die im Schneidersitz verstreut auf dem Boden herumhockenden Matrosen redeten in allen möglichen Sprachen wild durcheinander, aber sobald die Musik einsetzte, hielten sie den Mund und wippten im Takt zu den Pauken und Trompeten mit dem Kopf.

»Das Orchester klingt dieses Jahr so schön und klar wie noch nie«, schrieb der Journalist damals in einer Kolumne, die ich in den Sammelalben fand. »Das liegt nicht zuletzt am harten Training jedes Einzelnen und an der klugen Auswahl der Stücke. Aber es muss auch auf die Tatsache hingewiesen werden, dass das Orchester schon über ein halbes Jahr von anhaltend schönem Wetter unterstützt wird. Der Klang der Instrumente wird mit Luft erzeugt. Man könnte Blasmusik auch als die Kunst des Luftdruckes bezeichnen. Vom Meer weht zurzeit eine sanfte Frühlingsbrise mit einer moderaten Luftfeuchtigkeit bis in die letzten Winkel der Stadt. Wir können uns glücklich schätzen, dass wir gegenwärtig mit diesen guten Bedingungen gesegnet sind und jeden Tag erquickende Konzerte genießen dürfen. Der Wettbewerb naht. Meine Damen und Herren, statten Sie Lagerhaus Nr. 2 jetzt einen Besuch ab! Nichts ist so unbeständig und richtet sich so wenig nach den Befindlichkeiten der Menschen wie das Wetter.«

Bei schönem Wetter schmerzte auch Großvaters Bein nicht. Die Fenster und Türen des Lagerhauses waren weit geöffnet. Wie immer in pechschwarzer Montur und schwarzer Krawatte, schritt Großvater mit seinem Stock vor die Probebühne. Die Orchestermitglieder saßen alle schon mit den Instrumenten an ihrem Platz. Während er mit meiner Hilfe auf die Bühne stieg, fragte er mit lauter Stimme:

»Katze, sag, wie ist denn die Stimmung?«

Ich schluckte leer.

»Miau!!«

Im Lagerhaus war von allen Seiten erstauntes Raunen und unterdrücktes Lachen zu hören. Aber das war ich gewohnt. Ich ging rückwärts und setzte mich auf den Boden.

»Braver Junge.«

Großvater stieg ganz hinten auf den obersten Platz der Bühne und schlug zwei-, dreimal auf die Kesselpauken, um die Stimmung zu überprüfen. Dann hob er den Kopf. »Also, dann wollen wir anfangen!«

Alle brachten gleichzeitig ihre Instrumente in Position und der Postdirektor schwang den Taktstock nach unten.

Die Blasmusikmelodien drangen aus den Fenstern unter der Decke nach draußen auf den Kai. Der frische Nachmittagswind, der vom Meer her blies, trug die glitzernde Luft in die Stadt.

Ein ausländischer Matrose tippte mir unsanft auf den Rücken und gab mir mit Blicken zu verstehen, dass ich mich etwas mehr nach vorne beugen sollte.

Einen Tag vor dem Wettbewerb waren die Lastwagen des Fleischers und des Gemüsehändlers vollgepackt mit Instrumentenkoffern. Die Orchestermitglieder stiegen samt Familien und Freunden mit viel Lärm und Getöse in einen Nachtzug. Für uns waren zwei Waggons reserviert. Da mir in den engen Sitzen der Hintern schmerzte und ich mit den Knien an meine Sitznachbarn stieß, schlief ich im Aufbewahrungsraum für die Bettwäsche der Schlafwagen.

Es war die dritte Stadt.

Eine alte Trambahn fuhr quietschend vorbei; ein Motorrad mit zwei Personen überquerte langsam die Straße; Mädchen in kurzen Ärmeln spazierten Maiskolben knabbernd auf der breiten Hauptstraße. Ich hätte mir nie träumen lassen, dass es auf unserer Insel so eine Stadt gibt, dachte ich, während ich aus dem Staunen nicht mehr heraus kam. Nur der Himmel war hier genauso stahlblau. Seit ich in die Mittelschule gekommen war und zu den Wettbewerben mitfahren durfte, war das Orchester zuerst auf dem dritten und im letzten Jahr auf dem sechsten Platz gelandet. Am ersten Tag war immer das Pflichtstück dran, das jedes Jahr wechselte, und am Tag darauf die Darbietung einer Komposition freier Wahl. Aus der Gesamtwertung beider Konzerte wurde dann der Platz in der Rangliste ermittelt.

Alle städtischen Blasorchester zeigten sich schmuck in neuen, schwarzen Kleidern. Die Stücke des zweiten Tages waren entweder Versionen von aktuellen Schlagern oder Titelmelodien von Kinofilmen. Dieses Repertoire, das uns allen weitgehend unbekannt war, soll bei der Jury hier gut ankommen, hieß es. Die Musik von Großvater und seinen Leuten, die im Lagerhaus immer so zu glänzen schien, wirkte bei dem Wettbewerb brav und farblos. Dass sie damit jedes Jahr unter die ersten zehn kamen, war schon eine vortreffliche Leistung.

Am ersten Tag waren ab Mittag die Proben angesetzt. Ein Orchester nach dem anderen kam auf die Bühne und prüfte, aufgeteilt nach Instrumentengruppen, seine Plätze für die Aufführung.

Kurz bevor wir dran waren, schrie der Postdirektor auf der Seitenbühne mit greller Stimme:

»Was soll das heißen, die Becken sind nicht da?«

Der junge Kassenführer, der für das Management verantwortlich war, wischte sich den Schweiß von der Stirn.

»Nicht nur die Becken. Es tut mir wahnsinnig leid, aber eine große Kiste mit Triangeln, Kuhglocken und anderer kleiner Percussion ist unterwegs irgendwo verschwunden. Eigentlich müsste sie auf der Ladefläche eines Lastwagens festgeschnürt worden sein.«

Der Hausmeister gab einen unverständlichen, ächzenden Laut von sich und wollte auf den Kassenführer losgehen, aber Großvater stoppte ihn von der Seite und sagte mit leiser Stimme: »Als Manager des Orchesters wissen Sie sicher selbst, dass uns jetzt keine Zeit für kopflose Aktionen bleibt, also tun Sie so schnell wie möglich alles, was in Ihrer Macht steht.«

Der Kassenführer rannte mit weinerlichem Gesicht los. Alle anderen gingen auf die Bühne und begannen mit der Probe. Großvater und der Hausmeister stimmten die noch vorhandenen Pauken, Gongs und Trommeln sorgfältig aufeinander ab.

Der Kassenführer rannte bis zum Abend in der Halle herum. Er schaffte es, dass wir mit unserem Auftritt als Letzte an die Reihe kamen und uns die nötigen Schlaginstrumente für den ersten Abend von andern Orchestern zusammenleihen konnten. Für das Pflichtstück brauchten schließlich alle die gleichen Instrumente.

»Bloß das Konzert morgen, das ist das Problem!«

Der Postdirektor wandte sich vor dem Konzert in der Garderobe mit gerunzelter Stirn an Großvater.

Dieser kaute nur auf seiner Unterlippe herum und schwieg.

Am letzten Tag des Wettbewerbs pflegten Großvater und seine Leute immer ein Stück Blasmusik aufzuführen, bei der die Schlaginstrumente die Hauptrolle spielten. Dabei entstand im Orchester eine etwas andere Gewichtung als üblich und sowohl die altgedienten Juroren als auch das Publikum freuten sich jeweils auf diesen Auftritt. Großvater und der Hausmeister integrierten dabei jedes Jahr zahlreiche neue Schlaginstrumente in ihr Spiel. Die konnten sie jetzt aber alle nicht einsetzen.

»Tun wir so, als ob es kein morgen geben würde!«

Kurz vor dem Auftritt sprach der Postdirektor zu den versammelten Mitgliedern:

»Wenn wir jetzt gleich rausgehen und spielen, versuchen wir unser Letztes zu geben. Wir werden in jede einzelne Note des Pflichtstückes alles legen, was wir haben. Die Gäste, die heute Abend da sind, sollen eine Blasmusik zu hören bekommen, die auch ohne das morgige Konzert den ersten Preis verdient!«

Großvater stand plötzlich auf und nickte kurz. Auf dieses Zeichen hin packten die Orchestermitglieder ihre Instrumente und gingen auf die hell erleuchtete Bühne hinaus. Im Vorbeigehen drückte jeder einmal fest die eingefallenen Schultern des Kassenführers, der auf der Seitenbühne stand.

Die Worte des Postdirektors wirkten. Das Orchester spielte an dem Abend eine Blasmusik, die wirklich den ersten Preis verdiente. Die Konzerte der anderen Orchester waren bestimmt nicht schlecht. In der Kolumne stand: »Die Luft der kühlen, klaren Nacht trug die Vibrationen der Pauken und Trompeten in die Ohren der beglückten Zuhörer.« Aber die Musik von Großvaters Gruppe war vom ersten Takt an anders. Ich konnte von der Seitenbühne aus alles genau beobachten. Die vielen Armpaare, die im gelb gedämpften Licht aus den kurzen Ärmeln der Zuschauer hervorschauten, bekamen schon zu Beginn des Stückes eine Gänsehaut. Der nicht einmal fünfzehnminütige Marsch, den sie immer wieder geprobt hatten – dieses Pflichtstück, das auch all die anderen Orchester vorher schon gespielt hatten –, es klang bei diesem Konzert selbst für meine Ohren völlig neu. Ich erinnere mich, dass hinter mir eine Putzfrau nach dem Applaus murmelte: »Ach so ist also dieser Marsch gemeint, jetzt habe ich das Stück zum ersten Mal verstanden.« Auf dem Weg zu Fuß zurück ins Gasthaus wurde die Instrumente schulternde Schar in ihren abgetragenen, schwarzen Kleidern aus allen Richtungen angefeuert. Die Stimme eines betrunkenen älteren Herrn. Ein junges Paar, das ihnen zuwinkte. »Zieht es durch! Wir kommen morgen auch! Wir freuen uns schon auf euch!«

Ja, morgen.

Ich setzte mich auf das Bett in der Herberge und dachte nach.

Was würden Großvater und seine Leute jetzt nur machen?

Wenn sie am zweiten Tag nicht teilnahmen, würde das Konzert vom ersten Tag ebenfalls aus der Wertung fallen. Das gleiche Stück wie heute nochmals aufführen? Undenkbar. Das Pflichtstück vom letzten oder vorletzten Jahr? Ging auch nicht, Großvaters Leute brachen sehr ungern mit alten Gewohnheiten. Ihr Stück für den zweiten Tag musste unbedingt eine Blasmusikkomposition sein, bei der die Schlaginstrumente die Hauptrolle spielten. Aber hier gab es keine Schlaginstrumente. Wie sollte denn das gehen?

Tam, tatam

Ich hob den Kopf. Die Schritte in meinen Ohren wurden immer lauter.

– Manche Menschen schlagen auf den Kopf, auf die Wange, in den Bauch, sang Kuhtse.

– Sie schlagen mit der Faust, mit der Handfläche, mit den Beinen, mit einem Stock.

»Was soll das heißen?«

Kuhtse beachtete mich nicht und fuhr fort.

– Geschlagen zu werden tut weh, selbst zu schlagen ist dumm, aber wirklich einfältig ist es, weder zu schlagen noch geschlagen zu werden.

Tam, tatam. Die Schritte hallten tief in meinem Ohr.

– Oder nicht geschlagen zu werden, einfach nur verträumt dazustehen.

Tam

Das Geräusch von Kuhtse.

Tatam

Tam, tatam!

Plötzlich bemerkte ich, dass das Klopfen von der Tür kam. Als ich vom Bett aufstand und die Tür öffnete, stand da der Kassenführer.

»Hast du etwa schon geschlafen?«

Ich schüttelte den Kopf.

»Gut! Dein Großvater ruft nach dir. Nein, nicht in seinem Zimmer! Im Park auf der anderen Seite der Hauptstraße.«

Im nächtlichen Park waren vereinzelte Schatten von Menschen zu erkennen. Am Himmel prangte der volle Frühlingsmond. Aus der Richtung, in die der Kassenführer zeigte, glänzten Lichter. Der Wind trug vertraute Klänge an mein Ohr. Ich bahnte mir einen Weg durch das Gebüsch und gelangte auf einen Sportplatz mit erdigem Boden. Die Lichter stammten von Instrumenten, in denen sich das nächtliche Mondlicht spiegelte. Das Orchester hatte sich komplett versammelt und spielte. Sie hatten scheinbar alle Instrumente heimlich aus dem Konzertsaal geholt, erstaunlicherweise sogar die Kesselpauken. Dahinter stand Großvater. Als er mich erblickte, fragte er mit merkwürdig leiser Stimme:

»Katze, wie ist die Stimmung?«

Ich war verblüfft, weil es so unerwartet kam, aber irgendwie kriegte ich einen Ton heraus. Er kam so leicht und voll wie noch nie. Es war, als ob ich mich schon lange darauf vorbereitet hätte.

»Miau!«

»Braver Junge.«

Alle Orchestermitglieder schielten zu mir hinüber.

Der Kassenführer ging herum und verteilte Noten.

»Es gibt im Moment leider nur zehn Exemplare, bitte lest sie in Gruppen, ich bereite dann bis morgen je einen Part für zwei Personen vor.«

Großvater winkte mich heran. Ich stand im Mondschein zwischen ihm und dem Hausmeister. Erstaunlicherweise war ich – ein Schüler der dritten Mittelstufe – auch hier schon größer als alle im Orchester.

Zu meiner Linken flüsterte Großvater:

»Alles klar? Der Wirbel auf der kleinen Trommel ist dein Zeichen. Wenn der Wirbel aufhört, dann, in dem Moment. Mach es wie immer. Es ist für dich überhaupt kein Problem, Katze, wenn du in der Kneipe auf den Gläsern trommelst, ist dein Rhythmus perfekt. Der da sagt übrigens auch immer, dass diese Musik zweifellos in dir drin steckt.«

»Bestimmt, das habe ich in der Schule immer wieder deutlich gesehen.«

Der Hausmeister lachte rechts neben mir und schlug mit seinem Trommelstock zwei-, dreimal leicht gegen meine Brust.

Auf dem Notenpult lag ein handgeschriebenes Notenblatt mit dem Titel: »Fanfare für raufende Kinder«. An verschiedenen Stellen waren rote Kreise eingezeichnet. Darunter waren jeweils unterschiedliche Eintragungen zu erkennen. Miauen einer Katze, der man auf den Schwanz getreten ist, Miauen einer Katze, die Kinder neckt, die den Mond anbetet, die eine andere Katze anlocken möchte.

»Also, dann wollen wir anfangen!«

Großvaters Stimme war das Zeichen, auf das alle im Stehen ihre Instrumente in Position brachten.

Der Postdirektor, der auf einer Stufenleiter stand, hob flink seinen Taktstock. Seine Spitze berührte das Zentrum des gelb leuchtenden Vollmondes. Der sanfte Klang von Klarinetten stieg in den Nachthimmel über der Stadt.

Das erste Mal auf der Bühne eines Konzertsaals.

Mein Platz war ganz hinten, genau in der Mitte. Zu beiden Seiten Großvater und der Hausmeister. Ich hatte nicht damit gerechnet, rechtzeitig schwarze Kleidung zu bekommen, aber die Frau des Fleischers, die auch zum Wettbewerb mitgekommen war, schneiderte mir in einer Nacht aus drei Vorhängen der Herberge einen improvisierten Anzug.

Die Luft in der Halle war ganz anders als im Lagerhaus, ruhig und transparent, aber gleichzeitig voller Spannung, als ob sie jeden Moment Feuer fangen könnte. Eine Luft, wie für Musik gemacht.

Das Konzert begann so:

Die Klarinetten bewegten sich frech mit schneller und langsamer werdendem Tempo vorwärts. Die Trompeten und das Fagott warfen nacheinander Störsalven hinein. Ab und zu spielte die Oboe eine kinderliedartige Melodie, während Großvaters Pauken den massigen Gesamtklang mehr und mehr anheizten.

Da war der Trommelwirbel des Hausmeisters! Die Rauferei hatte endlich begonnen!

Ich hörte von ganz hinten zu. Vom höchsten Platz aus beobachtete ich, wie alle Instrumente sich in das Handgemenge einmischten und wild durcheinanderspielten. Rechts von mir trommelte Großvater pausenlos mit gestrecktem Rücken. Die Hörner und die Tuba schmetterten nacheinander Glissandi in die Tiefe, worauf die kleine Trommel noch heftiger wirbelte, und genau in dem Moment, als es einfach nicht mehr weiter zu gehen schien:

Miauu!

Mit einem Schlag hörte der Streit auf, wie eine Welle, die sich glättet.

Es folgten wieder die Klarinetten und dann ein noch heftigerer Streit in einem Durcheinander von Blasinstrumenten und Schlagzeug. Diesmal war mein Katzen-Miauen so, als ob ich mich über alle lustig machen würde.

Als Hausmeister mit Unterkunft in der Schule hatte der Komponist über viele lange Jahre Kinder beobachtet und die Glocke geläutet. Die meisten Orchestermitglieder waren früher auch Matrosenkinder gewesen und allen steckte diese Musik tief im Körper. Ich aber hatte die Raufereien der Mitschüler auf dem Schulhof immer nur beobachtet. Fast acht Jahre lang – wie ein Idiot.

Aber an diesem Tag war es anders. Ich war ein Schlaginstrument. Ich verprügelte die anderen, die schlugen und geschlagen wurden, mit der Stimme aus der Tiefe meines Bauches. Den Moment, in dem der Streit der Instrumente aufhörte und ich meine Stimme ertönen ließ, verpasste ich nie auch nur um einen Augenblick. Zum Schluss stieß ich ein einziges Miau aus und – tatam – mit einem trockenen Schlag der kleinen Trommel, der alles zusammenzuschnüren schien, war das Konzert zu Ende.

Ich dachte, die Rauferei gehe in meinen Ohren noch weiter, so heftig war der Applaus. Alle Zuschauer standen auf, klatschten in die Hände und stampften mit den Füßen. Wir verneigten uns gemeinsam in dem Applaus und zogen uns auf die Seitenbühne zurück.

»Das Miauen im zweiunddreißigsten Takt war nicht lang genug und im fünfundvierzigsten Takt war es etwas zu schrill.«

Großvater lockerte die schwarze Krawatte und grummelte:

»Ich habe gestern Abend mehrmals darauf hingewiesen! Ich sage es doch immer wieder, ein Instrument muss stets den gleichen Ton bringen. Man muss einfach täglich ausreichend üben …«

Der Hausmeister sagte rasch, als ob er unterbrechen wollte:

»Übrigens, Katze, ist alles in Ordnung mit deinem Herz?«

»Danke, alles in Ordnung!«

Der Kassenführer umarmte den Hausmeister unter Freudentränen, worauf dieser das Gleichgewicht verlor und hintenüber fiel. Alle mussten lachen, mich eingeschlossen, sogar Großvater zeigte den Hauch eines Lächelns auf der Wange.

Auf dem Rückweg mischten sich die Orchestermitglieder und ihre Familien unter die Fahrgäste in den anderen Wagen und veranstalteten einen Höllenradau. Überall in den fünf Waggons des Zuges, der die ganze Nacht durchfuhr, hörte man pausenlos Trompeten und Gongs. Einige Kühe, die am Schluss des Zuges eingepfercht waren, zerbrachen die Holzeinzäunung.

Am Bahnhof hatten sich viele Menschen aus der Stadt versammelt. Als der Zug einfuhr, ertönte am Hafen ein Chor von Dampfpfeifen. Der Fleischer, der den Posten des Konzertmeisters inne hatte, streckte den vergoldeten Pokal aus dem Fenster. Der Direktor der Bergungsgesellschaft nahm ihn entgegen und hielt ihn hoch über die Köpfe der Menge. Noch beim Aussteigen wurde der Hausmeister hochgehoben und in die Luft geschleudert. Ausländische Matrosen nahmen den widerspenstigen Großvater auf die Schultern und begaben sich, von allen umringt, Richtung Kai. Die Matrosenkinder klammerten sich an meine Arme und belagerten mich. »Wie ist die Stimmung? Du Katze, wie ist denn die Stimmung?«, riefen sie alle miteinander.

Miau!

Diesmal schrie ich.

Miau! Miau!

Mit lauter Stimme, immer und immer wieder.

Die Kisten mit den Instrumenten, die gerade von den Lastwagen abgeladen worden waren, standen ordentlich aufgereiht im Lagerhaus Nr. 2. Die Kiste mit der kleinen Percussion war tatsächlich nicht darunter. War sie beim Transport unterwegs irgendwo heruntergefallen? Oder drüben in der großen Stadt spurlos verschwunden? Außer Großvater schien sich im Moment niemand über solche Dinge Gedanken zu machen. Sogar der Hausmeister holte schnell eine kleine Trommel heraus und lief auf die Bühne des Lagerhauses.

Die Wiederaufführung von »Fanfare für raufende Kinder« war, offen gesagt, nicht besonders gelungen. Fast alle waren betrunken und meine Stimme fing jetzt an, heiser zu werden. Dennoch war der Beifallssturm ohrenbetäubend. Fast die ganze Stadt war gekommen und belagerte den Speicher.

Nach dem Triumphkonzert wurden dem Bürgermeister der Pokal sowie eine Tonbandkassette mit den Aufnahmen vom Wettbewerbskonzert überreicht. Die Fanfare für die Zeremonie spielte das Orchester gleich selbst. Danach gingen alle Richtung Kneipe, auch Großvater – und auch ich.

Vielleicht lag es an dem Bier, das ich nicht gewohnt war. Als die Sonne unterging, bekam ich Schmerzen in der Brust. Ich ließ Großvater hinten in der Kneipe zurück und ging hinaus vor die Tür. Im Westen zogen rosa Wölkchen über den Himmel. Einige Matrosen winkten mir zu. Ich holte tief Luft, worauf sich die Schmerzen in der Herzgegend etwas beruhigten. Als ob mich die angenehme Meerbrise schieben würde, spazierte ich los und ließ das abendliche Geschäftsviertel bald hinter mir.

Zu Hause war es halbdunkel.

»Vater?«

Keine Antwort.

Auf dem Tisch lag ein aufgerissener Briefumschlag.

»Vater, wir haben den ersten Preis gewonnen. Ich habe zum ersten Mal ein Konzert gespielt!«

Ich sprach ins Halbdunkel. Noch immer keine Antwort.

Ich ging zum Tisch und hob die Papiere auf, die neben dem Umschlag lagen. Es waren zwei mit einer Klammer zusammengeheftete Blätter. Der Inhalt des Briefes war schwierig zu lesen, aber ich verstand doch, dass er an Vater gerichtet war. Dank den Sammelalben des Hausmeisters konnte ich in der dritten Mittelschule in der Regel auch Texte lesen, deren Inhalt für mich unverständlich war, wenn ich mir genügend Zeit dafür nahm.

»Bedauerlicherweise«, stand da nach einer umständlichen Einleitung. »Bedauerlicherweise konnte in dem von Ihnen zugesendeten Aufsatz kein neuer Lösungsweg entdeckt werden. Im Gegenteil, es findet sich in der Einführung des Widerspruchsbeweises ein fataler Fehler.«

Einführung-des-Widerspruchsbeweises? Was bedeutet denn das? Während ich die Worte zu verstehen versuchte, hörte ich plötzlich, tam, tatam, die Schritte von Kuhtse.

Der Brief ging folgendermaßen weiter:

»Sie haben zuerst einen Fehler begangen und diesen dann mit großem, sinnlosem Aufwand versucht, zu verwischen. Uns ist nicht entgangen, dass sie sich von dem eigentlichen Problem der Beweisführung entfernt haben, um den Anschein eines Lösungsweges zu erwecken. Gegen Ende tauchen immer häufiger fatale Lücken auf. Kein Wunder, die Einführung war ja auch falsch.«

Tam, tatam

Zwischen den Schritten hörte ich die gelassene Stimme von Kuhtse.

– Sie werden immer mehr, die schwarzen Schafe.

Ich schluckte leer und richtete den Blick auf die letzten Zeilen.

»Infolgedessen werden Sie in der ersten Beurteilung disqualifiziert. Wir freuen uns auf Ihre Bewerbung im kommenden Jahr. Das heißt, falls Sie sich weiterhin mit der Beweisführung auseinandersetzen möchten. Offen gesagt haben wir den Eindruck, dass Ihnen die für einen Mathematiker wesentliche Intuition zur Erfassung des Gesamtzusammenhangs fehlt. Mit freundlichen Grüßen.«

Tam, tatam

– Ein Lawine von schwarzen Schafen.

Tatam

Die Schritte von Kuhtse.

Tam!

Ich hatte nicht bemerkt, dass es von der dunklen Treppe kam. Das Geräusch eines Kugelschreibers, der auf die dreizehnte Stufe klopft. Es hörte sich an, als würde es in diesem halbdunkeln Haus niemals verstummen.

Tam, tam, tam

Der schwarze Marsch

Vater wurde sehr wortkarg. Schon morgens krümmte er seinen Rücken, setzte sich auf die zwölfte Stufe und klopfte mit dem Kugelschreiber unentwegt auf die dreizehnte. Großvater sagte ihm zwar, er solle aufhören, aber er reagierte nicht. Für mich war es auch eine Belästigung, da auf der Treppe zwischen Vater und der Wand nur ein kleiner Zwischenraum blieb. Aber wenn ich meinen Körper dann mit größter Anstrengung vorbeigezwängt und es irgendwie die Treppe hinunter geschafft hatte, standen da jeden Morgen die frisch glänzenden Omeletts.

Von der ganzen Insel kamen jetzt Konzertanfragen für das Orchester. Abgesehen von Großvater, mussten tagsüber alle Orchestermitglieder zur Arbeit und ich zur Schule. Wir konnten erst am Abend losfahren und beschränkten uns möglichst auf Hallen im Umkreis von einer Stunde mit dem Zug. An freien Tagen gingen wir manchmal auf Konzertreisen bei denen wir vor Ort übernachteten.

Die »Fanfare für raufende Kinder« kam bei jeder Aufführung sehr gut an. Besonders großen Applaus bekamen immer ich und der Hausmeister, der das Stück komponiert hatte. Er öffnete dann freudig den Mund und beantwortete den tosenden Beifall, indem er wie ein Fußballer trippelte und mit den Händen fuchtelte. Ich stand wie vom Fieber befallen da und winkte geistesabwesend. Wir absolvierten Dutzende solcher Auftritte. Großvater verstaute nach jedem Konzert unverzüglich seine vielen Trommelschlägel in einer Ledertasche und zog sich auf die Seitenbühne zurück.

»Sollten Sie nicht mehr Zugaben geben?«, fragte ihn der altbekannte Journalist in einem Interview für eine renommierte Zeitung, »ich weiß, dass Sie der Leiter sind. Reicht die Kraft nicht für mehr als drei Stücke? Mit Ihrer Erfahrung müssten Sie doch wissen, dass das Publikum sich einen ›Bonus‹ wünscht.«

»Einen Bonus. Gut gesagt!«, antwortete Großvater. »In der Musik braucht es so etwas wie einen Bonus nicht. Mit dem letzten Ton des Programms ist die Arbeit des Orchesters für diesen Abend getan. Einen Zimmermann, der ein Haus gebaut hat, fragen Sie schließlich auch nicht, ob er noch ein, zwei Nächte bleiben möchte, weil es so gut gelungen ist.«

Der Kassenführer, der das Management machte, hatte jeden Tag alle Hände voll mit der Eintragung von Neubewerbern zu tun. Der Koch aus der Werft. Die Mechaniker-Zwillinge. Die meisten brachten keinerlei Erfahrungen mit, aber keiner, der mitmachen wollte, wurde vom Orchester abgelehnt. Die neuen Mitglieder wollten immer wissen, ob ich mit meiner kolossalen Größe wirklich noch Mittelschüler sei und der Hausmeister mit seiner glatten Haut wirklich schon über siebzig Jahre alt. Zu jener Zeit fanden die Beratungsgespräche für den Schulübertritt statt. Ich sagte dem verantwortlichen Lehrer ohne zu zögern, dass ich auf die städtische Fachhochschule für Musik gehen möchte. Diese Schule befand sich in der großen Stadt im Zentrum der Insel, in der auch der Wettbewerb veranstaltet wurde. Das neue Schuljahr begann im nächsten Frühling und er wollte wissen, ob ich schon mit meinem Vater gesprochen hätte. »Nicht nötig«, antwortete ich, »Vater ist im Kopf nur noch bei seinen Zahlen.« Ich erinnere mich, wie der verantwortliche Naturwissenschaftslehrer mit verständnisvollem Blick nickte.

Eines Tages im August sagte Großvater in der Probepause im Lagerhaus Nr. 2:

»Katze, dein Ton ist einfach nicht stabil.«

Er war auch jetzt im Sommer ganz in schwarz gekleidet. »Von fünfzehn Vokaleinsätzen sind drei nicht richtig vorgetragen. Dir scheint es an Ernsthaftigkeit beim Üben zu fehlen!«

»Nein, ganz bestimmt nicht, ich …«

Großvater schaute darauf im Lagerhaus in die Runde der Orchestermitglieder und runzelte noch stärker die Stirn.

»Es ist nicht nur die Katze, in letzter Zeit klingen alle hier im Orchester so kraftlos. Liegt es daran, dass ihr bei diesem provinziellen Wettbewerb den ersten Preis gewonnen habt? Wenn ihr nicht immer und überall ein erstklassiges Konzert spielen könnt, seid ihr keine richtigen Musiker.«

»Lass gut sein!«, sagte der Postdirektor.

»Wenn der Gesamtklang nachlässt, liegt die Verantwortung in erster Linie bei mir, dem Dirigenten. Ab heute werde ich frische Saiten aufziehen und mit vollem Elan bei der Sache sein.«

»Darum geht's nicht!«

Großvater klapperte mit seinem Stock und schimpfte. »Habt ihr eigentlich keine Ohren? Bei der Blasmusik verschmelzen alle Instrumente und bilden einen gemeinsamen Ton. Sie lassen tatsächlich einen Wind entstehen. Aber wenn ich euer Spiel höre, dann klingt das nicht im Entferntesten nach Wind, eher wie ein nach Alkohol stinkender Seufzer. Wie der feuchte, hechelnde Atem eines alten Hundes. Wirklich, ich habe das Gefühl, an meinen Ohren klebt ein übler Gestank!«

Die vier Trompeten verzogen ärgerlich das Gesicht. Auch ich dachte, er soll jetzt aufhören so schlimme Dinge zu sagen. Der Postdirektor klatschte mit rötlichem Gesicht in die Hände. »So, lasst uns stimmen und anfangen«, sagte er und stand auf. Einer nach dem anderen tat es ihm gleich.

In jener Nacht hörte ich Schritte von der Decke, bevor ich ins Bett ging. Ich stieg auf den Schrank und schob das Brett zur Seite.

Es war stockdunkel, aber ich hörte Kuhtses Stampfen.

Tam, tatam

– Der schwarze Marsch, sagte der unsichtbare Kuhtse.

– Leise Töne. Laute Töne. Laute Töne hallen nach.

Tam, tatam

– Große Dinge fallen auf. Aber wenn sie zu groß sind …

Tam, tatam

– Aber wenn sie zu groß sind, werden sie manchmal unsichtbar. Unhörbar. Der schwarze Marsch.

Tam

Ich gähnte leicht und stieg vom Schrank. Kurz nachdem ich ins Bett gegangen war, merkte ich, dass Vater ins Schlafzimmer heraufkam. Er murmelte noch etwas, das wie eine Beschwörung klang und bald hörte ich neben mir seinen ruhigen Atem. Es war schon nach Mitternacht, als von draußen das Geräusch von klackenden Schlägen auf dem Steinpflaster durchs Fenster drang. Sie klangen dumpf. Ach, der Himmel ist ja bewölkt, stimmt, in letzter Zeit habe ich den Mond gar nicht gesehen. Während ich das dachte, kam Großvater schleppend die Treppe hoch. Er schlüpfte lautlos in das Bett zu meiner Linken und hustete ein-, zweimal trocken.

Es begann mit einem Fischerboot. Als ich an jenem Morgen mit Großvater am Kanal spazierte, rief man uns von einem Leichter zu:

»Habt ihr schon von dem Schiff gehört?«

»Welches Schiff?«

Auf unsere fragenden Gesichter hin rief der Matrose mit lauter Stimme: »Es hat bald den Kai erreicht! Wenn ihr hingeht, seht ihr es! Ich werde es mir nachher auch anschauen!«

Am Kai war schon eine große Menschenansammlung.

»Ist das Schiff schon da?«, fragte ich die Frau des Fleischers.

»Noch nicht, aber schau mal da, draußen auf dem Meer!«

Sie zeigte mit ihren Gummihandschuhen auf die See.

»Es müsste in Kürze einlaufen – wenn es denn wirklich ein Schiff ist.«

Es sah in der Tat nicht wie ein Schiff aus. Ein schneeweißer Felsbrocken war zu erkennen, der langsam in der ruhigen, grauen See trieb. Jemand sagte: »Ist das nicht ein Eisberg?« Darauf ein anderer: »Nein, nein, schaut mal, da bewegt sich doch alles. Es ist zwar langsam, aber es sieht trotzdem aus, als würde es näherkommen, hierher zu uns in den Hafen.«

Ich schluckte. Vielleicht war das ja ein Dinosaurier-Baby. Dann wäre es um uns geschehen. Seine Mutter würde kommen, um ihr Kind zu holen, und alle Menschen in der Stadt würden einer nach dem anderen aufgefressen werden. Auch Großvater, ich und Vater.

»Es sind Leute darauf!«, rief der Kapitän des Bergungsschiffes mit einem Fernglas in der Hand. »Sie haben die Rettungsflagge gehisst! Auf dem weißen Berg ist deutlich eine Fahne zu erkennen!«

Der weiße Klumpen kam ganz langsam in den Hafen hinein. Mehrere Leichter fuhren ihm entgegen, aber da sie nirgends eine Stelle fanden, an der sie ein Tau festmachen konnten, gingen sie auf beiden Seiten längsseits und begleiteten den Klumpen in seinem Schneckentempo. Wir rannten zur Spitze des Landungsstegs. Die Matrosen hielten Rettungsgerät in Bereitschaft. Drei Leute sprangen aus dem weißen Klumpen ins Meer und schwammen zu einem Leichter. Trotzdem trieb der Klumpen weiter in den Hafen hinein – offenbar befanden sich immer noch Leute darin.

Lautlos fuhr das von den Leichtern begleitete Fischerboot vor dem überfüllten Landungssteg an uns vorbei. Was ausgesehen hatte wie ein weißer Berg, waren in Wahrheit Seevögel. Von der Beleuchtung am Mast, über das ganze Deck, bis zur Kommandobrücke war das ganze Boot dicht bedeckt mit unzähligen Vögeln. Von Nahem betrachtet waren ihre Federn angeschmutzt und alles andere als schneeweiß. Unter dem Gewicht der Tiere war das Boot weit über die Konstruktionswasserlinie fast bis zum Deck ins Wasser gesunken. Auch bei ganz ruhiger See wäre es sofort gekentert, wenn es mehr Fahrt aufgenommen hätte. Nachdem es am Kai angelegt und den Motor gestoppt hatte, kroch ein Kapitän mit kurz geschorenem Kopf heraus. Er hatte eine schreckliche Gesichtsfarbe, wie jemand, der sich den Magen verdorben hat.

»Ich verstehe das einfach nicht«, sagte er kopfschüttelnd, nachdem er sich hingesetzt und eine dargebotene Wasserflasche geleert hatte. »Bei schlechtem Wetter ruhen sich manchmal Seevögel auf dem Boot aus. Letzten Mittwoch sind wir an einer ziemlich seltsamen Wolke vorbei gefahren. Da kamen diese Kerle einer nach dem anderen angeflogen. Sie haben sich überhaupt nicht mehr bewegt, wie festgefroren. Wir haben sie mit allen Mitteln versucht zu verscheuchen, aber sie sind einfach nicht weggeflogen.«

Wir drehten uns um und schauten zum Fischerboot hinunter. Die Vögel bedeckten nach wie vor das Schiff und machten keine Anstalten loszufliegen. Sie pressten sich so eng aneinander, dass die Federn an der Brust abgewetzt waren bis auf die nackte, rosafarbene Haut. Ihr unruhig umherirrender Blick sah verängstigt aus, als hätten sie den Kopf eingezogen und die Stimme unterdrückt, um unbemerkt etwas an sich vorüberziehen zu lassen.

Nachdem das Fischerboot mit den Vögeln den Kanal erreicht hatte, verließen die Menschen nach und nach kopfschüttelnd den Kai. Ich ging direkt zur Schule und durchstöberte im Zimmer des Hausmeisters ein Sammelalbum nach dem anderen. Im sechsten Band fand ich endlich den alten Artikel, den ich gesucht hatte.

»Möwen-Rettungsboot im Hafen eingelaufen!«

Letzte Nacht kurz vor Tagesanbruch legte der ausländische Kreuzer »Fuchsjagd« mit über hundert Möwen an Bord mitten im Sturm an Pier Nr. 6 an. Von der Besatzung wurde niemand verletzt. Gemäß dem Radar-Matrosen geriet der Kreuzer auf offener See in einen Taifun und konnte mit viel Geschick in das Auge des Wirbelsturmes entkommen, wo er zusammen mit der vorrückenden Wetterfront langsam nach Osten fuhr. Es dauerte nicht lange, da kamen aus allen Himmelsrichtungen Möwen angeflogen, die vom Sturm geplagt worden waren. Die Matrosen hießen jeden der auf dem Deck landenden Vögel mit einem stummen Gebet willkommen. Unter den Hilfe suchenden waren auch drei Wettkampftauben. Mit Vögeln und Matrosen an Bord, setzte die »Fuchsjagd« ihre bedrohliche Fahrt im Auge des langsam dahinziehenden Wirbelsturmes mit einer Geschwindigkeit von fünf Knoten fort. Zehn Seemeilen vom Hafen entfernt änderte der Kreuzer seinen Kurs und stieß mit wilder Entschlossenheit in den Sturm. Die Möwen, die sich in der Nähe der steuernden Matrosen befanden, sollen diese laut schreiend angefeuert haben und auch nicht von deren Seite gewichen sein, wenn sie von großen Wellen übergossen wurden. Als die mutigen Matrosen endlich Pier Nr. 6 erreicht hatten und sich in der Seemannsunterkunft pflegen ließen, schlugen die Möwen auf dem Schiff alle gleichzeitig mit den Flügeln. »Es war, als ob sie uns applaudiert hätten«, erzählte der Steuermann. Als sich heute früh der Sturm verzogen hatte und die Besatzung unter blauem Himmel zu ihrem Schiff zurück ging, war keine einzige Möwe mehr da. »Die haben natürlich gewartet, bis der Himmel aufklart und sind dann zufrieden davon geflogen«, meinte der Kapitän der »Fuchsjagd«. »Es kann doch nicht sein, dass solch tolle Vögel einfach hinweggefegt werden.«

Gemäß dem Radar-Matrosen soll ferner bei einer der gefangenen Wettkampftauben anhand der Nummer auf dem Fußring ihr Name »Fortuna im Glück« festgestellt worden sein. »Fortuna im Glück« war eine Berühmtheit, die schon dreimal in Folge einen internationalen Langstreckenwettkampf gewonnen hatte.

»Aber«, sagte ich zu mir selbst, »warum fliegen die Seevögel, die an dem Fischerboot kleben, denn nicht einfach davon, wenn doch gar kein Sturm herrscht? Was um Himmels Willen hat sie da draußen auf dem spiegelglatten Meer so eingeschüchtert? Wahrscheinlich doch ein Dinosaurier.«

Als ich das vor mich hin murmelte, glaubte ich, wieder Kuhtses Schritte zu hören, aber nach einer Weile merkte ich, dass es der Hausmeister war, der auf dem Turm die Glocke läutete. Ich stellte die Sammelbücher ins Regal zurück und ging ins Schulzimmer.

Nach zwei, drei Tagen waren die Vögel immer noch auf dem Boot. Sie bewegten sich längst nicht mehr und waren mittlerweile wirklich starr wie ein Felsbrocken. Der weiße Klumpen wurde seltsamerweise jeden Tag größer. Die Matrosen von den Leichtern erzählten, dass täglich von irgendwo her einzelne neue Seevögel angeflogen kämen und sich auf dem weißen Berg niederließen. Da das Boot unter dem Gewicht zu versinken drohte, wurde es schließlich auf eine Untiefe geschleppt. Von Weitem sah es aus wie eine misslungene Cremetorte.

Währenddessen wurde der Seewind im Hafen deutlich stärker. Der Horizont war mit gelben Wolken verhangen, aus deren Richtung pausenlos ein heftiger Wind blies. Alle meinten, so einen Wind hätte es hier noch nie gegeben. Die Frachter und die ausländischen Passagierschiffe neigten sich bedrohlich zur Seite, wenn sie auf das Meer hinausfuhren. Die kleinen Leichter und die Fischerboote durften den Hafen gar nicht mehr verlassen und wurden am Kai entlang fest angebunden.

Das milde Wetter, das wir bis in den Frühling hinein gehabt hatten, schien wie ein unwirklicher Traum. Im steifen Wind liefen jetzt alle schräg nach vorne geneigt durch die Stadt, die Hände am Hemdkragen und an der Mütze festgekrallt. Ich erinnere mich noch, dass eines Tages der Hund des Fleischers verschwand. Seine Frau lachte traurig und meinte, der Wind habe ihn bestimmt in der Nacht davongetragen.

Mit dem Wind kamen ungewöhnlich große Dinge in die Stadt geflogen. Ein abgebrochener Mast, ein Fetzen von einem Netz, ein ausländischer Matrosenhut. Offenbar war irgendwo ein Schiff in Seenot geraten. Ich hielt den Atem an und blickte in den bewölkten Himmel. Da oben fliegen jetzt also irgendwelche Sachen herum – Kleider und Hüte, Schilder, vielleicht sogar ein mit allen Vieren strampelnder Hund.

Morgens und abends ging ich alleine zum Kai hinunter und beobachtete die unheimlichen Wolken. Sie machten nicht den Anschein, sich zu verziehen – im Gegenteil: Sie zogen ganz langsam immer mehr zu und bedeckten mittlerweile schon fast den ganzen Himmel. Die Windböen stießen unablässig gegen meinen großen Körper. Es fühlte sich an, als wollten sie mich an einen weit entfernten Ort davontragen.

Bei den Orchesterproben hallten zarte Pauken-Bässe und ein äußerst zaghaftes Ensemble von Blasinstrumenten leise durch das Lagerhaus, während im Hintergrund ununterbrochen der tosende Wind am Dach rüttelte.

Eines Abends platzte ein Wachtposten mitten in die Probe.

»Auf dem Meer sind Lichter!«

Wir eilten alle ins Freie. Weit draußen auf dem Meer, wo sich der Horizont in den Wolken auflöste, konnten wir eine lange Reihe blaugrüner Lichter, wie von brennenden Fackeln, erkennen. Es sah aus wie eine Formation von Kriegsschiffen aus uralten Zeiten, die gekommen waren, um uns anzugreifen.

»Das ist eine Luftspiegelung«, murmelte jemand mit trockener Stimme. »Es sind Lichter von weit entfernten Fischerbooten, die man verkehrt herum sehen kann. Dabei funktioniert die Luft wie eine Linse. Hier im Hafen habe ich das zwar noch nie gesehen, aber in der Gegend, aus der ich komme, da gibt es das oft.«

Alle waren sichtlich erleichtert.

Der Hausmeister flüsterte mir in den Nacken:

»Das sind bestimmt die Augäpfel von einer Herde Dinosaurier!«

Ich erschauderte, zog den Kopf ein und drehte mich zum Hausmeister um. Er drücke scherzhaft ein Auge zu, aber sein glattes Gesicht war bleich wie Porzellan.

Nachdem die Orchestermitglieder eine Weile die Luftspiegelung beobachtet hatten, gingen sie zurück ins Lagerhaus, wo sie wie angewurzelt in einer Reihe stehen blieben und auf die Bühne starrten. Da war Großvater. Er hatte als Einziger das Lagerhaus nicht verlassen. Ganz oben stand er stramm auf der Bühne und trommelte mit den Trommelschlägeln in seinen zitternden Händen der Reihe nach auf den vier Kesselpauken.

»Das gibt's doch nicht!«, stöhnte er.

»Das gibt's doch nicht, sogar meine Pauken fangen jetzt an zu stinken! Das klingt ja furchtbar, zum Teufel, sogar meine Pauken!«

Der Kassenführer und Manager konnte nicht umhin, bis auf Weiteres alle Konzerttätigkeiten abzusagen. Aus dem Orchester gab es keine Einwände, schließlich hatten alle bemerkt, was die Pauken von Großvater für einen schauderhaften Ton von sich gaben. Alle ihre Instrumente hatten für ihn also schon seit längerer Zeit so schrecklich geklungen.

Einige Oberschüler, die neu im Orchester waren, rannten aus dem Lagerhaus und übergaben sich ins dunkle Meer. Keiner hatte mehr Lust, sein Instrument in die Hand zu nehmen, und die Probe wurde an diesem Abend frühzeitig abgebrochen.

Als ich am nächsten Morgen aufwachte, regnete es vom wolkenbedeckten Himmel über der Stadt Mäuse.

Regen und Paradies

Ich kannte das Phänomen aus den Sammelalben des Hausmeisters, die ich bis jetzt gelesen hatte. Es passiert überall auf der Welt immer wieder, dass plötzlich Schneckenmuscheln, Frösche und dergleichen, die von Wirbelstürmen weggetragen wurden, in großer Zahl vom Himmel fallen.

In einem alten Artikel stand zum Beispiel das Interview mit einem ausländischen Bauern, der zornig erzählte, auf seinen gesamten Gemüseacker seien Schnecken niedergeprasselt, die ihm die komplette Jahresernte vernichtet hätten. Es gibt auch sonst zahlreiche Aufzeichnungen über Laubfrösche, Edelhechte, Eidechsen und Fledermäuse. In allen Artikeln steht, dass der Regen dieser Kleintiere nur von kurzer Dauer ist. Vom ersten bis zum letzten Tier nicht mehr als dreißig, vierzig Sekunden. Die von dem Unglück betroffenen Menschen sind danach den ganzen Tag damit beschäftigt, die Kadaver zu beseitigen.

Man kann sagen, dass der Niederschlag in unserer Stadt alle Rekorde schlug. Jedenfalls dauerte der Mäuseregen fast den ganzen Vormittag an.

Die Schule blieb zu und die Fensterläden an allen Häusern wurden fest verschlossen. Durch die Haupt- und Nebenstraßen fuhren langsam Polizeiautos mit montierten Lautsprechern, aus denen eine verzerrte, blecherne Stimme die Menschen warnte, nicht aus dem Haus zu gehen. Großvater und ich beobachteten durch das Fenster im zweiten Stock das Geschehen. Es war absolut scheußlich.

Am gelblichen Himmel waren unzählige schwarze Punkte. Die kleinen Mäuse fielen senkrecht vom Himmel, schlugen auf das Pflaster und wurden zu schwarzen Klumpen zerquetscht. Aus jedem Klumpen ragte ein langer, dünner Schwanz, woran man knapp erkennen konnte, dass die Kadaver einmal Mäuse gewesen waren. Als wir später die Stadt säuberten, erwiesen sich diese Schwänze als sehr hilfreich. Sie boten eine praktische »Halteschnur«, an der man sie auflesen konnte.

Die Mäuse fielen auch in den Kanal. Überlebende Tiere kamen an die Wasseroberfläche, um gleich wieder blubbernd zu versinken. Es gab auch welche, die ans Ufer geschwemmt wurden und auf die Straße hoch krabbelten. Geschickt wichen sie dem schwarzen Monsunregen, der auf sie niederging, aus und verschwanden in Abfalleimern und im Dunkel der Gassen.

Am frühen Nachmittag schien seit Langem wieder einmal die Sonne. Gleichzeitig hörte auch der Mäuseregen auf. Das Pflaster war über und über mit schwarzem Fell und rosa Fleisch gesprenkelt. Wagen des Gesundheitsamts fuhren umher und sprühten Desinfektionsmittel. Auf dem Kanal trieb ein gekenterter Leichter verkehrt herum im Wasser und zeigte seinen zerbeulten Bauch.

Die ganze Stadt sah im Sonnenlicht wie eine Traumlandschaft aus. »Was ist das denn? Sind wir alle in einem Albtraum gelandet?« Die Menschen rieben sich ungläubig die Augen, während sie ganz langsam aus ihren Häusern kamen und die festgeklebten Mäuse mit Schraubenziehern und Schuhlöffeln von der Straße kratzten.

Siebzehn Menschen wurden von herabfallenden Mäusen direkt am Kopf getroffen und kamen dabei ums Leben.

Auf die gleiche Art fanden dreiundachtzig Haustiere den Tod.

Bei hunderteinunddreißig Gebäuden entstanden Schäden am Dach.

Während ich im Wohnzimmer die Sonderausgabe vorlas, kam Vater die Treppe herunter und murmelte etwas vor sich hin. Als ich zu ihm aufschaute, leuchteten seine Augen fröhlich.

»Es sind Primzahlen. Wie schön. Alles, was die Mäuse verursacht haben, ist in Primzahlen.«

Ich wollte nicht wissen, wie groß die genaue Zahl der Mäuse war, die es geregnet hatte. Es waren etwa zweiunddreißig Tonnen Kadaver zum Gesundheitsamt gebracht worden. Das ist ein Vielfaches von vier und selbstverständlich keine Primzahl. Aber Vater schnäuzte sich leise und meinte, wenn man richtig bis zur Grammeinheit messen würde, käme zweifellos eine Primzahl heraus. Mit anderen Worten, er war seit jenem Morgen mit Primzahlen von Mäusen beschäftigt. Und von da an wurde Vater bis zu seinem Tod – nein, sogar bis über seinen Tod hinaus – von Mäusen in Primzahlen verfolgt.

Es gab noch jemanden in der Stadt, der sich über den scheußlichen Mäuseregen freute.

Der Hausmeister.

»Sie kommen, ganz sicher werden sie kommen!«

Vor der Kneipe hüpfte der Hausmeister neben einem großen Haufen Mäuseleichen auf und ab und fuchtelte wild mit den Händen.

»Was kommt?«, fragte der Schankwirt mit angewidertem Gesicht und hielt mit seinem Besen kurz inne.

»Was soll denn jetzt noch kommen?«

»Die Reporter!«, antwortete der Hausmeister. »Scharen von Journalisten werden herkommen. Endlich wird es Artikel über unsere Stadt für mein Sammelalbum geben. Ach, ich kann es kaum erwarten. Wann kommen sie denn endlich!«

Es ging schnell. Am frühen Nachmittag waren sie schon da und während sie meckerten, wie schlimm das hier überall stinke, blitzten die Journalisten alles und jeden in der Stadt. Vor dem Gesundheitsamt posierte der Lastwagenfahrer neben einem Mäuseberg. Ein backenbärtiger Zeitschriftenautor fragte die Frau des Eisenwarenhändlers, wie sie sich denn fühle, nachdem sie einen Enkel durch die Mäuse verloren habe. Er soll darauf mit einem Hammer beworfen worden sein und sich schnell mit einem gequälten Lächeln davon gemacht haben. Im Gasthaus drängten sich nicht nur die Journalisten, sondern auch die Menschen, deren Haus zerstört worden war. Die hölzerne Mietskaserne neben dem Leuchtturm hatte dem heftigen Mäuseregen nicht stand gehalten. »Was für ein Unglück!«, sagten die Journalisten. »Was haben Sie als Erstes gehört? Sie selbst wurden nicht getroffen? Gibt es Verletzte in Ihrer Familie? Aha, ich verstehe – was für ein schlimmes Unglück!«

»Und wo genau am Körper ist Ihre Frau von der Maus getroffen worden?«

»Es waren unangenehme Gesellen«, erzählte der Wirt vom Gasthaus später, »als sie im Speisesaal unter sich gewesen sind, haben die gelacht! Laut und schallend! ›Mäuse?!‹, haben sie gellend geschrien, ›diese Stadt wurde mit etwas komplett Absurdem zugeschüttet.‹ Dann haben sie gegenseitig Ideen für Schlagzeilen ausgetauscht und sich wieder kaputt gelacht. ›Piepste der Mäuseregen, als er niederging?‹ oder ›Die todesmutige Wanderung der fliegenden Mäuse‹, solche Dinge haben die gesagt!«

Der Seewind hörte unvermittelt auf. Die Straßen waren plötzlich ins Licht der heißen Sommersonne getaucht und in der flimmernden Luft lag – wie die Journalisten schon bemerkt hatten – ein furchtbarer Gestank. Die Bewohner der Stadt ließen sich nicht unterkriegen. Schwanz für Schwanz räumten sie die Kadaver beiseite, spritzten Desinfektionsmittel und Geruchsentferner und fegten beharrlich. Aber die Luft blieb stickig, als wäre der penetrante Gestank zusammen mit dem Unglückswind bis ins Mark der Stadt eingedrungen.

Am nächsten Tag empfing der Haumeister schon ab Vormittag die Zeitschriftenjournalisten in seinem Zimmer und in der Kneipe. Wie ihm geheißen, stellte er ihnen auch den Postdirektor und einige Mitglieder der Matrosengewerkschaft vor.

»Sie fragen sich doch bestimmt, wo all die Mäuse hergekommen sind.«

Ich erinnere mich, wie der Hausmeister an einem Tisch in der Kneipe, umringt von drei Journalisten, mit prahlerischer Miene schwatzte.

»Ich bin früher auch zur See gefahren und habe viele Geschichten gehört.« Er nickte dauernd mit dem Kopf, während er erzählte. »In der Nähe des Äquators soll es ein Paradies für Mäuse geben. Das ganze Jahr über ist da schönes Wetter und es gibt immer genug zu essen. Weil rundherum ein starker Wind weht, gibt es auch keine Überfälle von natürlichen Feinden wie Raubvögeln oder so. Auf der ganzen Insel sind überall Mäuselöcher und in einer Großfamilie sollen Zehntausende von Tieren leben. Ein Kamerad von mir ist nämlich auf die Insel verschlagen worden. Es klingt unglaublich, aber da soll es tatsächlich einen König der Mäuse geben, mit einem abgetragenen Fingerring auf dem Kopf, umgeben von Hunderten von Dienern.

›Du darfst niemandem von dieser Insel erzählen!‹

Nanu! Dieser König konnte ja sprechen. In unserer Menschensprache.

›Wenn du hier bleiben willst, so soll es dir an nichts fehlen. Aber du musst ein Leben als Maus führen!‹

Mein Matrosenkamerad wurde am ganzen Körper mit Kohle pechschwarz angemalt. Er befestigte sich ein Strohseil hinten an der Hüfte und bewegte sich nur noch auf allen Vieren. Auch Freunde hat er unter den Mäusen gefunden und sogar geheiratet. Im Winter war es schön warm und an den Sommernachmittagen angenehm feucht. In der Nacht schwebte über der Insel der Geruch von Früchten. Wenn er dann gesagt hat: ›Eure Insel ist toll, sie ist wirklich ein Paradies!‹, haben sich die anderen Mäuse, die nicht so klug waren wie der König, mit einem lauten Fiepen gefreut.

Eines Tages bat mein Kamerad um eine Audienz beim König.

›Ich genieße hier eine außerordentlich freundliche Behandlung. Werter König, dürfte ich Ihnen, mit meinen menschlichen Händen, einen Dank erweisen?‹

›Was meinst du mit Dank?‹

›Ich möchte Ihnen einen Palast errichten. Darum ersuche ich Sie um Erlaubnis, einige Bäume fällen zu dürfen.‹

›Gewährt!‹

Viele Mäuse halfen meinem Kameraden mit ihren scharfen Zähnen bei seinem Bau und so war der hölzerne Palast im Handumdrehen fertig. Am Abend vor der Eröffnung näherte sich der Matrose mit Unschuldsmiene den Mäuselöchern und schlug mit einem Stock die ganze Dienerschaft tot. Er raubte den in den Höhlen versteckten Schatz bis auf den letzten Pfennig und rannte damit zum Strand hinunter. Der ›Palast‹ war in Wahrheit, wenn man ihn umdrehte, nichts anderes, als ein robustes Floß. Der Matrose ruderte hastig auf das noch dunkle Meer hinaus. Da hörte er hinter sich plötzlich ein Geräusch. Er schaute zum Bug und sah da seine Mäusebraut hängen, die sich nur mit den Vorderbeinen verzweifelt an den Rand des Floßes klammerte. Er hat sie mit den Fingern ins Meer geschnippt und ist mit kräftigen Schlägen davon gerudert.«

Einer der Journalisten fragte, während er seine Zigarette ausdrückte: »Wo habt ihr euch eigentlich kennengelernt, du und der Matrose?«

»Unser Schiff hat ihn damals aufgegabelt. Er machte einen ziemlich verwirrten Eindruck. Kaute dauernd an dem Strohseil herum, das an seinem Hintern hing. Als er mich erkannte, leuchteten seine Augen und er schien augenblicklich zur Besinnung zu kommen. Und dann erzählte er uns in einem Zug die ganze Geschichte vom Mäuseparadies. Er hatte hohes Fieber und sein Körper war mit Narben übersät, die wie Bisse aussahen. ›Dieser Schatz nützt mir jetzt nichts mehr‹, sagte er und gab mir einen Lederbeutel, kurz bevor er sein Leben aushauchte, aber als ich ihn aufmachte, musste ich lachen – der Inhalt bestand nur aus Kronkorken und rostigen Schrauben, damit konnte ich doch nichts anfangen. Ich habe alles ins Meer geworfen.«

»Aber sagen Sie mal«, meldete sich ein anderer Journalist zu Wort. »Weshalb glauben Sie eigentlich, dass die Mäuse, die es auf diese Stadt geregnet hat, aus besagtem Paradies angeflogen kamen?«

»Hunderttausende von Mäusen gibt's normalerweise nicht an einem Ort. Und um die Insel herum wehte immer ein starker Wind, das habe ich doch erzählt. Es ist doch durchaus denkbar, dass er sich in einen Wirbelsturm verwandelt und die ganze Insel davon getragen hat, oder etwa nicht?«

»Schwierig«, meinte der dritte Journalist und gähnte. »Schwache Beweislage, muss ich schon sagen.«

»Also die Beweise ---«

Wie ein Glücksspieler beim Poker, bevor er seine Karten aufdeckt, ließ sich der Hausmeister einen Moment Zeit.

»Gestern, nach dem Mäuseregen, habe ich im Schulhof das hier gefunden, meine Herren Journalisten, na, was denken Sie, was das wohl ist?«

Die drei beugten sich desinteressiert über den Tisch. Der Hausmeister hielt etwas matt Glänzendes zwischen seinen schmalen Fingern. Ich warf von hinten einen verstohlenen Blick darauf. Es war ein abgetragener Fingerring.

»Dies könnte die Krone des Mäusekönigs gewesen sein. Was glauben Sie? Ich weiß es nicht. Aber wenn dem so wäre, dann hätten wir damit doch den perfekten ›Beweis‹, dass die Mäuse, die es hier geregnet hat, tatsächlich aus dem Mäuseparadies angeflogen kamen!«

Es verging ein Moment, dann brachen die drei Journalisten in schallendes Gelächter aus.

»Mittagspause!«, rief der Schankwirt direkt hinter ihnen mit lauter Stimme, den Mopp in der Hand.

»Sie brauchen nicht zu zahlen, Hauptsache die Herren Journalisten tun mir den Gefallen und verschwinden!«

Während er den vier Leuten von hinten nachschaute, verzog er unverhohlen das Gesicht und spuckte energisch in die übriggebliebenen, lauwarmen Biere.

»Widerliche Typen! Sich über einen so gutmütigen alten Herrn lustig zu machen!«

Auch an der Mündung zum Kanal hatten sich bereits die Zeitschriftenjournalisten neben dem Fischerboot, das auf die Untiefe gezogen worden war, versammelt und schossen ein Bild nach dem anderen. Dahinter stand der Kapitän mit dem Bürstenschnitt herum. Als der Filius des Wachtmeisters, Posaunist im Orchester, mich bemerkte, flüsterte er mir leise ins Ohr: »Ganz schön heftig, wie ein Dampfkochtopf!«

Unter dem Mäuseregen hatten sich die Seevögel noch enger zusammengedrängt und versucht, immer weiter Richtung Schiffsbauch vorzudringen.

Das war aber unmöglich, denn drinnen waren schon welche. So zerquetschten sie sich gegenseitig. Der Bauch des Schiffes war an der Seite dick aufgeblasen und hatte einen großen Riss bekommen, aus dem raschelnder weißer Flaum herausquoll.

Wie ein Journalist treffend bemerkte:

»Es ist eine einzige Vogelpastete, vom Teig bis zur Füllung!«

Diesmal lachte niemand. Am Abend machten sich die Reporter dann langsam auf den Heimweg.

Am Ende wurden in dem Schiff fünftausendvierhunderteinundvierzig tote Vögel gezählt.

»Wie erwartet eine Primzahl«, sagte Vater, während er die Bratpfanne schrubbte.

Wie mir der Hausmeister später erzählte, spannte Großvater an dem Abend im Lagerhaus Nr. 2 alleine neue Felle auf die Kesselpauken. Es war zwar theoretisch Probe an dem Tag, aber von den Orchestermitgliedern dachte niemand auch nur im Entferntesten an Blasmusik. Als der Hausmeister ins Lagerhaus kam, soll er flehend gesagt haben:

»Heute kommt doch niemand, die sind alle mit dem Aufräumen der Mäuse beschäftigt.«

Aber Großvater spannte schweigend seine Felle auf.

»Jetzt denkt natürlich keiner an Musik.«

Großvater drehte an den Schrauben der Halterung und stimmte die Spannung in allen Richtungen ab.

»Weil die Zeiten schlecht sind«, sagte er. »Aber gerade in diesen Zeiten brauchen die Menschen den Klang von richtigen Instrumenten.«

In dem Moment schob ich mir gerade etwas von Vaters selbst gekochtem Essen in den Mund.

Von der Treppe war kein Kugelschreiber-Geräusch zu hören. Vater war offensichtlich eine neue Beweisführung eingefallen. Dafür kamen jetzt zahlreiche, mit Zeichen vollgekritzelte Blätter die Treppe heruntergerutscht.

Nachdem ich die Omeletts aufgegessen hatte, hörte ich wieder die Schritte in meinem Ohr.

Tam, tatam

Ich schaute zur Decke und holte mir einen Stuhl. Aber noch bevor ich hinaufsteigen konnte, ging es schon los. Kuhtse ließ gut gelaunt seine Stiefel erklingen.

– Das ist ein Instrument!

Er sang eine Melodie dazu.

– Das Innere des Instruments ist dunkel, was mag da wohl drin sein.

Tatam, tam

Und, weißt du's etwa?, dachte ich bei mir.

Kuhtse aber fuhr fort, als wolle er mich unterbrechen.

– Ist im Dunkeln vielleicht – Wind?

Tam, tam

– Oder einfach nur – Finsternis? Wahrscheinlich ist es einerlei.

Tatam, tatam

Klopft da jemand?

Tatsächlich, es klopfte jemand an unsere Tür. Leise, aber doch mit festem, entschlossenem Ton. Tatam, tatam. Wer mag das sein? Schon tagsüber kam so gut wie nie jemand zu uns und nach Sonnenuntergang erst recht nicht. Ich schielte zur Treppe hinauf. Vater machte keine Anstalten, herunterzukommen. Ich ging zum Eingang und öffnete die alte Holztür.

Da stand der Fleischer mit seiner weißen Schürze und hinter ihm seine Frau, den Blick auf den Boden gerichtet.

»Großvater ist nicht da!«, sagte ich, »er ist wahrscheinlich in der Kneipe oder noch im Lagerhaus.«

Der Fleischer schaute mich an und seufzte tief.

»Nicht deinen Großvater, sondern dich, Katze, wollten wir um etwas bitten.«

»Mich?«

»Wir haben uns schon im Amtsgebäude mit allen beraten, und jetzt wollten wir dich fragen, ob du uns helfen könntest.«

Ich starrte den Fleischer und seine Frau an wie zwei Postboten, die mir gerade ein schwarz umrandetes Telegramm zugestellt hatten.

»Wir möchten, dass du die überlebenden Mäuse vertreibst, zunächst aus unserem Kühlraum«, sagte die Fleischerin mit einem gequälten Lächeln im Gesicht, als hätte sie gerade einen Fehler gemacht. »Mit deiner gewaltigen Katzenstimme!«

Das Miauen einer unsichtbaren Katze
hallt durch die Stadt

Als erster Klarinettist hatte der Fleischer schon lange den Posten des Konzertmeisters inne. Er war immer ruhig und ausgeglichen und sprach mit allen in einem herzlichen Ton. Seine Rolle war es, die strengen Anweisungen von Großvater in leicht verständliche Worte zu übersetzen und an die Bläser zu übermitteln.

Früher soll er Koch auf einem Schiff gewesen sein.

Er hätte es selbst niemals zugegeben, aber alle wussten, weshalb er in der Stadt ein Geschäft eröffnet hatte. Der Grund war seine Frau, die er auf einer Seefahrt kennengelernt hatte. Sie war damals für die Reinigung der Mannschaftskleidung zuständig gewesen. Ich erinnere mich, dass sie einmal lachend erzählte, wie sie in einer Tasche der Kochuniform einen Liebesbrief gefunden hatte. Mit altmodischen Worten, ganz zerknittert und nicht einmal mit dem Namen der Empfängerin versehen – damit konnte man wirklich nicht das Herz einer Frau gewinnen. Sie korrigierte ihn und gab ihn zurück. Die Dinge schön in Ordnung zu bringen, das gehörte schließlich zu ihrem Beruf. Es verging ungefähr ein Monat, bis er ihr endlich gestand, dass die Zeilen eigentlich an sie gerichtet waren.

Der Kühlraum des Geschäfts war höher als ich. Der Fleischer nickte kurz und öffnete quietschend die schwere Eisentür. Muffiger Gestank. In dem ausgeschalteten Kühlraum sprangen unzählige kleine Schatten herum, wie Eichhörnchen im Wald. Die aufgehängten Fleischstücke waren angefressen und sahen mit ihren freigelegten Knochen traurig aus, wie vom Weinen müde, alte Frauen.

»Die haben die Rückwand angefressen! Von da sind sie reingekommen. Ich habe es am Abend bemerkt«, sagte die Fleischerin. »Die scheinen sich vor gar nichts zu fürchten. Ich habe schon alles versucht, mit einem Stock nach ihnen geschlagen und sie mit Wasser übergossen, aber die machen einfach unbeirrt weiter.«

»Ich habe das Gefühl, die machen sich über uns lustig, Katze.«

Die Frau schüttelte den Kopf. »Es ist, als ob sie alle in schallendes Gelächter ausbrechen, sobald man die Tür zu macht.«

Allmählich gewöhnten sich meine Augen an die Dunkelheit. In dem Raum waren unzählige Mäuse. Sie sprangen an den Fleischklumpen hoch, schaukelten ein wenig, und sprangen wieder herunter. Das wiederholten sie in einem fort. Man schien es sogar an dem Gesicht jedes einzelnen Tieres ablesen zu können: Die Mäuse amüsierten sich. Als ob sie sich, aus Freude in dieser Welt überlebt zu haben, nie mehr still verhalten wollten, amüsierten sie sich aus Leibeskräften.

»Also, wir verlassen uns auf dich!«, flüsterte der Fleischer. »Deine Stimme ist katzenhafter als die jeder richtigen Katze. In der Stadt gibt es fast keine echten Katzen mehr, da die meisten vom Wind davon getragen worden sind. Aber, Katze, bei deiner Stimme müssten die Viecher hier doch erst recht Angst bekommen!«

Seine Frau trat einen Schritt zurück. Ich wankte an die frei gewordene Stelle. Die kleinen Mäuse kümmerten sich nicht um den großen Schatten, der auf sie zukam, sondern spielten weiter Schaukel. Ich zauderte. Vor meinen Augen sah ich die Mäuse, die sich im Kanal verzweifelt ans Ufer geklammert hatten. Vielleicht sind sie tatsächlich aus dem Paradies weggeweht worden. Die große Maus vor mir, die ganz oben auf das Fleisch geklettert ist, hat vielleicht den Fingerring auf dem Kopf getragen, den der Hausmeister gefunden hat.

»Katze!«

Die Fleischerin tippte mir auf den Rücken. In dem Augenblick öffnete sich mein Mund.

Es war, als ob ich einen Wasserhahn aufgedreht hätte. Wie ein pechschwarzer Tornado schoss die Stimme aus der Tiefe meines Bauches heraus und wirbelte auf die Mäuse zu. Das Fleisch vibrierte. Die Mäuse tröpfelten auf den Boden. Meine Ohren klingelten. Ich fühlte mich, als klaffte in meinem Körper irgendwo ein Loch. Wie ein Sturm stieß meine Stimme aus diesem Loch durch den Hals in den Kühlraum.

Ich schrie lange – wahrscheinlich fast eine Minute ohne Unterbrechung.

Noch mit offenem Mund merkte ich plötzlich, dass meine Stimme verstummt war.

Da sah ich, dass auf dem Boden des Kühlraumes haufenweise kleine Mäuse auf dem Rücken lagen. Sie streckten gleichmäßig alle Viere in die Luft und ließen den dünnen Schwanz hängen.

Hinter mir erhob sich der Fleischer. Während er mit kreidebleichem Gesicht den Kopf schüttelte, blickte er in den Kühlraum. Seine Frau versuchte, sich auf seine Schultern zu stützen. Beide schwiegen und er drückte mir mit seinen kräftigen Händen fest beide Arme. Dann kauerten sie sich

auf den Boden und fingen an, eine Maus nach der anderen in große Hanfsäcke zu kehren. Die tiefschwarzen Augen der Tiere waren schon völlig
ausdruckslos. Die Frau bot mir noch mit trockener Stimme einen Teller
Suppe an, aber ich schüttelte den Kopf und verließ die Fleischerei.

Als ich nach Hause kam, war Vater noch auf.

»Wie viele hast du erledigt?«

Ich reagierte nicht.

Vater schnalzte leise mit der Zunge und rief den Fleischer an um sich
nach der Zahl der Mäuse zu erkundigen. Als er den Hörer auflegte, war er
bei bester Laune und machte sich gleich wieder ans Schreiben.

»Eine Primzahl, es war natürlich eine Primzahl.«

Während ich seine Stimme hinter mir hörte, ging ich die Treppe hinauf.
Für einen Blick unters Dach reichte die Kraft nicht mehr. Ich stieg ins Bett
und drückte die Decke an mich. Mein Rachen fühlte sich schleimig an, als
wäre er mit etwas verklebt.

Schon früh am nächsten Morgen kamen Leute vom Gesundheitsamt und
nahmen mich mit ins städtische Tonstudio. Es war ein kleines Studio, das
gewöhnlich zur Ausstrahlung von Wetterberichten und dergleichen diente.
Am Eingang hatten sich das Fleischer-Ehepaar und viele andere bekannte
Gesichter versammelt. Der Schankwirt, dem sämtliche Gläser zerbrochen
worden waren. Der Kassenführer, der ein Bündel durchlöcherte Belege zu
beklagten hatte. Der Postdirektor mit hochrotem Kopf. Er hatte offenbar am
Morgen nach dem Aufwachen seine stolze Briefmarkensammlung mit
Mäusedreck besudelt vorgefunden. Alle schauten mich an und nickten mir
zu. Mit einem Gefühl, als müsste jeden Moment meine Brust zerspringen,
betrat ich gesenkten Hauptes das alte Studio.

»Katze, wie sieht's aus?«

Aus dem Kopfhörer hörte ich die Stimme des Aufnahmeleiters. »Wie ist
die Stimmung, soll ich dir etwas zu trinken bringen?«

Schweigend schüttelte ich den Kopf. Die rote Lampe vor mir leuchtete
matt auf. Ich öffnete den Mund. Ich glaube, es war nicht so heftig wie am
Abend, aber aus der Tiefe meines Bauches wirbelte wieder ein Tornado und
blies in das Mikrofon, das von der Decke hing. Ich hielt die Augen geschlossen und überließ alles meinem herausbrechenden Schrei. Nach einer Weile
fühlte sich mein Bauch wie ausgehöhlt an. Als ich die Augen aufmachte, war
das Licht verloschen. Im Studio lag ein brenzliger Geruch, wie wenn etwas
verkohlt wäre.

Draußen blinzelten alle mit den Augen und redeten wild durcheinander. »Du bist der Wahnsinn! Es hat uns hier fast die Ohren zerrissen.« Ich strich über die Gegend meiner Magengrube und hustete mehrmals trocken. Während ich nacheinander fünf Gläser von dem Wasser hinunterstürzte, das mir der Aufnahmeleiter reichte, fühlte sich meine Stimme ziemlich angeschlagen an, aber sie erholte sich allmählich und war schließlich wieder hergestellt.

Am Nachmittag wurde die Stadt über Lautsprecher, die man überall draußen aufstellte, lautstark mit meiner Stimme beschallt. Stand man davor, konnte man sein eigenes Wort nicht mehr verstehen. Die ganze Stadt war komplett in meine Stimme eingehüllt. Allerdings klang diese überhaupt nicht nach meiner Stimme, geschweige denn nach einer Katze.

Buh, Bu, buh

In der Schule wie auf dem Platz vor dem Amtsgebäude. Sogar nachts in den kleinen Gassen des Geschäftsviertels.

Buh, buh! Bu, buh!

Es klang nach Seewind, nach dem Wind aus den gelben Wolken, der den Mäuseregen in die Stadt getragen hatte. Für mich war dies ohne Zweifel das Geräusch jenes unangenehmen Windes, der mir im Sommer gegen den Körper geschlagen hatte. Aber für alle anderen in der Stadt klang es aus irgendeinem Grund nach einer Katzenstimme. Kreuzte ich jemanden auf der Straße, so schrie er mir ins Ohr, wie toll das sei, besser als eine richtige Katze, wahrhaftig die Stimme einer idealen Katze!

Heute kann ich es verstehen. Eine ideale Katze – so etwas gibt es nicht. Wenn es die gäbe, dann wäre sie nicht von dieser Welt. Als Folge des Seewindes während des Sommers klaffte nicht nur in mir, sondern in allen Menschen dieser Stadt ein unsichtbares Loch. Und deshalb konnten wir alle – mich eingeschlossen – die Töne nicht mehr richtig wahrnehmen.

Buh, Bu, buh!

Die Anwendung bei den Mäusen funktionierte mit sofortiger Wirkung. Den kleinen Lebewesen, die vielleicht aus dem Paradies herbeigetragen worden waren, war jeder Zufluchtsort abgeschnitten. Sie zitterten ängstlich und verloren überall unter den Vordächern, im Schatten der Garagen und in den Nischen von Baumaterialien ihr Bewusstsein. Die Leute packten sie mit Gabeln, Pinzetten oder eigenhändig am Schwanz und warfen jede einzelne in einen Sack. Hatten sie eine gewisse Zahl beisammen, brachten sie diese auf den Platz vor dem Gesundheitszentrum. Unter den dröhnenden

Lautsprechern machte ein Angestellter des Zentrums dann eine fragende Gebärde.

(Wie viele sind es?)

Die Leute der Stadt antworteten mit den Fingern.

(17)

(31)

(23)

Der Angestellte nickte, übernahm die Säcke und schrieb die Zahlen in ein Notizbuch. Dann lud er die starren Mäuse sackweise auf einen Karren und reichte sie weiter an die Müllverbrennung.

Vater telefonierte täglich mit dem Gesundheitszentrum und informierte sich über die genau Zahl der Mäuse, die verbrannt worden waren. Es gab Tage, an denen die Kadaver keine Primzahl ergaben, aber trotzdem werde, wenn man sie alle zusammenzählte, zum Schluss unter allen Umständen eine sehr große Primzahl herauskommen, sagte er. Das war seine Voraussage und er freute sich schon auf die Auszählung.

Fast die ganze Stadt beteiligte sich eifrig am Einsammeln. Der ohrenbetäubende Lärm aus den Lautsprechern dröhnte pausenlos, auch in der Nacht. Die Menschen verständigten sich auf der Straße mit Hilfe von Handzeichen.

(Der Kai ist noch unberührt)

(Die Lagerhäuser auch)

(Lass uns heute Abend hingehen)

(Zum Mäusesammeln)

Etwa in dieser Art. Nur ins Lagerhaus Nr. 2 wollte niemand. Großvater hatte nämlich für alle, die nicht zum Musik machen kamen, den Zutritt verboten. Tatsächlich war zweimal der Postdirektor und einmal das Fleischer-Ehepaar da gewesen. Aber Großvater ging auf den Direktor zu, der mitten im Ensemble stand und einen flüchtigen Blick ins Dunkel der Bühne warf, schlug auf eine verstimmte Kesselpauke und schickte ihn hinaus. Der Hausmeister soll noch entschuldigend am Ausgang gestanden und ihm zum Abschied mit schlenkernder Hand nachgewunken haben.

Jeden Tag nach der Schule hielt ich mir mit beiden Händen fest die Ohren zu und rannte nach Hause die Steintreppe hoch. Der einzige Ort, an dem ich Ruhe vor meiner Stimme hatte, war unter dem Dach. In das Lagerhaus durfte auch ich nicht hinein. Ich stieg die verzierte Treppe hinauf und blickte vom Schrank hinter die Zimmerdecke. Wenn ich das tat, verstummte seltsamerweise das Getöse, das durch die ganze Stadt hallte. Kuhtse war immer da. Er stampfte mit den Füßen, wirbelte den Sommerstaub auf und schwang dabei sein knallgelbes Hemd.

Tam, tatam, tam

– Der Körper. Er ist ein Instrument.

Er redete nach wie vor rätselhaftes Zeug.

– Darin steckt etwas Unsichtbares.

»Sei ruhig!«, sagte ich, »ich möchte nur deine Schritte hören.«

Kuhtse schwieg. Und stampfte unbekümmert weiter.

Die Mäusevertilgung mit Hilfe meiner Stimme dauerte drei Tage und drei Nächte. Am Morgen des vierten Tages stand in der Zeitung eine »Siegeserklärung« des Gesundheitsamtes.

»Dank der aktiven Mitarbeit aller Einwohner ist die Stadt jetzt von Mäusen befreit. Die Müllverbrennung arbeitet auf Hochtouren, aber dennoch konnten bis jetzt noch nicht alle Kadaver verbrannt werden. Gemeinsam haben wir die Mäuse besiegt. Heute Mittag werden die Lautsprecher in den Straßen voraussichtlich abgeschaltet.«

Sie wurden wie geplant abgeschaltet. Als sie verstummten, waren alle ganz verwirrt. Im Kopf drehte sich alles und man musste sich unwillkürlich irgendwo festzuhalten.

Die Menschen kamen heraus und wankten über die gepflasterten Straßen. Sie taumelten nach rechts, um sich beim nächsten Schritt unter Aufwendung aller Kräfte wieder nach links zu schleppen. Mit ihren umherirrenden Blicken sahen sie aus wie ein Schwarm Seevögel, der im starken Seitenwind mit unbestimmten Flügelschlägen am grauen Himmel in allen Richtungen nach einem Zufluchtsort sucht. Alle klagten sie über Kopfschmerzen und Schwindel. Obwohl es eigentlich still war, hatten sie schlimmes Ohrensausen. Die Katzenstimme? Nein, es war ein viel seltsameres, unheimliches Geräusch. Es hörte sich an, als würde in der Tiefe des Körpers feuchter, grauer Qualm durch ein Loch brausen.

An diesem Tag war eine Orchesterprobe angesetzt. Die Mitglieder schulterten ihre Instrumente und torkelten zum Lagerhaus Nr. 2. Der Hausmeister hieß alle mit weit offenem Mund und keuchendem Lachen willkommen. Ganz oben auf der Bühne stand Großvater bereit, die Trommelschlägel fest in beiden Händen. Auch ich unterdrückte meine Kopfschmerzen und rannte ins Lagerhaus. Wir stiegen auf die Bühne und alle brachten gemeinsam ihre Instrumente in Position.

Der Taktstock des Postdirektors senkte sich kraftlos. Das war aber nicht der Grund, weshalb die Klarinetten im ersten Satz gicksten, die Trompeten schmierten und die Oboen nur einen hohlen Ton zustande brachten. Boing, boing, boing, schlug die Pauke in einem fort. Keiner drehte sich zu Großvater um. Ich denke, alle waren bis auf die Knochen erschüttert, angesichts der entsetzlichen Tatsache, dass sämtliche Mitglieder des leuchtenden Blasorchesters ihr Gehör für Musik verloren hatten.

Darauf erstellte Großvater einen ganzen Tag lang detaillierte Übungspläne für jede Instrumentengruppe. Die Übungsbühne wurde weggeräumt und überall in dem großen, leeren Lagerhaus die Notenständer aufgestellt.

»Also, Leute!«

In der Mitte des Lagerhauses erhob Großvater seine Stimme. »Dann wollen wir anfangen!«

Die Klarinetten und Oboen spielten ein paar schwache, hilflose Töne. Long Tones schafften sie keine fünf Sekunden. Die Hörner und die Tuba brachten nicht mal einen Ton heraus.

»Weiter machen!«, schrie Großvater so wie immer. »Ohne Pause!«

Er schlug mit dem silbernen Stock klackend auf den Boden des Lagerhauses. Der Hausmeister, drei Oberschüler und ich spielten dazu mit Trommelstöcken auf alten Putzlappen, die wir auf die Tische klebten. Eine Stunde, zwei Stunden. Wir trommelten mit vollster Hingabe auf den Putzlappen, weiter und immer weiter.

Da hörte ich hinter mir den Hausmeister.

»Also, einfach nur trommeln, das reicht nicht!«, flüsterte er besorgt, »der Rhythmus muss ganz von selbst aus dem Körper kommen, so fließend, dass ihr überhaupt nicht mehr daran denken müsst, wie ihr trommelt. Ihr müsst so spielen, dass sich das Zentrum eures Körpers mit den Stöcken und dem Putzlappen vor euch verbindet und ihr eins mit ihnen werdet.«

Wir suchten in unseren undeutlichen Körpern nach dem Zentrum und konnten es beim besten Willen nicht finden. Wenn es denn je innere Berührungspunkte zwischen unseren Körpern und den Putzlappen vor uns gegeben hatte, dann wurden diese spätestens jetzt buchstäblich zu Fetzen geschlagen.

Die Menschen in der Stadt wirkten noch härter getroffen als die Putzlappen. Obwohl kein Lüftchen unter dem klaren Herbsthimmel wehte, konnten sie keine drei Schritte geradeaus gehen. Wie Matrosen, die grade aus einer Gasse heraus kommen, in der sie ordentlich zusammengeschlagen worden sind, wankten sie mit trübem Blick über das Steinpflaster. Die Menschen hatten Angst vor Treppen. Vom Hochsteigen ganz zu schweigen, hockten sie sich beim Runtergehen plumpsend auf die Steinstufen, mit einem Gesichtsausdruck, als hätten sie Blei verschluckt. Dann rutschten sie wie Säuglinge auf dem Hosenboden Stufe für Stufe hinunter.

Und dann die Mäuse. Tatsächlich wurden in der Stadt keine Mäuse mehr gesichtet, nachdem sie dem Sturm der idealen Katze ausgesetzt worden waren. Aber Vater flüsterte leise: »Es sind noch welche da«, während er sich Eis an die Ohren hielt und Notizen auf ein Blatt kritzelte. »Es müssen noch welche da sein, sonst geht die Rechnung nicht auf.«

Wie zur Bestätigung seiner Worte, ging in der Stadt das Gerücht um, dass hier und dort die Anwesenheit von Mäusen bemerkt worden sei. Ich selbst glaubte manchmal, an finsteren Orten wie dem Gebüsch im Park, dem Putzkasten im Schulzimmer oder unten im Abflussgraben den Atem von durcheinanderwuselnden, kleinen Lebewesen zu hören. Nicht nur ich, alle bemerkten es. Jeder, der in die Dunkelheit blickte, glaubte, vage die Gestalt einer Maus zu erkennen und schaute sofort weg.

Der altbekannte Zeitungsjournalist schrieb in einem Artikel:

»In einem Märchen aus dem fernen Osten gibt es den Ausdruck – eine Maus, wie ein dunkler Schatten mit Schwanz.«

Wahrscheinlich war dieser Text der Anlass dafür, dass die Menschen in der Stadt anfingen, Lebewesen, die sich im Dunkeln zu verbergen schienen und von denen niemand mit Sicherheit sagen konnte, ob sie wirklich da waren oder nicht, als »Schattenmäuse« zu bezeichnen. Unter den Kindern hieß es, dass man niemals direkt ins Dunkle blicken dürfe. Wer nämlich einer Schattenmaus in die Augen sehe, werde unversehens in die Dunkelheit hineingezogen und selbst in rabenschwarze Finsternis verwandelt.

Vielerlei Formen des Weizenstampfens in unserer Welt

Es war ein kalter Winter. Auf den Treppen in der Stadt bildete sich schon früh Frost, aber Vater fürchtete sich selbstverständlich nicht vor Stufen. Auf unserer Treppe zu Hause, wo ihn niemand störte, in diesem Paradies für die Mathematik, da war Vater König.

»Es müssten hier und dort noch welche überlebt haben«, sagte er, nachdem er die Berechnungen für den Tag beendet hatte und Omeletts briet. »Ich würde gerne die exakte Zahl wissen. Nach meiner Hypothese müsste es eine Primzahl der Fünfziger sein.«

»Aber es heißt doch, sie wären durchsichtig!«, sagte ich. Diese Schatten von Mäusen sollen Mäusegespenster sein, jedenfalls stand das so in einem Leserbrief in der Zeitung. »Kann man denn unsichtbare Dinge auch zählen?«

Zu meiner Überraschung musste Vater lachen.

»Pass auf, das hast du offensichtlich noch nicht gelernt, aber in der Mathematik gibt es den wunderbaren Begriff der ›Menge‹. Eine Zahlenreihe beispielsweise, die bis ins Unendliche geht, lässt sich in der Mathematik als eine ›Menge unendlicher Zahlen‹ erfassen. Auch sämtliche imaginären Zahlen werden so zusammengefasst. Auf diese Weise können sie als einzelne Mengen gezählt werden.«

Ich fühlte mich wie vor den Kopf geschlagen.

»Für die Mathematik ist es einerlei, ob etwas auf dieser Welt existiert, oder nicht«, sagte Vater, während er ein Omelett auf den Teller schob. »Verstehst du? Mathematik beschreibt eine Welt äußerster Schönheit.«

Auch an diesem Abend stieg ich schwankend auf den Schrank. Ich fand, Kuhtse sah in letzter Zeit irgendwie kleiner aus. Nicht mehr so groß wie eine Weinflasche, sondern eher wie ein Bleistift.

Tam, tatam

– Was ist im Innern des Körpers?, sprach Kuhtse.

– Ist im Innern eines Instrumentes Dunkelheit?

Tam, tatam, tam

Obwohl es draußen eisig kalt war, roch es bei Kuhtse nach sommerlich warmer Erde.

»Sag mal, Kuhtse!«, sagte ich, »du bist ganz schön geschrumpft.«

– Ich bin nicht geschrumpft. Ich schrumpfe nie, sagte er, als ob er singen würde.

– Groß oder klein, das ist eine Frage der Entfernung.

Die Menschen der Stadt gingen durch die winterlichen Straßen und bliesen weißen Atem vor sich her, als versuchten sie, ihren durcheinandergeratenen Beinen den Weg zu weisen. Das war wahrscheinlich eine der Basisübungen, die alle im Orchester lernten.

Der silberne Stock von Großvater schallte durch das Lagerhaus Nr. 2. Für meine Ohren klang das längst nicht mehr nach Drill. Ich verstand allmählich, dass dieser Stock uns führte. Mit festem Rhythmus, geduldig und ausdauernd, hin zu schöner Musik, die wir irgendwann spielen würden.

»Es ist schon viel besser geworden«, sagte Großvater nach dem Üben und wischte sich etwas Schweiß von der kleinen Stirn. Die Klangfarbe kommt später. Auch die Hörner und die Klarinetten sollten sich erst mal darum kümmern, ihren Rhythmus zu finden. Es geht um Rhythmus! Die Wurzel der Musik ist Rhythmus. Er bringt Struktur in die scheinbar chaotische Welt der Klänge. Nur ein einziger Schlag genügt schon. Ist erst einmal ein anständiger Rhythmus da, dann entfaltet sich daraus die Musik.«

Er sagte das wahrscheinlich auch zu sich selbst. Nach der Probe blieb Großvater immer noch da und setzte sich alleine an die Kesselpauken. Die Töne, die dann aus dem Lagerhaus drangen, klangen so, als hätten sie ihren ursprünglichen Glanz wieder zurückgewonnen, aber Großvater seufzte und meinte: »Katze, es ist noch lange nicht so weit.«

»Und außerdem kann man mit Pauken alleine noch keine Blasmusik machen!«

Auch mein Rhythmus wollte einfach nicht wiederkommen. Dutzende Putzlappen verwandelten sich in nicht mehr wiederzuerkennende Fadenknäuel. Wir schwangen wie besessen unsere Stöcke, als könnten wir den schwindenden Rhythmus auf den Lappen festnageln – Abend für Abend.

»Es bringt meinen Körper in Ordnung, wenn ich so trommle, wie es dein Großvater mir beigebracht hat.«

Während er mit den Händen fuchtelte, sagte der Hausmeister immer wieder: »Leute, ihr habt im Grunde ein gutes Gehör für Musik. Es wird schon klappen!«

Das musikalische Empfinden des Hausmeisters war wie immer. Seine krampfhaften Bewegungen, die nuschelnde Art zu sprechen. Die Behinderungen, welche die Menschen in der Stadt heimgesucht hatten, waren für ihn wie vertraute, alte Freunde.

»Versucht nicht mit aller Gewalt zu sprechen, sondern nur so viel, wie von selber kommt.«

Der Hausmeister redete viel mit den Gästen an der Bar in der Kneipe. »Versucht nicht, mit aller Gewalt zu gehen, überlasst das euren Beinen!«

Männer mit hochroten Gesichtern nickten aufmerksam zwischen ihren Mantelkrägen.

Am ersten Tag der Winterferien half ich dem Hausmeister in seinem Zimmer beim Ordnen der Sammelalben. Nachdem er alle möglichen Artikel aus lokalen Blättern, in denen etwas über den Sommerwind, den Mäuseregen oder den Zusammenbruch des Orchesters stand, sorgfältig durchgelesen hatte, legte er sie entweder in einem roten oder in einem schwarzen Ordner ab. Als ich die Alben zuklappte und schweigend da saß, lächelte er plötzlich verlegen mit dem Teekrug in der einen Hand.

»Katze, ich kann dir an der Nase ablesen, was du jetzt denkst.«

Ich runzelte die Stirn und drehte meinen Kopf weg.

Nach einer Weile seufzte er schwer.

»Du denkst doch, dass ich ein Stück schreiben sollte, über das Mäuse-Unwetter, nicht wahr!«

Jetzt wo er es sagte, merkte ich, dass ich das tatsächlich gedacht hatte. Ich nickte unbestimmt.

»Hm!«

»Wusste ich's doch!«

Der Hausmeister stellte mit einer schlingernden Bewegung den Krug auf den Tisch und schaute plötzlich ganz traurig aus.

»Aber mir kommt dazu einfach keine Musik in den Sinn. Ich höre nichts, wenn ich an den Mäuseregen denke! Was für einen Ton haben die Biester denn eigentlich gemacht, als sie vom Himmel gefallen sind? Haben sie nicht gepiepst oder sonst irgendwie geschrien?«

»Ich kann mich nicht richtig erinnern«, gab ich ehrlich zu. »Ich habe die ganze Zeit durch das Fenster im ersten Stock zugeschaut.«

»Schade! Ich weiß nicht, aber ich habe das Gefühl, wenn ich daraus für alle einen tollen Marsch oder so schreiben würde, dann wäre ihre Taubheit wie weggeblasen. Es muss nicht unbedingt ein Marsch sein, schon eine kleine, hübsche Melodie könnte genügen. Ihre Ohren würden bestimmt wieder aufgehen. Alle haben doch im Grunde ein gutes Gehör für Musik – das kommt alles nur vom psychischen Stress.«

»Sie kennen aber schwierige Wörter.«

»Ach was!«

Er wurde knallrot. »Da kann ich noch so schwierige Wörter in den Mund nehmen, solange mir kein Stück einfällt, hilft das nichts. Ich habe den Leuten hier in der Stadt viel zu verdanken, auch deinem Großvater, Katze! Ich

bin der Einzige hier, dem das Mäuse-Unwetter nicht viel ausgemacht hat –
das ist nicht in Ordnung. Ich möchte ihnen meine Dankbarkeit zeigen, den
Leuten in der Stadt.«

Er sah ein bisschen aus wie ein lachender Affe.

»Aber jetzt kommt mir einfach keine Musik in den Sinn!«

Ich glaube, er sah so aus, weil er weinen musste.

An dem Abend überquerte ich auf dem Nachhauseweg vom Lagerhaus mit
meinen erschöpften Armen schlenkernd die Brücke über den Kanal. Am
Himmel waren keine Sterne zu sehen. Auf den Leichtern, die am Kanal
angelegt hatten, brannten matte Lichter und ich konnte leise den Ton eines
Radios hören. Auch an den Matrosen, die auf den Schiffen wohnten, waren
die Aufregungen des Sommers nicht spurlos vorüber gegangen. Wenn sie
aufs Meer hinausfuhren, bekamen sie sofort Ohrensausen und mussten sich
übergeben. Mit anderen Worten – sie wurden offenbar seekrank. Um sich
den Lebensunterhalt zu verdienen, fertigten sie auf den Leichtern künstliche
Blumen und Stickereien an. Tagsüber sah man kaum noch Matrosen in der
Stadt und aus dem Kanal roch es schlecht, wie aus einem verstopften
Abflussgraben.

Tam, tatam, tam

Als ich gerade in der Mitte der Brücke angekommen war, hörte ich es.

Tatam

Kuhtses Schritte hallten durch den nächtlichen Hafen.

Tam

»Du, Kuhtse«, fragte ich laut, »ist in der gelben Gegend immer noch alles
beim Alten?«

Kuhtse antwortete sofort.

– Es hat sich nichts verändert!

»Da ist also die ganze Zeit Sommer?«

– Ja, wahrscheinlich.

Tatam

»Weißt du Kuhtse, hier hat sich ganz schön viel verändert. Das Orchester
ist kaputt. Fast alle Menschen in der Stadt haben kein Musikgehör mehr.
Alle schleichen wie Kranke durch die Straßen und keiner kann mehr Fahrrad oder Auto fahren. Sag, Kuhtse, geht das jetzt immer so weiter? Wird in
der Stadt denn gar nichts Gutes mehr geschehen?«

– Gutes? Schlechtes?, sang Kuhtse.

– Ist alles dasselbe, ist Weizenstampfen.

Tam, tatam

– Zerdrückter Weizen ist wachsender Weizen. Verfaulte Samen sind Dünger für den Boden. Kuhtse, der Weizenstampfer, geht weit über das Feld und stampft den ganzen Weizen flach.

Tam, tatam

Ich schaute auf das stockdunkle Wasser und schwieg. Was war das, Weizenstampfen, was machte man da eigentlich genau?

Der gelbe Boden, den ich mit sieben Jahren gesehen hatte. In meiner Erinnerung war das ein lichtdurchfluteter, warmer, duftender Ort. Aber wie würde es da aussehen, wenn ich jetzt, in diesem Zustand, gleich morgen hingehen würde?

Tam, tatam

Plötzlich fröstelte es mich.

Ich schaffte es knapp, mich in Bewegung zu setzen. Obwohl ich einen Fuß vor den nächsten setzte, ließ das starre Gefühl in den Knien nicht nach. Ich unterdrückte meinen Schwindel und ging ganz langsam über die Brücke.

Die vielen Unfälle, die dann passierten, sind alle in den Sammelbüchern dokumentiert. Viele Menschen verloren wegen verhedderter Beine, Schwindel oder ungeschickter Bewegungen ihr Leben. So wurde eines Morgens der Bibliothekar starr im Park gefunden. Er war auf der steinernen Treppe ausgerutscht, hatte sich am Geländer den Kopf gestoßen und war hinuntergestürzt. Außer ihm kamen insgesamt noch weitere fünf Männer und Frauen fortgeschrittenen Alters auf Steintreppen ums Leben.

Beim jährlichen Neujahrsfeuerwerk verfehlten die Zündarbeiter die korrekte Abschussrichtung, weil ihnen schwindlig war. Sie schossen von dem im nächtlichen Hafen schwimmenden Leichter aus nicht wie geplant gerade nach oben in die Luft, sondern genau verkehrt herum nach unten in den Schiffsbauch. Der Leichter ging in Flammen auf und feuerte das geladene Feuerwerk wild in alle Richtungen ab. Zum Glück flog nichts davon zu uns Zuschauern herüber, sondern das meiste versank in den nächtlichen Wellen. Eine große Rakete jedoch durchschlug ein Fenster der Seemannsunterkunft und landete in der Waschküche. Das Haus brannte zur Hälfte nieder. In der Brandstätte fand man zwölf verkohlte Leichen.

In keinem der Zeitungsartikel stand etwas über »Schattenmäuse«. Die Personen jedoch, die die Leichen entdeckt hatten, berichteten – wie auch die Einsatzkräfte der Feuerwehr vor Ort und viele Angehörige der Opfer –, sie hätten am Unfallort ganz deutlich die Anwesenheit von Mäusen gespürt und im Zwielicht die Schatten ihrer Schwänzen gesehen. Im Abflussgraben an der Seite der Steintreppe. Im Schutt der Seemannsunterkunft. Die Stadtbewohner flüsterten sich hinter vorgehaltener Hand zu, dass sich die »Schattenmäuse« an solchen versteckten Orten einnisteten und nur still darauf warteten, uns alle in die Finsternis zu stürzen.

Heute kann ich sagen, so etwas gibt es nicht, Mäuse sind einfach nur Mäuse, das waren alles nur traurige Unfälle, die durch Unachtsamkeit passierten. Aber damals war das unmöglich. Wir alle in der Stadt fingen an, uns vor der Dunkelheit zu fürchten. In der Nacht ließen wir beim Schlafen das Licht brennen und abgesehen von den ausländischen Matrosen traute sich niemand mehr in die engen Gassen. In der Mietskaserne beim Leuchtturm, in der es keinen Strom gab, brannte die ganze Nacht hindurch eine Fackel. Eines Abends stieß jemand dagegen und das Haus brannte vollständig nieder.

Das Orchester wurde für die Trauermusik bei Beerdigungen überall abgelehnt. Von den Tönen ganz zu schweigen, gelang ihnen nicht mal mehr ein einziger Schlag gemeinsam im Takt, und so passierte es immer wieder, dass jemand in der Reihe der Sargträger stolperte. Großvater wurde vom Leichenbestatter auf Knien angefleht, die Musik abzubrechen. Die Orchestermitglieder gingen darauf, Klarinetten und Tuba noch in der Hand, ehrfürchtig und mit gesenktem Haupt hinter dem Zug her. Großvater, ganz in Schwarz, kniff den Mund zusammen und gab sich wie ein hoher Priester die Ehre.

Selbst bei der Beerdigung des Fleischers gab es keine Musik.

Nachdem endlich die elektrischen Leitungen neu verlegt und die Reparaturen abgeschlossen waren, ging der Fleischer in den Kühlraum – vermutlich um die Temperatur zu prüfen. Weshalb seine Frau ebenfalls hineinging, weiß ich nicht. Jedenfalls fiel die offengelassene Tür aus unerfindlichen Gründen hinter ihnen zu. Wir wunderten uns, dass der Fleischer drei Tage hintereinander nicht ins Lagerhaus kam und statteten ihm zusammen mit Großvater und dem Postdirektor zu Hause einen Besuch ab. Da entdeckten wir, dass am Griff der schweren Eisentür der Schlüssel hängengeblieben war. Als wir die Tür des surrenden Kühlraumes öffneten, standen die beiden stocksteif zwischen dem Fleisch, schneeweiß vor Frost, die Hände gegenseitig in die Taschen des anderen gesteckt. Mir war, als sähe ich im Schatten der Hanfsäcke, die hinten im Laden gelagert waren, etwas herumwuseln.

Die Schulabschlussfeier rückte näher und immer noch gab es keine Anzeichen von Frühling. Mit meinem verlorenen Musikgehör konnte ich unmöglich an ein Konservatorium gehen. Ich war aber sowieso nicht in der Lage, auch nur an die nächste Woche zu denken, geschweige denn an meine Zukunft nach dem Sommer. Im Orchester blieb zwar trotz des strengen Grundlagentrainings kein einziges Mitglied den Proben fern, aber die Instrumente klangen dennoch nach wie vor jämmerlich, weshalb auch für die Abschlussfeier auf Live-Musik verzichtet wurde. Ich ließ den schwarzen Anzug reinigen, den mir die Fleischerfrau genäht hatte. Ein Hausmädchen, das den Brand in der Seemannsunterkunft überlebt hatte, machte mir sogar ein Kompliment und meinte, der Anzug sei aber gut gelungen.

Der Dankesmarsch des Hausmeisters

Wir mussten uns auf dem Gelände zwischen den Schulhäusern versammeln. Jede Klasse bildete eine Reihe und wartete auf das Zeichen zum Abmarsch.

Nach einer Weile ertönte aus unserem Schulhof Musik. Wir setzten uns einer nach dem anderen in Bewegung. Als wir auf den Hof kamen, wurde die Musik schlagartig lauter. Zu beiden Seiten drängten sich unerwartet viele Menschen. Rasch entdeckte ich Großvater, der mitten im Gedränge auf einem Klappsessel saß, den silbernen Stock zwischen die Beine gepflanzt. Er gehörte zu den Persönlichkeiten, die einem auch von Weitem sofort wie ein Signalfeuer ins Auge fallen.

Während der Zug der Schüler eine Runde durch den Hof drehte, teilte er sich in einzelne Schlangen auf, die sich ordentlich in Reih und Glied vor dem Schulhaus aufstellten. In Anbetracht der unkoordinierten Schritte gelang das recht gut. Musik lässt die Körperbewegungen von Menschen geschmeidig werden, auch wenn sie nur aus einem Kassettenrekorder kommt. Außerdem spielten sie damals eine Aufzeichnung des Konzerts vom Wettbewerb des letzten Jahres, als das Orchester in Hochform war.

Als es auch die letzte Schlange bis zu ihrem Platz geschafft hatte, entfernte ich mich als Einziger aus meiner Reihe und stellte mich in angemessenem Abstand rechts daneben. Für die Leute, die ringsum im Schulhof standen, muss es ausgesehen haben, als läge eine Hantel neben einem Teller voller Kirschen.

Als der Konrektor auf das Podium trat, verstummte die Musik. Der Schuldirektor lag mit zwei gebrochenen Beinen zu Hause. Da dieser die Angewohnheit hatte, mit Hilfe von Zitaten aus alten Büchern allerlei Belehrungen zu predigen, die todlangweilig waren, freuten sich die meisten Schüler darüber, dass diesmal der Konrektor die Rede hielt.

Er war bis vor zwölf Jahren Werbetexter für eine Zeitung gewesen und Sprüche wie »Waschmaschinen – hier drehen sich ihre funkelnden Superschnäppchen«, oder » Ab ins Paradies des Südens, mit dieser Rückfahrkarte sind Sie dabei!« stammten aus seiner Feder. Auch wenn seine Slogans unsäglich schlecht waren, die Kunst, eine Rede in knappe Worte zu fassen, beherrschte dieser alternde Konrektor.

»Als ich so alt war wie ihr, habe ich genau wie alle anderen Kinder davon geträumt, später einmal Kapitän auf einem Luxusdampfer zu werden. Direkt nach der Schule interessierte ich mich deshalb für eine Anzeige, in der Seeleute gesucht wurden. Da ich die Bedingungen aber nicht genau verstand, bin ich erst einmal zum Verlag der Zeitung hingegangen, in der das Inserat erschienen war, und habe mich erkundigt, was denn »Näheres persönlich« bedeutet und auch sonst noch dies und das gefragt. Der Herr, der damals mit mir sprach, meinte, ich sei wohl kaum zum Seemann geeignet, ein zukünftiger Matrose würde sich doch nicht über solche Details Gedanken machen. Seine Worte leuchteten mir ein. Auf dem Nachhauseweg habe ich in Ruhe darüber nachgedacht und mich gefragt, was denn dann für ein Beruf zu jemandem wie mir passen würde. Für welche Arbeit ist jemand wie ich geeignet, der sich Gedanken zu nebensächlichen Formulierungen in einer Matrosenanwerbung macht? Da hatte ich einen Geistesblitz. Ich machte auf dem Absatz kehrt, ging schnurstracks zurück in den Verlag und bat den Herrn um eine Anstellung als Werbetexter. Ich habe dann dreißig Jahre für diese Zeitung gearbeitet!«

Der Konrektor legte eine kleine Pause ein.

»Ich will zwei Dinge damit sagen. Erstens: Nehmt den Inhalt von Stellenanzeigen nicht zu ernst, egal für welchen Beruf!«

Er schaute in die versammelte Schülerschaft und fügte hinzu: »Und zweitens: Ein paar wenige Worte können eure nächsten 30 Jahre verändern. Passt auf, dass ihr diese Worte nicht überhört! Das ist alles. Herzliche Gratulation zum Schulabschluss!«

Nach einem großen Applaus, traten nacheinander drei Lehrer auf das Rednerpodium und erzählten mit schwerer Zunge von ihren Eindrücken der letzten neun Jahre. Unter den vielen Lehrern, die neben dem Podest saßen, war auch Vater, der dauernd unruhig den Kopf drehte und ab und zu seinen Notizblock aus der Tasche zog um etwas darin zu vermerken. Selbstverständlich schaute er nie zu mir herüber – ja er schien überhaupt komplett vergessen zu haben, dass er sich gerade im Schulhof befand und einer Abschlussfeier beiwohnte. Stattdessen murmelte er Dinge wie »Ach so, genau!« oder »Ah nein, falsch!« vor sich hin und zerrte an seinen ungekämmten Haaren herum.

Als letzter Redner stieg jedes Jahr der Konzertmeister des Orchesters auf das Podest. Bis zum letzten Jahr hatte dann der Fleischer mit seiner ruhigen Stimme eine nicht besonders interessante Geschichte vorgetragen. Zu unserer Abschlussfeier war der neugewählte Konzertmeister – der freundliche Installateur an der Posaune – eingeladen worden. Er torkelte unsicher auf das Podest und nuschelte irgendwelche unverständlichen Worte ins Mikrofon. Seine Stimme klang, als käme sie aus einer verstopften Röhre.

Danach wurde jedem Einzelnen von uns das Abschlusszeugnis ausgehändigt. Ich beobachtete von ganz hinten, wie die Schüler mit ihrem Schwindel kämpften, während sie Schritt für Schritt nach vorne wankten. Die meisten von ihnen trugen einen abgetragenen schwarzen Anzug, der vermutlich von einem älteren Bruder oder sogar noch vom Vater oder dem Großvater stammte.

Ich stand als Einziger abseits und beobachtete Vater. Er saß zusammengekrümmt auf einem Stuhl und trug kopfschüttelnd etwas in sein Notizbuch ein. Als ich mich nach Großvater umschaute, der bei dieser Feier zum ersten Mal keine Musik aufführen konnte, wühlte dieser gesenkten Hauptes mit seinem silbernen Stock im Boden.

Ich seufzte und blickte in die Luft. Die Sonne fing gerade an, durch den leicht bewölkten Himmel zu scheinen. Eine warme Brise, die leicht nach Meer duftete, wirbelte den Sand im Schulhof auf. Heute roch der Wind irgendwie anders als sonst – nach fremder, ausgetrockneter Erde, die lange der Sonne ausgesetzt war. Als würde er ein unsichtbares Funkeln in sich tragen, das sich jeden Moment entzünden könnte. Der Wind blies aus allen Richtungen über den Hof. Er war ganz anders, als jener schlimme Seewind und schien mit dem Licht zu kommen, das durch die Lücken zwischen den Wolken strahlte.

Tam, tatam

Ich hörte wieder das Geräusch.

Kuhtse?, fragte ich in mich hinein, während ich wegen des Sonnenlichts die Augen zusammenkniff.

Tam

Ich fragte nochmals:

Kuhtse?

Tatam

Aber ich bekam keine Antwort. In meinen Ohren ging das Klopfen der Schritte weiter. Als ob jemand sorgfältig einen Fuß neben den anderen setzt und behutsam den Boden feststampft. Wie das Orchester in dem Moment, wenn es sich in die Brust wirft und auf die hell erleuchtete Bühne geht. Wie die Schulabgänger in ihren schwarzen Anzügen, wenn sie einzeln nach vorne treten, um das Abschlusszeugnis in Empfang zu nehmen.

Tam, tatam

Ich drehte mich verblüfft um und schaute in die Richtung, aus der das Geräusch kam, hinüber zum freien Platz beim Schulgebäude, direkt neben der Menschenansammlung.

Der Glockenturm.

Durch die Lücken in der Holzverkleidung konnte man Beine erkennen, die die Treppe hochstiegen. Tam, tatam, Stufe um Stufe bedächtig, mit ungewöhnlich stolzem Schritt. Als er die Spitze erreicht hatte, holte der Hausmeister tief Luft, drehte sich in unsere Richtung und winkte uns wie engen Freunden mit zitternder Hand zu.

Ich erinnerte mich daran, was er kurz vor der Abschlussfeier in seinem mit Noten übersäten Zimmer zu mir gesagt hatte.

»Eine Abschlussfeier ohne Livemusik? So was hat es in den letzten zehn Jahren hier nicht gegeben! Nun gut, Katze! Ich werde etwas spielen! Der Dankesmarsch ist zwar noch nicht ganz fertig, aber ich werde Musik machen. Ich bin der Einzige, der in dieser Stadt noch vernünftige Ohren hat, und ich werde besonders schön spielen. Das wird mein ganz persönliches Geschenk an alle zur Abschlussfeier.«

Der Hausmeister drehte sich zur Glocke. Er schlang das Seil, das vom Klöppel herunterhing, um seine rechte Hand und stieß die Glocke leicht an, um sich auf das Timing einzustimmen. Einige Schüler wurden darauf aufmerksam und begannen zu tuscheln. »He, was ist denn da los?« Aus der Menschenmenge waren unterdrückte Schreie zu hören.

Ich hielt den Atem an. Beim Eingang am Fuß des Glockenturms war ein tiefschwarzer Haufen. Im hellen Sonnenlicht sah man, dass aus dem wabernden, großen Schatten unendlich viele Schwänze hervorstanden. Alle im Schulhof sahen sie – die Schattenmäuse. Es war ein Haufen aus enorm vielen Mäusen, die sich – wie jene Seevögel – auf engstem Raum zusammendrängten. Es sah aus, als hätte jemand sämtliche kleinen, dunkeln Schatten dieser Stadt zusammengekratzt.

»Vorsicht! Schaut mal, er wackelt ganz seltsam!«

Es war der Postdirektor auf seinem reservierten Platz, der da rief und nach oben zeigte. Der Glockenturm schwankte bedenklich, als hätte er sein Rückgrat verloren. Jedes Mal, wenn der Hausmeister die Glocke schlug, schwang der ganze Turm in einem unheimlichen Rhythmus mit. Die morsche Holzverschalung bekam knackend und knirschend immer mehr Risse.

»Komm runter!«, schrie der Konrektor.

»Herr Hausmeister, Vorsicht, der Glockenturm bricht zusammen!«, rief ein Schüler. Darauf dutzende andere auch: »Kommen Sie runter!«

»Seien Sie doch vernünftig!«

»Kommen Sie herunter, Herr Hausmeister!«

Die im Schulhof versammelte Menge schrie ihm zu: »Komm runter, du musst mit dem Geläute aufhören, sonst bist du verloren! Komm ganz langsam und vorsichtig herunter!«

Der Hausmeister hielt die Glocke an und schaute vom Glockenturm aus über den Schulhof. Er schmunzelte kurz, winkte vom höchsten Punkt nochmals mit einer großen Geste und schickte sich an, die zinnerne Glocke mit viel Kraft weit nach vorne zu drücken.

»Er hört uns nicht!«, rief jemand mit lauter Stimme. »Der Hausmeister hat Baumwollpfropfen in den Ohren!«

Wir sahen, wie der faltenlose Handrücken sich krümmte. Seine rechte Hand hielt einen Augenblick inne, bevor er mit einer Bewegung von noch nie da gewesener Eleganz das Seil gerade zog.

Bam!

Die Holzverschalung zerbrach.

Bam!

Der Glockenturm bekam ungefähr in der Mitte einen Knick und sah aus, als würde er sich verneigen. Für einen kurzen Moment verwandelte er sich vor meinen Augen in einen Dinosaurier aus einem fernen Ozean. Nicht wie ein Sockel, auf dem eine Glocke geschlagen wird, und auch nicht wie eine Antenne auf einem schwarzen Schiff sah er aus, sondern wie ein riesiger Dinosaurier, der als einziges Exemplar auf dieser Welt überlebt hat und jetzt auf der Suche nach einem Gefährten traurige Schreie in den Nebel ruft, während er durch die nächtlichen Meere schwimmt.

Der Hausmeister, der sich an den Kopf des Dinosauriers klammerte, läutete zum letzten Mal die Glocke.

»Bam!«

Mit einem Geräusch, als würde er bersten, stürzte der Glockenturm um. Er fiel nicht in die Menschenmenge, sondern krachte direkt auf den freien Platz, wo sich die Schattenmäuse versteckt hatten. Mitten in einer großen Staubwolke gab es einen dumpfen Knall, wie das Dröhnen der Erde bei einer Naturkatastrophe oder wie der Nachhall einer Kesselpauke. Dieses Geräusch, das mir nicht nur in den Ohren dröhnte, sondern buchstäblich durch Mark und Bein fuhr, klang nicht nach einer Glocke, die auf den Boden aufschlägt.

Ich konnte mich nicht auf den Beinen halten. Auch alle anderen Schüler und die Lehrer gingen im Schulhof auf die Knie.

Aus dem Sandstaub tauchten plötzlich zahlreiche kleine Klumpen auf. Kreuz und quer rannten diese schwarzen Klümpchen zwischen den im Hof kauernden Menschen hindurch. Nicht nur ich, wir alle sahen sie ganz deutlich. Die Mäuse schauten ganz geblendet aus, wie Babys, die gerade aus dem Schlaf aufgewacht sind. Die Tiere, die sich von Schattenmäusen wieder in gewöhnliche Mäuse zurückverwandelt hatten, sprangen in offener Formation vorbei, als wären sie mit Fäden verbunden.

Nachdem die Tiere das Weite gesucht hatten, erhoben sich die Menschen langsam und schüttelten vorsichtig ihren Kopf. Wir schauten uns an und näherten uns zögernd dem eingestürzten Glockenturm. Kein einziger hatte mehr einen torkelnden Gang. Im Rücken steckte der Länge nach ein unsichtbarer Kern, durch den der Wind blies. Für mich hatten alle Geräusche wieder klare Konturen. Es war, als wäre eine gut belüftete Öffnung zwischen den beiden Ohren entstanden.

»Ich kann wieder gerade gehen!«, rief der Installateur, schaute ganz verdutzt und lief los Richtung Glocke, die auf dem Erdboden lag. Wir rannten auch, geradeaus, ohne Anstrengung, schnurgerade auf die Glocke und den darunter begrabenen Hausmeister zu.

Mit dem Tag der Abschlussfeier war die musikalische Taubheit aus der Stadt verschwunden. Die drei Glockenschläge, die der Hausmeister selbst nicht gehört hatte. Dieses Dröhnen der Erde, wie das ferne Heulen eines Hundes.

Dies war zweifellos sein Dankesmarsch gewesen, der direkt aus seinem Körper geströmt war.

Es war das letzte Werk des Hausmeister, das er uns von der Stelle ganz oben, wo er sich unseren Blicken entzog, vorspielte.

Mir ist nach wie vor unklar, wovor sich die Mäuse eigentlich gefürchtet hatten.

Vielleicht war es der Seewind gewesen oder meine Stimme beziehungsweise das Miauen der idealen Katze. Jedenfalls ist es eine Tatsache, dass die Glocke des Hausmeisters diese Furcht hinwegfegte. Sie verwandelte die Schattenmäuse wieder in muntere Tierchen und das unmusikalische Orchester wieder in ein vernünftiges Ensemble. Außerdem konnten alle Stadtbewohner wieder mit festem Schritt gehen. Auch unter den Menschen, die nicht der Abschlussfeier beigewohnt hatten, war niemand, der den Klang der Glocke überhört hatte. Der Dankesmarsch fiel wie Regen auf alle Bewohner der Stadt.

Während der zwei Tage nach der Abschlussfeier formierte Großvater das Orchester wieder und schwang ohne ein Auge zuzutun oder auch nur zu blinzeln ununterbrochen die Paukenschlägel. Die übrigen Mitglieder versuchten, ihm nicht nachzustehen und klebten die ganze Zeit an ihren Instrumenten.

Am Tag der Beerdigung versammelten sich alle Orchestermitglieder ganz in Schwarz auf dem Friedhof. Im Sarg der geschminkte Hausmeister. In seinen Nasenlöchern steckten Pfropfen. Sein Körper war in erstklassigen schwarzen Samt gehüllt.

Nach einer kurzen Trauerrede des Konrektors sagte Großvater:

»Katze. Lass es uns hören, er hat es doch so gerne gemocht!«

Ich presste meinen Hals zusammen und miaute. Meine Stimme fühlte sich ganz natürlich an. Auf dieses Zeichen hin ließ ein neues, langsameres Arrangement der »Fanfare für raufende Kinder« die ruhige Friedhofsluft vibrieren.

Ich spielte mit Besen sanft – und manchmal hart – auf einer kleinen Trommel, die um meine Hüfte hing.

Ich hatte das Gefühl, die Bedeutung dieses Stückes zum ersten Mal richtig zu verstehen.

Sich raufen heißt, sich näher kommen.

Sich mit den Körpern berühren.

Selbst wenn ein Körper nicht mehr da ist, kann man sich – über die Musik – weiterhin mit ihm raufen. Vorausgesetzt, man spielt wahre Musik, so wie wir jetzt.

Mitten im Konzert fielen Regentropfen. Warmer Frühlingsregen. Die Bestatter schlossen hektisch den Sarg. Durch eine kleine Fensterscheibe konnte ich das friedliche Gesicht des Hausmeisters sehen. Dicke Frühlingsregentropfen klatschten auf den Sargdeckel. Es gibt nichts auf dieser Welt, was nicht als Musikinstrument taugt.

Bonbon bitte!

Ich übernahm Berge von Ordnern und bündelweise Noten aus dem Nachlass des Hausmeisters. Auch seinen Sammeltick vererbte er mir damals. Zu der Zeit waren die zahllosen auf Notenpapier festgehaltenen Blasmusikkompositionen für mich noch zu schwierig, aber beim Betrachten der Noten verspürte ich immer mehr den dringenden Wunsch, den dahinter verborgenen Klang hören zu können. Neben den Proben im Lagerhaus Nr. 2 begann ich deshalb, regelmäßig das Postamt zu besuchen, um mir vom Postdirektor die Handhabung des Taktstockes erklären zu lassen.

Nachdem Vater auf dem Schulhof mit eigenen Augen die Mäuse hatte umherlaufen sehen, war er sichtlich schockiert. Er begriff, dass die ganze Beweisführung mit den Primzahlen, an der er fast ein Jahr gearbeitet hatte, von Grund auf falsch war. Vater hatte den unglücksschwangeren Gerüchten über »Schattenmäuse« nie Glauben geschenkt. Er nahm einfach an, dass in der Stadt doch einige Mäuse überlebt hatten und vermutete deren Menge in den fünfziger Primzahlen. Die Zahl der Tierchen, die im Schulhof herumsprangen, war jedoch alles andere als fünfzig, sondern lag weit über der Menge der anwesenden Menschen. Außerdem widerlegte die Tatsache, dass die Mäuse nicht verstreut, sondern als kompakter Haufen auftauchten, seine Voraussagen gründlich.

»Aber …«, fragte ich schüchtern, während ich in einem formlosen, omelettartigen Etwas herumstocherte. »Ist es denn so wichtig, wie viele Tiere da waren?«

Vater stand mit mürrischem Gesicht auf und schleuderte schweigend sein Essen samt Teller in den Mülleimer. Dann verzog er sich in die Dunkelheit der Treppe.

Um die Zeit, als der Sommer sich mit gelbem Sonnenlicht ankündigte, sah man Vater da und dort in dunkeln Ecken von Gassen und Parks auf der Erde kauern. In seinem an Knien und Ellbogen ausgebeulten, grauen Anzug und mit einem mit kleinen Schachteln vollbeladenen Fahrradanhänger. Vater stellte in der ganzen Stadt Mäusefallen auf. Die gefangenen – ganz gewöhnlichen – Mäuse transportierte er dann jeden Abend in den Schulhof, um sie alle gleichzeitig freizulassen. Das wiederholte er jeden Tag, immer und immer wieder.

»Ich will jenen Haufen reproduzieren. Ich muss unbedingt die genaue Zahl dieser großen Schar herausfinden«, sagte Vater. »Nach meinen Berechnungen bilden Mäuse nämlich ganz von selbst immer Mengen von Primzahlen.«

Ich verstand kein Wort. Mittlerweile hatte er einen geschmacklosen Übernamen bekommen. Sie nannten Vater hinter seinem Rücken nur noch den »Mäusemann«.

»Sag mal, Großvater«, fragte ich im Lagerhaus Nr. 2 nach einer heftigen Sonderprobe zur Vorbereitung auf den Wettbewerb, »weiß Vater eigentlich selbst genau, was er da macht?«

»Weißt du«, antwortete Großvater, während er die Spannung der Paukenfelle einstellte, »er hatte schon immer eine fanatische Ader. Wenn er sich einmal etwas in den Kopf gesetzt hat, dann kann er an nichts anderes mehr denken. Selbst wenn man ihm mit einer Säge seinen Schädel öffnen, das Gehirn herausnehmen und es ihm mit den Worten – das ist da drin! – unter die Nase halten würde, würde er vermutlich nur wortlos seinen leeren Kopf schütteln und wieder auf Mäusefang gehen.«

Seit der Abschlussfeier hatte die Luft im Lagerhaus Nr. 2 auf einen Schlag ihren ursprünglichen Glanz wiedergewonnen. Der Journalist schrieb, das Grundlagentraining während des Winters habe offenbar Früchte getragen, aber es war nicht nur das. Ich glaube, wir hatten vom Hausmeister etwas geerbt, das mit wahrer Musik zu tun hatte.

Den Besuchern, die den Proben im Lagerhaus lauschten, blieb es vermutlich rätselhaft. Aber wir auf der Bühne konnten die Klangfarben, die wir erzeugten, so deutlich und klar hören wie noch nie. Wie jemand mit verschwommenem Blick, der sich eine Brille mit der passenden Stärke aufsetzt.

»Es wird noch viel besser werden!«, sagte der Installateur und Konzertmeister in der Pause. »Vorhin im vierten Takt, als am Kai eine Dampfpfeife ertönte, gerieten die Trompeten für einen Moment etwas durcheinander.

Die vierte Trompete, die nach vorne rannte, um die Unregelmäßigkeit auszugleichen, wurde dabei von der zweiten etwas gebremst. Wir beginnen nochmals an der Stelle kurz davor.«

Wie oft wir es auch von Neuem versuchten, an irgendeiner Stelle lief das Stück immer auseinander. Da wir diese auseinanderlaufenden Klänge früher gar nicht gehört hatten, entdeckten wir ganz neue Freuden und Leiden des Musizierens. Das perfekte Konzert existiert nicht auf dieser Welt. Je besser unsere Ohren werden, desto deutlicher hören wir musikalische Unschärfen.

Aber wir gaben nicht auf. Obschon das Ziel so weit entfernt war, dass wir es nicht sehen konnten, waren wir uns alle über die Marschrichtung im Klaren. Alle Spieler spitzten ihre Ohren und sendeten ihre Töne gemeinsam in die gleiche Richtung, in der Hoffnung, dass diese das entfernte Etwas erreichen. Die Blasmusik wurde auf diese Weise wahrhaftig zu einem magischen Wind, der die Sorgen der Menschen, die sich im Lagerhaus drängten, weit in die Ferne blies.

»Einzig das Konzert damals auf dem Friedhof«, erzählte der Postdirektor den neuen Mitgliedern, während er den Taktstock einpackte, »das war perfekt! Musik pur. Ich hatte damals das Gefühl, mein Körper löste sich langsam in den Klängen auf und würde eins mit allen möglichen Dingen. Nach seinem Tod war es eine Zeitlang sehr schwierig, aber da haben wir es tatsächlich geschafft – wie wir es zustande gebracht haben, weiß ich allerdings nicht. Seitdem habe ich, wie soll ich sagen, Vertrauen in die Musik gewonnen!«

Während der zwei Monate, in denen ich in jenem Sommer bis zu Beginn des Konservatoriums nichts zu tun hatte, ging ich jeden Abend vom Lagerhaus Nr. 2 alleine hinunter zum Kai und schaute auf das nächtliche Meer. Der Wind blies wie der Atem eines großen Lebewesens mit ruhigem Rhythmus in den Hafen. Am Ende der Landungsbrücken kauerten junge Seevögel und ruhten ihre Flügel aus. Durch das Fenster der Seemannsherberge tönte Gebrüll, Beifallsjubel und dann das Geräusch von etwas, das zu Bruch geht. Die Matrosen mit ihren ständigen Prügeleien ändern sich nie.

Ich spazierte zur Anlegestelle hinunter. Das einsame, von allen Seiten mit gelbem Licht beleuchtete Güterterminal sah aus, als wäre es gerade mitten aus der Nacht aufgetaucht. Aus den Lautsprechern der Leitstelle tönten mit viel Rauschen Ansagen in einer fremden Sprache. Es waren drei Frachter vertäut. Die Farbe auf den Schiffsbäuchen leuchtete im gelben Licht mit einem bezaubernden Glanz.

Hafenarbeiter, Beamte und viele Matrosen waren unterwegs. Manche vertraute Gesichter konnte ich erkennen. Auch an einem Ort wie diesem fiel ich auf. Mein spindeldürrer Körper zog selbst neben einem riesigen Seemann nicht den Kürzeren.

»He, Katze, hier bin ich!«

Als ich mich umdrehte, sah ich hinter einem frisch ausgeladenen Container den Maschinisten eines ausländischen Schiffes mit der Hand winken. Auf See gehörte es zu seinen Aufgaben, den Weckruf zu trompeten, und er war ein Blasmusikfan, der immer auch im Lagerhaus Nr. 2 vorbeikam, wenn sein Schiff unseren Hafen anlief. Als ich auf ihn zuging, riss er mit übertriebenem Erstaunen die Augen auf und schaute zu mir hoch. Er war unter den Matrosen als kleiner Knirps berühmt.

»Du wirst jedes Mal größer, wenn wir uns treffen«, sagte der Maschinist, und pfiff durch die Lippen. »Ein Foto mit uns beiden würde jede Zeitschrift sofort in Farbe auf die Titelseite nehmen!«

»Das möchte ich nicht unbedingt sehen«, antwortete ich, während ich ein Bündel Zeitschriften entgegennahm.

»Aber sag mal, ist auf See nicht irgendwas Ungewöhnliches passiert?«

»Der Papagei des Kapitäns ist verschwunden. Und da ist dieser ganz sonderbar geworden«, flüsterte der Maschinist leise. »Dieser bekloppte Vogel! Ist im Schiff herum geflogen und hat, sobald er jemanden gesehen hat, dauernd mit seinem Spruch ›Bonbon bitte!, Bonbon bitte!‹ genervt. Der aufgeplusterte Kapitän hat das Viech nach Strich und Faden verwöhnt. Er hat jeden Morgen beim Frühstück weiße Bonbons an uns Matrosen verteilen lassen, die wir dem bettelnden Papagei dann reichen mussten. Du denkst jetzt bestimmt, was für eine beknackte Geschichte!«

»Hm, der Vogel ist verschwunden und der Kapitän vor lauter Trauer …«

»Hör zu, so einfach ist die Geschichte nicht. Eines Abends meinte der diensthabende Wachmann zu mir:

›Hast du denn den Papagei auch schon seit ein paar Tagen nicht mehr gesehen?‹

›Stimmt!‹, sagte ich, ›jetzt wo du's sagst – ich glaube nicht!‹

›Er ist scheinbar verschwunden, der Bonbon-Blödmann‹, sagte er grinsend! ›Oben auf Deck ist schon die große Papageien-Suche im Gang und bald wird auch der Befehl ›Zum Maschinenraum!‹ kommen. ›Durchsucht alles‹, soll er gesagt haben, ›bis hin zu den Lüftungsschächten, den Treibstofflagern, dem Frachtraum – bringt mir meinen süßen Papagei wieder!‹

›Das ist ein Scherz, oder?‹

Nein, es war kein Scherz. Zwei Kolben der Maschine klapperten schon länger ganz merkwürdig und wir haben fast einen ganzen Tag lang versucht, das Problem zu beheben. Außerdem hatten wir in den Lüftungsschächten doch unsere ›verbotenen Sachen‹ versteckt. Wir haben also alle Kollegen aus der Maschinenabteilung zusammengetrommelt und uns ernsthaft beraten. Ein junger Mechaniker, der noch grün hinter den Ohren war, hatte dann eine kleine Idee, und alle haben geklatscht. ›Jawoll, so machen wir es, das Gesicht des Kapitäns will ich sehen!‹

Am nächsten Tag beim Appell auf Deck hörte man plötzlich eine Stimme: ›Bonbon bitte!‹

Der Kapitän ist losgerannt, hat seinen dünnen Hals in alle Richtungen gedreht und herumgeschrien: ›Wo ist er, ja wo ist er denn?‹ Da hat es aus einer anderen Reihe getönt:

›Bonbon bitte!‹

›Bitte, ein Bonbon!‹

Jedes Mal wenn der Kapitän losgelaufen ist, kam die Stimme des Papageien wieder aus einer anderen Richtung. Er war völlig außer Atem und den Tränen nahe. Noch nach dem Befehl zur Auflösung hat man zwischen den auseinandergehenden Matrosen die nach Bonbons bettelnden Rufe gehört, gemischt mit Gekicher.

Natürlich waren wir es, die gerufen haben. Auch die anderen Matrosen fanden das sehr lustig und haben mitgemacht und so hat der Papagei bald überall auf dem ganzen Schiff gerufen. Manchmal konnte man sogar zwei oder drei gleichzeitig hören.

›Gib mir ein Bonbon!‹

›Ich will ein Bonbon!‹

›Hast du kein Bonbon?!‹

Der Kapitän ließ nicht mehr nach ihm suchen. Mit kreidebleichem Gesicht hat er sich in seinem Zimmer eingeschlossen und nicht mal mehr am Funk geantwortet. Schlussendlich wurde er festgenommen und inhaftiert, weil er den Funker von hinten erdrosselt hat. Selbst als er gefesselt worden ist, soll er unverständliches Zeug gemurmelt haben.

Ein Arzt hat mir erklärt, dass der Kapitän geglaubt hat, er wäre vom Geist des Papageien besessen. Er soll das Tier in der Öffentlichkeit zwar verwöhnt, aber in seiner Kajüte mit Reißzwecken gefüttert haben. Als der Papagei dann gestorben ist, hat der Kapitän scheinbar gedacht, er würde sich an ihm rächen. Der Boden in seiner Kajüte war mit schneeweißen Bonbons übersät. Die Vasen, die Bilderrahmen, das Thermometer – alles in dem Raum war zertrümmert und die Wand voller kleiner Beulen. Er hatte offensichtlich mit den Bonbons um sich geworfen.«

»Ist der Papagei wieder aufgetaucht?«

»Noch nicht«, sagte der kleine Maschinist. »Der arme Kerl! Ist bestimmt ins Meer gefallen. ›Bonbon bitte‹ hat geheißen: ›Bitte rettet mich!‹ Es war ein Notruf. Wenn du ihm also irgendwo begegnen solltest, Katze, könntest du ihm dann eine Feige oder Trauben zu fressen geben? Er ist weiß mit einem rosa Schnabel, ehrlich, ein sehr hübscher Vogel!«

»Verstehe«, antwortete ich. »Falls ich ihn einmal treffen sollte, werde ich ihm leckere Früchte geben!«

Zum Tausch für die Zeitschriften gab ich dem Maschinisten drei Tonbandkassetten mit Konzertaufnahmen des Orchesters. In zwei Tagen würde ich wieder von einem Matrosen eines anderen Schiffes ein Bündel Zeitschriften bekommen.

Als ich mich von den Landungsbrücken entfernte, drehte ich mich nochmals um und schaute zu den Frachtern hinauf. Die Schiffe, deren Ladung jetzt gelöscht war, schwammen ruhig im dunkeln Wasser. Funkelnagelneue Wellen schlugen sanft gegen die Wasserlinien.

Ich nahm die Zeitschriften fester unter den Arm und machte mich auf den Weg in die dunkle Stadt.

Die Zeitschriften auf dem Tisch auszubreiten und Artikel, die mir ins Auge fielen, auszuschneiden, wurde in diesem Sommer zur täglichen Routine. Nach wie vor wurden überall auf der Welt Dinosaurier gesichtet. Die sirenenartigen Rufe, die die Dinosaurier, die sich immer wieder Schiffen und Leuchttürmen näherten, ausstießen, waren am Ende auch Notsignale, dachte ich. Sie riefen wahrscheinlich, ohne zu wissen, an wen sie sich wendeten: »Bitte holt mich aus dieser traurigen Welt raus und bringt mich an einen Zufluchtsort.« Mit anderen Worten: Bonbon bitte!

Die Geschichte von dem Feuerzeug, das zwanzigtausend Kilometer weit gereist war, tauchte in mehreren Zeitschriften auf. Vor fünfundfünfzig Jahren bemerkte ein Mann auf der Flucht aus einem Land im Bürgerkrieg beim überqueren der Grenze, dass er etwas Wichtiges zu Hause vergessen hatte. Es war ein silbernes Ölfeuerzeug mit einer Zündöffnung in Form eines auf den Vorderbeinen stehenden Skunks, das schon seit der Generation seiner Großeltern im Familienbesitz war. Wenn man den Finger auf den Schwanz des Stinktiers legte und nach unten zog, schoss eine Flamme aus seinem Hintern. Es sah zwar wie ein kitschiges Spielzeug aus, war aber ziemlich gut verarbeitet, und sein Vater hatte es ihm zum siebzehnten Geburtstag geschenkt, nachdem es lange dessen Lieblingsfeuerzeug gewesen war. Aber es war schon zu spät, um es noch zu holen. Der Mann und seine Familie stiegen in ein Flugzeug und wanderten auf einen anderen Kontinent aus.

Fünfundfünfzig Jahre später erzählte der Mann in einem Interview folgende Geschichte:

Im Februar dieses Jahres ging ich mit meinem Hund spazieren. Er ist schon blind, aber dafür funktioniert seine Nase noch hervorragend – außerdem ist er zahm wie ein kleines Kätzchen. Da auch meine Altersweitsichtigkeit schon weit fortgeschritten ist, ist er mittlerweile mein einziger Vertrauter. Meine Lebensgefährtin starb vor zehn Jahren an einer Lungenentzündung und ich habe keine Ahnung, wo unsere gemeinsame Tochter zurzeit wohnt. Als wir also wie immer durch den Park gingen, zog der Hund plötzlich an der Leine, als wollte er losrennen. So etwas macht er normalerweise nicht. Ich ging weiter in die Richtung, in die mich der Hund zog. Schließlich hockte er sich mit einem Schlag vor dem Springbrunnen hin, an dem eine Frau herumstand, deren äußere Erscheinung man nicht unbedingt als vornehm bezeichnen würde. Sie war schätzungsweise etwas über vierzig und trug einen auffälligen Kunstpelz, der vermutlich zum Anlocken von Kundschaft diente.

»Hast du mal eine Zigarette für mich?«, fragte sie.

»Tut mir leid, ich rauche nicht«, antwortete ich. »Ich habe vor etwa zehn Jahren damit aufgehört.«

Die Frau schnalzte leicht mit der Zunge und blickte auf den Hund.

»Der ist ja riesig! Wie heißt er denn?«

»Sein Name ist Skunk.«

»Skunk?«

Die Frau schaute mit ungläubigem Gesicht abwechselnd auf mich und den Hund. »Da hast du ihm aber einen recht ungewöhnlichen Namen verpasst!«

»Alle drei Hunde, die ich bis jetzt hatte, hießen Skunk«, sagte ich.

Sie kauerte sich neben den Hund und streichelte seinen Kopf mit einer Handbewegung, die den Umgang mit Hunden gewöhnt war. Er hielt den Kopf schief und leckte schlabbernd ihre rechte Hand, an der ein Ring steckte. Die Frau kicherte und meinte, ich könne es zwar nicht brauchen, weil ich ja nicht rauche.

»Aber ich gebe es dir trotzdem, für den Hund mit dem bedauernswerten Namen!« Sie kramte in ihren Taschen. »Ein ausländischer Kunde hat es vergessen, ein Feuerzeug. Es ist ein unmögliches Ding mit einer komischen Form, schwer zu handhaben.«

In der Hand der Frau steckte genau jenes Feuerzeug. Als ich den Schwanz herunterzog, schoss eine starke Flamme heraus. In dem Moment sah es auch nach 55 Jahren noch genau so aus, wie damals. Der Hund sah die Flamme und sprang ganz freudig auf die Beine, als hätte er nach langer Zeit einen Freund wieder getroffen.

»Solche Zufälle passieren in unserer Welt häufig«, schrieb der Journalist. »Sie treten ohne System auf. Manchmal sind die Ereignisse so winzig, dass wir sie mit dem bloßen Auge nicht wahrnehmen. Aber oft ist ihr Maßstab auch zu groß, um von jemandem bemerkt zu werden.«

Zwei Tage, bevor das Konservatorium begann, fand ich endlich den gesuchten Artikel. Es war eine kleine Nachrichtenkolumne, vermutlich aus der Feder einer der Journalisten, die nach dem Mäuseregen in die Stadt gekommen waren. Dem Ereignis entsprechend war es zwar kein heiterer Artikel, aber ich glaube, dass darin trotzdem ein gewisses Wohlwollen gegenüber dem Hausmeister durchsickerte.

»Tod eines Trommlers«
In der Stadt, über der der Mäuseregen niederging, ereignete sich erneut ein merkwürdiger Unfall. Ein an Armen und Beinen behinderter alter Mann wurde unter einer Glocke begraben und erdrückt. Er war Glöckner an einer Grundschule. Der alte Mann, der während einer Abschlussfeier die Glocke besonders imposant läuten lassen wollte, hatte nicht bemerkt, dass die Holzverschalung des Turmes morsch geworden war. Der ganze Turm stürzte mitsamt dem alten Mann zusammen, worauf dieser auf den Sportplatz geschleudert und direkt unter der herunterfallenden Glocke begraben wurde. Für ihn wurde es damit sein letztes Abendläuten. Der alte Mann war im Ort auch als fähiger Trommler bekannt. Außerdem war er ein einzigartiger Maulheld. Fast jeden Monat ging in unserer Redaktion ein Leserbrief von ihm ein.

Ich schnitt den kleinen Artikel sorgfältig aus und legte ihn in einem schwarzen Ordner ab. Der Hausmeister hatte immer äußerst gute Laune bekommen, wenn etwas über unsere Stadt in einer Zeitschrift gestanden hatte. Und jetzt schmückte sogar ein Bericht über seinen eigenen Tod den Ordner. Auch wenn er sich nuschelnd über dies und das beschwert hätte, würde er bestimmt über das ganze Gesicht zufrieden grinsen und in der Kneipe allen Gästen einen ausgegeben, wenn er noch am Leben wäre.

Dank eines Stipendiums konnte ich ans Konservatorium in der großen Stadt. Ich hatte ein Empfehlungsschreiben von der Schule in der Tasche und auch das Vorspiel auf der kleinen Trommel war ein voller Erfolg – der Experte fing sogar an, mit den Fingern im Takt zu klopfen. Aber ich wählte als Studienfach nicht Schlagzeug, sondern entschied mich für die Dirigentenabteilung. Großvater sagte nichts dazu. In der Ledertasche, die er mir zur Gratulation schenkte, steckte neben einem Viererset Paukenschlägel ein Taktstock aus Ahorn.

Auch beim letzten Abendessen gab es Omeletts. Als ich in den ersten Stock hinaufging, hörte ich aus der Rumpelkammer das Fiepen von Mäusen. Es waren welche, die Vater in Schachteln gesteckt hatte. Er sprach kaum noch mit mir, geschweige denn mit Großvater. So löschte ich das Licht und verkroch mich im Bett.

Mitternacht war längst vorbei, als ich wieder die Schritte hörte. Aber sie klangen irgendwie anders als sonst. Als ich die Augen öffnete, war das Zimmer schneeweiß. Ich sprang aus dem Bett und sah, dass das Schlafzimmer von dem gleichen klaren Morgenlicht durchflutet war, das ich vor zehn Jahren im Traum gesehen hatte. Ich schaute auf beide Seiten neben meinem Bett. Es war wieder wie damals – keiner da, weder Vater noch Großvater.

Ich ging zum Fenster.

Davor breitete sich tatsächlich das gelbe Feld aus. Nur stand Kuhtse diesmal nicht vor dem Hauseingang. Weit entfernt – in der wirklichen Stadt noch hinter dem Kanal, ungefähr an der Stelle der Landungsbrücken – konnte ich auf dem Erdboden eine einzelne, kleine Gestalt erkennen. Schritt für Schritt stampfte sie seitwärts ihren Weg. Während ich ihre Bewegung beobachtete, kamen mir Kuhtses Worte in den Sinn.

Groß oder klein ist eine Frage der Entfernung.

Ohne dass ich es bemerkt hatte, war Kuhtse mit dem Weizenstampfen ein gutes Stück vorangekommen. Das Geräusch seiner Schritte hörte ich zwar nach wie vor direkt neben meinen Ohren, aber Kuhtse war in der Zwischenzeit fast bis zum fernen Horizont geschritten. Seine stattlichen schwarzen

Stiefel hebend. Schritt für Schritt das unendlich weite, gelbe Feld im gleichmäßigen Rhythmus niederstampfend.

»Du, Kuhtse!«, sagte ich stumm in mich hinein: »Ob gut oder böse, du stampfst halt einfach den Weizen weiter, nicht wahr?«

Ich hatte den Eindruck, dass er einen Augenblick inne hielt. Aber sogleich hörte ich wieder das ruhige Geräusch seiner Tritte an meinem Ohr.

Tam, tatam, tam

Tam, tatam, tam

Tam, tatam, tam

– Selbstverständlich!, sagte er, während er etwas den Kopf hob.

– Beim Weizenstampfen gibt es weder gut noch böse.

Ich entfernte mich vom Fenster, ging zurück ins Bett und schloss in meiner üblichen Stellung mit dem Gesicht zur Decke die Augen.

Seit dieser Nacht habe ich Kuhtses Stimme nie wieder gehört.

Schon früh am nächsten Morgen stieg ich, nachdem ich Kleider, ein Bündel Noten und einige Tonbandkassetten in den Koffer gepackt hatte, auf den Stuhl und steckte nochmals den Kopf unters Dach. Da war kein Kuhtse. Niemand. Nur gelbes Sonnenlicht, das auf die staubigen Bretter fiel.

Aber in meinen Ohren hallte es ganz deutlich.

Tam, tatam

Das regelmäßige Geräusch seiner Schritte.

Tam, tatam, tam

Ich nahm meinen Koffer, ging die Treppe hinunter, stieg über die Knie von Vater, der auf der zwölften Stufe saß, und trat hinaus ins vom Sommerlicht durchflutete Freie. Auf einem Leichter, der gerade aus dem Ausland zurückgekehrt war, stritten sich zwei Matrosen. Als der eine mich bemerkte, rief er mit heiserer Stimme:

»He, wie viele Jahre ist das jetzt her! Wie ist die Stimmung?«

»Katze, wie ist die Stimmung heute Morgen? Komm, lass hören!«

Ich lächelte schweigend und winkte den beiden zu. Dann griff ich den Koffer etwas fester und machte mich zu Fuß auf den Weg zum Bahnhof. In meinem inneren Ohr ließ ich die Schritte von Kuhtse erklingen, während ich die Vorderseite meines übergroßen Körpers im heißen Sonnenlicht badete, das von der Wasserstraße reflektiert wurde und sich anfühlte, als ob es Bonbons schmelzen könnte.

Zweites Kapitel

Die verspätete Lokomotive

Allein an den vielen Wettbewerben, die jedes Jahr veranstaltet wurden, konnte man sehen, dass in der Stadt auf der Hochebene Musik schon immer eine große Rolle gespielt hatte. Sie lag genau im Zentrum der Insel in der Nähe von Ahorn- und Teakwäldern und war als Herstellungsort von Saiteninstrumenten auf der ganzen Welt bekannt. Wenn man sie auf der Karte betrachtete, hatte sie eine von Osten nach Westen langgestreckte Form, die in der Mitte oben und unten eingedrückt war und aussah wie eine aufgeklappte Kastagnette.

Aus irgendeinem Grund kam ich am Nachmittag an, als die Immatrikulationsfeier gerade vorbei war. Die Frau mittleren Alters, die mich am Bahnhof abholte, war die jüngere Schwester des Postdirektors, der bei Großvater dirigierte. Oh, da muss etwas schiefgelaufen sein, überlegte sie, während sie die Finger an ihr schlaffes Doppelkinn legte. Sie war zwar nur etwa halb so groß wie ich, sah aber aus, als könnte sie locker das Doppelte auf die Waage bringen.

Als wir ins Auto stiegen, hatte ich das Gefühl, dass sie ihren Körper förmlich im Fahrersitz versenkte. Sie beobachtete meine Anspannung aus den Augenwinkeln und begann, mit einer wunderschönen, hohen Stimme einen Satz aus einer Oper zu rezitieren, während sie sich ab und zu nach vorne neigte und verwegen das Steuer herumriss.

»Oh, nein!«, rief sie mit Melodie. Es klang nach einem Zitat aus einem Lied. »Jetzt hätte ich beinahe eine Taube überfahren!«

Als wir zu Hause ankamen, hatte ich die Tante schon ins Herz geschlossen.

Ihre Wohnung erstreckte sich über den ganzen dritten Stock eines alten Hauses. Der Boden war mit einem zwar etwas abgetragenen, aber weichen Teppich in blassem Rosa ausgelegt und an den Wänden im Wohnzimmer hingen dicht nebeneinander zahlreiche Ölgemälde.

»Haben Sie die gemalt?«

Sie errötete. Das sei nur ein dilettantisches Hobby, lachte sie.

»Seit diesem Jahr bin ich alleinstehend, da habe ich jetzt halt viel Zeit.«

Da das alte, verstaubte Lachs-Bild in der Kneipe (der Lachs sah wirklich unappetitlich aus) bis jetzt das einzige Ölgemälde war, dass ich je gesehen hatte, blieb ich hingerissen stehen und betrachtete entzückt die Bilder, bis die Tante meinte, die seien doch nichts, sich den Koffer schnappte und auf eine Tür in der Ecke des Wohnzimmers zusteuerte.

Sie öffnete die Tür und wir gingen hinein. Aus einem Dachfenster drang die Nachmittagssonne ins Zimmer. Am Fußende des Bettes lagen auf einer Holzkiste einige Laken. Vor dem Erkerfenster, still die Stadt. Und dahinter wie eine silberne Folie ein friedlicher See.

Als ich mich im Zimmer umschaute, entfuhr mir ein Schrei.

»Tante!«

Ich musste einfach schreien. Auf dem Boden lagen Dutzende von Schallplatten und in der Ecke stand eine robuste Stereoanlage.

»Die habe ich gestern aus meinem Zimmer herübergebracht.«

Dann zeigte sie mir ein Blatt Papier, das auf der Lautsprecherbox lag. »Ich habe hier mal die Namen aller Platten aufgeschrieben, die ich gefunden habe. Leider sind sie nicht zu deinem Vergnügen da – du sollst die Musik schließlich studieren. Du kannst übrigens so laut aufdrehen, wie du möchtest! Falls sich jemand aus dem Haus beschweren sollte, werde ich ihm höchstpersönlich Sardellenpaste in die Ohren schmieren.«

Sie reichte mir das Papier. Zu jeder Schallplatte standen da mit ordentlicher Schrift Informationen bis hin zur Produktnummer sowie Erläuterungen. Die Liste der Musik, die ich mir anhören sollte, hatten Großvater und der Postdirektor zusammengestellt.

Zuunterst auf der Liste stand eine Notiz.

»In seltenen Fällen kann aufgenommene Musik sogar ein Live-Konzert übertreffen. Aber für einen Musiker ist es wichtig, so oft in Konzerte zu gehen, bis ihm die Ohren klingen. Jedes Konzert mit Live-Instrumenten – und sei es noch so schlecht – besitzt zumindest einen geringfügigen Nährwert für Musiker. Sollten deine Ohren eine Lebensmittelvergiftung erleiden, dann lege eine dieser Platten auf. Sie werden dir beim Verdauen helfen.«

Die Liste ist noch heute auf der ersten Seite in den Sammelalben abgelegt. Ich habe keine Ahnung, wie oft ich sie schon aufgeschlagen und gelesen habe. Irgendwann kamen mir all die Melodien schon in den Sinn, sobald ich mir die Liste nur in der Erinnerung vorstellte. Ich litt nämlich sowohl während der Schule als auch danach ständig unter Lebensmittelvergiftungen in meinen Ohren.

Als ich am nächsten Morgen von der Tante geweckt wurde und zu Fuß zur ganz in der Nähe gelegenen Schule ging, hatte die dritte Unterrichtsstunde schon begonnen. Ich wurde ins Büro des Schuldirektors zitiert und streng ermahnt, dass unpünktliche Leute an diesem Institut nichts verloren hätten.

»Was glaubst du ist Musik? Es ist die Kunst des Timings!«

Der Schuldirektor schlug mir mit dem Ende einer Peitsche, die er gekonnt knallen ließ, dreimal präzise auf den Handrücken.

Im Unterricht am Nachmittag lernten wir langwierig alles Mögliche über die Geschichte der Stadt. Wäre nicht von Weitem der Ton einer Violine zu hören gewesen, hätte ich gedacht, irrtümlicherweise in der falschen Schule gelandet zu sein. Danach Fremdsprachen. Zum Schluss Musiktheorie. Am Ende verließ ich das Schulgebäude, ohne an dem Tag ein Instrument auch nur gesehen zu haben.

Im Geschichtsunterricht lernte ich, dass die Stadt auch als Produktionsort für Uhren bekannt war. Tatsächlich schmückten überall Uhren die Straßen. An der Seite des auf den Hinterbeinen stehenden Bronzepferdes, an der Spitze der maisartigen Skulptur im Zentrum des Springbrunnens und in den unzähligen Schaufenstern. An allen möglichen Orten ertönte ein korrektes Zeitsignal. Apropos, die Lehrer schauten streng auf ihre Armbanduhren, wenn sie vor Beginn des Unterrichts auf das Podest stiegen und zeigten nochmals das gleiche Verhalten am Ende. Ohne Zweifel warteten sie, bis der Sekundenzeiger exakt zuoberst war. Wie der Schuldirektor gesagt hatte, bewegte sich die ganze Stadt im Sekundentakt.

»Es tut mir leid, ich bin ein furchtbar zerstreutes Huhn«, sagte die Tante, während sie das Abendessen vorbereitete.

»Ach Unsinn! Ich habe einfach verschlafen.«

Während ich antwortete, dämmerte mir, dass ich offensichtlich einen Tag zu spät in diese Stadt gekommen war, weil diese Frau etwas durcheinandergebracht hatte. In diesem Haus gab es weder einen Kalender noch eine einzige Uhr. An den Wänden hingen nur die gerahmten Ölbilder. Aber der Eintopf der Tante schmeckte so vorzüglich, dass die Zunge ein Tänzchen hinlegte.

»Zufall, ich koche beliebig drauf los«, sagte sie, »es liegt mir einfach nicht, die ganze Zeit auf den Topf aufzupassen.«

Während ich der Tante beim Abwaschen half, inszenierte sie den kompletten ersten Akt einer Oper für mich. Der Seifenschaum auf einem Teller wurde dabei zum giftigen Trunk der Königin – und alles mit einer Stimme, die viel lauter klang, als sie es über Lautsprecher getan hätte. Nachdem die Tante sich schlafen gelegt hatte, setzte ich mich vor die Stereoanlage. Als ich die zehnte Platte umdrehte, schien die Morgensonne durch das Fenster.

Die Studenten im Dirigentenfach kamen aus dem ganzen Land und sogar zwei Ausländer waren dabei. Unser Fachbereichsleiter sagte zu ihnen, es sei unter keinen Umständen erlaubt, hier eine Fremdsprache zu benutzen.

»Und den anderen sage ich es auch gleich, in den Unterrichtsräumen wird keine Mundart geredet. Ich verabscheue Dialekte. Sprecht die Wörter klar und deutlich zu Ende!«

Selbstverständlich wurde auch in den Pausen nicht miteinander gesprochen, sondern die Studenten blätterten alle gelangweilt in den Noten oder spielten Klavier. Der Unterricht bestand darin, dass wir sieben zu einem Metronom, das auf dem Piano stand, endlos mit dem Finger in der Luft auf und ab fuhren, während der Lehrer mit lauter Stimme wiederholte,

»Tschuff – puff! Tschuff – puff! Tschuff – puff!«

»Tschuff« war das Zeichen, um mit dem Zeigefinger nach unten, »Puff«, um nach oben zu fahren. Die Stimme des Lehrers war manchmal so laut, dass wir den Takt des Metronoms gar nicht mehr hörten.

»Tschuff – puff! Zu spät, du da, Lockenkopf! Tschuff – puff! Junge, du bist zu früh! Hier: Tschuff – puff! Tschuff – puff!«

Das ging so eine ewig lange Stunde, mit fünf kurzen Unterbrechungen. Ich stellte mir während des Unterrichts die ganze Zeit eine schwarze Lokomotive mit sieben Scheibenwischern vor. Der Lehrer kaute dauernd auf einem Kaffeekaugummi herum. Wenn man ganz genau hinschaute, sah man, dass die Kieferbewegungen nicht präzise mit dem Metronom zusammen waren. Ich fand es beinahe bewundernswert, dass er dabei dennoch ganz exakt »Tschuff – puff!« brüllen konnte. Manchmal fragte ich mich, ob die bedauernswerte Aufregung dieses Lehrers sich wohl legen würde, wenn man anstelle von uns sieben Metronome da hinstellte. Jedenfalls erschien mir dieser Unterricht blödsinnig.

Nach dem Dirigieren ging es zu den praktischen Kompositionsübungen am Piano. Der Lehrer spielte erst vier Takte einer einfachen Melodie vor, die danach jeder Schüler der Reihe nach auf dem Klavier weiterspinnen musste. Nachdem der Lehrer die vier Takte fertiggespielt hatte, stand er vom Stuhl auf, und der erste Junge setzte sich hin, um zögerlich eine Melodie erklingen zu lassen.

»Spiel nicht irgendwas!«, schrie der Lehrer und schlug mit der Faust auf die Tasten.

Der zweite Junge setzte sich hin. Das gleiche Spiel. Dann der nächste. Wieder das Gleiche.

Dann war ich an der Reihe.

»Was ist los?«, fragte mich der Lehrer, während ich still da saß.

»Ähm«, antwortete ich, »ich habe ehrlich gesagt noch nie auf einem Klavier gespielt.«

Der Lehrer überlegte und stampfte mit beiden Füßen abwechselnd auf den Boden. Auch die sechs anderen Schüler machten große Augen. Ich wusste nicht, dass scheinbar alle Studenten, die das Dirigenten- und Kompositionsfach wählten, in der Regel schon von klein auf Klavierunterricht bekommen hatten. Im Blasorchester hatte es kein Piano gegeben. Der Lehrer starrte mich an, als betrachtete er ein Büschel Seetang, das sich in seinem Anker verfangen hatte.

»Ihr seid ein chaotischer Haufen!«

Dann setzte er sich wieder ans Piano und spielte die nächsten vier Takte vor. »So und nicht anders muss es klingen. Ist das klar? Es ist vorgegeben!«

Dieser Unterricht war also eine Art Musikquiz. Nachdem der Lehrer seine vier Takte gespielt hatte, gab es immer nur eine richtige Antwort. Auch wenn es eine Komposition war, die er selbst geschrieben hatte, oder eine Stelle aus einem alten Stück, das wir alle nicht kannten. »Tschuff – puff« und Musikquiz. Nach weniger als einem Monat war es schon eine Selbstverständlichkeit, dass ich regelmäßig dem Unterricht fern blieb.

»Diese Stadt ist unerträglich langweilig!«, schrieb ich in meinem ersten Brief an den Postdirektor. »In der Schule lernen wir nicht Musik, sondern Geräteturnen. Die Lehrer drängen uns ihre persönlichen Vorlieben auf. Gestern hatten wir die Gelegenheit, einer Probe des städtischen Orchesters beizuwohnen. Der Saal und die Instrumente sind vom Feinsten, aber das Konzert selber war nichts Besonderes.«

Die Putzfrau, die ich beim Wettbewerb kennengelernt habe, lies mich heimlich durch den Bühneneingang hinein. Der Konzertmeister des Orchesters erinnerte sich an mich und lud mich ein, ein Stück auf der kleinen Trommel mitzuspielen. Freudig ging ich auf die Bühne, aber der Dirigent brach sofort das Stück ab und sagte zu mir, jemand aus einer provinziellen Blasmusikkapelle habe hier wirklich nichts verloren, zuzuhören sei ja in Ordnung, aber ich solle doch bitte nicht stören.

»In dieser einem Uhrwerk gleichenden Stadt fühle ich mich wie ein abgerissener Faden, der zwischen die Zahnräder geraten ist«, schrieb ich. »Die knirschenden Räder drehen sich unbeirrt weiter und zermalmen mich langsam zu kleinen Stücken.«

Nach drei Tagen kam die Antwort, die mit den Worten: »So geht's aber nicht, Katze!« begann. »Wiederholung ist die Basis des Dirigierens. Sie als langweilig zu bezeichnen, ist ungefähr das gleiche, wie das Dirigieren als Krampf eines Betrunkenen zu betrachten. Wer es nicht einmal schafft, sich mit den Vorlieben von ein paar Lehrern zu arrangieren, wird es wohl kaum fertigbringen, die Ohren der Publikumsmassen zu befriedigen. Falls du beabsichtigst, irgendwann in der weiten Welt den Taktstock zu schwingen, dann musst du schon ordentlich die Schule besuchen und das Dirigentenhandwerk erlernen. Und klebe auf deine Briefe bitte in Zukunft Marken mit einem originellen Design!«

Am Rand des Briefes stand mit Großvaters hingeschmierter Schrift: »Was verstehst du schon von Musik, du Dummkopf!«

Ich musste zugeben, dass zumindest die Worte des Postdirektors ins Schwarze trafen. Und so dachte ich mir, wenn es denn sein muss, dann werde ich dieses »Tschuff – puff« sogar im Handstand hinkriegen. Und ich werde so ein folgsamer Schüler, dass der Schuldirektor und der Fachbereichsleiter mich am liebsten von beiden Seiten bei der Hand nehmen und mit mir herumspazieren würden.

Aber je eifriger ich das Tempo meines Zeigefingers mit dem »Tschuff – puff« zusammenzubringen versuchte, desto erbärmlicher lag ich daneben. Mit einem Gefühl, als ob mein Finger zehn Meter vom Körper entfernt wäre, verschob sich mein Tempo so weit nach hinten, dass es zum Gegentakt des Metronoms wurde.

»Mann!, du bringst mit deinen Bewegungen ja alle durcheinander!«, brüllte mich der Fachbereichsleiter an. »Bohnenstange, du gehst nach hinten und schwingst deinen Finger so, dass die anderen es nicht sehen können!«

So tanzte ich als Einziger von sieben aus der Reihe und musste fortan während des Unterrichts auf die Rücken der sechs anderen schauen. Ich war also wieder auf meinem alten Platz, wie immer. Die anderen sechs schwangen eines Tages gemeinsam wie eine einzige Welle ihre Finger.

»Tschuff – puffpuffpuff, tschuff – puffpuffpuff«, schrie der Lehrer. Bei »Tschuff« mit dem Finger nach unten, bei »puffpuffpuff« in drei Teilen nach oben. Das sah jetzt schon mehr nach Dirigieren aus. Mindestens harmonierte es mit dem Ton des Metronoms. Bei mir sah es allerdings so aus, als ob mein Finger ohne jeden musikalischen Bezug nur zufällig in der Luft herumfahren würde.

Den anderen sechs wurde es inzwischen erlaubt, den Taktstock in die Hand zu nehmen. Einzig ich war aus dem Kreis der Musizierenden ausgeschlossen und übte weiterhin verzweifelt das »Tschuff – puff« meines erbärmlichen Zeigefingers. Ich fühlte mich nicht nur wie ein abgerissener Faden, der zwischen Zahnrädern zerdrückt wird, sondern wie eine zerbeulte Lokomotive aus der Provinz, die immer hinter dem Fahrplan her hinkt und es einfach nicht schafft, in der großen Stadt anzukommen.

Der Schmetterlingsmann

Meine Hand, die keinen Taktstock halten durfte, verlangte stattdessen nach einer Schere.

Mit einem Sammelordner unter dem Arm ging ich zum Hintereingang der städtischen Bibliothek, wo sich immer Berge von kopierten Zeitungen und Zeitschriften stapelten. Weil der Bibliothekar nicht wollte, dass überall Papierabfälle herumlagen, war das Sammeln von Ausschnitten im Lesesaal ungern gesehen und nur unter vielen Vorbehalten gestattet: Die Artikel fein säuberlich ausschneiden, so dass kein weiterer Abfall entsteht; die Scheren so leise wie möglich benutzen; nur im Stehen an den schrägen Tischen hinten in der Ecke des Lesesaals arbeiten.

Tagsüber konnte ich nicht zu Hause bleiben, weil die Tante da war. Sie war sowohl die Verwalterin als auch die Besitzerin aller Wohnungen. Jeden Morgen direkt nach dem Frühstück machte ich mich trübsinnig auf den Weg zur Schule. Die praktischen Übungen zu schwänzen, hieß für mich zwar, eine Niederlage gegenüber dem Fachbereichsleiter einzugestehen, aber dennoch machte ich häufig vor dem Schultor eine Kehrtwendung, um schweren Schrittes Richtung Bibliothek zu gehen. Das passierte alle drei Tage, nein, eigentlich fast schon jeden zweiten Tag. Wenn ich auch nur an den Ton des Metronoms dachte, wurde mir speiübel.

Die morgendliche Bibliothek war ein Ort, an dem unter keinen Umständen Geräusche gemacht werden durften. Ich breitete eine Zeitung auf meinem Tisch aus und malte mit einem blauen Stift einen Kreis neben die Artikel, die mir ins Auge fielen. Nachdem ich das ganze Blatt durchgesehen hatte, nahm ich die Schere zur Hand und schnitt alle markierten Artikel aus, auch wenn sie sich zum Teil inhaltlich überschnitten. Dann klebte ich sie in den Ordner.

Das Sammeln der Ausschnitte beruhigte mich. Während ich alle möglichen Ereignisse dieser Welt nebeneinander in einem Ordner ablegte, vergaß ich das Metronom und die Zeitsignale, die in der Stadt ertönten. Es machte mir zunächst Spaß, den Inhalt der Artikel zu lesen, und das Ausschneiden war dann nochmals ein Vergnügen. Erst mein knurrender Magen erinnerte mich daran, dass Mittag längst vorbei war, so vertieft war ich in die Arbeit. Obwohl ich mir das Sandwich der Tante, das ich draußen vor der Bibliothek aß, mit schlechtem Gewissen in den Mund schob, schmeckte es wieder ganz ausgezeichnet.

Wenn man jeden Tag Ausschnitte sammelt, fallen einem merkwürdige Dinge auf. An Orten, die überhaupt nichts miteinander zu tun haben, geraten völlig verschiedene Menschen am gleichen Tag in die gleiche Situation. Zum Beispiel Flugzeugunfälle. Ob große oder kleine Flugzeuge – in den meisten Fällen stürzen gleich mehrere hintereinander ab. Auch bedeutende wissenschaftliche Entdeckungen werden oft fast zur gleichen Zeit an mehreren Orten gemacht. Genau am selben Tag, an dem die äußerste Grenze des Universums mit Hilfe eines Elektronenteleskops aufgenommen werden konnte, gab ein anderer Astronom die erfolgreiche Messung von aufsteigendem Wasserdampf auf der Marsoberfläche bekannt.

Aber die Nachrichten sind nicht immer so aufregend.

Ein erfolgreicher Jockey fiel von seinem Favoriten und brach sich das Kreuz. Am selben Tag stieß ein Motorrad auf einer ländlichen Bundesstraße mit einem plötzlich auftauchenden Rennpferd zusammen. Bei diesem Unfall war es das Pferd, das sich die Knochen brach.

Die Festnahme eines Einbrechers, der sich als Frau verkleidet hatte. In derselben Nacht brannte das Vereinsgebäude eines Männerclubs komplett nieder und in der Brandruine entdeckte man eine große Menge von Frauenkleidern und Schmuckimitaten.

Die Geburt eines Krokodilbabys im Zoo (mit Bild). In einer anderen Stadt wurde an diesem Tag einem Zirkusdompteur von einem Krokodil das rechte Bein abgebissen.

Wenn ich in einer Zeitung solche Zusammenhänge entdeckte, dann klebte ich die zwei Artikel nebeneinander in den Sammelordner. Man brauchte die Artikel nur gründlich zu durchforsten, dann fand man immer Übereinstimmungen. Die Personen- und Ortsnamen, die darin vorkamen; die Gründe, die den Unfall verursacht hatten; die Folgen.

– Ist alles dasselbe.

Das waren Kuhtses Worte gewesen. Während ich die Seiten der Sammelalben durchblätterte, bekam ich den Eindruck, dass es auf dieser Welt – genau wie Kuhtse gesagt hatte – keine besonderen Ereignisse gibt, die selbstständig für sich auftreten. Alle Unfälle stehen mit irgendetwas Entferntem in Verbindung. Die Verbindungen mögen unbedeutend aussehen, aber auch das liegt letztlich daran, dass die Frage, ob groß oder klein – wie Kuhtse sagte – eine Frage der Entfernung ist. Für mich sah es aus, als ob viele Dinge, indem sie von meiner Schere ausgeschnitten wurden, zwischen den Seiten des Albums endlich ihre Verbindung zu einem anderen Ding finden und aufatmen konnten.

Eines Tages, als ich wie immer vor dem Tisch stand und eine Zeitung ausgebreitet hatte, wurde ich plötzlich von hinten angesprochen.

»Du machst ein interessantes Geräusch!«

Als ich mich umdrehte, stand ein Mann mit Sonnenbrille und halb geöffnetem Mund vor mir. Er war um die vierzig und von erstaunlicher Statur. Seine Körpergröße unterschied sich unwesentlich von meiner, aber die Schultern waren beinahe doppelt so breit. Der Mann sah aus wie ein Bär auf den Hinterbeinen. Seine beiden Arme, die aus einem ärmellosen Unterhemd herausragten, waren wie langgeknetete Bowling-Kugeln.

Während ich schweigend da stand, kam er näher und flüsterte:

»Das Geräusch, das du gerade gemacht hast.«

Schweißgeruch stieg mir in die Nase.

»Oh, Verzeihung!«

Ich hatte scheinbar unbewusst mit dem blauen Stift auf den Tisch unter der Zeitung geklopft. Auf den vermischten Nachrichten war eine ganze Schar blauer Punkte. Ich senkte den Kopf und sagte: »Tut mir leid, wird nicht wieder vorkommen.«

Der Mann wollte noch etwas sagen, schwieg dann aber und ging zu den Bücherregalen im Lesesaal. Mit gemächlichem Schritt, wie eine große, schwarze Wolke, die vorbeizieht. Ich atmete erleichtert auf und wandte mich wieder der Zeitung zu. Die blauen Punkte waren auf einem Artikel über einen Pechvogel, der sich von einer Brücke in einen Fluss gestürzt hatte. Bei dem Sprung, der eine Mutprobe sein sollte, riss das an den Beinen befestigte Gummiseil. Die Brücke führte in einer Höhe von dreißig Metern über der Wasseroberfläche durch eine Schlucht. Der Mann verlor durch den Aufprall beim Sturz in den Fluss das Bewusstsein und ertrank.

Als ich mir später auf der Bank vor der Bibliothek mit einem Sandwich den Mund vollstopfte, kam der Typ von vorhin auf mich zu und fragte, ob er sich neben mich setzen dürfe. Sein Unterhemd triefte vor Schweiß. Aus den hinter der Sonnenbrille versteckten Augen konnte ich keinen Ausdruck lesen. Ich nickte unsicher, worauf er seinen großen Hintern neben mir auf die Holzbank plumpsen ließ.

»Du kommst oft hierher«, sagte er. »Ich meine, in die Bibliothek!«

»Äh, na ja«, antwortete ich verlegen.

»Ich wollte dich etwas fragen. Dieses Geräusch vorhin, was war denn das eigentlich?«

»Oh, das … tut mir leid. Das war mein Farbstift auf dem Tisch.«

»Ein Farbstift?«

Der Mann wandte sich mir zu und fragte nochmals ganz aufgeregt: »Was für ein Farbstift?«

»Ich benutze beim Sammeln von Ausschnitten immer einen blauen Stift«, sagte ich.

Er stöhnte und schüttelte den Kopf. Sein Körper war bis zum Scheitel seines schütteren Haares braungebrannt. Am Nacken prangte das Tattoo eines Schmetterlings. Ich bekam es mit der Angst zu tun.

»Das hat aber nicht nach einem Farbstift geklungen«, murmelte der Mann, »sondern – wie soll ich sagen – eher wie das Geräusch von Füßen, die etwas feststampfen, etwa so, in der Art.«

Dann begann er, sich mit beiden Händen auf die Knie zu klopfen.

Tam, tatam, tam

Tam, tatam, tam

Auch die Füße stampften im gleichen Rhythmus auf die Erde.

Tam, tatam, tam

Mir fiel das Sandwich der Tante zu Boden.

Als der Mann nach einer Weile mit dem Klopfen aufhörte, kriegte ich endlich einen Ton heraus.

»Das Geräusch – hat es sich so angehört?«

»Ja, so hat es geklungen. Aus deiner Richtung. So ein Geräusch habe ich in der Bibliothek – und auch anderswo – noch nie gehört. Sag, was ist das denn für ein Rhythmus?«

Ich schwieg. Das konnte ich doch nicht erklären. Mein ganz persönliches Geräusch, das ich ständig im Ohr hatte und das sonst niemand hören konnte. Das Weizenstampfen von Kuhtse im gelben Land. Hätte ich sagen sollen: Ach so, ja da sind offensichtlich ein paar Töne aus meinem Kopf nach draußen gedrungen, bitte verzeihen Sie, ich werde in Zukunft die Löcher mit Mörtel zustopfen! …?

»Ich weiß nicht«, murmelte ich. »Ich habe nicht die leiseste Ahnung, was das für ein Geräusch gewesen ist.«

»Du hast das Geräusch doch gemacht, oder?«

Ich verstummte wieder und sagte nur, ich weiß nicht.

»Hm …«

Der Mann runzelte sein Kinn und blickte eine Weile gedankenversunken in meine Richtung. Dann meinte er:

»Also, meine Ohren sind unanständige Burschen, die manchmal Geräusche aufschnappen, die sie gar nicht hören sollten. Zum Beispiel den Furz von einem Hund oder den Rülpser einer Nonne. Nicht, dass ich da extra hinhören würde, aber die Töne kriechen halt einfach ins Ohr. Es gibt viele unangenehme Geräusche! Ich möchte mir ständig die Ohren zustopfen. Aber manchmal sind da auch geheimnisvolle oder ganz ungewöhnliche Geräusche. Bei denen fände ich es andererseits sehr schade, wenn ich sie überhören würde.«

Die große Hand des Mannes klopfte auf meine Schulter. Es war eine heiße Hand. »Das Geräusch, das ich von dir gehört habe, das ist so ein geheimnisvolles Geräusch, mit Herzensgrund. Es wirkt monoton, aber mit Tiefe und gerade wenn man denkt, jetzt hört es auf, geht es doch weiter. Auch wenn man nicht weiß, worauf du klopfst, merkt man, dass es ein bedeutsames Klopfen ist. Was immer du darüber denken magst, für meine Ohren zumindest klang das nach einem sehr guten Geräusch.«

Ich hob langsam den Kopf.

»Als ich neulich im Zug gefahren bin«, fuhr er fort, »da habe ich vom gegenüberliegenden Sitz ein eigenartiges Geräusch gehört. Eine dünne alte Frau hat – wohl aus Gewohnheit – dauernd den Kopf gedreht, knick, knack, immer wieder im Kreis. Ich konnte das Geräusch der sich reibenden Sehnen hören. Es war, offen gesagt, ein unangenehmes Geräusch. Knick, knack. Die Nackenmuskeln der alten Frau waren halt hart. Wir waren in einem Schnellzug und ich konnte sowieso nicht aussteigen. Mit der Zeit hat ihre Angewohnheit die anderen Fahrgäste angesteckt und überall im Zug hat es angefangen zu knick-knacken. Gerade als ich am liebsten geschrien hätte: ›Jetzt hört schon auf!‹, musste der Zug eine Vollbremsung machen. Überall um mich herum hat es geklungen, als würden kleine Zweige zerbrechen. Als wir dann im Bahnhof angekommen sind, haben die Hälse der Fahrgäste beim Aussteigen ganz schön gekracht und geknirscht. Die konnten danach alle für eine Weile nicht gut einschlafen. Mit einer einzigen Ausnahme.«

»Eine Ausnahme?«

»Ja, die alte Frau.« Er lachte schelmisch und hob beide Hände über den Kopf. »Als sie aufgestanden ist, um ihren Rücken zu strecken, hat der von oben nach unten – knack-knack-knack-knack! – ein irrsinniges Geräusch von sich gegeben. Eine richtige Rückenlawine. Ich hätte am liebsten applaudiert. Wenn ich manchmal solche Geräusche höre, finde ich es gar nicht schlecht, dass meine Ohren so gut sind.«

Ich schmunzelte. Der sah zwar gefährlich aus, aber war überhaupt nicht böse. Auf seinen lila Jogginghosen saß schon die ganze Zeit ein schneeweißer Schmetterling. Der Mann machte keine Anstalten, ihn zu verscheuchen. Auch das kleine Insekt sah aus, als würde es ganz unbesorgt seinen Flügeln etwas Ruhe gönnen. In der Mitte der weißen Flügel war ein pechschwarzer Punkt.

Ich murmelte:

»Der Schmetterling da ist ziemlich schön.«

»Hä? Nein, man sollte sich keine Tätowierungen stechen lassen!«, sagte er und legte hastig die Hand auf seinen Nacken. »Das habe ich mir damals als halbstarker Teenager machen lassen und heute nennen mich deshalb alle ›Schmetterlingsmann‹ – da bin ich alles andere als stolz drauf.«

»Ich habe eigentlich gar nicht die Tätowierung gemeint«, sagte ich mit entschuldigendem Ton. »Da, der Schmetterling auf Ihrer Hose.«

Der Mann drehte rasch seinen Kopf, schaute nach unten zu seiner Hüfte und lachte, nachdem er verlegen die Sonnenbrille angehoben hatte:

»Ach, da sitzt gerade etwas auf meiner Hose? Tut mir leid, das habe ich dir ja noch gar nicht gesagt. Dieser Mann hier mit dem Schmetterling ist blind!«

Ich erzählte dem Postdirektor in einem Brief vom Schmetterlingsmann.

Nach sechs Tagen kam eine Antwort.

»Es ist nicht schlecht, wenn man Freunde findet. Aber was mir Sorgen bereitet, ist die Tatsache, dass du keinen Umgang mit Jugendlichen in deinem Alter pflegst. Gehst du regelmäßig zur Schule? Dein Großvater hat den Konrektor ins Orchester geholt und bringt ihm Schlagzeugspielen bei. Er ist ein guter Schüler. Und er ist ungefähr so alt wie dein Großvater. Du solltest auch gleichaltrige Freunde finden und in den Winterferien zu Besuch mitbringen. Dann können wir alle zusammen spielen.«

Ich traf mich fast jeden Tag mit dem Schmetterlingsmann. Hinter der Bibliothek befand sich ein Trainingszentrum. Er schwitzte da schon am Morgen. Mittags ging er immer in die Bibliothek, weil er sich an diesem stillen Ort gut entspannen konnte. In der Stadt herrschte scheinbar ein viel nervenaufreibenderer Lärm als mir bewusst war.

»Tief in meinen Ohren beginnt es dann zu jucken!«, sagte er. »Egal, wie tief ich meine Finger auch hineinbohre, bis zur juckenden Stelle komme ich nie.«

Der Mann war nicht von Geburt an blind gewesen. In jungen Jahren war er ein vielversprechender Profiboxer, der es mit einundzwanzig bis zum Finale der Juniorchampions schaffte. Schon in der ersten Runde verpasste er seinem Gegner mehrere Kinnhaken und zwang ihn zweimal in die Knie. Dieser wollte jedoch jetzt, da er endlich im Finale stand, auf gar keinen Fall aufgeben. Auch in der zweiten und dritten Runde schlug der Mann seinen Gegner immer wieder nieder. Dessen Gesicht soll schon ganz geschwollen gewesen sein und ausgesehen haben wie mit Ketchup beschmiertes Gemüse. Dann, in der vierten Runde, landete der Handschuhdaumen des Gegners im linken Auge des vorgebeugten Mannes. Dieses Foul nennt man im Boxen »Thumbing«.

»Er hat es nicht mit Absicht getan, das weiß ich«, sagte er. »Im Vergleich mit Kopfstößen und Ellbogenschlägen, kommt Thumbing während eines Kampfes sehr selten vor. Man kann es eben nicht gezielt landen. Ich kannte die Kämpfe und wusste das. Es war zweifellos ein Unfall.«

Während er den Schmerz des eingesteckten Thumbings unterdrückte und eine Serie von kurzen Schlägen abfeuerte, machte er einen wuchtigen Schritt mit seinem linken Bein. Da spürte er etwas seltsam Weiches unter seinem Fuß. Der merkwürdige Buckel, der da im Ring auftauchte, war das Mundstück, das er gerade eben ausgespuckt hatte. Er verlor das Gleichgewicht, kam ins Torkeln und fing mitten im Gesicht einen unkontrollierten, langen Haken seines Gegners. Dabei flog er seitwärts in die neutrale Ecke und schlug mit der Schläfe auf. In dem Moment war das Augenlicht des Mannes vollständig erloschen.

»Ich bin einfach zu schwach gewesen, das ist alles«, lachte er. »Bei Sportlern, die in die Weltklasse gehören, ist es undenkbar, dass das Ergebnis eines Kampfes von Zufällen abhängt. Da wird alles, jeder Schlag und jeder Schritt, genau berechnet, wodurch die Kämpfe eine gewisse Logik bekommen. Ich habe damals selbst nicht gewusst, ob meine Sehnerven durch das Thumbing, den Schlag meines Gegners oder den Aufprall in der Ecke abgezwackt worden sind, und ich weiß es bis heute nicht. Das bedeutet kurz gesagt einfach, dass ich nicht erstklassig gewesen bin.«

Nachdem er sein Augenlicht verloren hatte, hörte der Mann aber nicht auf zu boxen. Selbstverständlich konnte er nicht mehr an Wettkämpfen teilnehmen, er musste ja auch seine Lizenz abgeben. Aber in einer Ecke der Trainingshalle schlug er weiterhin den ganzen Tag auf einen Sandsack ein.

»Ich hatte Angst aufzuhören!«, sagte er. »Nur beim Boxen war ich mir sicher, dass ich nicht vor ein Motorrad laufen oder in einen Kanalschacht fallen würde.«

Egal, wie unerwartet der Punchingball herumsprang, die Faust des Mannes traf ihn immer genau in der Mitte. Seitdem er erblindet war, ließ er bei seinen Schlägen sämtliche unnötigen Bewegungen weg und boxte um einiges schärfer. Für eine Boxzeitschrift posierte er sogar in einer Sonderausgabe für Anfänger als Fotomodell. Der Coach der Trainingshalle sagte jedoch zu den versammelten Jungboxern:

»Dieser Mann mag wie ein Vorbild für euch aussehen, aber das könnt ihr gleich vergessen. Versucht gar nicht erst, ihn zu kopieren! Seine Gegner gaffen meistens nur noch bewundernd, wenn sie seine Schritte sehen, und es gibt gar keinen Kampf. Ihr seid Boxkämpfer. Wir trainieren hier, wie man mit Gegnern aus Fleisch und Blut fertig wird.«

Der Schmetterlingsmann war kein Boxer mehr. Er war gewissermaßen zu den Boxbewegungen selbst geworden.

Als die Trainingshalle wegen Gewalttätigkeiten des Coachs schließen musste, begann der Mann, im städtischen Sportzentrum zu trainieren. Zu Beginn verließ er sich auf dem Weg dahin nur auf sein Gedächtnis und setzte zögerlich einen Fuß vor den anderen, aber nach ein-, zwei Jahren hatte er sich so an die Strecke gewöhnt, dass die Schritte fließend wurden. Seine Ohren erfassten sämtliche Straßengeräusche: Autohupen und Menschengewimmel; die Stimmen der Marktschreier; Baustellenlärm. Im Kopf des Mannes hatte sich eine Straßenkarte aus Geräuschen gebildet. Neue, ungewohnte Töne wurden auf der Stelle eingetragen. Wenn der Schmetterlingsmann seiner geheimen Tonkarte folgend durch die Stadt ging, sah es aus, als würde er tanzen. Als ob er vom Wind der Geräusche vorwärts getragen wurde. Nicht nur Fahrrädern oder Passanten, selbst Gepäckstücken, die auf dem Bürgersteig herumstanden, konnte der Mann ohne Schwierigkeiten ausweichen.

Die Dinge da draußen, sagte er, die machen alle immer irgendein Geräusch. Wenn du die Ohren spitzt, kannst du das genau hören. Fahrradräder, Seufzer bei einem Umzug und natürlich die Geräusche der Schuhe. Sie bringen den logischen Zusammenhang in die Karte. Und manchmal bringen sie die Ohren zum Jucken.

»Die Uhren sind wertvolle Schätze!«, sagte er. »Die Uhren in der Stadt sind nicht alle gleich. Jede hat einen anderen Ton. Selbst wenn ich nur die erste Phrase eines Zeitsignals höre, kann ich dir bis auf die Hausnummer genau sagen, wo wir uns in der Stadt befinden.«

»Hm … und wo sind wir jetzt?«

Er antwortete ohne zu zögern.

»An der Ecke des Gemischtwarenhändlers, schräg gegenüber von der Bank. Unter unseren Füßen ist ein Kanalschacht. Mit einem neuen Deckel, der erst vor einem Monat ausgewechselt worden ist. Fünf Meter hinter uns öffnet der Bäcker gerade seinen Straßenladen für die abendliche Kundschaft. Da hat jetzt jemand das fünfte Brot in die Auslage gelegt.«

Während ich ihn mit großen Augen anstarrte, steckte er die Hand in die Tasche und meinte: »Nicht nur die Ohren, auch meine Nase funktioniert gut. Hier riecht es ziemlich lecker, sag mal, könntest du nicht schnell zwei Nussbrötchen holen?«

Der Schmetterlingsmann wollte mich auch zum Boxtraining mitnehmen. Er meinte, ich hätte etwas boxerartiges an mir. Lust gehabt hätte ich schon, aber ich musste leider ablehnen.

»Ich durfte noch nie körperliche Anstrengungen auf mich nehmen – soll schlecht sein fürs Herz.«

»Körperliche Anstrengungen?«, rief er wieder mit lauter Stimme, während er auf dem Brot herumkaute. Ein Passant mit Hund drehte sich erschrocken nach uns zwei großen Menschen um. »Boxen soll eine körperliche Anstrengung sein? Das ist doch wohl ein Witz! Boxen ist wie geradeaus gehen auf einer flachen Straße. Ganz unbewusst, genau im richtigen Tempo, einen Fuß vor den anderen. Wichtig ist dabei nur, auf den Fluss des eigenen Körpers zu hören, das ist der Punkt.«

Mein eigener Körper. Diese Worte machten mich wieder trübsinnig. Dieser Körper, der meine Mutter entzweigerissen hatte; dieser hässliche, träge, viel zu große Körper, der nicht mal richtig »tschuff – puff!« in die Luft zeichnen konnte.

Nachdem der Mann, während ich schweigend dastand, eine Weile lang seine blinden Augen auf mich gerichtet hatte, sagte er plötzlich: »Hör mal, gleich ertönt das Zeitsignal!« und drehte sich nach rechts um. Die Tätowierung am Nacken leuchtete in der Abendsonne.

Am Dach der Bank war eine große, goldene Uhr angebracht. Die Skulptur, die das Prachtstück rundherum schmückte, erinnerte mich an das Geländer der Treppe, auf der Vater immer saß. Genau wie er gesagt hatte, öffneten sich kurz darauf Deckel an der Skulptur und auf beiden Seiten der Uhr erschienen zwei Puppensoldaten mit Mützen.

Bam, bam

Die Zeitansage für fünf Uhr nachmittags hallte durch die Stadt.

Bam

Einige Menschen standen ebenfalls still und schauten mit uns nach oben zur Uhr, als ob sie gerade erst entdeckt hätten, dass da überhaupt eine hing.

Bam

Der Klang des Zeitsignals passte zur Abendsonne. In Farben gesprochen: orange. Wie eine große, fast durchsichtige Mandarine, die man auch mit ausgestrecktem Arm nicht greifen kann.

Bam

Obwohl das letzte Signal erklang, blieben wir noch eine Weile stehen. Der Nachhall verebbte wie eine Welle und das lärmige Gedränge um uns herum wurde nach und nach lauter. Aber es klang irgendwie anders als vorher.

»Du, hör mal«, meinte er, »die Uhren in dieser Stadt sind doch gar nicht so übel, wie du gesagt hast, oder?«

»Stimmt«, antwortete ich, »sie sind wirklich nicht schlecht.«

Dann machten wir uns auf den Weg. Wir gingen nebeneinander durch die vom Nachhall des Zeitsignals gewaschene, orangene Stadt, während wir an den frischgebackenen, süßen Nussbrötchen knabberten.

Wir verabschiedeten uns. Als ich nach Hause kam, warteten da zwei verschlossene Briefe auf mich.

Der kleine war wie immer vom Postdirektor. Nachdem er mir den aktuellen Stand des Orchesters – insbesondere den Unterricht, den Großvater dem Konrektor erteilte – ausführlich geschildert hatte, erwähnte er kurz die Anwesenheit eines fremden Händlers, der in der Stadt aufgetaucht war:

»Er wohnt seit einer Woche in der Herberge. Ein sehr fröhlicher Mann, Schuhhändler und zwar ein so geschickter, dass man ihm unwillkürlich gleich drei Paar abkauft, während man ihm zuhört.«

Der große, braune Umschlag war von Vater. Auf der Rückseite eines mit unverständlichen Formeln vollgeschriebenen Blattes stand:

»Diesmal klappt es bestimmt mit dem Beweis. Die Experimente laufen alle gut. Die Primzahl-Mäuse verhalten sich genau, wie ich es erwartet habe. Man könnte sagen, dass der Schuhhändler jetzt mein Partner ist.«

Was hatte das zu bedeuten? Es tat mir zwar leid, aber so etwas wie eine Partnerschaft passte einfach nicht zu Vater. Ich wollte zu gerne wissen, was dieser geschickte Schuhhändler Vater für Ratschläge bei seiner Beweisführung gegeben hatte.

Tam, tatam, tam

Ich atmete auf.

Die Tritte von Kuhtse.

Tam, tatam

Kuhtses Weizenstampfen verwandelte sich nach und nach in ein Geräusch aus dem Wohnzimmer.

Tam, tam

Kurz darauf kam die Tante mit einem Hammer aus der Küche und machte ein erstauntes Gesicht, als sie mich erblickte.

»Oh, pardon! Ich habe grade einen Nagel eingeschlagen. Ich möchte hier nämlich ein neues Bild aufhängen. Das Abendessen ist übrigens fertig; es gibt Eintopf mit Hühnchen und Kohl!«

Das neue Landschaftsbild der Tante zeigte einen See, auf dem sich das Herbstlaub auf den Bergen spiegelte. In einem Boot, das auf dem See schwamm, saßen sich zwei Menschen gegenüber, die aussahen wie Zweige.

Ich schaute mir nochmals die anderen Bilder an. Beim genaueren Betrachten fiel mir auf, dass auf sämtlichen Gemälden an der Wand diese zwei Gestalten waren, die sich gegenseitig anblickten. Ein kleiner Mann und die zweite Figur mit Hut anscheinend eine Frau. Auf einem Feldweg auf dem Lande, an einem Sandstrand, im Gedränge beim Pferderennen. Ich konnte die beiden auf jedem Bild mit Sicherheit irgendwo finden. Sie hatten überall ungefähr den gleichen Abstand und schauten sich gegenseitig direkt in die Augen.

»Lass uns essen!«, sagte die Tante. Wir schöpften den Eintopf auf unsere Teller und aßen gemeinsam. Das Wohnzimmer mit den dicht beieinanderhängenden Bildern an der Wand. Die Zimmer ohne eine einzige Uhr. Das Essen der Tante, das ich schweigend verspeiste, schmeckte auch heute wieder einmalig, und während ich den Löffel ableckte, fragte ich mich, warum es im Haus dieser Frau, die in der Stadt der Uhren aufgewachsenen war, keine einzige Uhr gab.

Walzer vom blinden Boxer und dem roten Hund

Der Schmetterlingsmann hatte nicht nur gute Ohren, er war auch ein ausgezeichneter Zuhörer. Großvaters Kesselpauken, die Beweisführung von Vater, der Mäuseregen über der Stadt, die Katzenstimme, die Schattenmäuse und der letzte Marsch des Hausmeisters. Ich erzählte und erzählte. Er hob hin und wieder die Hand und warf eine Frage dazwischen.

»Was für eine Form hatte das Fischerboot, das in den Hafen eingelaufen ist?«

»Haben die Schattenmäuse auch nach etwas gerochen?«

Wenn ich mit meinen Erzählungen am Ende war, senkte er seinen Kopf und nickte zustimmend, als ob er hinter seinen erloschenen Augen die Stadt nachzuzeichnen versuchte, in der ich aufgewachsen war. Am meisten Interesse zeigte er für die Geschichte mit Kuhtse.

»Ich möchte es gerne nochmals hören«, sagte der Schmetterlingsmann, während er sich am Nacken kratzte. »Du sagst, die Schritte deines Kuhtses waren immer gleich, aber wenn ich jetzt darüber nachdenke, dann müssten die eigentlich ganz unterschiedlich geklungen haben.«

»Aber …«, erwiderte ich und kickte mit den Füßen in die Erde vor der Bank, »Kuhtse hat gesagt, dass alles dasselbe ist. Allerdings versteh ich auch nicht, was das bedeuten soll.«

Er legte seine Hand ans Kinn und murmelte: »Was war das nochmal – Weizenstampfen?«, nachdem er eine Weile überlegt hatte. »Ich habe keine Ahnung, was das ist. Ich habe in meinem Leben noch nie ein Weizenfeld gesehen. Aber jeder gestampfte Weizenhalm müsste sich doch eigentlich von den anderen unterscheiden. Wenn dein Kuhtse sagt, dass alles dasselbe ist, dann ist dieser Typ entweder völlig bescheuert oder bedauernswert ernsthaft.«

Heute verstehe ich vage, was er damals damit sagen wollte. In einem bedauernswerten Maße ernsthaft. So extrem, dass er wie ein Narr aussieht. Diese Beschreibung passte nicht nur zu Kuhtse.

Über den Unterricht an der Musikschule wagte ich nie etwas zu erzählen. Wegen des Blaumachens. Weil ich doch immer während der Zeit der praktischen Übungen die Schule schwänzte und in die Bibliothek kam. Mir schlug das Herz bis zum Hals, als er plötzlich auf das Thema zu sprechen kam:

»Ist die Schule eigentlich langweilig?«

Ich spürte, wie mir das Blut ins Gesicht stieg. Der Bibliothekar kam gerade aus dem Gebäude, streckte, bemüht uns nicht zu sehen, das Kinn in die Luft und ging weiter Richtung Springbrunnen.

»Viele junge Boxer leiden unter einer ähnlichen Ungeduld«, sagte er. »Jab und Cross, Haken und Uppercut. Die gelernten Schläge sind zunächst recht einfach auszuführen, aber wenn das Schattenboxen erst mal über eine ganze Runde geht, kommen die Bewegungen völlig durcheinander.«

»Musik ist etwas anderes als Boxen!«

»Mag sein. Natürlich ist es etwas anderes, aber es gibt auch viele Gemeinsamkeiten!«

Er hob langsam seine mächtige rechte Hand. »Die Jungen denken immer, alle Schläge kommen aus dem Arm. Das stimmt nicht, sie kommen aus dem ganzen Körper! Beim Boxen müssen alle Körperteile zusammenarbeiten. Ist es mit der Musik nicht genau so? Einmal mit dem Taktstock wedeln oder einmal mit dem Bogen über die Violine streichen – das macht noch keine Musik. Im Idealfall stehen von Anfang bis Ende alle Bewegungen miteinander in Verbindung. Ob Solist oder Orchester, alle Beteiligten müssen sich gemeinsam als einheitlicher Körper bewegen.«

Ich konnte nichts erwidern. Das Konzert des Orchesters auf dem Friedhof ging mir durch den Kopf.

»Aber ich glaube, es ist sehr hart als Musiker«, sagte er und legte seine Hand auf meine Schulter. »Die Welt ist voll mit unangenehmen Geräuschen. Das ist wie konzentriertes Schattenboxen mitten in einem Gewimmel von Menschen. Aber dir ist hoffentlich klar, dass du dieser Welt furchtlos in die Augen schauen musst. Ohne deine Ohren zu verschließen, musst du genau hinhören, was für schlimme Töne diese Welt wirklich macht. Ein erstklassiger Musiker ist in meinen Augen jemand, der die Kunst beherrscht, aus der hässlichen Geräuschkulisse die leisen, schönen Töne – und sei es auch nur ein einzelner – aufzulesen und laut, unerhört laut, für unsere Ohren erklingen zu lassen.«

»Das ist zu viel verlangt«, sagte ich den Tränen nahe. »Meine Ohren hören nur ganz gewöhnliche Dinge.«

Er nahm die Sonnenbrille ab und richtete seine trüben, weißen Pupillen auf mich.

»So ein Unsinn!«

Er sprach klar und deutlich. »Du hörst doch das Weizenstampfen von Kuhtse!«

Ich biss mir auf die Unterlippe und starrte auf seine Pupillen. Auf den ersten Blick sind sie schauderhaft. Aber zugleich faszinierend. Diese magischen Spiegel, die zwar nichts ablichten, aber dafür alle möglichen unsichtbaren Dinge in Form von Klängen aufnehmen und nachzeichnen. Ich fragte mich, was er dahinter wohl aus meinem Murmeln, meinen Schritten, meiner Stimme für eine Gestalt gezeichnet hat.

Ich wurde mir selbst peinlich.

»Sagen Sie mal«, versuchte ich es mit einer Frage. »Warum haben Sie eigentlich so gute Ohren?«

Der Schmetterlingsmann setzte die Sonnenbrille auf und lächelte flüchtig.

Dann rückte er sich gerade und begann von der Blindenschule zu erzählen.

Als der Boxer sein Augenlicht verlor, ging er sofort in eine Blindenschule. Es war ein Internat, das an einem See lag, genau auf der gegenüberliegenden Seite der Kastagnetten-förmigen Stadt. Auf dem Gelände liefen drei Blindenhunde frei herum. Tauchte ein Schüler beispielsweise bis zu den Hüften in den See, dann schwamm ein Hund schnell an seine Seite und passte auf, dass dieser nicht strauchelte oder Wasser schluckte. Die Namen der drei Tiere waren – um die Vorstellungskraft der blinden Schüler zu reizen – Rot, Gelb und Grün. Jeder von ihnen trug ein Halsband in der entsprechenden Farbe. Der Boxer hatte diese Halsbänder selbstverständlich nie gesehen.

Es ist eine merkwürdige Schule gewesen, erzählte er. Die meisten Lehrer waren auch blind. Im Schulhaus hat es nicht anders ausgesehen als in einer normalen Schule, weder Informationstafeln mit Brailleschrift noch diese unnötigen Geländer. Im Gegenteil, wir hatten nicht mal an den Treppen welche. In den Gängen sind manchmal absichtlich alte Pulte oder ausgediente Sprungkasten aufgestellt worde, und je nach Laune haben sie die

Räume mit Brettern immer wieder anders unterteilt. In dieser Blinden-schule hat man uns beigebracht, wie wir in einer gewöhnlichen Stadt ein gewöhnliches Leben führen können.

Die Schüler tasteten sich zögerlich mit den Füßen vorwärts durch die Gänge. Beim Gehen traten sie gegen Stühle, die am Tag davor noch nicht da gewesen waren und schlugen mit den Knien gegen Hürden. Ständig stie-ßen sich die Schüler – und auch die Lehrer – gegenseitig den Kopf. Sie fielen die Treppen hinunter und strauchelten in den Gängen. Nach den Worten des Schmetterlingsmannes sollte ein blinder Mensch vor allem lernen, wie man geschickt hinfällt oder irgendwo dagegen stößt. Um die Schüler vor ernsthaften Verletzungen zu schützten, existierte an der Schule eine Art Notfallversicherung. Das waren die drei Hunde, Rot, Gelb und Grün.

Von den drei Tieren stand ihm Rot am nächsten. Es war die Farbe seiner Sporthose, die er als Boxer getragen hatte, und da er damals als Newcomer oft in der roten Ecke gesessen hatte, war ihm die Farbe auch nach seiner Erblindung noch am vertrautesten. Von den Schülern verband jeder seine eigenen, ganz persönlichen Bilder mit den Hundenamen. Rot war beispiels-weise ein lodernder Kamin oder ein neuer Faltenrock, den man gerade geschenkt bekommen hatte. Gelb stand für sommerlichen Sonnenschein, Herbstlaub. Und grün für frischen Kohl, Frühlingsspaziergänge.

Jeden Morgen widmete er sich am Seeufer seinem Training. Mitten im Schattenboxen tauchte in der verlassenen, sandigen Gegend plötzlich ein hechelndes Atemgeräusch auf. Rot sprang flink auf und ab und wechselte ständig seine Position. Dabei unterdrückte er sein Freudengebell und hielt genau im richtigen Maß Abstand. Rot ist der ideale Trainingspartner gewe-sen, erzählte der Schmetterlingsmann. Es war, als würde ich gegen ein sehendes zweites Ich kämpfen.

Nach dem Training gönnte er sich ein kurzes Bad im See und ging dann ins Schulhaus. Er tastete sich durch die labyrinthischen Gänge und betrat ohne zu zögern ein Schulzimmer, sobald er aus diesem Stimmen hörte. In dieser Schule existierte kein Stundenplan. Wenn in einem Schulzimmer ungefähr zehn Schüler versammelt waren, begann der Unterricht. Auch die Schlusszeiten waren nicht festgelegt. Es war nichts Ungewöhnliches, wenn im selben Schulzimmer derselbe Unterricht über den ganzen Nachmittag andauerte.

»Was nicht nur mir, sondern allen Schülern am meisten gefallen hat, war der Musikunterricht.«

»Musik?«

Ich neigte mich unwillkürlich nach vorn.

»Was war das für ein Unterricht, habt ihr Instrumente benutzt und im Chor gesungen?«

Er schüttelte milde lächelnd den Kopf.

Der Musikunterricht fand jedes Mal woanders statt, auch im Freien, und er war denkbar einfach. Alle setzten sich im Kreis hin und schwiegen zunächst zehn Minuten oder länger. Dann fragte der Lehrer, welche Geräusche wir eben gehört hätten und die Schüler lasen der Reihe nach vor, was sie in ihrem Gedächtnis aufgezeichnet hatten.

Ein bremsendes Auto.

Die Pfeife eines Vergnügungsdampfers.

Jemand hat gerülpst.

Das Mädchen neben mir hat ein Cracker gegessen.

Der Gesang einer Drossel.

Das Geräusch von Gelb und Rot, die miteinander spielen.

Ein Telefon.

Das Geräusch, wenn Tesafilm langsam abgerissen wird.

Das Geschimpfe vom Schuldirektor, der sich im Gang irgendwo die Knie gestoßen hat.

Die vom Alter und von der Herkunft her völlig unterschiedlichen Schüler spitzten manchmal lachend und manchmal bewundernd seufzend ihre Ohren, in der Hoffnung, die tollen Geräusche, die sie alle aufgeschnappt hatten, noch einmal zu hören.

Jeder hatte mindestens ein Geräusch – oder auch mehrere – gehört, das den anderen entgangen war. Das ist doch klar, lachte der Schmetterlingsmann. Niemand kann sämtliche Geräusche hören, die Welt ist randvoll damit, das ist eine unendliche Fülle! Wenn ich zehn Minuten dagesessen habe, dann habe ich mit Sicherheit etwas gehört, das allen anderen entgangen ist.

Das Rotieren einer Drehbank.

Ein Wasservogel, der auf dem See gelandet und wieder losgeflogen ist.

Ein Propellerflugzeug.

Trompetenübungen.

Flüsternde Besucher auf einer Studienreise.

Ein Kochtopf, der in der Küche auf den Boden poltert.

Der Schrei einer Eule.

Im Musikunterricht trainierten die Schüler ihre Ohren. Einige von ihnen wurden nach dem Schulabgang berühmte Musiker und spielten in großen Orchestern. Auch die anderen Schüler kehrten in ihre Städte zurück und führten, jeder auf seine eigene Weise, ein normales Leben. Wenn man gelernt hatte, die Ohren zu spitzen und manchmal geschickt zu fallen, dann war ein normales Leben durchaus zu meistern. »Die Probleme im Alltag sind für uns vermutlich nicht viel größer als für sehende Menschen«, sagte er.

Die Blindenschule musste vor zehn Jahren schließen. Die Eltern eines Jungen, der kurz nach seinem Eintritt die Treppe hinunter gestürzt war und sich dabei das Nasenbein gebrochen hatte, erhoben Anklage gegen die Schule. Mit den drei Hunden als einziger Sicherheitsvorkehrung hatte sie vor Gericht schlechte Karten. Der frühere Direktor und Gründer der Schule, der zu dem Zeitpunkt schon im Ruhestand war, soll im Gerichtssaal folgende Rede gehalten haben:

»Ich hatte damit gerechnet, dass wir eines Tages verklagt werden. In den vierzig Jahren seit der Gründung gab es weder Klagen, noch einen schweren Unfall. Die blinden Schüler machten gesund und munter ihren Schulabschluss. Wir hatten sowohl zehnjährige Kinder als auch Schüler um die fünfzig. Alle waren auf geheimnisvolle Weise offen zueinander. Blinde Menschen – mich eingeschlossen – neigen zur Ängstlichkeit. Wahrscheinlich halten sie deshalb umso stärker zusammen. Wir leben mit der ständigen Angst, direkt vor unserer Nase könnte ein abscheuliches, haariges Monster stehen, das seinen Schlund aufreißt. Wir sind ständig darauf gefasst, gefressen zu werden. Jetzt wurde Anklage erhoben. Die Schule wird geschlossen.«

Die drei Hunde kamen getrennt zu verschiedenen Absolventen der Schule. Der Schmetterlingsmann bedauerte sehr, dass er nicht einer von ihnen war. Damals, vor zehn Jahren, spürte er manchmal die Gegenwart von Hunden, während er durch die Stadt ging. Es war undenkbar, dass sie ihn an einem öffentlichen Ort angebellt oder zum Spielen aufgefordert hätten. Alle drei waren viel zu gute Blindenhunde gewesen.

»Obwohl doch schon zwanzig Jahre vergangen sind«, seufzte er, »bilde ich mir manchmal ein, dass der Atem von Rot um meine Beine streicht. Es fühlt sich dann an, als ob er direkt hinter mir kauert und aufpasst, dass ich nicht böse hinfalle.«

Als ich nach Hause kam, war wieder ein Brief vom Postdirektor gekommen. Er war ungewöhnlich dick. Mir dämmerte es. Darin steckte bestimmt eine

Antwort auf die Frage, weshalb im Haus der Tante keine Uhren hingen. Ich öffnete den Umschlag und begann zu lesen.

»Der Mann meiner Schwester war ein fähiger Uhrmacher. Ich bin auch im Besitz einer Standuhr, die aus seiner Hand stammt. Selbst heute geht sie während eines ganzen Jahres weniger als eine Sekunde falsch. Alle Wände im Haus von den beiden waren mit Uhren vollgehangen. Die beiden verstanden sich prächtig. Auch wenn sie sich an getrennten Orten aufhielten, waren sie stets wie der große und der kleine Zeiger einer Uhr miteinander verbunden. Sie gingen oft zu zweit zum Fischen. Mich wollten sie auch einmal dazu einladen, aber im Süßwasser zu fischen ist nicht mein Ding. Ich finde, fischen kann man am besten auf offener See.

Er war ein pünktlicher Mann. Wenn wir uns um sieben Uhr verabredet hatten, kam er um sechs Uhr neunundfünfzig Minuten und fünfzig Sekunden ins Kaffeehaus, schlenderte gelassen auf mich zu und zog genau um sieben Uhr seinen Hut. Meine Schwester erzählte damals mit gezwungenem Lächeln, ihr Mann klingle jeden Abend wie ein lebendiges Zeitsignal genau um acht Uhr an der Tür, wenn er aus dem Geschäft nach Hause komme.

Eines Morgens, nachdem meine Schwester ihren Mann wie immer pünktlich um sechs Uhr am Hauseingang verabschiedet hatte, klingelte es zu ihrem Erstaunen schon nach wenigen Minuten an der Tür. Als sie aufmachte, staunte sie noch mehr. Da stand ihr Mann, mit Schweißperlen im Gesicht. ›Mir ist etwas schwindlig‹, sagte er, ›ich ruhe mich nur kurz aus, danach gehe ich ins Geschäft.‹ Er legte sich aufs Sofa und begann laut zu schnarchen. Als das Schnarchen am Mittag noch nicht aufgehört hatte, rief meine Schwester einen Krankenwagen. ›Im Kopf ist ein großer Schatten, eine sogenannte Geschwulst‹, sagte der Röntgenarzt. ›Leider muss ich Ihnen mitteilen, dass es sich um eine lebensbedrohliche Geschwulst handelt.‹

Meine Schwester wich nicht mehr von seinem Krankenbett. Sie lauschte dem Schnarchen ihres Mannes, in der Hoffnung, Anzeichen von einem Aufwachen zu hören. Er schnarchte genau ein Mal alle zwei Sekunden. Er sei wie immer, sagte sie, während sie sich an mich klammerte. Er atme genau so, wie er es im Bett immer getan habe. ›Er wacht wieder auf, nicht war Brüderchen, er schläft doch nur?‹ ›Gewiss‹, antwortete ich, ›gewiss schläft er nur.‹ Was sollte ich sonst sagen?

Am Abend des dritten Tages bemerkte meine Schwester, dass sich der Klang des Schnarchens veränderte. Als sie rasch das Licht anzündete, soll er schwach die Augen geöffnet und ›Oh!‹, gesagt haben. Sie unterdrückte die Tränen und sagte: ›Guten Morgen, du hast ganz schön lange geschlafen.‹

›Verschlafen? Das ist nicht gut. Aber ich möchte trotzdem noch ein wenig weiterschlafen.‹

›Auf gar keinen Fall!‹, sagte sie. ›Wenn du jetzt nicht aufstehst, kommst du noch zu spät ins Geschäft!‹

›Bitte, noch drei Minuten – oder nur eine Minute‹, sagte er und schloss die Augen.

Genau sechzig Sekunden danach tat er seinen letzten Atemzug.

Meine Schwester verkaufte alle Uhren, die zu Hause hingen, mitsamt dem Geschäft an einen anderen Uhrmacher. Für eine Weile ging sie auch nicht mehr aus dem Haus. Wegen der vielen Uhren überall in der Stadt.

Jetzt geht es ihr aber viel besser, nicht wahr? Als ich sie letztes Jahr besuchte, hatte sie ziemlich zugenommen. Sie erzählte, dass sie viel fröhlicher geworden sei, seit sie einen Kochkurs angefangen habe. Leckere Sachen sind kostbar! Du musst beim Essen aufpassen, dass du nicht auch zu dick wirst. Danke für die Sondermarken vom Herbstfest.«

Ich steckte den Brief zurück in den Umschlag und betrachtete die Ölgemälde an der Wand. Dabei stellte ich mich vor jedes einzelne Bild, ging mit dem Gesicht so nah heran wie noch nie und tauchte in die überwältigende Zahl von Landschaftsdarstellungen ein, die an Stelle der Uhren an der Wand hingen.

Angeln im See, Pferderennen am Nachmittag, Gedränge beim Fest.

Es waren Ausschnitte aus dem gemeinsamen Leben der Tante und ihres Ehemannes. In den Bilderrahmen tickte eine andere Zeit als in dieser Welt. Diese zwei schwarzen Silhouetten, die überall zu erkennen waren. Die Tante und ihr Mann. Der große und der kleine Zeiger, die sich genau im richtigen Abstand gegenüberstanden.

Die kräuselnden Wellen eines Sees, die Hufe eines galoppierenden Pferdes, das Ticken eines Sekundenzeigers. Ich hatte das Gefühl, aus den Bilderrahmen Geräusche zu vernehmen, die ich noch nie wirklich gehört hatte. Von dieser Art waren vermutlich die Landschaften, die blinde Menschen hinter ihren Pupillen malten.

»Du bist ja früher nach Hause gekommen! Was stehst du denn da rum?«

Ich erschrak, als ich von hinten angesprochen wurde. Aus der Papiertüte in der Hand der Tante schauten Zwiebelköpfe. Während ich mir, um mir nichts anmerken zu lassen, die Augen rieb, zeigte ich auf ein Gemälde und sagte: »Das Bild hing schief, ich habe es ein wenig gerade gerückt.«

Beim Abendessen erzählte ich von Kuhtse. Sie schien mich nicht zu verstehen, sondern lachte nur und meinte, Kuhtse, das sei aber ein komischer Name.

In dieser Nacht hörte ich keine Schallplatten. Ich lag mit geschlossenen Augen im dunklen Zimmer und lauschte.

Es war schon nach Mitternacht, als ich durch die Tür Geräusche aus dem Wohnzimmer hörte.

Sie klangen wie ein schwebender Besen, der sanft den Bogen fegt.

Gemischt mit leisem Bodenknarren.

Es war die Tante, die durch das Wohnzimmer schlich. Sie hielt vor einem Bild inne, ging weiter, um wieder vor einem anderen stehen zu bleiben. Der solide Fußboden hielt dem Gewicht der schweren Frau tapfer stand.

Wenn die Schritte verstummten, tauchten vor meinem inneren Auge Landschaften auf, die ich eigentlich gar nicht kannte.

Der Rücken ihres Ehemannes, der nachts die Treppe herunter steigt.

Schmale Finger, die eine Fischerrute einholen und eine silberglänzende Lachsforelle packen.

Der Ehemann, der sich beim Pferderennen, nachdem er dem in Führung liegenden Pferd nachgeschaut hat, auf den Zuschauerrängen lachend umdreht:

»Dies ist eine Rekordrunde gewesen, 2 Minuten und 15,3 Sekunden, 2 Minuten und 15,3 Sekunden!«

Ich lauschte den Geräuschen der Tante. Dann nahm ich in der Dämmerung Notenpapier und Bleistift zur Hand.

Während ich schrieb, versuchte ich mir den Anblick des Ufers, das der Schmetterlingsmann mit seinen Augen nie hatte sehen können, als Landschaftsbild auszumalen.

Bis zum nächsten Morgen schrieb ich das Papier mit Noten voll. »Walzer vom blinden Boxer und dem roten Hund.« Es war das erste Stück, das ich in dieser Stadt komponierte.

Aus dem Sammelalbum vom 12. Oktober

*

Ich finde, du solltest dir nicht so viele Sorgen machen, nur weil du schlechte Noten hast. Du bist einfach zu nett zu den anderen. Es ist halt nicht deine Art, dich vorzudrängen. Wenn du dich redlich bemühst, wirst du irgendwann belohnt. Apropos, viel Glück bei den Aufführungen des Fachbereichs am Jahresende! Meine Schwester hat Zeit, zu kommen, aber wir hier schaffen es diesmal leider nicht. Wir müssen uns halt dann mit den Aufnahmen begnügen.

Die Orchestermitglieder sind alle ganz scharf darauf, wieder mit dir zu spielen. Du bist bestimmt beschäftigt, aber falls du dir mal länger frei nehmen kannst, dann komm nach Hause! Gewiss, man soll sich in seinem Leben auch mal eine Zeitlang voll und ganz mit seiner Sache beschäftigen dürfen, ohne sich um seine Heimat kümmern zu müssen, aber trotzdem.

*

Die Primzahl-Mäuse bilden Mengen. Dabei hängt die Dichte einer Menge von dem jeder Primzahl innewohnenden Richtfaktor ab. Aus welcher Primzahl-Gruppe wird die Menge mit der größten Stabilität gebildet? Die Experimente müssen noch eine Weile fortgesetzt werden. Ich brauche einen größeren Käfig. Mein Partner wird mir dabei behilflich sein.

*

»Einfältiger Besitzer eines genialen Pferdes«
Die Täuschungen im Zusammenhang mit dem Streit um das sogenannte Geniepferd, das sich mit der korrekten Nennung von Multiplikations- und Divisionsergebnissen, Geburtsdaten der Zuschauer und sogar der Einwohnerzahl von Städten einen Namen gemacht hat, sind aufgedeckt worden. Das Pferd wurde von seinem Besitzer beispielsweise »fünf mal vier« oder »wie alt ist dieser Herr« gefragt, worauf dieses die entsprechende Zahl mit dem Huf auf den Boden stampfte, aber nicht, weil es des Rechnens mächtig war, sondern weil es die richtige Zahl vom Gesicht seines Besitzers und der Besucher ablesen konnte. Wenn es so oft gestampft hatte, bis die erwartete Zahl erreicht war, wurde der Herzschlag der Menschen, die es umringten, etwas schneller und auf den Stirnen und unter den Armen bildete sich Schweiß. Wenn das Pferd diese Gerüche und Geräusche wahrnahm, setzte es sanft seinen Huf auf den Boden.

Der Mittelschüler, der uns diesen Beitrag zusandte, hatte mit einem Experiment, bei dem er das Pferd in einem Raum einschloss und die Fragen aus einem anderen Zimmer stellte, einen glänzenden Beweis für seine Behauptung geliefert. Das Pferd hatte bei jeder Frage immer nur still dagestanden und grinsend seine Zähne gezeigt.

Trotzdem möchte die Redaktion auf keinen Fall die Leistung dieses erstaunlich sensiblen Pferdes schmälern. Die Tiere nehmen die Welt mit uns unbekannten Sinnen wahr. Einfältig waren nur der Besitzer und die Journalisten, die allen Ernstes glaubten, ein Pferd könnte Rechenaufgaben lösen. Letztlich können die Menschen mit ihrem oberflächlichen Wissen noch nicht einmal den Pferden wirklich das Wasser reichen.

Aus dem Sammelalbum vom 3. November

∗

Dass du für die Aufführung nächsten Monat ein von dir selbst geschriebenes Streichquartett ausgewählt hast, erstaunt mich sehr. Dein Großvater hat zwar ein Gesicht gemacht, als ob das selbstverständlich wäre. Auch Cellos und Violinen sind schließlich – wie alle Instrumente, deren Saiten gestrichen und angeschlagen werden – auch nur weiterentwickelte Schlaginstrumente. Auf der Liste mit den Kompositionen, die du dir anhören solltest, steht deshalb bei den Quartetten selbstverständlich auch eine Sonate für Klavier und Harfe. Aber trotzdem – schreibst du demnächst etwa auch noch ein Stück für Harfe? Harfen, das sind doch diese Instrumente, die von seltsam flatternden Frauen mit einem Schmunzeln im Gesicht gespielt werden, nicht wahr? Ich kann mir das ehrlich gesagt nicht vorstellen.

Katze, du kommst besser nicht nach Hause! In letzter Zeit stimmt etwas nicht mit dieser Stadt. Es riecht schlecht. Es ist zwar anders als im letzten Jahr, aber in der ganzen Stadt stinkt es wieder genauso schlimm wie damals. So übel, dass einem buchstäblich Riechen und Hören vergeht.

∗

Die Experimente bestätigen sämtliche Hypothesen. Mit einer Mischung aus Ehrfurcht und Aufregung bin ich dabei, einen neuen Bereich der Mathematik zu erschließen. Ich habe vor, gleich in einem Zug die Beweisführung fertig zu schreiben. Wenn der Wettbewerb nächstes Jahr vorüber ist, werde ich endlich in die Mathematikakademie aufgenommen werden.

*

»Blinder Boxer stoppt Taschendieb mit rechtem Haken!«

In einem Zug, der aus der Vorstadt Richtung Zentrum unterwegs war, ereignete sich gestern eine seltsame Festnahme. Ein riesiger Sporttrainer stoppte einen Gewohnheitsdieb auf frischer Tat. Dieser Trainer war erstaunlicherweise blind. Er erzählte Folgendes:

»Direkt hinter mir habe ich das Geräusch einer Rasierklinge gehört, die durch den Stoff eines Anzuges fuhr. Normalerweise kümmere ich mich nicht um solche Dinge, aber der betroffene Mann hatte gerade einer älteren Dame seinen Sitz überlassen. Das tat mir leid und so habe ich mich umgedreht, als ich hörte, wie die Finger des Taschendiebes die Brieftasche berührten, und ihm die linke Seite seines Kinns frottiert. Keine Sorge, ich habe ihm nichts gebrochen.«

Gemäß unserem Archiv, war der Mann früher ein berühmter Boxer, der es in unserem Land bis zum 3. Platz im Schwergewicht geschafft hat. Er verlor bei einem Wettkampf sein Augenlicht und arbeitet jetzt nach längerer Rehabilitation als Sporttrainer.

»Ich weiß heute nicht mehr genau, ob es gut oder schlecht für mich war, dass ich mein Augenlicht verloren habe. Jedenfalls versuche ich nicht, verlorene Dinge um jeden Preis zurückzugewinnen. Heute habe ich wieder einmal etwas getan, was mir gar nicht zusteht.«

Als man ihm beim Sicherheitsdienst der Eisenbahn eine Stelle mit Zusatzleistungen anbot, soll er gelacht haben, als hätte er den besten Witz der Welt gehört, und mit leichten Schritten weggegangen sein.

Aus dem Sammelalbum vom 21. Dezember
(der nicht eingeworfene Brief)

*

Lieber Postdirektor, lieber Großvater, liebe Orchestermitglieder

Wie geht es euch? Ich fühle mich miserabel.

Gestern Abend war die Aufführung. Das Stück »Walzer vom Blinden Boxer und dem roten Hund« hatte ich ursprünglich für ein Schlagzeug-Ensemble komponiert, aber der Fachbereichsleiter schrieb es extra in ein komisches Streichquartett um. Ich konnte nicht einmal die Aufführung zu Ende bringen. Als ich auf die Bühne kam, kicherten die Zuschauer und aus den Reihen der älteren Studenten prustete jemand: »Das ist ja ein Zirkuskunststück mit Schulterreiten!« Darauf gab es tosenden Applaus. Nicht für mich, für den Spruch des Studenten.

In meinem Kopf drehte sich alles, aber ich schaffte es mit knapper Not aufs Dirigentenpodest. Da rief eine Zuschauerin:

»He, unser Kind kann nichts sehen!« Wieder großes Gelächter.

Irgendwann schwang ich den Taktstock nach unten.

Ungefähr bei Takt zweiunddreißig verstummte plötzlich die erste Violine. Dann auch die zweite, die Bratsche und das Cello. Ich stand fassungslos mit dem Stock in der Hand da. Die erste Violinistin sagte:

»Es tut mir leid!« Ihre Stimme hallte durch den ganzen Saal. »Mein Hals tut weh, weil ich so fest nach oben schauen muss. Ich kann nicht mehr weiterspielen.«

Unter schallendem Gelächter verzog ich mich auf die Seitenbühne.

Der Fachbereichsleiter meinte, ich sei nicht zum Dirigenten geeignet. Außerdem bestehe der Walzer nur aus eigenartigen Geräuschen – das könne man überhaupt nicht als Musik bezeichnen. Es sei besser, wenn ich mich für eine Weile aufs Klavierüben konzentrieren würde, sagte er und bot mir einen Kaffeekaugummi an. Ich glaube, er hatte tatsächlich Mitleid mit mir.

Aus dem Sammelalbum vom 23. März

∗

Wir haben uns lange nicht mehr gesehen. Wie geht es dir? Schreib hin und wieder! Seit dem großen Feuerwerk letztes Jahr geht es dem Orchester sehr gut. Der Konrektor spielt unterdessen unheimlich gut kleine Trommel. Für mich auf dem Dirigentenpodest sind die Trommelparts immer ein Vergnügen. Er ist wirklich toll, dein Großvater! In letzter Zeit spricht er aber kaum mehr mit mir.

Es gibt übrigens große Neuigkeiten.

Ich kaufe zusammen mit vier Orchestermitgliedern ein Schiff. Einen ausländischen Schoner mit Kabine, für sieben Personen. Er soll diesen Sommer geliefert werden. Und jetzt kommt's: Das Orchester wird demnächst eine Platte einspielen! Großartig, nicht wahr?

*

Es fehlt nicht mehr viel bis »QED«. Nur mein Partner und die Mäuse in ihren Käfigen verfolgen meine beispiellose Leistung. Ich bin ganz kurz davor. Drück mir die Daumen!

*

»Was ich damals war« – die Kolumne mit dem Wiedergeburtsmann

Hier ist die Kolumne mit den beliebten Interviews mit dem »fantastischen Wiedergeburtsmann«, der im Besitz aller Erinnerungen der letzten 3000 Jahre ist. Diesmal reiste er für uns in seinem Gedächtnis ungefähr in die Zeit vor 75 Jahren zurück, als er ein Gebäudesprengmeister war (es gibt immer wieder Anfragen: Das Foto stammt aus seinem jetzigen Leben. Auch wenn er noch so jung aussieht und in diesem Leben gerade 19 Jahre alt geworden ist, strahlt der Wiedergeburtsmann eine Tiefgründigkeit aus, wie sie nur jemand besitzt, der schon über 3000 Jahre hinter sich hat).

»Damals war ich ein erfahrener Sprengmeister. Ich konnte sämtliche Stellen an einem Gebäude erkennen, an denen man den Sprengstoff optimal platzieren konnte, ohne dessen Konstruktion im Detail zu untersuchen. Ich stellte mir einfach den Moment der Explosion vor. Die emporschießenden Flammen, der Staub und der Rauch – wenn ich mir dieses Bild vor Augen führte, war mir sonnenklar, wo ich den Sprengstoff anbringen musste. Ich war auch als Sprengmeister ein besonderer Mensch. Wenn ich ein Gebäude betrat, das zuvor evakuiert worden war, dann krochen Ratten, Kakerlaken, Fliegen und Schnaken aus ihren versteckten Winkeln und ergriffen die Flucht. Ich war noch irgendetwas Höheres als ein Sprengmeister.«

»Es war vor 75 Jahren und 33 Tagen. Ich wusste natürlich, dass ich bei der bevorstehenden Sprengung mein Leben verlieren würde. Aber wie immer wusste ich auch diesmal nicht genau, auf welche Art und Weise. Sorgfältig brachte ich überall den Sprengstoff an. Es war ein ideales Gebäude. Ideal bedeutet, dass ich so deutlich wie noch nie vor meinen Augen sah, wie nach dem Donnerschlag die Flammen emporschießen und alles wie eine abgebrannte Salzsäule augenblicklich in sich zusammenfallen würde.

»Nachdem ich in dem 20-stöckigen Gebäude auf allen Etagen den Sprengstoff angebracht hatte, ging ich hinunter ins Kellergeschoss. Um den oberen Teil der Konstruktion restlos im Boden versinken zu lassen, musste die Sprengung im Keller mit größter Sorgfalt durchgeführt werden. Behutsam brachte ich den Sprengstoff an. Es war schwül. Gerade als ich mir den Schweiß abgewischt hatte, hörte ich aus der Dunkelheit ein ungewöhnliches Geräusch. Als ich mit der Lampe in die Richtung leuchtete, saß da eine Ratte. Ein Riesenvieh. Vermutlich war sie zu dick gewesen, um rechtzeitig zu fliehen. Die Ratte war nervös. Vor lauter Aufregung nagte sie an einem elektrischen Kabel. Ich verstehe, dachte ich, als mir mein Schicksal klar wurde, und blies die Kerze aus. Kurz darauf schlugen im Dunkeln die Funken. Während die Funken sprühten, neigte sich das Kabel langsam nach unten. Das Trippeln der Ratte, die das Weite suchte, hallte durch den Keller. Das Ende des Kabels bog sich immer weiter, bis es schließlich den Sprengstoff berührte, den ich verteilt hatte. Der Donnerschlag krachte.«

Mit anderen Worten, sein Körper, den er damals als Sprengmeister hatte, müsste noch heute tief unter der Erde im Regierungsviertel begraben liegen.

Das nächste Mal wird er uns seine Erinnerungen an die Zeit vor beinahe 540 Jahren eröffnen, als er Minnesänger im Dienste des Kaiserlichen Hofes war. Wir bleiben gespannt!

Blindenschule im Sommer

Der Schmetterlingsmann lehnte sich an Deck des Vergnügungsdampfers an die Reling. Das schüttere, flaumige Haar auf seinem Kopf flatterte im Wind.

Als ich mich ihm von hinten näherte, drehte er sich um und lachte: »Das ist Eis!«

Er nahm einen Löffel und einen Becher aus meiner Hand, zerstieß mit kindlichem Gesicht die gefrorene Süßigkeit und schob sie sich behutsam in den Mund. Hellrosa mit Himbeergeschmack. Meines war mit Vanille.

Dreimal pro Tag drehte der Vergnügungsdampfer seine Runde auf dem See. An diesem Sonntagmorgen waren nur vereinzelte Passagiere an Deck. Trübes Junilicht mischte sich in die Wellen. Wie um uns zu ermuntern, hupte seine dreiste Dampfpfeife gleich dreimal, buh! buh! buh!

»Lecker!«, sagte er und zeigte mit dem Löffel auf das Eis. »Das Eis auf diesem Schiff ist viel besser geworden als vor zehn, zwanzig Jahren. Sonst hat sich nicht viel verändert. Die blöde Dampfpfeife und eine Maschine, die klingt, als hätte sie Asthma. Selbst der Fahrkartenreißer leiert immer noch denselben Text runter: ›Menschen mit Sehbehinderung bitte am Rücken der vorangehenden Person orientieren und ganz zum Schluss einsteigen.‹ Als ob hier heute noch Blinde zum gegenüberliegenden Ufer fahren würden!«

Der Fahrkartenreißer erinnerte sich an den Schmetterlingsmann. Beim Besteigen des Schiffes schaute er – verwundert, dass ich ebenso groß war – zu mir hoch und fragte mit lauter Stimme: »Und du steigst dann etwa auch ganz zum Schluss mit ein?«

Selbstverständlich war ich es gewesen, der den Wunsch geäußert hatte, das Grundstück der ehemaligen Blindenschule aufzusuchen.

Seit dem »Walzer vom blinden Boxer und dem roten Hund« hatte ich innerhalb von sechs Monaten fast zwanzig neue Stücke komponiert und in die Schule mitgenommen. Die Klassenkameraden und die Dozenten verzogen immer gelangweilt das Gesicht, wenn sie einen Blick auf meine Noten warfen. »Schon wieder eine Komposition für Schlagzeug?! Wer hört sich freiwillig eine ganze Stunde lang nur Getrommel an?«, fragte mich der Fachbereichsleiter.

»Und außerdem, was soll diese Anweisung, Geräusch von Glas, das auf einen Teppich fällt und zerbricht?«

»Auf der Bühne wird ein Teppich ausgebreitet, auf den dann mit einem Schlag zwanzig Gläser fallen gelassen werden«, antwortete ich.

»Jetzt reicht's aber!«

Im Dirigentenfach mussten alle Schüler für ihre weiteren praktischen Übungen mit den Studenten anderer Fachbereiche und den Orchestern älterer Kameraden zusammenarbeiten. In den Zuschauerplätzen des Auditoriums saß häufig auch der Schuldirektor. Manchmal rief er den Fachbereichsleiter zu sich und sagte ihm, er soll den Großen da auf der Seitenbühne auch mal dirigieren lassen. Wenn ich dann ängstlich auf die Bühne schlich, brachen er und seine Freunde in schallendes Gelächter aus und klatschen in ihre hoch erhobenen Hände, als hätte gerade die Hauptattraktion – der Clown – seinen Auftritt.

Die Aufführung dauerte ab dem ersten Taktschlag keine drei Minuten. Sowohl die Streicher als auch die Klarinettisten spielten immer unsicherer bis sie schließlich ihre Instrumente absetzten.

»Entschuldigung«, sagten sie dann wieder, »der Hals tut einfach so weh!«

Wenn ich in der Stadt unterwegs war, wurde ich immer öfter von Ohrensausen geplagt. Selbst wenn ich mir zu Hause bei der Tante die Platten anhörte, die Großvater für mich ausgesucht hatte, wummerte und dröhnte es grausig in der Tiefe meiner Ohren.

Und mitten drin:

Tam, tatam

Das ferne Geräusch von Kuhtse ließ mich aufatmen.

Tam, tatam

Seine vertrauten Schritte beruhigten den Lärm in meinem Innern.

Tam tatam, tam

Etwas anderes, das meine Verbindung zur Musik am Leben hielt, waren die Ordner mit den Noten, die mir der Hausmeister vermacht hatte.

Während ich mit dem Finger an den schwer zu entziffernden Noten entlangfuhr, wurde mein Mund ganz trocken. Ich fragte mich, ob ich womöglich etwas ganz Unglaubliches in den Händen hielt.

Die Blasmusikkompositionen des Hausmeisters besaßen, auf den ersten Blick betrachtet, keine geordnete Struktur. Diese Musik, die ihre Themen aus den Klatschblättern und dem leeren Gebrüll in der Schule schöpfte, erinnerte mich an die Sammelalben, die er zusammengestellt hatte. Oder an einen von einem Blinden erstellten Geräuschstadtplan. Wie eine geheime Karte zur Orientierung in dieser chaotischen Welt.

Mit anderen Worten – in den Stücken steckte tatsächlich eine verborgene Ordnung. Einzelne, weit voneinander entfernte Noten ließen sich schwer voneinander trennen. Sie blieben trotz einer großen Distanz eng miteinander verbunden. Während ich auf die Noten des Hausmeisters starrte, schwang ich alleine in meinem Zimmer den Taktstock. Ich schwang ihn buchstäblich die ganze Nacht.

Als ich eines Morgens wie immer zu spät zur Schule kam, wurde ich ins Lehrerzimmer gerufen. Der Fachbereichsleiter teilte mir mit, dass ich in diesem Semester durchgefallen war.

»Alle Lehrer und Schüler der Schule werden für eine Weile ausschließlich mit den Vorbereitungen für die Konzerte beschäftigt sein«, sagte er und ließ knallend eine Blase seines Kaffeekaugummis platzen. »Du kannst bis zu Beginn des nächsten Semesters pausieren – falls du im nächsten Semester überhaupt weitermachen möchtest.«

Die Blindenschule ist wahrscheinlich noch genau wie damals, sagte der Schmetterlingsmann. Es müsste immer noch jemand vom ehemaligen Personal im Verwaltungsbüro wohnen. Wenn ich da frage, dürfen wir uns bestimmt frei auf dem Gelände bewegen. Mit dem Vergnügungsdampfer, der den See überquert, ist man in einer Stunde da.

Die dreiste Dampfpfeife hupte einmal. Das Schiff näherte sich allmählich dem gegenüberliegenden Ufer. An dem unbewohnten Sandstrand standen verstreut schon ein paar voreilige Sonnenschirme herum. Der Schmetterlingsmann lehnte sich im Fahrtwind an die Reling und sagte mit leiser Stimme: »Ruhig ist es!«, während er weiterhin nach vorne Richtung Landungsplatz schaute. »Es ist wie die Ruhe, nachdem etwas zum Stillstand gebracht worden ist, findest du nicht?«

Der Kiesweg hinter dem Landungsplatz führte in einen sanften Hang hinein. Der Schmetterlingsmann ging langsam hinauf, so als würde er jeden Schritt prüfen. Zu beiden Seiten des Weges schaukelten weich und zart verschiedene Sommergräser, deren Namen ich nicht kannte. Manchmal blieb er stehen. Dann sah es aus, als könnten seine Ohren sogar das Schaukeln der Gräser hören.

Im Verwaltungsbüro hielt ein älteres Ehepaar Mittagsschlaf.

»Ja was, das ist doch der Boxer!«

Die zahnlose alte Frau stellte sich auf die Zehenspitzen und betrachtete seinen Nacken. »Den habe ich auch vermisst! Die Tätowierung ist aber ganz schön blass geworden.«

»Dürfen wir ein wenig im Schulhaus umherstreifen?«

»Aber sicher, aber sicher.«

Sie nickte lachend. Während sie ihm einen Schlüsselbund aushändigte, meinte sie: »Wenn ihr gegen leere Dosen oder Müll tretet, dann sammelt das Zeug doch bitte ein!«

Die Blindenschule war ein rotbraunes Ziegelgebäude, dessen Fassade an vielen Stellen mit gelbem Unkraut bedeckt war. Der Schmetterlingsmann tastete nach dem Türknopf und steckte langsam einen Messingschlüssel ins Schloss. Drinnen war es kühl. Auf beiden Seiten des Ganges waren zahlreiche hohe Wandschirme aufgestapelt. Als ich sie mir aus der Nähe betrachtete, entdeckte ich darauf viele nicht besonders feine Schimpfworte. Diese Schirme waren damals überall in den Korridoren verteilt worden, um den richtigen Dreh beim Gehen in die Körper der Schüler einzupauken.

Der Schmetterlingsmann ging durch die halbdunklen Gänge. Hin und wieder blieb er stehen und machte eine Handbewegung, als würde er im Zwielicht vor seinen Augen etwas streicheln, obwohl da nichts stand, weder ein Wandschirm noch ein Pult. Sein leises Murmeln hallte durch den Gang:

»Richtig, genau hier habe ich mir die Zehen gestoßen.«

»Dass auf dem Pult auch noch ein Stuhl stand, hätte ich wirklich nicht gedacht!«

Dieses Verhalten – als ob er etwas liebkoste – wiederholte er mehrmals und streckte dabei seine Hände immer weiter ins Dunkel der Gänge. Es kam mir vor, als würden seine blinden Augen ganz deutlich für mich unsichtbare Wandschirme und Stühle wahrnehmen.

Er schloss ein Schulzimmer auf und ging hinein. Es war vollkommen leer. An der Wand die Spuren einer abmontierten Wandtafel. Er erzählte, obwohl sie blind waren, hätten sie im Unterricht eine Wandtafel benutzt. Schüler mit angeborener Blindheit hätten darauf mit verblüffend fließendem Klang Buchstaben geschrieben. Auch er hätte damals eine Ahnung davon bekommen, wie man Buchstaben mit dem ganzen Körper schreibt.

Er drehte sich zu mir um.

»Hier habe ich immer gesessen, an diesem Pult.«

Während er mit seinen großen Handflächen im vorderen Teil des komplett leeren Schulzimmers ein Rechteck in die Luft zeichnete, erzählte er weiter: »Weil ich so riesig bin, hat der Schuldirektor für mich extra ein Pult und einen Stuhl anfertigen lassen. Es ist ein einfaches Möbel gewesen, aus einem Brett und vier angenagelten Beinen. Ich habe gerne zuvorderst gesessen, weil ich da die Stimme des Lehrers ganz direkt hören konnte. Ja, mein schweres Pult hat ganz schön lange da vorne gestanden.«

»Ich war immer ganz hinten, obwohl ich genau so riesig bin«, sagte ich von der Tür aus. »Auch wenn ein neues Schuljahr angefangen hat und die Sitze neu verteilt wurden – mein Platz stand immer fest. Zuerst habe ich gedacht, das sei selbstverständlich. Aber dann fand ich es immer seltsamer. Weshalb war ich der Einzige, der immer am gleichen Ort saß? An dieses seltsame Gefühl konnte ich mich nie gewöhnen. Ich habe aus dem hintersten Winkel des Schulzimmers die ganze Zeit auf die Hinterköpfe der anderen geglotzt. Dieser Ausblick hat sich nie, gar nie verändert.«

Er schwieg eine Weile und fragte dann:

»Wie hast du dich dabei gefühlt?«

Ich antwortete:

»Als ob ich das Schulzimmer heimlich von einem anderen Ort aus betrachten würde.«

Er schnippte das unsichtbare Pult weg, das er mit den Handflächen in die Luft gezeichnet hatte. »Obwohl ich zuvorderst gesessen habe, hat es sich auch so angefühlt, als ob ich ganz hinten wäre. Egal wo man im Schulzimmer gesessen hat, es hat sich überall angefühlt wie ganz hinten. Zwischen dem Lehrer und mir hat ein schwarzer Graben gegähnt, ein riesiger Spalt, der nur darauf gewartet hat, uns alle zu verschlingen. Der Lehrer war weit weg am anderen Ende.«

Der Schmetterlingsmann machte einen Moment Pause und meinte: »Aber wenn man die Hand ausgestreckt hat, dann konnte man ihn überraschenderweise ganz mühelos berühren. Die Lehrer sind nur immer wieder verblüfft gewesen, wenn ihnen während des Unterrichts alle wie selbstverständlich die Nase gestreichelt haben.«

Ich kicherte. Er musste auch lächeln: »Ich glaube, in der Blindenschule haben sich alle so gefühlt, als würden sie in der hintersten Reihe sitzen. Blindheit ist schwer zu beschreiben, aber es ist genau dieses Gefühl!«

»Jeden Monat besuchen uns, so wie du jetzt, vier bis fünf ehemalige Schüler«, sagte der alte Mann aus dem Verwaltungsbüro, während er uns in einem Pappbecher Tee reichte. »Seltsamerweise ist immer ein Freund dabei, der sehen kann. Diese Schule war halt ziemlich ungewöhnlich. Sie möchten alle mit eigenen Augen sehen, was für ein Ort das hier gewesen ist.«

»Ach so, deshalb.«

Der Schmetterlingsmann schlürfte seinen Tee. »Kein Wunder, dass die Ansage auf dem Schiff immer noch die gleiche ist wie damals.«

Er rümpfte die Nase und schnüffelte prüfend an dem Becher. Der Alte kicherte und hielt ihm eine Zuckerdose hin, aus der er sich gleich vier Würfelzucker herausfischte und in den Tee warf. An der Art, wie die beiden miteinander umgingen, konnte man nicht erkennen, dass sie nicht sehen konnten. Und doch – beide waren blind. In den Bechern befand sich eine rätselhafte, bläuliche Flüssigkeit, weshalb ich meinen, nachdem ich einen kurzen Blick hinein geworfen hatte, zurück auf den Tisch stellte. Die können das nur trinken, weil sie die Farbe nicht sehen, dachte ich.

Die alte Frau jedoch konnte sehen. Sie war ursprünglich für die Verwaltung der Blindenschule zuständig gewesen. Ihren Mann, der bei einem Gasunfall sein Augenlicht verloren hatte, hatte sie hier kennengelernt und sie lebten jetzt, die Zeit nach der Schließung mit eingeschlossen, schon über dreißig Jahre in dem Verwaltungsbüro. Bei der Hochzeit zündete der Mann, der damals noch nicht lange blind war, mit einer Kerze den in einen weißen Schleier gehüllten Kopf seiner Braut an. Und einmal schlug die Frau in der Nähe des Bootverleihs am Landungsplatz mit ihrem Einkaufskorb auf ihren Mann ein, der da Hand in Hand mit einer jungen Frau herumspazierte (die junge Frau war eine Nonne im ehrenamtlichen Dienst).

Die beiden verwalteten die Treuhandfonds der ehemaligen Schüler. Sie las die Zahlen vor, er rechnete sie zusammen, und sie schrieb wiederum die

Ergebnisse in ein Rechnungsbuch. Er war ein Meister im Kopfrechnen. »Beim Kopfrechnen«, sagte er selbstbewusst, »stelle ich mir im Kopf etwa zwanzig Gasometer vor, die alle gleichzeitig losrasseln. Bis jetzt habe ich mich noch nicht ein einziges Mal verrechnet!«

»Übrigens, du konntest gut mit den Hunden, nicht wahr?«, fragte der alte Mann, während er zur Wand schaute. »Vor einem halben Jahr ist ein Ehemaliger zu Besuch gekommen. Er hat erzählt, dass ›Grün‹, den er und seine damals noch kleine Tochter vor etwa zehn Jahren, als die Schule geschlossen wurde, mitgenommen haben, in der Zwischenzeit sieben Junge bekommen hat.«

»Was?«

Der Schmetterlingsmann hob den Kopf. »Und wer ist das, dieser Ehemalige?«

Als ob nichts dabei wäre, sagte der Alte den Namen eines berühmten Cellisten, den ich auch schon auf Platten gehört hatte.

»Was, der?!«, rief der Schmetterlingsmann. »Er ist im selben Jahr wie ich in die Schule eingetreten. Nach einer misslungenen Operation des grauen Stars konnte er fast nichts mehr sehen. Ein exzentrischer Typ – ich weiß nicht warum, aber wir haben uns blendend verstanden.«

»Vor einem halben Jahr ist er aus dem Ausland gekommen, um ein Instrument zu kaufen.«

»Er hat also Grün mitgenommen, hm, na so was!«, wiederholte der Schmetterlingsmann und nickte. Von seinen Schilderungen wusste ich, dass Grün das Leittier unter den drei jungen Hunden gewesen war, das beim Aufpassen auf die Schüler in der Blindenschule gelegentlich den etwas zu verspielten Rot zurechtgewiesen oder den zurückhaltenden Gelb ermuntert hatte.

»Und die anderen zwei?«, fragte er. »Habt ihr eine Ahnung, was später aus Rot und Gelb geworden ist?«

»Hallo!«

Der Alte drehte sich hastig um und rief zur Rückseite des Büros. »Es geht um die Hunde – die Hunde! Kannst du erzählen, was mit den Hunden passiert ist!«

»Nicht schon wieder!«

Sie wischte sich die linke Hand an der Schürze ab, als sie aus der Hintertür trat. An ihrem Körper klebten überall Hühnerfedern und in der rechten Hand hielt sie ein großes Beil. »Die Hunde, die Hunde, die Hunde und wieder die Hunde. Warum machen sich bloß alle Männer, die hierherkommen, solche Sorgen um die Hunde. Als klar war, dass die Schule geschlossen wird, musste ich mich um die Rechnungsbücher kümmern und war eine Weile lang gar nicht da. Außerdem ist das schon zehn Jahre her, da ist doch keiner der Hunde mehr am Leben!«

»Deshalb möchte er eben gerne wissen, zu wem sie gekommen sind und was mit ihnen passiert ist.«

»Das habe ich doch das letzte Mal schon gesagt. Einmal reicht, du könntest es jetzt ruhig mal mit deinem stinkenden Mund selbst erzählen.«

Sie stützte das Beil auf ihre rechte Schulter. »Gelb soll sein Herrchen – ich glaube es war ein älterer Beamter – bei einem Zusammenstoß mit Gangstern beschützt haben, wobei er einen Fußtritt in die Flanke abbekommen hat und gestorben ist.«

»Das gibt's doch nicht!«, sagte der Schmetterlingsmann.

»Der andere Hund ist zu einem Neffen des Schuldirektors gekommen. Er war der letzte Schulabgänger, ein guter Junge – abgesehen von seiner fahrigen Art. Im Sommer nach dem Prozess gab es hier eine Klassenzusammenkunft und auch der Schuldirektor ist nach längerer Zeit wieder mal hier gewesen. Der Neffe war spät dran und hat zusammen mit seinem Hund noch den letzten Dampfer erwischt. Es hat an dem Tag ziemlich gewindet – sogar der Overall von diesem Alten hier ist von der Wäscheleine geflogen – und der Strohhut des herausgeputzten Neffen, der ja wahrscheinlich leicht wie eine Feder war, ist, während dieser ausgelassen auf dem Deck herumgetanzt ist, vom starken Wind davon geblasen worden. Als der Neffe seine Hand danach ausgestreckt hat, ist sein Körper zwischen den Stangen der Reling hindurchgeflutscht und in den See gefallen. Der Hund ist ohne zu zögern hinterhergesprungen. Nach ungefähr zehn Minuten haben sie den Neffen dann mit einem Gummiboot aus dem Wasser gefischt. Der Strohhut ist nicht mehr aufgetaucht – und der Hund natürlich auch nicht.«

Während sie zurück zur Hintertür ging, drehte sie sich nochmals zu uns dreien um, die wir schweigend da saßen, und meinte: »Es sind schon tolle Hunde gewesen. Warum folgt ihr nicht ihrem Beispiel und probiert es mal mit Halsband und Schwanz. Damit würdet ihr bestimmt schneidige Männer abgeben.«

Nachdem die Alte verschwunden war, flüsterte er: »Ist sie weg?«, und schüttelte den schleimigen Tee. »Sie redet so schlecht, dabei ist sie es gewesen, die die Hunde am meisten verwöhnt hat.«

»Stimmt«, meinte der Schmetterlingsmann, »sie ist es gewesen, die die drei Fressnäpfe in unterschiedlichen Farben für die drei gekauft hat.«

»Als sie die Vermögensfragen geregelt hatte und hierher zurückkam, hat sie außer sich vor Wut gefragt, warum in aller Welt wir die Hunde weggegeben hätten. Aber ich habe mir halt damals gedacht, dass diese drei tollen Tiere bestimmt lieber bis zum Ende ihrer Tage arbeiten und ihre Aufgabe als Blindenhunde erfüllen möchten, als einfach untätig hier herumzuliegen. Wir haben mit dem Schuldirektor geredet und dann die Schüler, die zu uns ins Büro gekommen sind, gefragt, ob sie jeweils einen der Hunde übernehmen würden.«

»Das weiß ich doch!«, sagte der Schmetterlingsmann und streckte abwehrend seine Hand aus, ohne seinen Kopf zu senken. »Ich finde nicht, dass du etwas Falsches gemacht hast.«

»Danke!«

Der Alte kicherte in den Becher und berührte sanft den Handrücken des Schmetterlingsmannes.

»Alle Ehemaligen, die hierherkommen, reagieren so. Allerdings habe ich keine Lust, mir jemals wieder einen Hund anzuschaffen.«

Zu zweit verbrachten wir den ganzen Nachmittag damit, das Gelände der Blindenschule bis in alle Ecken und Enden zu erkunden. Ein Spazierweg, der sich wie ein Labyrinth durch ein Kiefernwäldchen schlängelte. Ein heute von Unkraut überwucherter Platz für die Feldarbeit. Dann ein ebenfalls aus rotem Ziegelstein gebautes, zweistöckiges Wohnheim. An der Außenwand waren mit weißen Kratzern unzählige Namen eingraviert. Es waren die Unterschriften der Blinden, die hier gewesen waren. Ich entdeckte diese weißen Autogramme sowohl ganz unten an der Wand als auch an Stellen, die so weit oben waren, dass ich sie mit der ausgestreckten Hand gerade noch erreichen konnte.

»Wo ist deine?«

Er lächelte verlegen, als ich ihn das fragte, und zeigte zwischen einigen Zeichnungen, die an einer besonders hohen Stelle eingraviert waren, treffsicher auf ein Bild.

»Du musst auch etwas zeichnen!«

Der Schmetterlingsmann reichte mir einen abgeblätterten Ziegelsteinsplitter. »Du kannst zwar sehen, aber du bist einer von denen, die diesen Ort aufgesucht haben. Ich finde, du solltest hier auch ein Zeichen hinterlassen!«

Ich nahm den Splitter und blieb eine Weile vor der roten Ziegelsteinwand stehen. Das Kiefernwäldchen wiegte sich im Wind. Das Flügelschlagen von Hühnern drang an meine Ohren. Ich schloss die Augen und zeichnete. In einem Zug. Zeichnen war selbst mit geöffneten Augen noch nie meine Stärke gewesen.

Hinter mir sagte der Schmetterlingsmann: »Das ist eine Katze, nicht wahr?«

»Es sollte eigentlich eine werden«, entgegnete ich unzufrieden. »Hätte ich nur nicht die Augen geöffnet, man versteht ja überhaupt nicht, wo hinten und vorne ist. Ich möchte mir gar nicht vorstellen, dass ich die gezeichnet habe!«

»Für mich sieht sie wie eine richtige Katze aus!«, sagte er. »Die Gestalt einer Katze – vollständig mit Ohren, Schnauzbart, Schwanz und vier Beinen ausgestattet – ist deutlich zu erkennen.«

»Mist!«, seufzte ich. »Nicht nur den Schnauzbart, sogar den Schwanz habe ich vergessen.«

»Tatsächlich, das habe ich gar nicht bemerkt«, sagte er stolz. »Manchmal ist es wirklich ein Nachteil, wenn man sehen kann.«

Wir durchquerten das Kiefernwäldchen und kamen an den Sandstrand. Im Westen ging gerade die Sonne unter. Der Wind, der über den See blies, kräuselte die spiegelglatte Wasseroberfläche. Die Segel der Freizeitboote draußen auf dem See leuchteten blutrot in der Abendsonne.

Der Schmetterlingsmann zog seine Windjacke aus. Kräftige Muskelpakete schauten schwarzglänzend aus einem Turnhemd über seiner Brust hervor. Er nickte mir beinahe unmerklich zu und begann, den menschenleeren Strand entlangzulaufen. Zuerst in einem entspannten Rhythmus, aber dann mit immer mehr Sprinteinlagen aus voller Kraft. Sein Schweiß glänzte in der Abendsonne. Atemgeräusche wie von einer Lokomotive mischten sich in das ruhige Kräuseln der Wellen.

Schließlich blieb er stehen. Er sprang ein paarmal auf der Stelle, bevor er plötzlich seinen Körper krümmte und mit Schattenboxen anfing.

Er hatte es mir erklärt. Einen leichten Schlag mit der Linken nennt man Jab. Eine Gerade mit der Rechten Straight. Und die angewinkelte Linke mit viel Tempo in einer Kreisbewegung Haken. Der linke Fuß ist immer vorne, der rechte hinten. Bei jedem Schlag bildet das linke Bein die zentrale Achse wie eine Feder.

Der Schmetterlingsmann sah aus, als würde er tanzen. Zu Musik, die ich nicht hören konnte, legte er mit einem für mich unsichtbaren Partner graziös seine Schritte hin. Umringt von Schülern, die längst nicht mehr hier waren, schwang der Schmetterlingsmann, dem Hecheln des herumspringenden Rot folgend, seine Fäuste. Mein Mund fing irgendwann an, die Melodie meiner ersten Komposition, dem Walzer, zu summen. Ich war selbst erstaunt, wie gut sie zu seinen Bewegungen passte. Sogar der Moment, in dem der Hund mit seinem roten Halsband hinter dem Rücken des Boxers hindurchsprang, kam darin vor.

»Huh, huh«

Sein Atem ging konstant, aber jeder einzelne Atemzug war mit einer Bewegung verbunden.

»Huh, huh, huh«

Als ich noch klein war, hatte der Hausmeister zu mir gesagt, Großvater selbst sei Musik. Ich weiß nicht genau, wie das bei Großvater war, aber ich dachte, dass dieser blinde Boxer hier – der Schmetterlingsmann – in der Tat Musik war. Auch wenn ich aufhörte, den Walzer zu singen, hörte ich beim Anblick dieses am Seeufer herumspringenden Mannes tatsächlich Musik. Ich konnte nicht anders, als im Takt dazu zu klopfen. Es war weder die »Fanfare für raufende Kinder« noch der »Walzer vom blinden Boxer und dem roten Hund«, sondern eine unbekannte Musik aus einer anderen Welt, die durch seinen Körper hindurch klang. Sie breitete sich über den Sandstrand aus und hüllte das Gelände der Blindenschule ein. Sie ließ die dunklen Gänge und das zerkratzte Wohnheim erzittern und breitete sich über der ruhigen Wasseroberfläche aus, die im Abendrot leuchtete. Als wollte der Boxer sie bis auf den Grund des Sees zum Körper von Rot hinunterschicken.

»Huh, huh, huh«

Er feuerte ein paar Jabs gegen die Abendsonne ab.

Eine große Welle umspülte unvermutet seine Turnschuhe.

Von Weitem hupte die Pfeife des letzten Dampfers.

Der Schatten des Schmetterlingsmannes reichte bis zu meinen Knien. Die lange, schmale Form dieses Schattens sah aus, als würde sie die Abendsonne um etwas bitten, das in dieser Welt niemals in Erfüllung gehen konnte.

»Ich habe die Dampfpfeife überhaupt nicht gehört«, sagte er. »Den Klang der Wellen und wie du rhythmisch auf den Sand und die Kieselsteine geklopft hast, das habe ich gehört. Mein Körper hat sich heute ungewöhnlich gut bewegt. Das Schiff haben wir verpasst und jetzt müssen wir hier übernachten – aber vielleicht entspricht das genau dem Willen einer höheren Macht.«

Während wir eine Hühnersuppe schlürften, die uns die alte Frau aus dem Büro an den Strand gebracht hatte, pustete der Schmetterlingsmann hin und wieder auf seine Arme und Handgelenke. Die Mücken, die sich darauf niedergelassen hatten, erschraken und starteten geräuschlos, um bald darauf um mich herumzuschwirren.

Es war eine klare Nacht. Nicht nur der Mond, auch das Licht der Sterne schien auf das Wasser.

Von Zeit zu Zeit richtete der Schmetterlingsmann sein Gesicht zum See. Ich schwieg und er sagte:

»Hier ist auf den ersten Blick wirklich alles noch wie damals. Aber es gibt auch Dinge, die sich deutlich verändert haben, und die werden ganz bestimmt nie mehr wie früher.«

»Was hat sich denn verändert?«

»Die Stimmen der Menschen sind verschwunden – na ja, das ist selbstverständlich.«

Er lächelte stumm. »In der Nacht weht immer noch der Westwind. Das Motorengeräusch der Fischerboote kommt immer noch aus der gleichen Richtung. Aber die flüsternden Stimmen der Schüler im Wohnheim oder die nächtlichen Radiosendungen, die sich die Lehrer angehört haben, die sind weg. Man könnte denken, dass ich dafür jetzt den Wind und die Wellen besser hören kann, aber ich habe im Gegenteil das Gefühl, dass meine Ohren stumpfer geworden sind und ich nicht mehr so gut höre wie früher.«

»Tatsächlich?«, fragte ich. »Liegt das nicht einfach am Alter?«

»Ja, wahrscheinlich ist es das.«

Er streckte sich auf dem Sandstrand aus. Als ich es ihm nachmachte verschlug es mir den Atem.

»Was ist los?«, fragte der Schmetterlingsmann.

»Der Himmel ist absolut unglaublich!«

Es waren irrsinnig viele Sterne. Abgesehen von der Umgebung des Mondes und der Richtung, in der die Stadt lag, war der Himmel übersät mit leuchtenden Punkten, die den See ohne ein Flackern blau beleuchteten.

»In dieser Gegend, am höchsten Punkt der Insel, ist die Luft sehr klar.«

Er gähnte. »Außerdem soll es hier im Laufe eines Jahres wenig Temperaturschwankungen geben, wodurch das Licht der Sterne offenbar nicht verwischt. Aber sag mal, ist das in der Stadt, aus der du kommst, so anders?«

»Und wie!«, sagte ich. »Völlig anders!«

»Das erinnert mich übrigens an etwas. Ist allerdings schon zwanzig Jahre her.« Er drehte sich zu mir. »Es war eine Nacht genau zu dieser Jahreszeit. Wir haben Musikunterricht gehabt, auch hier am Strand. Wie immer haben wir die Ohren gespitzt, bis der Lehrer irgendwann gesagt hat: ›So, das müsste reichen. Also, was habt ihr für Geräusche gehört?‹ Wir antworteten alle der Reihe nach. ›Irgendwas ist im See gesprungen; zwei Eulen; obwohl es dunkel ist, zirpen Zikaden.‹ Da meinte einer plötzlich: Gerade hat eine Sternschnuppe gequietscht.‹«

Ich richtete mich auf.

»Was soll das heißen? Du meinst, der konnte den Klang der Sterne hören?«

»Das hat er gesagt. Wir haben uns genauso gewundert wie du und dem Schüler vorgeworfen, dass er einfach nur Blödsinn erzählt. Aber er war ein Dickkopf, der nie auch nur einen Millimeter einlenkte. ›Eure Ohren sind zu wie ein Bauchnabel – also wenn ihr nicht gehört habt, wie die Sternschnuppe eben mit lautem Getöse über den Himmel gefahren ist, dann kann ich euch auch nicht helfen.‹ Da hat der Lehrer vorgeschlagen, dass wir doch nochmal alle ganz genau hinhorchen sollten. Also haben wir uns zusammen am Sandstrand auf den Rücken gelegt und in den Himmel geschaut, den wir nicht sehen konnten.«

Ich betrachtete den Sternenhimmel. Über mir breitete sich eine leuchtend funkelnde Finsternis aus.

Der Schmetterlingsmann fuhr fort:

»Aber ich hatte wirklich keinen Schimmer, ob da Sternschnuppen waren oder nicht!

Nur die Wellen, die ans Ufer schlugen, und den Atem der anderen habe ich ganz laut und deutlich gehört. Gerade als icht dachte: Was für ein Unsinn! und mich aufrichten wollte, schrie jemand mit greller Stimme:

›Ich hab's gehört!‹

›Eine Sternschnuppe?‹, hat der Lehrer gefragt.

›Ich weiß nicht, was es war, aber es hat geklungen, wie etwas, das mit gro-ßem Tempo den Himmel durchquert.‹

Der Lehrer versuchte, die aufgeregten Schüler, die alle ›Ich auch, ich auch!‹ brüllten, zu beruhigen.

›Seid ruhig, noch nicht alle haben es gehört. Ihr wisst doch, still die Ohren zu spitzen ist die einzige Regel während des Musikunterrichts!‹

Sofort wurde es mucksmäuschenstill. Mittlerweile war mir, als hätte auch ich einen kleinen Klumpen vorbeifliegen hören. Ich habe den Atem ange-halten und gelauscht. Ohne Zweifel. Der Nachthimmel machte Geräusche. Irgendwas klang da oben. Es hörte sich an wie zittern. Die Dinger, die die Geräusche machten, gaben Wärme ab. Es waren Sternschnuppen. Wir sind die ganze Nacht am Strand liegen geblieben und haben dem Klang der Sternschnuppen am unsichtbaren Himmel gelauscht. Jedes Mal, wenn ich eine hörte, hatte ich das Gefühl, mit meinen erloschenen Augen den Ster-nenhimmel und den langsamen Lauf der Sterne sehen zu können!«

Der Schmetterlingsmann seufzte tief. Dann drehte er sich zu mir.

»So sind wir eingeschlafen. Am nächsten Morgen habe ich mich bei dem Schüler, der die Sternschnuppen als Erster gehört hatte, entschuldigt. Der Junge, der ungefähr gleich alt war wie ich, meinte mit einem schelmischem Grinsen, das seien Sandkörner gewesen!«

»Hä?«

»Er hat es einfach so gesagt, ganz ungeniert! ›Ich habe mich sehr über eure Besserwisserei geärgert und dann einfach Sandkörner genommen und eins nach dem anderen in die Luft geworfen. Ich kann gut mit dem Hand-gelenk umgehen und ziemlich hoch und weit werfen.‹ Als ich ihn sprachlos anschaute, meinte er in vollem Ernst: ›Aber die erste, die ich gehört habe, war wirklich echt! Wenn ich die Ohren spitze, kann ich Sternschnuppen hören, deshalb habe ich für euch zumindest ein ähnliches Geräusch gemacht!‹«

Ich musste lachen. Er lächelte ebenfalls und sagte:

»Ja, der Junge hat mir auch gefallen. Auch die verschiedenen Geräusche, die er zum Scherz während des Musikunterrichts gemacht hat, begannen mir Spaß zu machen. Er hat ein Jahr vor mir abgeschlossen und ist dann ins Ausland zurück in seine Heimat gegangen, wo er ein berühmter Cellist geworden ist. Verstehst du? Er ist der Musiker, der Grün übernommen hat.«

Ich schaute in den Sternenhimmel. Wenn man den Klang dieser zahllosen Lichter wahrnehmen könnte, was ergäbe das wohl für eine Musik?

Obwohl ich es mit geschlossenen Augen versuchte, machten die Sterne keine Anstalten, von mir gehört zu werden. Und mit offenen Augen erst recht nicht.

Was ich hörte, war das Plätschern der anschlagenden Wellen.

Das Geräusch des Windes im Kiefernwäldchen. Die trockenen Kiefernzapfen, die über den Strand kullerten.

Auf dem Spielplatz am See drehte sich ein Karussell – und stoppte plötzlich.

Neben mir rieb sich der Schmetterlingsmann die Schulter.

Und dann begann ich schwach die Schritte zu hören. Von ganz weit weg. Noch weiter entfernt als der Sternenhimmel stampfte Kuhtse den Weizen.

Tam, tatam, tam

Nachdem mir unbemerkt die Augen zugefallen waren, ertönten in meinen Ohren die Stiefel von Kuhtse.

Tam

Tatam, tatam

Erschrocken schlug ich die Augen auf.

Als ich mich umdrehte, hustete der liegende Schmetterlingsmann im gleichen Rhythmus wie die Schritte.

»Ich hatte vorhin eine Idee«, sagte er, während er zum Nachthimmel emporschaute, den er nicht sehen konnte. »Wie wär's wenn du ihn mal besuchst?«

»Wen?«

»Na den Cellisten!«, antwortete er. »Dann könntest du etwas über Musik lernen. Ich bin sicher, dass du ihm gefallen würdest. Diese Stadt ist kein schlechter Ort, aber du passt nicht hierher. Du gehörst in eine andere Welt, fern von hier. Die Stadt, in der er wohnt, ist nicht nur eine Musikstadt, sondern vor allem ein Ort, an dem tagtäglich alles Mögliche passiert. Unangenehme Dinge ebenso wie vergnügliche.«

Ganz verblüfft fragte ich:

»Und diese Stadt, ist das etwa …«

Ich sagte den Namen der ausländischen Stadt, in der Vater und Großvater »ein elendes Leben« gefristet hatten. Der Schmetterlingsmann antwortete: »Aber natürlich, die ist es.«

»Hast du ihn schon einmal Cello spielen gehört?«

»Ja, vor etwa fünf Jahren, bei einem Solokonzert«, antwortete er. »Der Kerl hat mit seinem Bogen Klänge aus dem Instrument herausgeholt, die nicht von dieser Welt waren!«

Ich erinnerte mich an einen kleinen Kommentar von Großvater auf der Schallplattenliste. »Ein Konzert wie vom ersten Menschen, der je auf einem Cello spielte.« Großvater hatte auf dem Nachhauseweg nach einer langen Probe oft gesagt: »Katze!, ich stelle mir immer vor, man müsste spielen können wie der erste Affe, der je ein Schlaginstrument in der Hand hatte.«

»Danke, Schmetterlingsmann!«, sagte ich. »Aber das ist unmöglich. Ich kann nicht weg.«

»Wieso?«

»Ganz einfach, ich habe kein Geld!«

Ich lachte trocken. »Die Kosten für die Überfahrt, danach Unterkunft und Verpflegung – selbst wenn ich vor Ort irgendeine einfache Arbeit fände, würde ich nur knapp durchkommen. Und für die Musik hätte ich dann überhaupt keine Zeit mehr. Ich lese recht viel Zeitung und weiß im Großen und Ganzen, wie es an anderen Orten auf der Welt aussieht.«

»Die Lebenshaltungskosten sind kein Problem!«, sagte er. »Er wird alles zahlen! Du brauchst nur kleine Arbeiten – wie sein Cello putzen – zu erledigen, dann bekommst du von ihm Unterricht! Wenn er nicht gerade auf Konzerttournee ist, hat er immer viel Zeit. Er mag ein ziemlich seltsamer Typ sein, aber ich weiß, wie ich ihn um etwas bitten muss.«

»Es geht nicht nur darum. Wenn ich jetzt die Schule abbrechen würde, müsste ich das Stipendium zurückzahlen. Ich bin zwar noch nicht mal ein Jahr da, aber das ist trotzdem kein Pappenstiel! Ich bin nicht der Typ, der einfach abhaut und Schulden hinterlässt. Mein Großvater auch nicht. Und Vater wäre erst recht dagegen.«

Der Boxer holte tief Luft, als wollte er noch etwas sagen, aber es kam nur ein großer Seufzer heraus. Er legte die Sonnenbrille in den Sand und rollte sich auf die andere Seite. Von seinem Rücken rieselten Sandkörner.

Schließlich war in der Stille nur noch das Schnarchen des Schmetterlingsmannes zu hören. Ich betrachtete noch einmal den Nachthimmel. Sein Freund, der Cellist. Die Kinder des Hundes namens Grün. Und die Stadt im Ausland, in der Großvater, Vater und natürlich Mutter gelebt hatten. Unangenehme Dinge, vergnügliche Dinge. Ein elendes Leben.

Die Sterne über mir leuchteten noch stärker und wanderten langsam Richtung Westen. Plötzlich wurde mir klar, dass zwischen den hellen Sternen eine noch viel größere Dunkelheit herrscht. Dunkelheit, die alle Sterne ewig miteinander verbindet. Unzählige Sterne. Grenzenlose Dunkelheit. Die unendliche Menge des Himmels. Ob die Sterne von einem ins Ausland reisenden Schiff aus genauso aussahen?

Der Schmetterlingsmann drehte sich wieder um. Direkt über uns bewegte sich langsam und geräuschlos der unendliche Nachthimmel.

Trotz der frühen Morgenstunde war der Vergnügungsdampfer auf dem Rückweg überraschend voll. Viele Menschen nutzten ihn offenbar, um zur Arbeit zu pendeln. An dem Tag war es bewölkt. Die ganze Umgebung des Sees war mit schwarzen Wolken verhangen.

Der Schmetterlingsmann verabschiedete sich am Landungsplatz und sagte, er gehe direkt ins Trainingszentrum. Ich musste erst mal nach Hause, da ich Taktstock und Noten im Zimmer liegen gelassen hatte.

Überall in der Stadt verkündeten die Zeitsignale, dass es Montagmorgen, acht Uhr, geschlagen hatte. Ich nahm die Beine in die Hand.

Als ich die Treppe hochstürzte und die Wohnungstür öffnete, lag die Tante gerade in Küchenkleidern auf dem Sofa im Wohnzimmer und machte ein Nickerchen. Obwohl ich vorsichtig durch das Zimmer ging, schoss sie in dem Moment, als ich den Türknauf berührte, wie von der Tarantel gestochen hoch und rief:

»Kätzchen, oh, Kätzchen!«

Während sie schrie, umarmte sie meinen Bauch. An ihren Haaren klebte Weizenmehl und von ihrem Körper stieg mir der Duft von angebranntem Rohzucker in die Nase.

»Gestern Abend ist ein Telegramm von meinem Bruder gekommen!«, sagte sie mit gepresster Stimme. »Zieh dich schnell um, Kätzchen! Deinem Vater ist etwas Schlimmes passiert.«

Federleichte, schwarze Lederschuhe tragen Sie in eine neue Welt!

Der Postdirektor holte mich am Bahnhof ab. In meiner Heimatstadt, in der ich seit letztem Sommer nicht mehr gewesen war, fiel sanfter Regen. Richtiger Regen – keine Mäuse. Ein Bahnbeamter fegte mit einem Besen Wasserpfützen aus dem Wartesaal. Wie mir der Schaffner im Zug erzählt hatte, wurde die Gegend seit ein paar Tagen von sintflutartigen Regenfällen heimgesucht. Obwohl ich gerade erst angekommen war, bemerkte ich schnell, dass die düstere Stimmung in der Stadt jedoch nicht allein vom Regen herrührte.

»Seit gestern Abend baggert die Feuerwehr im Kanal«, murmelte der Postdirektor unterm Schirm. Seine Wangen waren eingefallen und aus den Haaren stieg ein Gestank auf, der so beißend war, dass es in den Augen schmerzte. Wie ich später erfuhr, stammte dieser von einem neu entwickelten Haarwuchsmittel, das ebenfalls der Händler in die Stadt gebracht hatte. Man konnte die Haare noch so oft waschen – der Gestank hielt sich hartnäckig und wurde von Tag zu Tag schlimmer.

Während wir die Straße entlanggingen, fuhr er fort:

»Aber die Strömung ist zu stark, sie haben deinen Vater noch nicht gefunden.«

Zu Hause warteten zwei Polizeibeamte auf mich. Sie wollten die Briefe sehen, die ich von Vater erhalten hatte. Ich kramte das Sammelalbum aus meinem Koffer und öffnete es.

»Und wo ist Großvater?«

»Er ruht sich im ersten Stock aus. Der Postdirektor hat heute früh die Formalitäten zur Aufnahme in ein Hospital erledigt. Morgen Mittag kommt er ins Krankenhaus.«

»Das ist nicht gerade besonders hilfreich«, brummte der andere, jüngere der beiden Polizisten und klappte den Ordner zu. Dann wandte er sich zu dem hinter mir stehenden Postdirektor.

»Und Sie haben ihn gar nichts gefragt – in welcher Stadt er denn als nächstes seine Geschäfte zu machen gedenke oder so?«

»Natürlich nicht!«

Der Postdirektor antwortete mit einer Stimme, als hätte er schlammiges Wasser getrunken:

»Wenn ich das wüsste, würde ich hingehen und ihn windelweich prügeln.«

»Das wäre viel zu gnädig für den Burschen«, meinte der junge Polizist mit näselndem Ton, »ich würde ihn an seiner Zunge packen und mit einem Hunderternagel auf dem Grund des Kanals festklopfen!«

Wie ich später erfuhr, lag damals seine Mutter schon seit einer Nacht in einem Krankenhausbett. »Jetzt lass gut sein«, murmelte der ältere Polizist und signalisierte mir mit den Augen, mich hinzusetzen.

Alle schauten mich an. Wie gebannt glotzten sie auf meinen riesigen Körper.

»Was war denn los?«, fragte ich, während ich einen Brechreiz unterdrückte.

Der Polizeibeamte holte tief Luft und begann ganz ruhig zu erzählen. Gelegentlich fügten auch die anderen zwei etwas hinzu. Es wurde eine lange Geschichte. Eine niemals enden wollende, unendlich lange Geschichte.

Erstaunlicherweise hatte sich Vater, der von allen nur noch » Der Mäusemann« genannt wurde, gut in der Stadt eingelebt. Es wäre übertrieben, ihn als Berühmtheit zu bezeichnen, aber die Experimente, bei denen er seine Mäuse, die er in der ganzen Stadt eingesammelt hatte, frühmorgens oder nach Unterrichtsende in die Schule mitnahm und auf dem Gelände aus ihren Käfigen ließ, waren für alle Betrunkenen, die vom einfältigen Geschwätz genug hatten oder für Kinder, die von ihren Babysittern weg gelaufen waren, eine willkommene Abwechslung. Sie hockten sich zusammen in eine Ecke des Schulhofes und feuerten johlend die gleichzeitig losrennenden Mäuse an. Der Anblick der quirligen Tierchen war ihnen längst nicht mehr unheimlich.

Eines Morgens kam ein fremder Mann durchs Schultor und lungerte auf dem Hof herum. In der Hand hielt er einen viereckigen Lederkoffer und zu seinen mit viel Pomade streng in der Mitte gescheitelten Haaren trug er einen regenbogenfarbenen Anzug (einen dieser edlen, deren Farbe sich verändert, wenn man sich dreht), eine Hose mit Bügelfalten wie zwei Schiffsbuge sowie schwarz glänzende Schuhe. Er ging auf die neugierigen Zuschauer zu und stellte sich vor.

»Guten Morgen allerseits!«

Sowohl die Trunkenbolde als auch die Schüler senkten unsicher den Blick.

»Ich mache seit Anfang der Woche hier in der Stadt Geschäfte.«

Der Mann sprach mit klarer Stimme. »Darf ich fragen, was die kauernden Herrschaften da genau machen?«

»Das ist ein Experiment mit Mäusen!«, antwortete der Sohn eines Matrosen.

»Ein Experiment? Was denn für ein Experiment?«

Niemand antwortete.

Der Mann drehte sich ohne zu zögern auf dem Absatz um und näherte sich mit eiligen Schritten meinem Vater, dem Mäusemann, der in der Mitte des Schulhofs kauerte.

»Guten Morgen!«

Vater drehte sich nicht um.

»Ich habe gehört, Sie machen ein Experiment mit Mäusen.«

Der Rücken von Vater bewegte sich keinen Millimeter.

»Verläuft das Experiment gut?«

»Könnten Sie bitte ruhig sein!«, sagte der Mäusemann streng, während er ihm weiterhin den Rücken zukehrte. »Die Mäuse erschrecken sich sonst noch.«

Der Mann blieb eine Weile mit verschränkten Armen stehen und beobachtete die Tiere in ihren Käfigen. Dann sprach er:

»Für pharmazeutische Versuche mit Labormäusen scheint mir das freie Gelände eines Schulhofes nicht unbedingt ideal zu sein.«

»Wer spricht von pharmazeutischen Versuchen?«

»Also Ökologie? Oder handelt es sich etwa um medizinische Versuche? Verzeihen Sie, ich bin zurzeit zwar Schuhhändler, aber früher war ich auch in einem wissenschaftlichen Gebiet tätig.«

»Dann sehen Sie ja, worum es geht«, antwortete Vater. »Ich mache hier ein mathematisches Experiment.«

»Ein mathematisches Experiment?«

Der Mann schien zutiefst erstaunt. Als Reaktion darauf sah sich Vater endlich nach ihm um.

»Sie scheinen etwas von Mathematik zu verstehen.«

»Nein, nein, ich besitze nur oberflächliche Kenntnisse. Aber ehrlich gesagt ist dies das erste Mal, dass ich einem leidenschaftlich experimentierenden Mathematiker begegne.«

Vater blickte den Mann scharf an.

»Also, hinter allen Phänomenen dieser Welt ist Mathematik verborgen. Es ist heute eine Selbstverständlichkeit, dass alles – die Bewegungen der Himmelskörper, der Fluss der Gewässer, das Wetter, die Schwankungen der Einwohnerzahlen – mit Mathematik zu tun hat. Ich möchte nun aufzeigen, dass auch hinter den launischen Verhaltensweisen von Mensch und Tier mathematische Gesetze stecken. Eine besondere Rolle spielen dabei die Begriffe Primzahl und Menge.«

»Hm, hm«, nickte der Mann mit verständnisvollem Blick.

»Primzahlen – ich verstehe. Es geht also darum, wie viele Mäuse sich zusammenscharen und welches die größte Primzahl ist, die ihre Menge bildet.«

»Ja, genau darum geht es!«

Vater stand auf. Sein Gesicht zeigte einen Hauch von Fröhlichkeit dank des unerwarteten Scharfsinns dieses fremden Mannes. Aber nur ganz kurz, dann kehrte es wieder zu dem gewohnten, missmutigen Ausdruck zurück. Während der letzten zwei Monate waren die Mäuse, die er im Schulhof aus seinen Käfigen freigelassen hatte, in Gruppen zu kleinsten Primzahlen wie fünf und drei davongerannt, dazu in völlig verschiedene Richtungen. Vater konnte in den Mengen, die sie bildeten, keinerlei Gesetzmäßigkeiten ausfindig machen.

Der Händler blieb hartnäckig wie ein Jagdhund, der die Stelle gefunden hat, an der er sich festbeißen kann. Während des Wortwechsels, bei dem er gut gelaunt seine Fragen stellte und Vater mit leisem Murmeln antwortete, vertraute der Mäusemann dem Herrn im regenbogenfarbenen Anzug die kompletten Ergebnisse seiner bisherigen Experimente an.

Der Besitzer des Friseursalons, der das Gespräch aus dem Kreis der Zaungäste mitgehört hatte, erzählte später:

»Ich war sehr überrascht, dass der Mäusemann plötzlich so viel geplaudert hat. Wie soll ich sagen, dieser Händler kann einem so geschickt die Antworten aus der Nase ziehen, dass dir einfach die Spucke wegbleibt. Einen so guten Zuhörer habe ich in den ganzen vierzig Jahren seit der Eröffnung meines Ladens noch nie getroffen.«

Am nächsten Morgen kam der Händler wieder in den Schulhof. Er setzte sich breitbeinig neben Vater und kramte etwas aus seinem Lederkoffer. Die Zuschauer rückten näher und reckten ihre Hälse. Der Händler trug halbdurchsichtige Gummihandschuhe. Die gleichen, die sich Chirurgen vor einer Operation klackend überziehen.

»Darf ich?«

Er öffnete erneut seinen Koffer. »Ihre Idee ist großartig, aber sie enthält einen schwerwiegenden Fehler. Ich habe gestern Abend darüber nachgedacht: Vermutlich schläft bei Tieren normalerweise der Instinkt für Primzahlen. Auch bei Mäusen. Bei dem Experiment muss dieser unbedingt vorher geweckt werden!«

Während er seine Rede mit ungewöhnlichen Ausführungen zu Zahlen und Mengen fortsetzte, holte er aus der Tiefe seines Koffers vier dreieckige

Drahtgitter heraus, die er ineinander steckte und zu einem pyramidenförmigen Käfig zusammenbastelte. Nach den Aussagen der Zuschauer sah der Käfig aus wie eine handelsübliche Mäusefalle, die mit einer Zange in Stücke zerlegt und dann mit Hilfe von Eisendraht in einer anderen Form wieder zusammengesetzt worden war.

»Was ist denn das für ein Ding?«

Der sogenannte Mäusemann war offensichtlich verblüfft.

»Wie Sie sehen, ist es ein Käfig«, sagte der Händler mit unverändert klarer Stimme. »Seine Form ist der wesentliche Punkt, damit wird der Primzahlen-Sinn der Mäuse ungewöhnlich stark geschärft. Es ist im Moment nur eine grobe Vorrichtung, die noch deutlich verbessert werden muss, aber mit einstelligen Primzahlen müsste diese Größe nach meinen Berechnungen im Allgemeinen gut funktionieren.«

Vater soll furchterregend ausgesehen haben. »Was glaubst du eigentlich«, schrie er mit gestrecktem Zeigefinger und spuckte vor Erregung, »mich hier zum Narren zu halten, als ob ich nicht ganz richtig im Kopf wäre. Ich betreibe Mathematik – das hat mit einfältigem Hokuspokus nichts zu tun!«

Der Händler behielt jedoch sein Lächeln und antwortete nur:

»Probieren wir es doch aus!«

In Vaters Käfigen, die auf dem Hänger gestapelt waren, befanden sich seit dem frühen Vormittag über zweihundert Mäuse. Der Händler im regenbogenfarbenen Anzug bat Vater höflich, eine Primzahl davon in den Schulhof freizulassen. Drei würden reichen, meinte er. Vater, der seine wissenschaftliche Gefasstheit einigermaßen wiedererlangt hatte, öffnete den Deckel eines Haustierkäfigs und fischte von Hand drei Mäuse heraus. Als er sie vorsichtig auf die Erde des Schulhofs setzte, machten sich alle drei wie erwartet so schnell sie konnten in völlig verschiedene Richtungen aus dem Staub.

»Also«, sagte der Händler und krempelte die Ärmel seines Anzuges hoch, »dann wollen wir mal den Käfig ausprobieren, den ich vorbereitet habe.«

Mit seinen in Gummihandschuhen steckenden Händen holte der Mann drei Mäuse aus dem Käfig von Vater und steckte sie in sein dreieckiges Drahtgitter. Nachdem er sie darin eine Weile beobachtet hatte, nickte er:

»So, dann wollen wir mal!«

Der Händler packte eine nach der anderen und setzte sie auf die Erde. Die drei Mäuse verschmolzen zu einem schwarzen Klumpen und verschwanden vor den erstaunten Augen aller Anwesenden wie ein rollendes Wollknäuel im Schatten des Schulgebäudes.

Auch bei weiteren Versuchen mit fünf und mit sieben Tierchen war es dasselbe. Alle Mäuse, die einmal in dem pyramidenförmigen Käfig gewesen waren, wollten sich nach der Freilassung nicht mehr voneinander trennen, sondern bildeten Mengen aus Primzahlen und rannten zusammen über den ganzen Schulhof. Als die automatische Schulglocke den näherrückenden Unterrichtsbeginn ankündigte, ging der Händler auf den schweigend dastehenden Mäusemann zu und meinte:

»Ich bin nur ein Händler. Mein Beruf ist es, Dinge zur Verfügung zu stellen, die die Menschen brauchen. Bitte verstehen Sie mich richtig – ich möchte mich auf keinen Fall in wissenschaftliche Experimente einmischen. Wie sieht es aus, Professor, benötigen sie vielleicht einen größeren Käfig in dieser Form?«

Der Mäusemann öffnete schließlich seine aufeinandergepressten Lippen.

»Sieht ganz so aus«, murmelte er. »Fürs Erste hätte ich gerne einen in der Größe für mindestens neunundfünfzig Tiere.«

Der Händler zog seine Gummihandschuhe aus, zog flink die Krawatte zurecht und streckte Vater seine rechte Hand entgegen. Die Zuschauer berichteten, die beiden sich drückenden Hände hätten gleichermaßen bleich ausgesehen und sich wie ein Spiegelbild geglichen.

Durch die Schilderungen der Polizeibeamten wurde mir schon an dieser Stelle klar, was für eine fragwürdige Person dieser Händler war. Ich verstand den unglaublich banalen Trick, den er angewendet hatte.

Das Geheimnis lag selbstverständlich in den Gummihandschuhen. Der Handschuh an der einen Hand, die zuerst die Mäuse packte, war mit einem Mittel eingesprüht, dessen Geruch höchst anziehend auf die Nasen der Tiere wirkt. Sobald der Händler merkte, dass sich der Duft im dreieckigen Käfig überall auf den Mäusekörpern verteilt hatte, packte er sie mit dem geruchlosen Handschuh der anderen Hand und ließ sie im Schulhof frei. Hätte er dasselbe mit vier oder zehn Tieren – also einer geraden Anzahl – gemacht, wären diese ebenfalls wie ein verwickeltes Wollknäuel davongerollt.

Aber wie die Polizeibeamten treffend sagten, war die Aufmerksamkeit der Zuschauer weniger auf die alltäglichen Handschuhe als vielmehr auf die fremdartige Pyramide gerichtet. Die Augen der meisten Zeitungsleser bleiben auch eher an einem Interview mit jemandem kleben, der einen neuen Rekord im Handstand aufgestellt hat als bei einer Kolumne über die Verfeinerung von Tomatensuppen.

Außerdem habe ich die Reden des Händlers nie selbst gehört. Auch seine lebhaften Fingerspitzen, die sich wie tanzende Vögel bewegten, während sie die Zuschauer bezauberten und sein liebenswürdiges Bilderbuchlächeln habe ich nie mit eigenen Augen gesehen. Wie könnte ich da Vater, der Vertrauen in diesen Händler setzte, als fahrlässig bezeichnen.

Es muss noch hinzugefügt werden, dass nicht nur Vater dem Händler im regenbogenfarbenen Anzug sein Vertrauen schenkte, sondern sich fast alle Menschen in der Stadt binnen kürzester Zeit von ihm um den Finger wickeln ließen. Ich glaube, dieser Händler brauchte mit jemandem nur ein einfaches Gespräch zu führen, um genau herauszufinden, welche Dinge sich sein Gegenüber wünschte. Und das selbst dann, wenn der Betroffene sich gar nicht richtig darüber im Klaren war. Oder anders ausgedrückt: Der Händler im regenbogenfarbenen Anzug besaß das besondere Talent, seinem Gegenüber das sichere Gefühl zu geben, dass das Ding, das ihm da angeboten wurde, genau das Bonbon war, auf das er schon immer sehnlichst gewartet hatte.

Der ältere Polizist fuhr mit seinen Schilderungen fort.

Als die Herbsttage kürzer wurden, konnte man das herumsausende Auto des Händlers überall in der Stadt antreffen. Auf dem Parkplatz des Amtsgebäudes, beim Lagerhaus an den Landungsbrücken und vor der Kneipe. Auf beiden Seiten des pechschwarzen Lieferwagens stand: »Verkauf/Reparatur von Schuhen und mehr – wir erledigen alles.« Das Gefährt, das durch die Stadt kurvte, glich von der Form her einem einzelnen, herumspringenden Siebenmeilenstiefel. »Schuhe und mehr« war stark untertrieben – es schien auf diesem Planeten keine Ware zu geben, die der regenbogenfarbene Händler nicht im Sortiment gehabt hätte.

Eine zweiundachtzigjährige Frau, die hinter der Grundschule wohnte, hatte im Winter vor dreißig Jahren bei einem Schiffsunglück ihren Sohn verloren. Fünf Tage, nachdem sie ihm die Geschichte anvertraut hatte, brachte ihr der Händler ein Matrosenbuch vorbei. Als sie den Deckel öffnete, fand sie ein dreißig Jahre altes Foto von sich, auf dem sie mit molligem Gesicht lächelte. Auf dem Vorsatzblatt des Büchleins stand eine Unterschrift, die aus der persönlichen Feder ihres Sohnes zu stammen schien. Der

Händler sagte, er habe es aus einem Auktionshaus kommen lassen, das auf Schiffsunglücke spezialisiert sei. Das zweiundachtzig Jahre alte Großmütterchen bezahlte mit einem Geschirrschrank, den sie noch aus der vorletzten Generation geerbt hatte. Während er im Wohnzimmer Tee schlürfte, holte der Händler einen dreiseitigen gehefteten Vertrag aus dem Lederkoffer. Er setzte ein Lächeln auf, das sie an ihren verlorenen Sohn erinnerte, und sagte:

»Bitte unterzeichnen Sie hier!«

Sie unterzeichnete. Dann fragte sie ihn, ob er nicht noch eine Tasse Tee trinken möchte.

Der siebenundzwanzigjährige Betreiber des Anglergeschäftes in der Nähe der Seemannsunterkunft war unter den Stammgästen als Liebhaber von Landschildkröten bekannt. Darunter befand sich eine großartig anzusehende Riesenschildkröte, die schon seit der Generation seines Vaters im Laden wohnte und von neuen Kunden regelmäßig mit einer Ladenreklame verwechselt wurde, wenn sie gewichtig neben dem Eingang saß.

»Das ist aber eine tolle Skulptur. Die hat bestimmt schon einige Jahre auf dem Buckel.« Der Besitzer lächelte dann nur stumm. Er hatte selbst nicht die leiseste Ahnung, wie alt diese Schildkröte eigentlich war, aber vor etwa drei Jahren gab es erste Anzeichen dafür, dass sich die Lebensdauer dieser Riesenschildkröte dem Ende zuneigte. Beide Hinterbeine kamen nicht mehr unter dem Panzer hervor. Sie waren ganz verschrumpelt und sahen aus wie verwitterte Knochen. Eines Tages jedoch traf ein Stammgast, der zum Köderkauf vorbeikam, den Besitzer ausgelassen wie ein Kind in die Hände klatschend hinter dem Haus. Vor ihm war die Riesenschildkröte und kroch mit nie dagewesenem Elan vorwärts über den Kai. Bei jedem Schritt machte ihr Bauch ein seltsam klapperndes Geräusch. Es stammte von Rollen, die zwischen ihren vertrockneten Beinen an der Hinterseite des Panzers befestigt worden waren, genau die gleichen, die man an einem Einkaufswagen im Supermarkt oder an einem billigen Reisekoffer findet.

»Da sind Springfedern dran, damit rutscht sie auf keinen Fall zur Seite«, sagte der Besitzer mit einem zufriedenen Lachen. »Der Händler ist toll. Die stellen diese Dinger jetzt scheinbar speziell für Schildkröten her. Er hat sie heimlich bei einem Institut zur Pflege von Wildtieren erstanden.«

Batterien mit langer Lebensdauer, Eiswürfelschalen, Waschmittel und andere Dinge für den täglichen Gebrauch.

Sammlerobjekte wie antiquarische Bücher und Karten.

Neu entwickelte Arzneien für die Haare oder gegen Sommersprossen.

Die Menschen begannen förmlich darauf zu warten, dass der regenbogenfarbene Händler an ihre Tür klopfte und sachte etwas für sie aus seinem Koffer holte. Und dann die Schuhe. Aus irgendeinem Grund hatte es in unserer Stadt bis dahin kein Schuhgeschäft gegeben. Ob Mann oder Frau, groß oder klein – alle hatten stets die gleichen Seemannsstiefel getragen. Ich glaube, abgesehen vom Schankwirt in der Kneipe und von den Orchestermitgliedern, die bei Konzerten auftraten, besaß niemand Lederschuhe mit Schnürsenkeln.

»Federleichte, schwarze Lederschuhe tragen Sie in eine neue Welt!«

Vom Herbst bis zum Winter stand im Lokalblatt jeden Tag die gleiche Werbung. Als Gegenleistung für die Beschaffung von Tinte, die nicht klebte und trotzdem satte Farben erzeugte, berechnete der Verlag für das Inserat nur die Hälfte des normalen Preises.

Auch die Schuhe, die der Händler verkaufte, waren günstig. Zum Preis von drei Nachtessen konnte man ein Paar federleichte, schwarze Lederschuhe mit Zierschnürsenkeln erstehen. Alle jungen Frauen bewegten sich mit größten Schwierigkeiten auf den ungewohnt hohen Absätzen durch die Straßen.

In dieser Hinsicht war der regenbogenfarbene Händler ein Gewinn für die Stadt. Er wurde als erste »gute Sache« angesehen, seit das Orchester den ersten Preis gewonnen hatte. Ich sage nicht, dass alle auf beiden Augen blind waren, aber es ist eine Tatsache, dass dieser Mann zwar einen Kursus für das Gehen auf hohen Absätzen ins Leben rief, den Kindern Zaubertricks beibrachte und im Geschäftsviertel neue Neonreklamen aufhängte, gleichzeitig aber Vorbereitungen dafür traf, aus dieser Stadt alles wegzutragen, was nicht niet- und nagelfest war.

»Gutes? Schlechtes? – Ist beides dasselbe!«

Ob der Händler auch so geredet hat?

Ja, für ihn war es wahrscheinlich einerlei. Unabhängig von Gut und Böse verfolgte er einfach seinen Kurs und stampfte Schritt für Schritt die ganze Stadt fest, während er den Stimmen der kleinen Menschen unter seinen Füßen lauschte. Bum! Bum! – mit so ungeheurem Eifer, dass er manchmal unweigerlich einem Narren glich.

Drittes Kapitel

Wäscheklammer

Gemäß den Worten des Postdirektors machte der silberne Stock ein schauderhaftes Geräusch, als er auf das Hinterteil des Händlers schlug. Hätten die Blechbläser Großvater nicht sogleich von hinten gepackt, dann könnte der Händler heute nicht mal mehr seine eigenen Schuhe anziehen, so erzählte er.

»All die Trompeten und Hörner«, meinte der junge Polizist mit verdrießlicher Miene, »die hätten mal zusammen auf den Rücken des Typen steigen und im Takt zum Stock deines Großvaters eine Fanfare spielen sollen!«

Lagerhaus Nr. 2 steht für jedermann offen.

An diesem Grundsatz wurde eisern festgehalten, auch nachdem der Hausmeister und ich nicht mehr da waren. Keiner im Orchester fand es befremdlich, als der Händler im regenbogenfarbenen Anzug eines Abends bei den Proben auftauchte. Er blinzelte ein paar Zuhörern, die auf dem Boden saßen, freundlich zu und begann die Pokale in der Vitrine zu studieren, während er dem Konzert lauschte. Von Zeit zu Zeit hob er die Augenbrauen, legte einen Finger an die Lippen und murmelte etwas vor sich hin. Als die Blechbläser einen Satz zu Ende geprobt hatten, wandte er sich zur Bühne und applaudierte lauter als alle anderen.

»Großartig! Wirklich, großartig!!«

Der Postdirektor legte seinen Taktstock hin und wechselte verlegen lächelnd einen Blick mit dem Klempner. Der Applaus war zwar maßlos übertrieben, aber es steckte darin keine Spur von Ironie. Der Händler schritt nach vorne an den Rand der Probebühne und breitete drei rote Tüchlein vor den Orchestermitgliedern aus, wobei er die Augen zusammenkniff, als würde ihn der Glanz der Instrumente blenden.

»Möchten Sie eines ausprobieren? Sie sind aus einer ganz neuen Stofffaser!«, sagte er. »Damit brauchen Sie nur einmal drüberzuwischen, und schon verschwinden nicht nur Schweiß und Staub, sondern auch die ganze Mattheit, die sich auf das Messing gelegt hat, gerade so, als würde die oberste Schicht abgestreift.«

Der erste Klarinettist fuhr mit dem Stoff betont beiläufig kurz über das trichterförmige Ende seines Instrumentes – und machte große Augen. Darauf wurden die roten Tüchlein unter den knapp fünfzig Orchestermitgliedern der Reihe nach herumgereicht. Zum Schluss landete eines beim Postdirektor. Als er damit leicht über den Griff seines Taktstockes wischte, tauchte darauf klar und deutlich die Holzmaserung auf, als ob die äußerste Haut einer Frucht fein säuberlich abgeschält worden wäre. (In den roten Tüchlein befand sich vermutlich ein neuartiges Reinigungsmittel, das Kesselstein und Schmutzreste aufzulösen vermochte.)

»Du bist bestimmt dieser Händler, von dem unsere Tochter erzählt hat!«, sagte einer aus dem Orchester von der Bühne herab. »Von Staubsaugern und Deodorants habe ich nicht die leiseste Ahnung, aber dieses rote Taschentuch gefällt mir. Was kostet es?«

»Ich schenke es Ihnen!«

Der Händler lächelte. »Betrachten Sie es bitte als bescheidenen Dank für das wunderschöne Konzert, das Sie mir eben beschert haben.«

Die Orchestermitglieder stiegen einer nach dem anderen von der Bühne, tranken Kaffee, schabten an ihren Rohrblättchen und begannen sich auf die nächste Etüde vorzubereiten.

Das Blasorchester der Stadt wurde in diesem Winter fast jede Woche zu einem Gastspiel eingeladen. Auch ein Open-Air-Konzert beim Neujahrsfeuerwerk war geplant. Da alle im Amtsgebäude die schlechten Erinnerungen an jene Feuerkatastrophe tilgen wollten, sollte es diesmal ein besonders großes und prächtiges Fest werden. Es wurden Werbeplakate an die umliegenden Gemeinden verteilt und Silvester-Ankergenehmigungen, eine nach der anderen an die Besitzer ausländischer Schiffe vergeben. Und als Hauptattraktion vor dem Feuerwerk stand der Stolz der Stadt – das berühmte Blasorchester, das zwei Jahre in Folge den Wettbewerb gewonnen hatte – mit einem Konzert auf einer schwimmenden Bühne auf dem Programm.

Selbst in den Pausen blätterten alle Orchestermitglieder ganz vertieft in ihren Noten. Der Händler schlenderte zwischen ihnen herum und sprach einen nach dem anderen an. Eilig lief ihm der Postdirektor hinterher und meinte mit verlegenem Hüsteln, das gehe jetzt leider nicht, er solle das doch bitte später machen. Während der Proben sei es schlecht, es gebe da nämlich diese Regel, nach der im Lagerhaus nur über Musik gesprochen werden dürfe.

»Oh, das tut mir leid!«

Der Händler schlug sich gegen die Stirn. »Das ist mein schlimmes Temperament. Wenn ich erlebe, wie sich jemand leidenschaftlich einer Sache widmet, zieht es mich automatisch mit hinein. Ich engagiere mich dann viel zu stark und muss dauernd Dinge anbieten, die nützlich sein könnten. Es ist diese Leidenschaft, die sich auf mich überträgt. Aber sagen Sie mal, haben Sie nicht im Moment sowieso alle Pause? Da stört es doch bestimmt nicht, wenn ich das ein oder andere harmlose Alltagsgespräch führe ...«

Während er weiterredete, holte er ein Papierbündel aus seinem Lederkoffer. Als der Postdirektor beiläufig einen Blick darauf warf, entdeckte er einen Katalog mit Briefmarken, die er noch nie gesehen hatte. Das Titelblatt schmückte eine Marke mit einem Schimpansen, der sich verächtlich mit dem Finger ein Unterlid herunterzog. Er hat es niemals zugegeben, aber ich bin sicher, den Postdirektor traf in dem Moment fast der Schlag.

»Nein, jetzt nicht!«

Er verzog das Gesicht und flüsterte: »Nach der Probe nehme ich mir so viel Zeit, wie Sie wollen. Aber jetzt setzen Sie sich bitte ruhig hin. Da drüben, die Klappstühle in der Ecke – nehmen Sie sich davon, so viele Sie wollen.«

Am Ende der Bühne saßen zwei ältere Herren gemeinsam vor einer kleinen Trommel. Der eine, der kerzengerade dasaß und nonchalant Pingpong-Bälle auf das Fell der Trommel warf, war selbstverständlich Großvater. Der andere, der mit knallrotem Gesicht und kurz vor dem Weinen mit zwei Trommelstöcken einen leisen Wirbel ausführte, war der Konrektor, seit drei Monaten sein neuer Schüler.

»Sie sind aber fleißig!«

Bevor ihn der Postdirektor stoppen konnte, war der regenbogenfarbene Mann schon auf die Bühne geklettert und mit seinen glänzenden Schuhen lautstark zu den beiden Schlagzeugern hinübermarschiert. Der Konrektor blickte für einen kurzen Moment zu ihm auf, worauf der Pingpong-Ball sofort von der kleinen Trommel auf den Boden fiel und quer über die Bühne kullerte. Ohne eine Miene zu verziehen, warf Großvater einen neuen Ball auf das Fell und sagte knapp:

»Weitermachen!«

»Aha, ich verstehe!«, meinte der Händler, den Lederkoffer noch in der Hand, und nickte heftig. Die Orchestermitglieder taten so, als blätterten sie in den Noten, aber keiner konnte die Augen von den Ereignissen lassen, die sich gerade auf der Bühne abspielten. »Es heißt schließlich, die Percussion bilde das Fundament der Blasmusik! Um ein solches Orchester tragen zu können, muss man bestimmt üben, bis das Blut aus den Poren läuft. Ah, unglaublich, der Ball schwebt ja! Und er steigt immer höher und höher, zwanzig Zentimeter, fünfundzwanzig Zentimeter, ja, durchhalten, durchhalten!!«

Bums!, fiel der Pingpong-Ball hinunter. Großvater holte noch einen aus der Tasche.

»Weitermachen!«, sagte er und ließ die weiße Kugel springen. »Keine Pause!«

Der Händler schien einen Moment ausgebremst, öffnete aber direkt neben dem leisen Trommelwirbel sogleich wieder den Mund: »Ja, mein kleiner Bruder, der spielte auch mal in der Blaskapelle der Schule die große Trommel und der meinte, man dürfe auf keinen Fall das Gefühl haben, auf das Fell drauf zu schlagen. Man müsse im Gegenteil den Rückstoß der Trommel nutzen und mit den Stöcken eine Kreisbewegung vollziehen. Kraft werde nur aufgewendet, um die hochspringenden Stöcke zu stoppen. Und wenn ich noch einmal sagen sollte, dass Trommeln einfach sei, dann würde er mich in eine Pauke stopfen und den Kiesweg hinunterrollen – ha ha, er hat ein ziemlich loses Mundwerk. Aber er ist wirklich ein toller kleiner Bruder. Letztes Jahr hat er unseren Eltern von seinem ersten Gehalt ein Geschenk gekauft. Was meinen Sie, was es war? Ein Wäschetrockner! Die Wohnung hat kaum Sonne und außerdem dringt auch noch Wasser durch die Decke. Mutter hat sich sehr gefreut – klar, das war ja auch ein Grund zur Freude. Sie hat meinen Bruder in die Arme genommen und ihn aufs ganze Gesicht geküsst. Ha ha ha, sie hätte ihn beinahe aufgefressen, so energisch war sie.«

Mit einem trockenen »Bums!« fiel der Pingpong-Ball, der fast einen Meter hoch gestiegen war, zu Boden. Der Konrektor versuchte, sich mit dem Hemdsärmel den Schweiß von der triefenden Stirn zu wischen. Aber er konnte den Arm nicht über die Brust heben. In beiden Handgelenken, die die Stöcke gehalten hatten, steckte ein heftiger Krampf.

Großvater schaute den Konrektor an und schob leicht das Kinn nach vorne.

»Und jetzt das Xylophon!«

Dann sagte er zu dem Händler: »Könntest du jetzt bitte still sein!«, während er ihm weiterhin den Rücken zudrehte. »Man kann sonst den Ton nicht richtig hören. Wenn du keine Lust hast, die Musik zu genießen, dann verschwinde bitte sofort aus dem Lagerhaus!«

»Ah, endlich haben Sie etwas zu mir gesagt!«

Der Händler holte tief Luft. Er versicherte dem schlotternden Konrektor noch schnell, wie toll das gerade gewesen sei, und fuhr fort: »Es ist keinesfalls so, dass ich die Musik nicht genießen möchte, im Gegenteil, ich bin ganz bewegt. Es würde mich sehr freuen, wenn Sie irgendwann auch einmal meinen kleinen Bruder unterrichten könnten!«

»Ich habe nicht die leiseste Ahnung, was mit deinem Bruder los ist«, soll Großvater mit versteinertem Gesichtsausdruck gesagt haben, während er die heruntergefallenen Pingpong-Bälle vom Boden aufsammelte.

»Aber ich glaube, dich verstehe ich allmählich ein bisschen. Du verbreitest einen ganz üblen Geruch. Einen Gestank, dass einem speiübel davon wird. Drum – könntest du dich bitte unverzüglich aus meiner Umgebung entfernen! Los, verschwinde so schnell wie möglich aus meinem Lagerhaus!«

Der Postdirektor hielt den Atem an. Und mit ihm das ganze Orchester. Der regenbogenfarbene Anzug verströmte tatsächlich einen eigentümlichen Geruch – wie von einer Mischung aus Feigensaft und Seifenwasser –, aber alle wussten, dass dies ein Parfüm war und keiner fand den Duft ekelhaft, sondern durchaus schick und wohlriechend. Zudem hatten sie aus Großvaters Mund außerhalb des Unterrichts noch nie so heftige Worte gehört, schon gar nicht gegenüber einer Person, die nicht zum Orchester gehörte. Der Händler biss sich indessen auf die Lippen und blieb mit einem Gesichtsausdruck, als hätte er gerade ein rohes Ei auf den Boden fallen lassen, regungslos stehen.

Großvater ließ den Konrektor mit den Schlägeln in der Hand vor dem Xylophon stehen und marschierte, mit dem Stock auf den Boden klopfend, ans andere Ende der Bühne.

»Also, lass hören!«

Der Konrektor spielte auf dem Xylophon einmal die Note D. Dann gleich noch einmal und noch ein drittes Mal.

»Völlig zusammenhangslos!«

Großvater schimpfte. »Du sollst nicht draufschlagen! Berühren musst du es, verstehst du?! Man spielt, indem man es berührt! Du musst dir klar darüber sein, dass deine altersschwachen Finger eigentlich nebensächlich sind. Du bist es gar nicht wert, mit den schmuddeligen Schlägeln das Xylophon zu berühren, aber du kannst es halt nicht lassen. Mit diesem Gefühl, als würdest du eine günstige Gelegenheit nutzen, musst du spielen!«

»Meine Güte! Ich stinke? Das sind aber harte Worte!«

Mit lauter Stimme redete der Händler in den Klang der D-Noten, die auf dem Xylophon gespielt wurden, hinein, während er mit eiligen Schritten zu Großvater hinüberging. Er hatte wieder sein Lächeln aufgesetzt und hielt unerschütterlich seinen Lederkoffer in der Hand. Auf der anderen Seite der Bühne schwang der Konrektor mit bleichem Gesicht weiter die Schlägel.

Bing, bing, bing

Der Händler blieb stehen und meinte strahlend:

»Ich hätte es Ihnen sagen sollen. Es ist nämlich so, dass Sie mir auch schon ein klein wenig bekannt sind. Sie sind doch der werte Vater von diesem genialen Mathematiker, der tagtäglich mit diesen großartigen Experimenten beschäftigt ist.«

Großvater schaute ihm das erste Mal ins Gesicht.

Bing, bing, bing

»Ich assistiere ihm nämlich, so gut ich kann, und nach den eigenen Worten des Professors wird er kommendes Jahr ganz bestimmt den internationalen Mathematikpreis gewinnen. Ja, und ich bin auch dieser Meinung. Schließlich sind diese Experimente doch wirklich hochinteressant.«

Bing, bing, bing

»Und zugleich sind Sie der Leiter dieses fabelhaften Orchesters. Der Apfel fällt halt nicht weit vom Stamm. Mathematik und Musik. In der Antike und im Mittelalter beispielsweise, da gehörten beide Gebiete zum gleichen Lehrfach. Genau, Ihrem werten Sohn liefere ich jetzt ja schon eine ganze Weile Experimentiergerät, aber für Sie bringe ich kommende Woche auch etwas mit. Ja, da werden Sie sich bestimmt drüber freuen!«

Bing, bing, bing

Der Händler stellte sich direkt neben Großvater, holte tief Luft, als würde er den Klang des Xylophons genießen und flüsterte ihm etwas ins Ohr. Alle im Orchester sahen, wie Großvater die Augen weit aufriss. Der Händler kicherte und fügte etwas mit leiser Stimme hinzu. Dabei zwinkerte er scherzhaft mit einem Auge.

Großvater holte mit dem silbernen Stock in der rechten Hand bis auf Schulterhöhe aus, zielte auf das Hinterteil des Händlers und schlug zu. Es gab ein unsägliches Geräusch.

Der Klempner erinnerte sich später:

»Ich habe immer gedacht, dass ein Mensch nach vorn fliegt, wenn man ihm mit voller Wucht auf den Hintern schlägt, aber das ist gar nicht wahr. Der Mann ist mit unglaublicher Energie in die Luft gesprungen, so hoch, wie man es von einem Menschen niemals erwarten würde. Als hätte er einen versteckten Federmechanismus unter seinen Schuhen gehabt. Und dann – also, ein Mann, dem gerade der Hintern versohlt worden ist, der hat eine ganz mechanische Stimme. Ja, das hat mich wirklich erstaunt.«

»Aua!!«

Als er landete, schrie der Händler, als ob er den Schmerz einfach nicht aushalten könnte.

»Aua, aua!!«

Als der silberne Stock das Hinterteil des auf allen Vieren kriechenden, am ganzen Körper zitternden Händlers abermals ins Visier nahm, um ihn weiter durchzuprügeln, stoppten die eilig auf die Bühne gestürzten Orchestermitglieder Großvater. Der Konrektor stand ganz verdattert vor dem Xylophon. Als er den durchbohrenden Blick von Großvater sah, erschrak er und nahm sofort die Schlägel wieder richtig in die Hand.

Bing, bing, bing

Während wieder und wieder das D des Xylophons erklang, legte sich der Händler im regenbogenfarbenen Anzug bäuchlings auf einen Stapel Instrumentenkisten, die auf einem Handkarren lagen, und ließ sich aus Lagerhaus Nr. 2 abtransportieren.

Drei Tage später war ein Feiertag und der Postdirektor besuchte den Händler im Krankenhaus. Vor dem großen Zimmer herrschte ein heilloses Durcheinander von alten bis blutjungen Frauen. Als der Direktor sich anschickte, das Krankenzimmer zu betreten, wurde er von einer älteren Dame mit Blumenschmuck auf dem Kopf zurückgepfiffen. »Hinten anstellen!«, keifte sie und ließ ihre Silberzähne blitzen. Er setzte sich am Ende der Wartebank schüchtern neben eine Mittelschülerin mit pockenvernarbtem Gesicht, die in einem Wörterbuch blätterte.

Als dem Postdirektor nach zwei Stunden endlich Einlass gewährt wurde, blieb er – kaum hatte er das Zimmer betreten – erstaunt stehen. Auf allen sechzehn Krankenbetten saßen junge Menschen mit eingegipsten Beinen und ältere Herrschaften mit Verbänden am Kopf, die sich genüsslich Früchte in den Mund stopften.

»Ach, der Herr Dirigent – richtig, Sie sind doch der Postdirektor.«

Aus dem hintersten Bett winkte der Händler bäuchlings mit der Hand. Der Boden war übersät mit Rohrkörben und rosaroten Schleifen. Ach so, all diese Früchte hatten die vielen Frauen zum Krankenbesuch mitgebracht, kombinierte der Postdirektor. Er musste einmal mehr über die große Beliebtheit staunen, die dieser dahergelaufene Händler genoss.

Der Händler trug einen gelbschwarz gestreiften Pyjama. Wie eine Biene, dachte der Direktor.

»Wie geht's Ihrem Hintern?«

Der Händler lächelte gequält:

»Das Steißbein hat wohl einen Riss abbekommen. Aber kein Grund zur Sorge. Mit einem Korsett kann ich voraussichtlich ab morgen schon wieder meinen Geschäften nachgehen.«

»Ich bin völlig sprachlos!«

Der Direktor setzte sich auf einen Stuhl. »Der Alte ist normalerweise ein ganz ruhiger Mensch. Nur wenn es um Musik geht, versteht er keinen Spaß. Aber trotzdem – in den fast zwanzig Jahren, in denen ich ihn nun kenne, habe ich noch nie erlebt, dass er jemanden geschlagen hat. Es ist mir absolut unerklärlich, wie das passieren konnte.«

»Es war mein Fehler!« Der Händler schüttelte den Kopf. »Ich bitte Sie, verzeihen Sie mir! Sie hatten mich doch noch gewarnt. Aber ich musste natürlich lautstark weiterplappern. Das war dem alten Herrn und auch Ihnen gegenüber sehr unhöflich.«

Er senkte mit betrübtem Gesicht den Kopf.

Da betraten zwei Krankenschwestern den Raum. Sie kicherten verlegen, während sie das Fieberthermometer wechselten, und flüsterten dem Händler freudig zu, dass sie den elektrischen Rasierer aus dem Katalog von vorhin jetzt doch nehmen würden. Er krümmte seinen geschundenen Körper, schaute zu den beiden hoch und ließ einen Wortschwall hervorsprudeln – über Ersatzklingen für den Rasierer und Hautpflege nach der Rasur; über Badetechniken zur Linderung von Schmerzen in geschwollenen Beinen; und wieder über den Rentenanlageplan, den er den Eltern der beiden unbedingt empfehlen wollte.

»Wissen Sie, was ein Patient, der vor Schmerz an seinem Hinterteil nicht aufstehen kann, und Geld gemeinsam haben?«, fragte er die beiden, immer noch bäuchlings. »Beide können ohne fremde Hilfe nicht gehen. Wenn man sie zu lange im Haus lässt, weiß irgendwann niemand mehr, wo sie eigentlich abgeblieben sind, und sie werden vergessen. Bitte richten Sie Ihren

Eltern aus, dass ich zu einem Besuch vorbeikommen werde, sobald mein Hinterteil wieder gesund ist. Dann nehme ich das bedauernswerte Geld, das bis jetzt bei Ihnen zu Hause eingeschlossen war, mal zu einem Spaziergang mit. Ich kenne nämlich einen wirklich guten Ort für Kapitalanlagen.«

Nachdem die Krankenschwestern den Raum verlassen hatten, lächelte der Händler, als würde er ihren Nachhall genießen. Der Postdirektor hüstelte und fing an, von dem Katalog mit den Briefmarken zu reden, den er ihm neulich gezeigt hatte. Die Marken, die er bei der Arbeit immer zu sehen bekomme, langweilten ihn mittlerweile, aber in dem Katalog gebe es vielleicht das ein oder andere originelle Exemplar.

Der Händler streckte seine Hand unter das Bett. Man hörte das harte Klacken der Verschlüsse seines Lederkoffers. Zum Vorschein kam ein Katalog für Mitglieder eines Briefmarkensammelklubs, von dem es hieß, dass selbst passionierte Sammler Schwierigkeiten hätten, darin aufgenommen zu werden. Der Postdirektor fasste den Umschlag mit den Fingerspitzen am Rand und schlug, während er tief durch die Nase einatmete, langsam die erste Seite auf. In diesem Moment hätte er am liebsten das Hinterteil des Ganoven geküsst, wie er später widerwillig zugab. Der Postdirektor hatte sich schon von Kindesbeinen an für Briefmarken begeistert und war dank dieser Leidenschaft schließlich zu seinem Beruf gekommen. Er hatte in den fünfzig Dienstjahren nicht einmal gefehlt. Entdeckte er bei der Arbeit einen Brief mit einer seltenen Marke, schwang er sich sofort auf sein Fahrrad und stellte ihn höchstpersönlich zu, um diese Marke in seinen Besitz zu bringen.

»Und, können Sie etwas entdecken?«, fragte der Händler. »Ich habe wenig Ahnung von Briefmarken und würde gerne Ihre Meinung hören, ob originelle Exemplare darunter sind.«

»Ob die originell sind wollen sie wissen??«

Der Postdirektor konnte seine Aufregung nicht mehr unterdrücken. Er hielt die aufgeschlagene Seite hoch:

»Schauen Sie sich das an! Das ist die Sondermarke zum vierten Jahrestag des Eisenbahnbaus. Ich habe sie nur einmal auf einer schwarzweißen Abbildung gesehen, als ich noch ein kleiner Knirps war. Aber hier, das ist unglaublich – hier ist die Perforierung abgerissen!«

»Die Perforierung?«

»Das sind die kleinen Zacken rund um die Marke.«

Der Postdirektor seufzte entzückt. »Wenn sie hier beschädigt sind, werden sie sofort weggeworfen. Ich wette mit Ihnen, dass es von dieser Marke auf der ganzen Welt kein zweites Exemplar gibt, das in diesem Zustand erhalten geblieben ist.«

Der Händler streckte den Hals aus seinem Bienenpyjama und betrachtete die Abbildung im Katalog.

Er nickte staunend:

»Tatsächlich, die Perforation sieht abgerissen aus. Hm, ihr Briefmarkensammler seid beneidenswert. Ihr könnt dank solch kleiner Zacken am Rand einer Marke schon Freude empfinden.«

»Meistens empfinden wir nicht Freude, sondern den Schmerz darüber, dass wir das seltene Stück nie besitzen werden«, entgegnete der Direktor. »Aber das hier – da bin ich durch das bloße Betrachten schon so tief bewegt, als hätte ich gerade eine Fanfare zu Ende dirigiert.«

Ehrfürchtig schloss er den Katalog und streckte ihn seinem auf dem Bett liegenden Gegenüber hin.

»Den schenk ich Ihnen!«, sagte dieser.

»Aber?!«, entgegnete der Postdirektor, »das ist wohl ein Scherz.«

»Ich hatte doch schon erwähnt, dass es mir ein ausgesprochenes Vergnügen bereitet, jemanden zu sehen, der sich für eine Sache begeistert. Wenn Sie mit diesem Heft ein Stück weit in eine andere Welt eintauchen können, ist mir das eine große Freude. Außerdem habe ich gute Beziehungen und erhalte jeden Monat die neueste Ausgabe dieses Katalogs. Aber primitiv, wie ich bin, könnte ich niemals wegen ein paar abgerissener Zacken feuchte Augen bekommen. Ich bringe Ihnen den Katalog jeden Monat mit.«

Der Postdirektor schaute in die Pupillen, die auf ihn gerichtet waren. Beim Blick in die klaren, hellbraunen Augen wurde ihm ganz warm ums Herz und er legte seine Hand auf den bleichen, auf dem Kissen liegenden Handrücken des Händlers (im Waschtisch, den der Händler im Gasthaus benutzt hatte, fand man später zehn braune Kontaktlinsen).

Bevor er das Krankenzimmer verließ, fragte der Postdirektor noch, was er dem Alten denn eigentlich ins Ohr geflüstert habe. Welche Worte hatten diesen sanftmütigen Mann nur so in Rage gebracht?

Sein Gegenüber soll darauf ein so leidendes Gesicht gemacht haben, wie er es noch nie im Leben gesehen hatte.

»Ein – Reflektormikrofon«, sagte er gequält, als ob er die Antwort herauspressen müsste. »Ich könnte nämlich zu einem guten Preis ein robustes, altes ausländisches Fabrikat besorgen. Ich habe ihm gesagt, dass ich ihm gerne ein Reflektormikrofon mitbringen möchte.«

»Nur deswegen …?«, fragte der Direktor ganz verblüfft. »Deswegen hat er Ihnen das Steißbein gebrochen?«

Der Händler seufzte tief und schüttelte den Kopf.

»Ein Reflektormikrofon. Es ist vermutlich das, was sich der alte Herr von ganzem Herzen wünscht … Eigenartig. Einerseits habe ich das Gefühl, genau das ist es, aber ich könnte auch völlig falsch liegen. Dieser Mann – ja, er ist wirklich ein sehr sonderbarer Mensch …«

Der Direktor schwieg und verließ mit dem Briefmarkenkatalog in der Hand das Krankenzimmer. Die ältere Dame von vorhin saß immer noch auf der Bank. »Richten Sie das dem hochnäsigen Alten aus!«, keifte sie dem Postdirektor hinterher. »Was ist das nur für ein Mensch, der so einem eifrigen, jungen Händler den Hintern versohlt. Wenn er das nächste Mal zu uns in den Laden kommt, werde ich ihm den Schädel blank rasieren und unseren Enkel Graffiti draufmalen lassen!«

Vielleicht hatte er sie wegen des extravaganten Haarschmucks und der grellen Schminke bis dahin nicht erkannt, jedenfalls bemerkte der Postdirektor erst jetzt, dass es sich bei der Dame um die Besitzerin des Friseursalons handelte.

»Und trotzdem – ein Reflektormikrofon …!«

Er schüttelte den Kopf, während er durch den Gang des Krankenhauses schritt und mit beiden Händen verstohlen den Katalog an seine Brust drückte.

Auch die einzelnen Orchestermitglieder mussten sich zu Hause heftige Vorwürfe von Ehefrauen und Töchtern anhören. Sie galten als liederliches Pack, das sich nicht um die Familie kümmert, außer sie saßen auf einer Bühne. »Ich bin nicht damit einverstanden, dass du jeden Abend dorthin gehst, wo dieser anständige Mensch so verletzt worden ist«, sagten die Frauen klipp und klar. »Wenn du schon unbedingt ein Instrument spielen musst, dann achte wenigstens darauf, dass dieser Mann ungehindert seinen Geschäften nachgehen kann, egal ob im Lagerhaus oder woanders.«

Wenn man durch die Straßen ging, hupte es plötzlich hinter einem. Aus dem Fenster auf der Fahrerseite winkte der frisch aus dem Krankenhaus entlassene Händler und strahlte dabei übers ganze Gesicht.

»Hallo, ich wollte Ihnen gerade das Gesichtswasser vorbeibringen.«

»Wie geht es mit den neuen Schuhen, die Sie neulich bei mir erstanden haben?«

»Fahren Sie doch mit hinunter zum Hafendamm. Ich muss nämlich gerade eingetroffene Ware abholen.«

Der Händler, der jetzt wieder im regenbogenfarbenen Anzug steckte, schien alle Daten der einzelnen Orchestermitglieder – von Name und Beruf bis hin zur Familienstruktur – im Kopf zu haben. Er interessierte sich für jedes Thema, überhörte keine noch so nebensächliche Bemerkung und warf sich stets mit den Worten: »Verstehe, ja, da lässt sich bestimmt etwas machen« in die Brust.

Nach etwa drei Tagen wurde dann ein Päckchen zu dem Betreffenden nach Hause geliefert, entweder für ein Familienmitglied oder für ihn persönlich. Darin befanden sich Dinge wie ein Schal für die etwas in die Jahre gekommene Mutter; ein Elektroschraubenzieher mit Hochgeschwindigkeitsmotor; aus dem Süden importierte Bananen, deren Geschmack der jüngere Bruder so vermisste. Der Betrag auf der Rechnung war immer zwanzig Prozent niedriger als der normale Festpreis.

Als ob er den Zeitpunkt abgepasst hätte, tauchte der Händler genau an dem Abend wieder im Lagerhaus Nr. 2 auf, an dem sich das Feuerwerkkomitee zur ersten Beratung traf (selbstverständlich hatte er ihn abgepasst). Als sie den schwarzen Schatten bemerkten, der während der Probepause durch das Tor des Lagerhauses hereinglitt, verstummten alle Anwesenden und schielten zur Bühne hinüber. Großvater stand mit dem Rücken zu ihnen und stellte die Spannung der Kesselpauken ein.

Der Händler schob einen Handkarren vor sich her und näherte sich der Bühne. Die Orchestermitglieder hielten inne und beobachteten das Geschehen. Nur die Schuhe und die Rollen des Handkarrens auf dem feuchten Boden hallten durch das Lagerhaus.

Nach einer kleinen Weile blieb der Händler stehen und sagte:

»Ich möchte für mein Verhalten neulich um Verzeihung bitten!«

Großvater antwortete nicht.

»Als bescheidene Geste der Entschuldigung habe ich Ihnen etwas mitgebracht. Verehrte Orchestermitglieder, bitte seien Sie so freundlich und treten Sie näher! Es ist selbstverständlich ein Gegenstand, der etwas mit Musik zu tun hat. Es würde mir doch niemals in den Sinn kommen, etwas anderes in dieses Lagerhaus mitzubringen.«

Trotz dieser Worte konnte niemand von den Bläsern erraten, was in diesem großen Lederkoffer auf dem Karren sein mochte. Sowohl das Leder auf der Vorderseite als auch die silbernen Schlösser glänzten frisch poliert.

Plötzlich begann der Amtskassenführer und Manager des Orchesters, der hinten in ein Gespräch mit Mitgliedern des Feuerwerkkomitees vertieft gewesen war, wie verrückt zu schreien.

»Was ist denn los?«, fragte der Klempner an der Posaune.

Der Kassenführer rannte zu der Kiste hin und begutachtete sie von allen Seiten.

»Das ist die Kiste mit Percussioninstrumenten, die letztes Jahr vor dem Wettbewerb verschwunden ist! Unglaublich, alles ist noch da, bis auf das letzte Instrument. Sag mal, wo und wie hast du die denn gefunden, hä?«

»Wenn man lange im Handel tätig ist, hat man halt so seine Beziehungen«, antwortete der regenbogenfarbene Händler affektiert. »Wissen Sie eigentlich, wie gestohlene Instrumente in der Regel enden? Als Becher! Sie werden zu Messingbechern für den Campingbereich verarbeitet. Wenn die Hehler Musikinstrumente in die Finger bekommen, rufen sie sofort eine Becherfabrik an. Dort werden sie in die Länge geklopft, weiter und immer weiter, bis sie als Messingplatte auf dem Fließband landen, wo sie mit einem Henkel versehen zu einem Becher geformt werden. Messingbecher, auf denen noch die Fabrikationsnummer eines Instrumentes zu sehen ist, sind so begehrt, dass es sogar darauf spezialisierte Sammler gibt. Aber wie Sie natürlich alle wissen, geht das nur mit Blechblasinstrumenten. Der Plan des Hehlers, der diese Kiste mit Percussion erstanden hat, ist deshalb gründlich gescheitert. Als er sie öffnete, befanden sich darin nur Schlaginstrumente, Kastagnetten und hölzerne Gongs. Es war für mich deshalb verhältnismäßig einfach, der Kiste habhaft zu werden, nachdem ich davon gehört hatte.«

Das Orchester versammelte sich rund um die Kiste. Einige ältere Mitglieder sprachen leise über ihre Erinnerungen an den Hausmeister. Jemand pfiff die Melodie von »Fanfare für raufende Kinder«. Das Blechbläserteam – allen voran der Klempner – konnte seine Empörung über die Geschichte, die es grade gehört hatte, nicht verbergen. Und die Holzbläser erkundigten sich beim Händler nach dem Schicksal von Oboen und Klarinetten.

Boing!, ertönte die Note G einer Kesselpauke. Alle verstummten.

»Also!«, sagte Großvater hinter den Pauken ganz oben auf der Bühne. »Wie du weißt, gibt es hier ein paar Regeln. Gequatscht wird erst, wenn die Proben vorbei sind. Außerdem kommst du nicht auf die Bühne! Auf gar keinen Fall! Dein Gestank verpestet sonst den Wind der Bläser.«

Der junge Musiklehrer an der Klarinette schniefte etwas verärgert. Er hatte über den Händler günstig eine Panoramakamera und einen Diaprojektor erstanden. Seine Frau soll außerdem drei Paar Stöckelschuhe in verschiedenen Farben gekauft haben. Ausnahmslos alle Frauen der Orchestermitglieder besuchten zurzeit einen Kurs für das Gehen auf hohen Absätzen.

Großvater drehte schweigend an den Schrauben seiner Pauken und spielte noch einmal den Ton G. Dann hob er den Kopf und sagte mit resigniertem Gesichtsausdruck:

»Wie sieht es denn aus, wollen wir nicht langsam mal mit der Musik beginnen?«

Das Orchester stieg mit den Instrumenten in der Hand auf die Bühne. Sie hatten alle das rote Tüchlein in der Tasche. Der Postdirektor ging vorsichtig zu Großvater hinauf.

»Aber, ein Glück, dass sie wieder da ist, oder?«, sagte er leise. »Du musst dich doch zumindest darüber freuen, dass die Kiste wieder aufgetaucht ist.«

Ein paar neue Orchestermitglieder schoben die große Kiste samt Karren zur Seite.

»Keine Spur. Es gefällt mir nicht, nein, es gefällt mir überhaupt nicht!« Großvater murrte, als versuchte er etwas Schmieriges auszuspucken, das ihm zwischen den Zähnen hing. »Aber es ist zu spät. Dieser Mann klebt schon wie Pech in allen Winkeln und Ecken dieser Stadt. Wir können nichts machen, außer Musik. Solange die Musik spielt, kann uns sein übelriechender Atem zumindest hier nicht erreichen.«

»Aber, er stinkt doch gar nicht!«, entgegnete der Postdirektor. »So schlimm ist sein Parfüm auch wieder nicht!«

Es wurde eine lange, lange Probe an diesem Abend. Das Orchester war längst erschöpft, aber unter der Zugkraft von Großvaters Pauken spielte es ohne Pause ein schnelles Stück nach dem anderen, als würde im Lagerhaus Nr. 2 zum Tanz aufgespielt. Der Händler saß mit einem Lächeln im Gesicht ruhig da und wartete. Als das Konzert kurz vor Mitternacht schließlich zu Ende war, spendete er einen übertriebenen Applaus, ging herum und legte in die Instrumentenkoffer aller Mitglieder einen Katalog. »Ja, für heute ist es schon zu spät, aber morgen komme ich vorbei und erläutere Ihnen alles. Das Konzert jedenfalls war ganz toll!«

»Einen Moment noch!« rief ihm der Kassenführer nach. Der Händler setzte ein Lächeln auf und drehte sich um.

»Kennen Sie sich in der Musikbranche aus?«, fragte Ersterer. »Sämtliche Aufnahmen des Orchesters schlummern schon seit geraumer Zeit im Lager des Amtsgebäudes. Ich dachte mir, wenn man die irgendwo verkaufen könnte, würde dies die Verwaltung des Orchesters deutlich erleichtern.«

»Musik? Verstehe … Ja, ich hatte schon mal damit zu tun.« Der Händler tippte sich an die Stirn. »Aber nicht lange.«

Gemäß meinem Sammelalbum wurde der Händler schon eine Woche später nicht nur zum Produzenten des Orchesters, sondern gleich zum obersten Berater für die gesamte Feuerwerksveranstaltung – einschließlich des Konzertes auf der schwimmenden Bühne. Der wichtigtuerische Journalist schrieb diesmal:

»Dem stolzen Blasorchester unserer Stadt fehlte es bis jetzt an Geschäftssinn. Oben erwähnter Händler erzählte uns in einem Interview, er sei offen gestanden sprachlos gewesen, als ihm die finanzielle Situation des Orchesters vorgelegt worden sei. Nachdem der Klangkörper jahrelang rote Zahlen zu verzeichnen hatte, wird in der Verwaltung jetzt endlich energisch durchgegriffen. Für die nahe Zukunft sind Gespräche mit Vertretern einer großen Plattenfirma geplant. Und im Lagerhaus Nr. 2 werden bald gründliche Renovierungsarbeiten durchgeführt. Aber vorher, liebe Leser, kommt das Feuerwerk. Nicht nur die Zukunft des Orchesters, auch die der städtischen Finanzen hängt maßgeblich vom Erfolg des diesjährigen Neujahrsfeuerwerks ab.«

Die Feuerwerksveranstaltung wurde selbstverständlich ein großer Erfolg. Am Silvesterabend war der Hafendamm überfüllt mit Zuschauern aus der ganzen Umgebung. Imbissbuden mit Popcorn, Sandwiches und Bier standen wie Zaunpfähle nebeneinander. Gemäß Plan sollte das gleißende Neonlicht kurz vor Beginn des Feuerwerks ausgehen. Das Meer war ruhig.

Auf mehreren vertäuten Leichtern war eine improvisierte Bühne aus Sperrholzplatten aufgebaut. Dem Postdirektor verschlug es fast den Atem, als er vor dem Auftritt Großvater erblickte. An der Spitze seiner wohlgeformten Nase hing eine Wäscheklammer.

»Was soll das, machst du Witze?«

»Mir ist nicht nach Witzen!«, antwortete Großvater näselnd. »Es stinkt. Unerträglich. Wieso geben wir hier überhaupt ein Konzert? Lass uns schnell zu Ende spielen, dann kann ich zu Hause noch den Chor im Radio hören!«

Der Händler saß wie immer im regenbogenfarbenen Anzug mit verschränkten Armen auf dem Stuhl der Festleitung und beobachtete aufmerksam die prunkvollen Lichter am Hafen. Es war das erste Mal, dass die Stadt in solch einer Farbenpracht erstrahlte. Die Spiegelungen der Lichter im

Meer verstärkten noch die Herrlichkeit des Anblicks. Die Besucher schauten verträumt auf das bunte Meer, während sie auf ihren Würsten und gegrillten Hähnchen herumkauten. Sie spülten die Süßigkeiten, die ihnen wieder hochkamen, mit kaltem Bier hinunter. Sie drängten sich Schulter an Schulter, verschmolzen zu einem einzigen schwarzen Haufen und warteten aufgeregt auf das Feuerwerk, das in Kürze beginnen sollte.

»Da ist das Zeichen!«, sagte der Postdirektor und drehte sich zum Orchester. »Los geht's!«

Sein Taktstock zuckte in die Höhe und über der erregten Menge hob der Klang eines Klarinettenensembles an. Von den drei ausländischen Dampfschiffen waren anfeuernde Pfiffe zu hören. Einem Vorschlag des Händlers folgend, konnte man an Deck der Dampfschiffe spezielle Luxus-Zuschauerplätze erwerben und nach Belieben auch die ganze Silvesternacht auf dem Schiff verbringen. Unter Deck gab es eine Tanzparty mit Live-Orchester. Es sollen dafür sogar vierzig halbnackte Tänzerinnen engagiert worden sein. Nicht nur Großvater weigerte sich strikt, bei dieser Veranstaltung zu spielen.

Hinter den Buden brummten fleißig die Stromgeneratoren. Eine ziemlich dicke, junge Verkäuferin schrie: »Es geht noch nicht los; Sie haben noch Zeit bis zum Feuerwerk; wie wäre es mit einer Portion Popcorn; schauen Sie, es ist ganz frisch; frisches, funkelnagelneues, warmes Popcorn!«

Auf den schaukelnden Brettern schwang der Postdirektor beharrlich seinen Taktstock. In der letzten Reihe hielt Großvater mit der Wäscheklammer an der Nase die Schlägel bereit. Das Dirigentenpult stand den Kesselpauken direkt gegenüber. Während er feierlich den Taktstock führte, fiel sein Blick immer wieder auf die große Wäscheklammer, die da an der Nase hing.

»Das hat mich fertig gemacht!«, erzählte der Postdirektor später.

Als das Konzert vorüber war, erloschen die Neonlichter und von den im Hafen liegenden Leichtern aus wurde das Feuerwerk in die Luft geschossen. Zuerst nur flach, dann allmählich immer höher. Der Nachthimmel wechselte Schlag auf Schlag, von rot über lila bis schneeweiß die Farben.

Es waren fünf Feuerwerksschiffe und mit den Helfern insgesamt zehn Feuerwerksmeister im Einsatz. Das Fest war größer und prächtiger als je zuvor, genau wie es sich der amtliche Ausschuss vorgestellt hatte – nein, es übertraf ihre Vorstellungen noch bei Weitem. Der regenbogenfarbene Händler hatte alles organisiert, von der Verteilung der Budenplätze bis zum Programmablauf. Es sah nicht wie ein provinzielles Feuerwerk aus, sondern eher wie die Eröffnung eines riesigen Zirkus vor einer Kulisse mit aufgemaltem Hafen und Himmel.

Gelbe Farbe, die sich wie eine Sonnenblume über den halben Himmel öffnet.

Ein ohrenbetäubender Knall, gefolgt von hellem Lichtregen, der vom Himmel fällt.

Die Menge schaute mit offenem Mund gebannt zu. Überwältigt und ganz benommen, wie die letzten überlebenden Tiere, die dem Weltuntergang zuschauen. Der Anblick entsprach genau der neuen Welt, von welcher der Händler zu reden pflegte. Die versammelten Menschen waren so gesehen wie Touristen auf einer Vergnügungsreise durch diese neue Welt.

Mit einem besonders lauten Knall breitete sich ein rotes Lichtermeer über den Himmel aus. Nicht nur die Leichter und Dampfschiffe, sondern das ganze Hafengelände bis hin zu den Wellenbrechern und dem Leuchtturm erzitterten. Eine alte Frau im Publikum bekam weiche Knie und sackte kraftlos auf den Boden.

Während ununterbrochen die Raketen in den Himmel sausten, blies Vater, auf dem Gelände der etwas vom Hafen abgelegenen Schule eingepackt in einen dicken Mantel, weißen Atem in einen pyramidenförmigen Käfig mit Mäusen. Dann öffnete er ihn und beobachtete selbstzufrieden, wie eine Primzahl an Tierchen einen Klumpen bildete und über den stockfinsteren Hof davonrannte.

Das Ende des Mäusemannes

Der Postdirektor löste seine Briefmarkensammlung auf und verkaufte sie stückweise. Verglichen mit denen, die er in jenem Katalog für Mitglieder gesehen hatte, kamen ihm seine bisher gesammelten Marken armselig vor. Mit der Auflösung beauftragte er – als wäre das ganz selbstverständlich – den Händler im regenbogenfarbenen Anzug. Dieser ließ keine Gelegenheit aus, die Stücke an den Mann zu bringen und setzte sie geschickt ab. Dem Postdirektor versprach er, dass er von dem Erlös bis zum Frühling eine genügend große Summe zusammensparen werde, um damit die Anzahlung für eine Yacht leisten zu können. Dieser sprach darauf nach einer Orchesterprobe vier Kollegen auf das Thema an. Die fünf kamen überein, dass die Hälfte der Yacht als Entschädigung für die Anzahlung dem Postdirektor gehören sollte und unterzeichneten gemeinsam einen Vertrag. Gemäß Katalog handelte es sich bei dem Schoner um einen Dreimaster. Der Postdirektor benötigte eine Woche, um unter den Marken im Mitglieder-Katalog für das hinterste, dreieckige Segel ein passendes Motiv auszusuchen.

Kurz nach Jahresbeginn stattete jemand aus der Chefetage einer Plattenfirma dem Lagerhaus Nr. 2 einen Besuch ab. Der kräftige Mann mittleren Alters drückte dem Kassenführer und dem Klempner mürrisch die Hand und verschwand kurz nach der Vorführung ohne ein einziges Wort im Fond einer schwarzen Limousine. Wie sich später herausstellte, hatte ihn der Händler angewiesen, auf gar keinen Fall den Mund aufzumachen. Er war einer der Popcorn-Verkäufer beim großen Feuerwerk gewesen. Einen so heftigen Dialekt höre man in dieser Gegend selten, meinte der zuständige Polizeiinspektor, während er mit dem Zeigefinger im Ohr bohrte.

Die jungen Frauen in der Stadt warteten alle sehnsuchtsvoll auf das Eintreffen der diesjährigen Sommermode. Frau trug in jenem Jahr ärmellose Leinenkleidchen, die höchstens bis fünf Zentimeter unter das Knie reichten. Ein Kleid ohne Ärmel – das hatte in unserer Stadt noch nie jemand gesehen. Allein schon die Tatsache, dass sich die Mode zu jeder Jahreszeit änderte, war für alle höchst erstaunlich. Die Frauen krempelten also ihre schweren Baumwollröcke bis fünf Zentimeter unter das Knie hoch und übten für den bevorstehenden Sommer morgens und abends auf dem Markt einen eleganten Gang. Der Trick, mit dem sich Eleganz hervorzaubern ließ, bestand anscheinend darin, die Knie beim Gehen leicht nach innen zu drücken.

Währenddessen flossen die Ersparnisse der Rentner durch die Hand des Händlers in eine Villenkolonie in einem fremden Paradies. Dort blühten scheinbar das ganze Jahr über Blumen. Durch alle vier Jahreszeiten hindurch war die Luft vom Duft der Früchte erfüllt, tagsüber herrschte immer trockenes Wetter und abends eine angenehme Feuchtigkeit. Das klang genau so, wie das Seemannsgarn des Hausmeisters. Offenbar ähneln sich die paradiesischen Orte dieser Welt sehr. Der Händler soll seine Beschreibungen immer mit den gleichen Worten beendet haben:

»Der Wind, der dort weht, ist wie Blasmusik. Wenn Sie die Augen schließen und einfach nur lauschen, dann durchdringt die Musik ihren Körper – so ein Leben ist das dort!«

Heute könnte ich über solch unsinniges Geschwätz wohl nur lachen. Die Natur spielt ganz gewiss keine Blasmusik. Wind ist Wind. Er lässt müde Körper frösteln, wirbelt Staub in die Augen. Er erfasst das Haus, in dem ich aufgewachsen bin, meinen Hund, die Herbstblätter, das Floß – und trägt alles fort, weit weg von mir.

Aber bei den alten Herrschaften funktionierte es. Für sie, die ihr ganzes Leben in einer von der salzigen Seebrise gegerbten Hafenstadt mit ständigen Streitereien verbracht hatten, schien diese von sanfter Musik durchdrungene Villenkolonie der ideale Ort für den Lebensabend.

Ein halbes Jahr lang verfolgte der Händler akribisch seinen Plan. Wie ein geübter Sprengmeister, der überall im Gebäude das Dynamit verteilt. Geschickt angebrachter Sprengstoff lässt ein großes Gebäude in wenigen Augenblicken restlos in sich zusammenstürzen, ohne dass den umliegenden Häusern auch nur der geringste Schaden zugefügt wird.

Die Polizeibeamten waren der Ansicht, dass er es von Anfang an auf die Gelder für die Durchführung der Feuerwerksveranstaltung abgesehen hatte. Die Stadtverwaltung jedoch vertrat die Meinung, der Händler hätte in erster Linie den kommenden Jahresetat, einschließlich aller Ausgaben für das Blasorchester, im Visier gehabt.

Die Rentner, die ihre gesamten Ersparnisse verloren hatten, sahen wiederum sich als die Hauptopfer.

Der Postdirektor mied für einige Zeit die Nähe des Hafendamms. Zu groß war der Schock wegen der Sache mit dem Schoner.

Es schien, als betrachte jeder Bewohner der Stadt die ihm persönlich aufgetischten Lügen als das eigentliche Vorhaben des Händlers. Letzten Endes hatten alle vom Paradies geträumt. Dank seiner geschickten Worte hatten sie sich eine neue, wunderschöne Welt ausgemalt und waren der festen Überzeugung gewesen, er würde sie dahin mitnehmen. Wie später jeder selbst erfahren musste, gibt es das Paradies auf Erden nicht. Es hatte nur in den Erzählungen des Händlers existiert.

Am Abend jenes Samstags, an dem der sintflutartige Regen fiel, stürzte der Mäusemann in die Herberge. Sein durchnässter Mantel stank nach Küchenabfällen. Der Wirt döste im Hinterzimmer. Seine Frau kam nach vorne zum Empfang und klopfte sich dabei auf die Hüfte.

»Wo ist er?«, fragte Vater außer Atem.

Die Wirtin wusste sofort, dass der Händler gemeint war. Es war ihr nicht entgangen, dass die beiden jeden Morgen einträchtig Mäuse zählten, um sie danach im Schulhof springen zu lassen.

»Na, vermutlich in seinem Zimmer!«, entgegnete sie.

»Welche Zimmernummer?«

»Nr. 203. Aber Moment, sie können nicht einfach …«

Die Wirtin lief hektisch hinter Vater her, der die Treppe hinaufrannte.

»Lassen Sie auf keinen Fall jemanden in mein Zimmer!« Das war die einzige Bitte des Händlers an das Gasthaus gewesen. Und sie wusste von ihrem Mann, dass er die Miete immer im Voraus bezahlte.

Vater klopfte bei Nr. 203. Nachdem er mit den Fäusten getrommelt hatte, begann er seinen ausgemergelten Körper gegen die Zimmertür zu werfen. Einige Gäste im ersten Stock streckten erstaunt den Kopf auf den Flur. Seit der ersten Nacht, als er vor sechzehn Jahren mit dem Schiff im Hafen gelandet war, kannte die Wirtin meinen Vater. Sie hatte von ihm einen zwar düsteren, aber durch und durch aufrichtigen Eindruck. Großvater hingegen sei sehr verschlossen gewesen, erzählte sie an jenem Abend den Polizeibeamten. Sie hätte manchmal das Gefühl gehabt, der alte Herr sei nicht ganz richtig im Kopf. Und dann dieser silberne Stecken, der hätte ihr richtig Angst gemacht.

Im Zimmer sah es aus, als hätte jemand die Schubladen eines Schreibtisches ausgeleert. Über den ganzen Boden lagen Kohlepapier und vollgekritzelte Notizblätter verstreut. Bis vor die Tür roch es stark nach Lösungsmitteln. Vater trat einfach in das Zimmer, ging umher und drehte jeden einzelnen Papierfetzen um.

»Hören Sie auf!«, flehte die Wirtin, »das sind private Sachen eines Gastes – gleich rufe ich die Polizei!«

Vater beachtete sie nicht. Er öffnete den Schrank und zerrte die darin aufgetürmten Schachteln heraus. Dabei fielen ihm bündelweise schwarze Schnürsenkel auf den Kopf.

»Sie ist nirgends!«, sagte er schwer atmend, nachdem er das ganze Zimmer auf den Kopf gestellt hatte.

»Aber was denn bloß?«, fragte die Wirtin mit weinerlicher Stimme. Hinter ihr reckten die Hotelgäste ihre Hälse und guckten ins Zimmer.

»Was um Himmels Willen suchen Sie hier eigentlich?«

»Die Abhandlung!« Vater knirschte mit den Zähnen. »Meine wissenschaftliche Abhandlung. Dieser Mann hat sie vor drei Tagen mitgenommen um sie – wie er sagte – zu kopieren.«

Ein Zollbeamter meldete sich auf dem Flur zu Wort.

»Ich glaube, er ist in die Nachbarstadt gefahren, um etwas einzukaufen. Beruhigen Sie sich, bei dem Regen können Sie doch bis morgen warten!«

»Bis morgen?!«

Unter Vaters zornentbranntem Blick wichen alle zurück, bis sie regungslos an der Wand des Flurs klebten.

Er raufte sich die Haare.

»Der Abgabetermin läuft heute ab, ihr Dummköpfe! Es muss der Poststempel von heute drauf, sonst bin ich für den Wettbewerb zu spät!«

Die Wirtin und die Gäste schauten verdutzt zu, wie Vater sich blitzschnell umdrehte und im Dreisprung davon sauste. Sie liefen alle ans Fenster und sahen, wie er aus der Herberge in den strömenden Regen hinaussprang. Der Mäusemann rannte über das Pflaster, das sich inzwischen in einen kleinen Fluss verwandelt hatte, der jeden seiner Schritte bremste, Richtung Geschäftsviertel.

Vom Fenster aus wollten später alle ganz deutlich einen halbdurchsichtigen, schwärzlichen Klumpen gesehen haben, der sich im Abstand von ungefähr zwei, drei Metern seinen Weg hinter Vater her durch das Wasser bahnte.

Der Schankwirt sagte Folgendes aus:

»Es hat doch so geregnet, deshalb waren zu dem Zeitpunkt erst zwei Gäste da. Da kam plötzlich der Mäusemann herein und rannte kurz darauf schon wieder davon. Er sah aus, als ob er weinen würde, aber vielleicht lag das auch nur an den Regentropfen. Jedenfalls stürzten im Laufe des Abends immer mehr Gäste ins Lokal, die sich nach dem Händler erkundigten. Da ahnte ich, dass etwas Schreckliches passiert sein musste, noch schlimmer als das mit dem Mäuseregen. Natürlich fiel diesmal ganz gewöhnlicher Regen vom Himmel und keiner der Gäste kam wie vorletztes Jahr schwindelig hereingetorkelt. Aber gewisse Dinge sieht man klar und deutlich, wenn man vom Tresen aus die Betrunkenen betrachtet. – Oha, der Junge hier ist am Ende. Der hat sich bereits an der Wand am Ende der Sackgasse die Nase eingeschlagen! – Der Mäuseregen war zwar für alle eine Katastrophe, aber es gab damals wenigstens Licht am Ende des Tunnels. Wie eine Krankheit, die heilbar ist. Aber das hier war etwas anderes. – Der ist erledigt! – Wenn ich mir die Gesichter der Gestalten anschaute, die hereingestürzt kamen, war es mir bei jedem augenblicklich klar. Ich glaube, niemand merkt, dass er in einer Sackgasse steckt, bevor er nicht ganz hinten angekommen ist. Derjenige, der gegen die Wand knallt, ist bis zum letzten Augenblick völlig ahnungslos. Und die besonders hartnäckigen Kerle, die gestehen es sich nicht einmal ein, nachdem sie sich den Schädel an der Mauer schon zu Brei geschlagen haben, nie und nimmer.«

An diesem Abend tauchte Vater auch im Lagerhaus Nr. 2 auf. Trotz des heftigen Regens hatten sich zehn Orchestermitglieder zur Probe eingefunden. Großvater, der Konrektor und neben dem Klempner noch sieben weitere Blechbläser. Während draußen der Sturm tobte, übten die zehn die heitere Brassband-Komposition »Tanz der Bauersleute«. Die Hauptmelodie in dem Stück spielte eine Tuba, die an das Quieken eines Schweines erinnerte. Großvater stand nicht vor seinen Pauken, sondern hämmerte mit einem Schlagzeugstock auf eine Kuhglocke, wie man sie Rindern um den Hals hängt. »Ernsthafte Stücke sind in Ordnung«, soll der Kassenführer gesagt haben, »aber wir sollten auch ein paar Dinge aufnehmen, die gute Laune verbreiten.« In der nächsten Woche standen schon die Studioaufnahmen vor der Tür. Der Klempner hatte sich also mit Großvater beraten und den »Tanz der Bauersleute«, die »Fledermausfanfare« und »Die pfeifenden Matrosenzwillinge« ausgewählt.

Nicht der Lärm des prasselnden Regens, sondern schwindelerregender Gestank soll an diesem Abend zuerst die Aufmerksamkeit des Orchesters erregt haben. Mitten in der Melodie hustete der Tubaspieler plötzlich, als hätte er sich verschluckt. Als er aufschaute, stand das Eisentor einen Spalt offen. Daneben war im Halbdunkel mein Vater zu erkennen, der aussah, als wäre er von einem Bergungshaken aus dem Meer gefischt worden.

Der Klempner wollte ihn mit »Mäusemann« ansprechen, erinnerte sich aber gerade noch, dass es sich bei dem Mann um den Sohn von Großvater handelte.

»Professor!«, sagte er mit gezwungenem Lächeln, »Sie sehen aber schlimm aus! Möchten Sie nicht draußen eine Dusche nehmen? In der Zwischenzeit rufe ich einen Freund beim Gesundheitsamt an. Da wo Sie stehen, sollte man gründlich desinfizieren!«

Währenddessen stieg er von der Bühne und goss aus einer Feldflasche Maissuppe in einen Pappbecher. Trotz des dargebotenen dampfenden Bechers, rührte sich Vater nicht von der Stelle.

»Wo ist er?«, rief Vater von Weitem aus der Dunkelheit. »Wo ist der Kerl?«

Nach Aussage des Konrektors klangen Vaters Worte wie ein Selbstgespräch, als stünde er hinter einer dicken, unsichtbaren Wand, die quer durch das Lagerhaus führte.

»Meinst du den Händler?«

Als Großvater seine Stimme erhob, sah es für alle aus, als hätte sich Vaters Silhouette schlagartig in die Höhe gestreckt. »Der Mann befindet sich nicht hier. Glücklicherweise hat er sich jetzt schon drei Tage lang nicht mehr hier blicken lassen. Und du solltest auch so schnell wie möglich den Kontakt zu ihm abbrechen. Es ist deine Sache, wenn du dich mit Haut und Haar der Mathematik hingibst, aber was um Himmels Willen sollen diese lächerlichen Aktionen, mit denen ihr euch zum allgemeinen Gespött macht?«

Vater antwortete nicht. Er stand einfach nur da, beinahe verschmolz er mit der Dunkelheit des Lagerhauses.

»Was soll's!«, fuhr Großvater fort. »Wir sind hier gerade am Proben. Schließ das Tor! Du solltest auch mal wieder zuhören. Das Blasorchester ist gar nicht so übel. Und wenn dieser unangenehme Händler nicht dauernd hier auftauchen würde, könnte dieses Ensemble noch viel schöner klingen. Der Konrektor hier ist natürlich noch nicht so weit, dass er der Katze das Wasser reichen könnte, aber immerhin …«

»Sprich nicht mit diesem Spitznahmen von dem Jungen!«

Vaters laute Stimme ließ die Luft im Lagerhaus erzittern. Der Klempner stieß ein Dankesgebet zum Himmel, dass er ihn vorher nicht mit »Mäusemann« angesprochen hatte.

»Was heißt hier Blasmusik? Überhaupt, was soll das eigentlich, was du hier veranstaltest? Du zwingst den Menschen dieser Stadt dein persönliches Vergnügen auf und benimmst dich, als wären sie dein Eigentum. Dem Jungen hat es gewiss auch die Kehle zugeschnürt, deshalb ist er weggegangen. Er hat das einzig Richtige getan!«

Der Regen prasselte auf das Dach. Im Halbdunkel des Lagerhauses fuhr Vaters Stimme fort:

»Merkst du gar nicht, dass du eine Plage für die Menschen hier bist? Sie möchten eigentlich nur zum Spaß ein wenig musizieren, stattdessen zwingst du sie seit über zehn Jahren Tag für Tag jeden Abend zu proben, proben, proben und nochmals zu proben. Und was bekommen sie dafür? Etwa ein dankendes Lob? Vater, du bist nur hier, um die Menschen dieser Stadt zu deiner Selbstverwirklichung zu missbrauchen.«

»Professor, das ist nicht wahr!«, sagte der Klempner mit dem Pappbecher in der Hand. »So etwas dürfen Sie nicht sagen, Professor!«

Vater verstummte. Dann verschwand er, ohne dass man einen Schritt hörte, rückwärts in der Dunkelheit. Quietschend schloss sich das Tor der

Lagerhalle. Der Regen prasselte noch heftiger auf das Dach. In einem Zug kippte der Klempner die lauwarm gewordene Suppe hinunter. Er blickte zur Decke, schniefte einige Male und schritt gemächlich zurück auf die Bühne.

Der neue Konzertmeister hatte dem Händler nie etwas abgekauft. Nicht nur das, er war auch einer der Wenigen, denen es missfiel, dass jener im Lagerhaus ein- und ausging. Als Neuentwicklungen angepriesene Putzmittel und bewegliche Klobürsten, die sich in alle Richtungen biegen ließen, brachten ihn um das Einkommen, das er bei regelmäßigen Reinigungsterminen verdient hatte. Trotzdem verging ihm nicht die Lust, bei jeder Gelegenheit ordinäre Witze zu reißen. Der Klempner genoss große Beliebtheit beim weiblichen Geschlecht. Einmal hatte er mir zugeflüstert, das liege an der Posaune. Katze, wenn du einmal groß bist, wirst du das verstehen, hatte er gesagt. Die Kesselpauken sind kein richtiger Blickfang, die Posaune, die ist ein magisches Rohr!

Während er seine magische Posaune auf die Schulter stützte, flüsterte er: »Wenn er jetzt tatsächlich Duschen geht, sollte er sich auch die Eier von innen waschen!«, um sich im nächsten Moment zu Großvater umzudrehen. »Ich weiß, dass er dein Verwandter ist, aber ich muss es trotzdem sagen – wenn hier jemand stinkt, dann er. Der Professor riecht wirklich widerwärtig, dagegen ist der Händler überhaupt kein Thema! Er stinkt, als ob sein Inneres nach außen gekehrt worden wäre!«

Großvater, der ruhig gewartet hatte, bis der Klempner mit seiner Rede zu Ende war, klöpfelte auf die Kuhglocke und fragte mit leiser aber durchdringender Stimme:

»Also, wollen wir jetzt mit der Musik weitermachen?«

Draußen heulte der Meereswind. Zwei Tuben spielten mit schneidenden Tönen die Einleitung zum »Tanz der Bauersleute«, als ob sie sich gegenseitig übertrumpfen wollten.

Der Postdirektor war der Letzte, der mit Vater gesprochen hatte. Er hatte an dem Abend Dienst. Nachdem er alle angekommenen Briefe gesammelt und sortiert hatte, dachte er über den Namen seines Schiffes nach, dessen Stapellauf in zwei Wochen stattfinden sollte, und fiel darüber auf dem Stuhl hinter dem Schalter in ein Nickerchen. Bis gestern schlug sein Herz noch ganz wild für »Eilpost«, aber nachdem er sich mit seinen vier Mitbesitzern besprochen hatte, teilte er ihre Meinung, dass der Name bei allem Tempo halt doch eine Einbahnstraße beschreibe und Unglück bringen könnte. Er schlug darauf »Unglaublich schnelle, exakte Briefzustellung« vor, aber die vier anderen meinten einstimmig, das sei doch viel zu lang!

Das Geräusch des strömenden Regens wurde plötzlich lauter. Als er zur Tür aufschaute, stand da unter der gelben Nachtlampe tropfnass der Mäusemann. Der Postdirektor rieb sich die Augen. Vater sah irgendwie durchsichtig aus. Den Gestank, den alle schilderten, bemerkte er nicht, da ihm bei der Postzustellung der Schirm davongeflogen war und ihn seit Vormittag ein Schnupfen plagte.

»Das ist aber eine Überraschung!«, sagte er. »Komm hier herüber! Obwohl wir schon Sommer haben, ist heute eine sehr kalte Nacht. An dem Schalter da müssten Handtücher für die Postboten liegen – bedien dich einfach!«

»Ich möchte eigentlich Post aufgeben«, sagte Vater ohne sich von der Stelle zu rühren.

»Ach so, natürlich.«

Der Postdirektor schnäuzte sich die Nase. »Hier ist schließlich ein Postamt, da kommt selten jemand wegen anderer Angelegenheiten vorbei!«

Er schaltete eine elektrische Waage ein. Nach den Worten des Händlers waren selbst in größeren Städten nur die wenigsten Postämter mit diesem brandneuen Gerät ausgestattet.

»Leider habe ich aber meine Post«, fuhr Vater mit zitternder Stimme fort, »gar nicht dabei.«

»Nicht dabei? Etwa ein riesiges Paket? Willst du damit sagen, ich soll das jetzt bei dir zu Hause abholen? Vergiss es! Wie du siehst habe ich heute hier Dienst, da kann ich keinen Schritt vor die Tür machen.«

»Darum geht's nicht!«, entgegnete Vater. »Ich habe die Sachen dummerweise einem Bekannten anvertraut. Da sind sie jetzt gerade, aber morgen bekomme ich sie bestimmt zurück.«

Der Postdirektor schwieg. Er tippte zwei, drei Mal sanft mit dem Finger auf die Waage und beobachtete eine Weile das Zittern des Zeigers. Dann sagte er:

»Ich habe einen Vorschlag!«

Er wechselte seinen Blick von der Skala auf der Waage zu Vater. »Wie wär's, wenn du morgen die Postsendung bei deinem Bekannten abholen und hierher bringen würdest? Ich arbeite jetzt bestimmt schon so lange bei der Post, wie du auf der Welt bist und soweit ich es beobachten konnte, machen es normalerweise, also in der Regel, alle Leute so, die eine Postsendung aufgeben wollen.«

»Um was ich Sie bitten wollte …«

Vater presste seine Stimme heraus, als müsste er gegen etwas kämpfen: »Ich möchte Sie bitten, auf meine Postsendung auf jeden Fall das heutige Datum zu stempeln.«

»Wie bitte?«, fragte der Postdirektor ungläubig.

Vater wiederholte sein Anliegen. Der Postdirektor zerknüllte das Notizblatt, das er gerade benutzt hatte.

»Professor, bist du nicht mehr ganz richtig im Kopf?« Er musste sich zusammenreißen, um nicht zu brüllen. »Damit bittest du mich, den Postdirektor, darum, eine Postsendung zu fälschen! Ich habe jetzt nicht die Zeit, um dir einen Vortrag über Geschichte und Organisation des Postwesens zu halten, aber eines sage ich dir: Deine Idee ist eine Beleidigung für alle Menschen, die Briefe verschicken, erhalten oder verteilen. Briefe werden in dem Augenblick, in dem sie gestempelt werden, zu einer Postsendung. Verstehst du? Wenn an dem Punkt etwas nicht stimmt, dann stimmt mit dieser Sendung gar nichts mehr. Die Marken müssen korrekt abgestempelt werden. Unbedingt! Obwohl wir Postbeamten aussehen, als hämmerten wir teilnahmslos wie Maschinen Stempel auf die Briefe, bin ich überzeugt davon, dass sich jeder Einzelne von uns der Bedeutung dieses Abstempelns genau bewusst ist. Verstehst du, Professor, ein Poststempel ist viel, viel wichtiger, als du meinst!«

Ich erinnere mich gut, dass der Postdirektor sich regelmäßig zu solchen Belehrungen aufschwang, wenn ein Orchestermitglied vergessen hatte, Marken aufzukleben oder eine alte Frau keine Postleitzahl notiert hatte. Manchmal mild, manchmal streng. Wie er später selbst erzählte, hatte er sich aber noch nie so sehr geärgert, wie an jenem Abend.

Wie man sich denken kann, zeigte der Postdirektor auch beim Musizieren große Gewissenhaftigkeit. Von Anfang bis Ende hielt er das Tempo stabil und schwang dabei mit nüchterner Aufmerksamkeit den Taktstock. Wie ein Postbeamter, der mit Leib und Seele Schlag für Schlag die Briefe abstempelt. Das war vermutlich auch der Grund, weshalb er das Vertrauen von Großvater gewinnen konnte.

Aber die Ernsthaftigkeit von Großvater wirkte in dem Orchester auf eine ganz andere Weise als die des Postdirektors. Die Pauken trieben jedes einzelne Mitglied von hinten zur Präzision an, wohingegen der Taktstock alle

Musizierenden zu einem Klangkörper vereinte und in einem sicheren Tempo führte.

Jedenfalls war Vaters Bitte für den Postdirektor wohl etwa so, als hätte er von ihm verlangt, auf dem Dirigentenpodest dem Orchester den Hintern zuzuwenden und einen Twist zu tanzen. Vater presste kreidebleich seine Lippen zusammen.

Der Postdirektor schniefte und meinte: »Schau, wir haben bald morgen!«, während er auf die Uhr an der Wand zeigte. »Morgen vergesse ich alles, was ich heute gehört habe. Ich werde verantwortungsbewusst die Post abstempeln, die du mir bringst. Genau so, wie ich es mit Tausenden von Briefen vorher schon gemacht habe, ohne Flecken und Kratzer, mit einem aufrichtigen und korrekten Poststempel des morgigen Datums.«

Die Zeiger der Wanduhr standen auf elf Uhr neunundfünfzig Minuten. Der Mann seiner Schwester hatte ihm das gute Stück damals zur Feier der Beförderung geschenkt. Mit einem angenehmen Ticken bewegte sich der Sekundenzeiger auf seiner Bahn. Als er nach einer Weile oben ankam, lagen die beiden schwarzen Zeiger genau darunter.

»Nun ist es zwölf.«

Der Postdirektor stand auf und sagte, während er nach hinten ins Büro schritt:

»Ich habe schon vergessen, was gestern passiert ist. Komm, nimm das Handtuch da, ich mache uns einen Kaffee. Unser Kaffee schmeckt lecker. Wir haben uns nämlich letzten Monat eine neue Kaffeemaschine angeschafft. Ich trinke jeden Tag mindestens fünf Tassen. Nimmst du Zucker?«

»Habt Ihr sie von diesem Händler?«, klang es leise aus Vaters Mund.

Der Postdirektor antwortete aus dem Büro.

»Die Kaffeemaschine? Ja, natürlich!«

»Haben Sie ihn heute getroffen?«

»Du meinst gestern!«

Er kam mit zwei Tassen zurück und setzte sich wieder. »Ja, ich habe ihn getroffen. Hier am Vormittag. Er war hier, um einen braunen Umschlag aufzugeben. Es handelte sich um einen außerordentlich dicken Umschlag. Als ich ihn fragte, ob es so etwas wie ein Rechnungsbericht sei, meinte er sehr zufrieden mit vornehmer Miene – etwas viel Wichtigeres!«

Vaters Augen glänzten. Seine hastige Frage soll wie Husten geklungen haben.

»Hat er gesagt, dass er es im Namen von jemand anderen abgibt?«

»Nein«, antwortete der Postdirektor kurz. »Nichts, nur dass das ein kleiner Broterwerb werden könnte, etwas in der Art. Komm, jetzt trink deinen Kaffee, sonst …«

Da stockte ihm der Atem.

Der Mäusemann sah aus, als wäre er auf einen Schlag geschrumpft. Und zwar enorm. Vater stand unter der Nachtlampe und wirkte kleiner als der Papierkorb. In den Augen des Postdirektors sah er aus wie eine Maus, die gerade aus einer dunkeln Abwasserrinne hochgekrochen war. Mein kleiner Vater drehte sich flink herum und sprang aus dem Postamt hinaus ins Freie.

»He!«

Auch der Postdirektor sprang hoch und rannte ihm durch die Tür nach draußen hinterher. Der Regen hatte nachgelassen. In weiter Ferne sah er einen halbdurchsichtigen, schwärzlichen Klumpen, der in einer Wolke von Spritzwasser über das nasse Kopfsteinpflaster davonrannte.

Zu dem Zeitpunkt hatte die Tuba im Lagerhaus Nr. 2 ihr letztes Quieken gespielt. Der Klempner schüttelte vor dem Lagerhaus im Nieselregen vor Kälte fröstelnd die Schulter. Wenn die Musik zu Ende war, waren seine Ohren immer ein wenig taub. Aber der Regen an diesem Abend dröhnte ganz merkwürdig in den Ohren. Er wandte sich zu Großvater und fragte:

»Wie sieht's aus, sollen wir vor dem Schlafen nicht noch einen trinken gehen?«

Großvater schüttelte den Kopf.

»Ich bin ein bisschen erkältet. Heute gehe ich früh ins Bett!«, sagte er und machte sich alleine, mit dem Stock in die Pfützen schlagend, auf den Weg nach Hause.

»Der Klempner ging in Begleitung mit drei Blechbläsern zur Kneipe. Als er die Tür aufmachte, blieb er angesichts der großen Aufregung, die im Lokal herrschte, wie angewurzelt stehen. Menschen, die bitterlich weinten; Zänkereien, die jeden Moment in Schlägereien umzuschlagen drohten; dazwischen immer wieder hysterisches Gelächter.

Der Schankwirt steckte seinen Kopf durch das Gedränge.

»Was darf's sein?«

»Was ist denn hier eigentlich los?«, fragte der Klempner, während er mit Handzeichen vier Bier bestellte.

»Was hier los ist? Soweit ich es beurteilen kann – eine Totenwache. Es sieht aus, wie die Totenwache für unsere Stadt.«

Das Lachen des Schankwirts klang sehr müde.

»Ihr solltet schnell trinken. Trinkt! Morgen gibt's wahrscheinlich schon keinen einzigen Tropfen mehr.«

Hinten in der Kneipe zerschlug jemand ein Glas. Noch eins ging in Scherben, und noch eins.

Betrachtet man die Dinge so korrekt wie der Postdirektor, dann hatte der Kalender zu diesem Zeitpunkt bereits ins Morgen gewechselt.

In Gedanken versunken ging der Kassenführer den Weg am Kanal entlang. Nieselregen tröpfelte auf seinen Schirm.

Er hatte bis tief in die Nacht alles immer wieder durchgerechnet, aber die Zahlen in seinem Kontobuch wollten nicht aufgehen. Es ging nicht um die Stellen nach dem Komma. Bei verschiedensten Posten wie der letztjährigen Feuerwerksveranstaltung, dem Budget für das Orchester, den städtebaulichen Verschönerungsplänen fehlten dick und fett zwei Stellen vor dem Komma. Ein so großer Fehler, dachte der Kassenführer, konnte ihm unmöglich beim Rechnen unterlaufen sein, jemand musste schon bei der Buchung etwas falsch eingetragen haben. Vielleicht die alte Buchhalterin, die immer etwas zu nörgeln hatte. Womöglich hatte die sich einfach verschrieben. Hi, hi, das wäre ja lustig.

Plötzlich traf ihn aus einem Seitenweg der Strahl einer Taschenlampe und er blieb starr vor Schreck stehen. Er konnte nicht gut mit Matrosen. Schon gar nicht mit betrunkenen. Der Kassenführer zog mit einer Hand den Saum seiner Hosen hoch und machte sich bereit, gegebenenfalls auf und davon zu rennen.

»Guten Abend!«, sagte eine Stimme, die weder nach Matrose noch nach Betrunkenem klang.

»Ach, Sie sind es Herr Wachtmeister!«

Der Kassenführer rückte seinen Schirm gerade. Zwei Polizeibeamte ohne Schirm traten mit Taschenlampen in der Hand auf den Kanalweg. Die Funkgeräte an ihren Gürteln knisterten und rauschten.

Der Kassenführer fragte, ob etwas passiert sei.

Der jüngere Polizist leuchtete mit der Lampe in den Kanal und meinte zunächst, passiert sei eigentlich gar nichts.

»Aber hast du den Schuhhändler irgendwo gesehen?«

»Nein«, antwortete der Kassenführer. »Ich habe heute den ganzen Tag am Schreibtisch gesessen!«

»Ach so«, meinte der Polizist. »Die Wache ist eine einzige Annahmestelle für Vermisstenanzeigen. Einer nach dem anderen kommt hereingestürmt und fragt nach dem Verbleib des Händlers. Wenn wir fragen, um was es geht, heißt es immer, um eine persönliche Angelegenheit, und wir bekommen keine Auskunft. Seit Mittag waren schon über zwanzig Personen da. Außerdem unzählige Anfragen am Telefon.

»Hä!«, sagte der Kassenführer, »und was ist mit dem Auto, das aussieht wie ein schwarzer Schuh?«

»Es stand weder vor der Herberge noch bei der Schule!«

»Und am Lagerhaus Nr. 2?«

»Da waren wir schon!«, sagte der Polizist. »Der Händler ist nirgends zu finden, auch nicht am Hafendamm.«

Der junge Polizist konnte nicht ahnen, dass seine Mutter zu diesem Zeitpunkt gerade mit dem Krankenwagen abtransportiert wurde. Dem Kassenführer knurrte der Magen. Außerdem war sein Rücken schon ganz kalt und die Probleme mit dem Kontobuch bereiteten ihm Kopfschmerzen. Die Wand am Ende einer Sackgasse taucht, wie der Schankwirt gesagt hatte, völlig unerwartet aus dem Nichts auf. Vor sehenden Menschen gleichwohl wie vor blinden.

»Seht mal!«, sagte der andere Polizist mit gedämpfter Stimme. »Da drüben, da ist jemand!«

Der Lichtkegel der Taschenlampe streckte sich über den Kanal, dessen Wasserstand gestiegen war. Vor den geöffneten Schleusen verwandelte er sich in einen schäumenden, schwarzen Strudel. Etwas flussaufwärts von den dreien, auf einer Brücke, die zur Untersuchung der Wasserqualität diente, war eine magere Gestalt zu erkennen. Sie starrte stromabwärts auf die Wasseroberfläche und stand da, wie ein kahler Winterbaum.

»Das ist der Mäusemann!«, sagte der junge Polizist. »Was hat der denn hier verloren? Macht er etwa ein Experiment mit schwimmenden Mäusen?«

»Da stimmt etwas nicht!«, stöhnte der ältere Polizeibeamte und lief mit der Taschenlampe in der Hand los. Der Jüngere rannte ebenfalls in die Richtung und der Kassenführer den beiden hinterher, ohne zu wissen warum und weshalb. Sie sahen, wie der Mäusemann auf der Brücke im Stehen abwechselnd die Beine hob und sich mit einer Schere die Fußrücken zerkratzte.

»Hör auf!«, rief der Polizist, der voraus rannte. Aber er hatte die Brücke noch nicht erreicht.

In dem Moment, als er sich herunterstürzte, soll sich Vater kerzengerade ausgestreckt haben. Wie die drei danach feststellten, handelte es sich bei Vaters Schuhen, die sie oben auf der Brücke fanden, um den Standardartikel des Händlers. Beide Schnürsenkel waren mit der Schere in kleine Stücke zerschnitten. Er wollte sich nicht mit etwas, das er von diesem Mann gekauft hatte, ins Wasser stürzen.

Vater stürzte – wie der Zeiger einer Uhr, der herunterkippt – mit dem Kopf voran ins Wasser. Sein Körper, der fast ganz ohne Spritzer tief hineintauchte, kam erstaunlich weit entfernt wieder an die Oberfläche. Die drei mussten darauf fassungslos mit anschauen, wie er von dem schwarzen, schlammigen Strom erfasst und Richtung Schleuse getrieben wurde.

Dann sahen sie, wie sich von der Brücke kleine, blassgraue Wesen, eines nach dem anderen, hinunter in den Kanal stürzten und sich an der Wasseroberfläche zu einem Klumpen vereinten. Feiner Schaum trieb blubbernd um sie herum. Als würde er Vater nachfolgen, verschwand der düstere, halbdurchsichtige Klumpen hinter der Schleuse im Dunkeln.

»Das könnten Schattenmäuse gewesen sein!«

»Ganz bestimmt nicht!«, widersprach ich dem jüngeren Polizeibeamten. Es war schon kurz vor Sonnenaufgang. Obwohl ich völlig erschöpft war, redete ich weiter. Ich musste einfach. Der Postdirektor hatte sich gerade auf den Weg zur Arbeit gemacht.

»Ich habe letztes Jahr mit eigenen Augen gesehen, wie die angeblichen Schattenmäuse höchst lebendig in alle Himmelsrichtungen davongerannt sind. Dass sich Vaters Mäuse so zusammengeschart haben, lag nur an dem Duftstoff, den der Händler benutzt hat. Sie haben Vater nur deshalb verfolgt, weil auch er von diesem Lockmittel durchtränkt war.«

Der ältere Polizeibeamte sagte nichts. Er saß mit verschränkten Armen und geschlossenen Augen auf dem Sofa im Wohnzimmer. Aber ich wusste, dass er nicht schlief.

Aus dem Funkgerät war eine Stimme zu hören. Sie seien dabei, alle Schleusen am Unterlauf zu untersuchen, aber bis jetzt hätten sie nirgendwo im Kanal etwas gefunden. Im Hafen sei seit zwei Stunden ein Leichter unterwegs. »Wir melden uns wieder!«

»Verstanden!«, sagte der junge Polizist und legte das Funkgerät zur Seite. »Er ist sicher irgendwo aufgetaucht und macht schon wieder neue Experimente. Es wird schon Tag. Wenn es hell ist, finden sie ihn bestimmt!«

172

Der alte Polizist hielt seine Augen nach wie vor geschlossen.

»Das waren keine Schattenmäuse!«, wiederholte ich noch einmal. »Das waren alles andere als Schattenmäuse!«

»Bring ihm eine Wolldecke« sagte der alte Polizist zu seinem jüngeren Kollegen.

»Er zittert ja. Kein Wunder, trotz seiner großen Statur ist er schließlich erst sechzehn!«

Kurz danach fielen die ersten Sonnenstrahlen durch das Fenster. Es hatte aufgehört zu regnen.

In dem weißen Licht tauchten an der ganzen Küchenwand mit Kugelschreiber und Kreide geschriebene Kritzeleien auf, die wie mathematische Formeln aussahen. Der Anblick erinnerte mich an das Wohnheim in der Blindenschule. Die Unterschriften, die die Sehbehinderten tastend an die Wand geschrieben hatten. Diese gewaltige Zahl von Unterschriften, die sie als Beweis ihrer Anwesenheit sorgfältig eingeritzt hatten, ohne zu erwarten, dass sie jemals gelesen würden.

»Ich verstehe überhaupt nichts. Das kann ich nicht mal lesen!«, gestand der junge Polizist, während er die Wand betrachtete. »Lernen die Kinder in der Schule heutzutage solche Zauberformeln?«

Nein, solche Formeln lernten wir nicht. Trotzdem entdeckte ich, dass in der mathematischen Aufgabe an der Küchenwand immer wieder ein Wort auftauchte, das auch ich verstand. Es war dieses Wort, das uns in den Schulbüchern der Grund- und Mittelschule das Leben so schwer gemacht hatte. Die schräg nach vorne geneigten Buchstaben standen überall in der Küche – auf den Fliesen, den Kochplatten und selbst auf dem alten Geschirrschrank – in der flüchtig hingeworfenen Schrift von Vater:

»Beweise es! Beweise es! Beweise es!«

Großvater wehrte sich mit Händen und Füßen gegen eine Einlieferung ins Krankenhaus. Er willigte schließlich ein, dass stattdessen zweimal pro Tag ein Arzt zu Hause vorbeikam, um ihm eine Spritze zu setzen. Der Arzt war mittlerweile in der ganzen Stadt zu Krankenbesuchen unterwegs, da die Betten im Krankenhaus vollständig mit älteren Menschen belegt waren, die an jenem Vormittag unter Schock zusammengebrochen waren.

»Bleib mal bei deinem Großvater!«, sagte der alte Polizist zu mir im Hauseingang. »Dein Großvater will nicht ins Krankenhaus, weil er hier sein möchte, wenn dein Vater nach Hause kommt. Es ist sehr bedrückend so zu warten, also bleib bei ihm!« Als ich später mit einer Kanne Tee in den ersten Stock hinaufkam, lag Großvater im Bett und klopfte mit dem Zeigefinger auf einem Blechnapf neben seinem Kissen im Takt zu »Panflöte und Schäferchor«, das im Radio gespielt wurde.

Als der Regen aufhörte, wurde es in der Stadt schlagartig heiß. Gegen Mittag zeigte sich nach und nach das Ausmaß des Schadens, den die Bewohner erlitten hatten.

»Für Samstag war eine Besichtigungstour zur Villenkolonie geplant«, erzählte der Vater des Tubaspielers von seinem Krankenhausbett aus. »Wir hatten uns etwa zu dreißigst am Eingang des Amtsgebäudes versammelt, aber der Händler war selbst eine Stunde nach der vereinbarten Zeit immer noch nicht aufgetaucht. Er war ja nicht einer, der regelmäßig zu spät kommt, deshalb haben wir uns ernsthaft Sorgen gemacht, dass ihm bei dem heftigen Regen etwas passiert sein könnte. Irgendeiner hat seinen Grips angestrengt und vorgeschlagen, bei der Telefonnummer anzurufen, die auf den Verträgen steht. Da würden wir vielleicht erfahren, was los war. Außerdem haben wir gedacht, wir sollten ihm besser mitteilen, dass wir an dem Tag nicht mehr zur Besichtigung gehen wollten. Wir haben also im Amtsgebäude gefragt, ob wir das Telefon benutzen dürften. Ja – und ich habe dann angerufen. Am anderen Ende hat sich eine Frauenstimme mit den Worten gemeldet: ›Hallo, hier ist die Infostelle für Fragen zu den Tieren.‹«

Der Vater des Tubaspielers legte auf und wählte noch einmal die Nummer. Dann noch einmal. Immer wieder meldete sich derselbe Informationsdienst eines fernen Zoos. Die dreißig Rentner wollten sich nicht eingestehen, dass sie mit ihren Verträgen nicht mehr als ein paar wertlose Papierfetzen in den Händen hielten. Aber es war eine Tatsache.

Und es war ebenfalls eine Tatsache, dass sie fast ihre gesamten Ersparnisse als Anzahlung überwiesen hatten. Von den Postanweisungen existierten noch Belege. Die Adresse lautete auf ein Postfach im Ausland, das – wie die örtliche Polizei ermittelte – seit Montagvormittag leer geräumt war.

Nicht nur die Villen, auch die Aktien einer neu gegründeten Schifffahrtsgesellschaft, eine neuartige Lebensversicherung, der man nach dem siebzigsten Lebensjahr noch beitreten konnte und verschiedenste andere Verträge entpuppten sich als erdichtete Vermögensanlagen. Nicht nur die Klatschspaltenjournalisten, auch die Ermittler aus der großen Stadt waren sprachlos angesichts der Unvorsichtigkeit der Rentner.

Auch die Stadtverwaltung hatte einen immensen Schaden zu beklagen. Die Gelder, die sie für den kommenden Jahresetat flüssig gemacht hatten, waren bis auf den letzten Pfennig aus dem Tresor verschwunden. Außerdem hatten sich sämtliche Besitzurkunden, Schecks und andere Dinge, die auch nur ein bisschen wertvoll aussahen, in Luft aufgelöst.

Niemand hatte – wie es sich der Kassenführer gewünscht hätte – bei der Buchführung Fehler gemacht. Man kann sagen, dass alle Beamten in der Stadtverwaltung, einschließlich der Post, jede einzelne ihrer Aufgaben absolut korrekt erledigt hatten. Nur der Ausgangspunkt war verrutscht. Mit den Worten des Postdirektors gesprochen, hatten alle einen Brief, der mit dem falschen Poststempel versehen war, gewissenhaft am richtigen Tag zugestellt.

Bei dem Thema Brief muss ich unwillkürlich an den Antwortbrief denken, den Vater im Frühling davor vom Mathematikwettbewerb erhalten hatte:

»Gegen Ende tauchen immer häufiger fatale Lücken auf. Kein Wunder, die Einführung war ja auch falsch.«

Eine Lawine von schwarzen Schafen.

Diese unsichtbare Lawine, die über die Stadt rollte, ruinierte die städtischen Finanzen auf zehn Jahre hinaus.

Die Frauen, die sich alle auf dem Polizeirevier versammelt hatten, wollten den Händler zur Rede stellen, wo denn die für Mittwoch bestellten Kleider blieben. Selbstverständlich waren sie auch in der darauffolgenden Woche noch nicht da. Auch nicht, als es Herbst wurde und die Sommersaison längst vorüber war.

Der Wirt der Herberge hatte sein gesamtes Vermögen einschließlich des Grundstückes verloren. Einige meinten, es geschehe ihm recht, aber ich finde, das kann man so nicht sagen. Der Händler beherrschte nämlich mit großer Wahrscheinlichkeit auch die Kunst des Falschspielens. Zu zweit spielten sie Abend für Abend im Erdgeschoss der Herberge Poker, bis der Wirt nach einem halben Jahr schließlich merkte, dass er bis auf sein letztes Hemd alles verloren hatte. Die Besitzurkunden wurden ebenfalls vom Postamt aus korrekt wie immer an das Postfach geschickt. Nach etwa zwei Monaten kamen fremde Immobilienmakler in die Stadt und verwandelten das Grundstück der Herberge umstandslos in eine leere Bauparzelle.

Am Dienstagabend wurde Vaters Leichnam draußen im Meer vor dem Hafen gefunden. Matrosen auf einem Leichter entdeckten einen schwarzen Klumpen zwischen den Wellen. Genau wie damals, als das von Seevögeln belagerte Fischerboot in den Hafen trieb. Nur war dieser schwarze Klumpen viel kleiner als das Fischerboot und trieb genau in entgegengesetzter Richtung vom Hafen aufs Meer hinaus.

Als das Schiff näher kam, entpuppte sich der schwarze Klumpen als Mäusehaufen. An den Rücken von Vater, der auf dem Bauch im Wasser trieb, klammerten sich unzählige Mäuse, die sich zitternd aneinanderdrängten. Die Matrosen entschuldigten sich später am Hafendamm bei mir, dass sie Vater leider mit einem Netz hätten an Land schleppen müssen, da die Mäuse nicht von ihm ablassen wollten.

Die traurigen Mäuschen mussten Tier für Tier von seinem Rücken gezerrt werden. Ein Beamter des Gesundheitsministeriums zählte hundertvierundzwanzig Kadaver. Das ist keine Primzahl. Vater hätte sich auf den Standpunkt gestellt, man müsse auch noch die Zahl der Mäuse berücksichtigen, die im Meer versunken waren. In einem Boulevardblatt stand schon am Wochenende folgender Artikel:

»Das Ende des Mäusemannes«
Ein sonderbarer Wissenschaftler, der für seine Experimente regelmäßig Mäuse fing, um sie gleich wieder freizulassen, stürzte sich in den Kanal. Der Wissenschaftler wurde von allen »der Mäusemann« genannt. Er wollte sich mit seinen Forschungsergebnissen für einen Mathematikpreis bewerben, aber die fertiggestellte Abhandlung wurde ihm von einem Freund gestohlen. Dieser Freund war ein bekannter Betrüger, der sich als Schuhhändler ausgab, um mit geschickten Worten das Vertrauen seiner jeweiligen Opfer zu erschleichen. Matrosen entdeckten die im Meer vor dem Hafen treibende Leiche des Wissenschaftlers, der sich bei strömendem Regen in den Kanal geworfen hatte. An seinen Rücken klammerten sich Tausende von Mäusen. Der Mäusemann soll zu Lebzeiten das Verhalten von Mäusen erforscht haben, die sich zu Gruppen zusammenscharen. Ich könnte mir vorstellen, dass er sein letztes Experiment regelrecht herausforderte. Er hat sich vermutlich ins Wasser gestürzt, um zu untersuchen, wie viele Tiere ihm hinterhersprangen und wie viele sich an seinen Rücken klammern würden. So betrachtet, war er ein bewundernswerter Mann mit einem durch und durch wissenschaftlichen Geist. Ich denke allerdings nicht, dass ich etwas verpasst habe, weil ich diesem Experiment nicht aus der Nähe beiwohnen konnte.

Bei dem Schoner des Postdirektors lagen die Dinge etwas anders. Ungefähr zehn Tage nach den dramatischen Ereignissen traf ein Päckchen für ihn ein. Als er es öffnete, kam ein hübsches Modell eines Dreimasters zum Vorschein. Ohne Segel. Der Postdirektor schmückte damit den Schalter seines Postamtes.

Offensichtlich mochte dieser Händler den Postdirektor. Im Zimmer der Herberge wurde dessen vollständige Briefmarkensammlung entdeckt (vermutlich hatte der Händler dafür keinen Abnehmer gefunden). Der begehrte Katalog für ausgewählte Briefmarkensammler lag weiterhin auf dem Regal in der Post. Seitdem zog das schöne Segelschiff auf dem Schalter regelmäßig die Blicke der Kunden auf sich. Alle drei Segel waren sorgfältig aus alten Briefmarken zusammengeklebt. Neben dem Modell stand folgendes Motto: »Jegliche Art von Postsendung muss korrekt zugestellt werden.«

Mit anderen Worten – einmal mit einem Poststempel versehen, wird jede Sendung gleich behandelt, und seien es gestohlene Dokumente oder erschwindelte Geldanweisungen.

Der Postdirektor verrichtete seine Arbeit äußerst gewissenhaft und verlangte diese Ernsthaftigkeit auch von seinen Mitarbeitern. Auch wenn sie dabei wie Trottel aussahen, stempelten sie mit voller Hingabe die Marken ab und verteilten täglich bei jeder Witterung die Briefe. Der Postdirektor wurde durch den Händler letzten Endes an die unsentimentale Seite seines Berufs erinnert. Gute Briefe – schlechte Briefe. Für die Post waren sie alle gleich. Laut Wahlspruch musste jeder von ihnen korrekt zugestellt werden.

Man könnte sagen, dass das Schiffsmodell auf dem Schalter für den Postdirektor ein kleines Bonbon war. Nicht alle Bonbons sind süß. Manche schmecken wie vom Himmel gefallene Mäuse.

Andererseits – man muss auch einräumen, dass dank der hohen Schuhe, die der Händler den Frauen aufgeschwatzt hatte, der Sinn für Mode in ihnen erwacht war.

In der Stadtverwaltung herrschte zwar völlige Mittellosigkeit, so dass bis auf Weiteres keine Veranstaltungen mehr geplant werden konnten, aber gegen Ende des Jahres begannen doch alle wieder von jener prachtvollen Feuerwerksveranstaltung zu reden.

Die Schildkröte mit den Rollen, das dreißig Jahre alte Matrosenbuch und all die anderen Dinge. Vermutlich waren das alles nur Lügen gewesen, die der Händler spontan erfunden hatte, um sich bei den Bewohnern der Stadt einzuschmeicheln. Aber die Menschen konnten dadurch einen Blick ins Paradies werfen. Dieser Traum vom Paradies machte die Kleider der Frauen, den Schalter des Postdirektors, die Erinnerungen der Menschen an den Winter ein klein wenig strahlender. Sie hatten zwar einen hohen Preis bezahlt, aber es war nicht so, dass sie deshalb gar nichts mehr in den Händen hielten. Das sehe ich nach wie vor so.

Immer wieder traf ich in jenem Sommer überall in der Stadt ältere Menschen, die mir ähnliche Dinge sagten:

»Ich denke manchmal, dass dieser Händler eines Tages doch wiederkommt.«

Einmal setzte sich ein alter Mann auf halbem Wege am Abhang hin, schaute zu mir auf und murmelte:

»Du hast ihn ja nie persönlich getroffen. Er war ein guter Kerl! Er hat gewiss in großen Schwierigkeiten gesteckt, sonst hätte er nie so etwas gemacht. Wenn er doch nur etwas gesagt hätte, dann hätte ich wenigstens versuchen können, ihm ein wenig unter die Arme zu greifen.«

Strohhalm

Ich schob den Rollstuhl hinunter zum Lagerhaus Nr. 2. Großvater sprach kein Wort. Er umklammerte seinen silbernen Stock und starrte Richtung Hafen. Das Tor des Speichers war, wie wir schon gehört hatten, mit Zetteln vollgeklebt. Ohne Genehmigung war der Zutritt gerichtlich verboten und die Ermittler der Versicherungsgesellschaft hatten angeordnet, dass die Pfandgegenstände drinnen auf keinen Fall berührt werden dürften. Sämtliche Instrumente des stolzen, städtischen Blasorchesters galten mit anderen Worten als Pfand. Die Ermittler hatten den Orchestermitgliedern befohlen, ihre Instrumente ins Lagerhaus zu bringen, und darauf das rostige Tor versiegelt. Der Kassenführer soll sich bis zum Schluss gewehrt haben, aber der Schuldenberg war einfach zu gigantisch. Es kam ans Licht, dass selbst die Gelder für die Vorbereitung der Feuerwerksveranstaltung, die längst als bezahlt galten, vom Händler gestohlen worden waren. In der Kneipe trafen sich Abend für Abend die Gebrauchtwarenhändler und besprachen betrunken lallend, wie sie die Instrumente aufteilen wollten.

Großvater begann gegen das Tor zu hämmern.

Bong, bong!, hallte es dumpf über den Hafendamm.

Der silberne Stock schlug erst langsam, dann immer heftiger gegen das Tor vom Lagerhaus Nr. 2. Als wollte er all die Musik, die über die vielen Jahre darin gespielt worden war, herbeitrommeln. Die Versilberung an der Spitze des Stockes blätterte ab. Die Zettel hingen schon in Fetzen. Großvater presste die Lippen zusammen und weinte stumm. Es war das erste Mal, dass ich seine Tränen sah.

Es sah qualvoll aus. Er machte keine Pause.

Großvater ließ unter Tränen seinen Stock nach unten sausen. Als würde er sich selbst auf die Brust schlagen, prügelte er immer weiter auf das Tor ein, an das er vor sechzehn Jahren geklopft hatte.

»He!«, rief eine Stimme hinter uns.

Als ich mich umdrehte, bemerkte ich, dass der Klempner und das halbe Orchester direkt hinter uns standen. Ich sperrte vor Erstaunen Mund und Nase auf. Ein altes Waschbrett; graue Wasserrohre; ein Akkordeon mit Löchern im Balg; ein Tamburin für Grundschüler; Blockflöten. Die Orchestermitglieder hielten in ihren Händen verschiedenste Trödelinstrumente, die sie irgendwo gefunden hatten. Sogar eine Fahrradhupe war dabei.

»Wir haben gerade da drüben im Getreidespeicher geprobt«, sagte der Klempner mit einem Wasserrohr über der Schulter. »Na ja, die Akustik ist nicht wie hier und es riecht furchtbar nach Weizen, aber der Verwalter erlaubt uns zu musizieren, solange wir in der Ecke bleiben. Aber wenn du nicht dabei bist, kommt das Ganze einfach nicht richtig zusammen. Könntest du nicht mal kommen?«

Im Innern des Getreidespeichers war es schummrig. In den Sonnenstrahlen, die durch die Fenster fielen, stieg weißer Staub auf. Auf dem Boden waren haufenweise braune Getreidesäcke gestapelt. Ich blieb mit dem Griff des Rollstuhls in den schmalen Durchgängen an den Maissäcken hängen.

»Donnerwetter!«, rief ich, als ich zu einer freien Fläche zwischen den Weizensäcken kam, die etwa so groß wie der Sandkasten auf dem Schulhof war, »wie habt ihr denn das geschafft?«

Da standen vier imposante Kesselpauken.

»Das ist das Verdienst des Kassenführers!«, sagte der Klempner grinsend. »Es ist der einzige Posten, der aus dem Instrumentenverzeichnis verschwunden ist. Als seine Vorgesetzte die Korrekturtinte im Kontobuch gesehen hat, hat sie nur gesagt, auf Dauer geht das aber nicht so, passen Sie gefälligst auf!«

Einige mussten lachen, weil der Klempner ihre Stimme zu imitieren versuchte.

»Außerdem ist hier noch die große Kiste mit Percussion. Es hat tatsächlich niemand daran gedacht, die zu melden, nachdem sie wieder aufgetaucht ist. Der Typ hat uns also mit seinem idiotischen Verhalten sogar einen Dienst erwiesen.«

Großvater stand ohne ein Wort zu verlieren vom Rollstuhl auf. Er stütze sich auf den silbernen Stock und wankte langsam vorwärts. Vor den Pauken ging er auf die Knie und schlug mit ausgestrecktem rechten Arm, boing!, auf eines der Felle.

»Oha!«, murmelte er, »das ist ja ganz schlaff! Wie wär's mal mit stimmen?!«

Der Klempner lächelte gequält.

»Auch der Konrektor ist sehr beschäftigt. Er kämpft mit letzter Kraft um die Auflösung seiner Lebensversicherung, als deren Begünstigter er seinen Sohn eingesetzt hatte, aber die Prämie ist wohl komplett verloren. Er wird jetzt natürlich zur Zielscheibe des Spotts, da er doch immer betont hat, man dürfe auf keinen Fall blindlings den Inhalt einer Reklame glauben.«

Großvater schien nicht zuzuhören. Er hatte die Augen geschlossen und drehte mit voller Konzentration an den Stimmschrauben. Vielleicht hoffte er, wenn erst einmal die Stimmung in Ordnung käme, dann würde alles wieder so werden wie früher. Nein, er hoffte das nicht – er wusste es. Einmal gefallener Regen kann nicht mehr in den Himmel zurückgebracht werden. Wenn Menschen etwas verloren haben, müssen sie dort weitermachen, wo sie nach dem Verlust stehen.

»Übrigens«, sagte der Klempner. »Das mit deinem Sohn ist wirklich traurig. Es tut mir sehr leid, dass ich das mit dem Gestank gesagt habe. Wir haben hier vorhin darüber gesprochen und du sollst wissen, dass wir alle, auch ohne Blutsverwandtschaft, wie deine Söhne sind. Das meine ich von ganzem Herzen. Siehst du das nicht auch so? Alle Mitglieder dieses Blasorchesters sind die Väter der Katze und deine Söhne. Ein Vater ist jemand, der immer würdevoll Haltung bewahrt, egal was passiert. Jemand, der von ganz hinten verlässlich auf einen aufpasst. Das hast du über zehn Jahre lang ununterbrochen für uns getan. Deshalb bitten wir dich inständig, dass du weitertrommelst, hinter uns, auf diesen riesigen Pauken!«

»Gut!«

Großvater stand auf und nickte tief. »Alle vier sind perfekt gestimmt!«

Dann ging er schwankend um die Pauken herum und schaute in die Runde des Orchesters.

»Also, wir wollen anfangen! Katze, du schwingst den Stock!«

»Bitte?«, fragte ich verblüfft. »Das kommt ein bisschen plötzlich!«

Der Klempner flüsterte von der Seite, indem er Großvaters Stimme nachmachte:

»Katze, wenn du ein richtiger Musiker sein willst, dann musst du immer, Tag und Nacht, spielbereit sein!«

»Das ist doch albern!«, meinte ich. »Außerdem habe ich gar keinen Stock dabei!«

»Nimm den da!«

Ein Klarinettenspieler zeigte mit seiner Blockflöte auf einen Getreidesack. »Der ist doch genau richtig!«

Da lag ein gelber Strohhalm. Als ich ihn in die Hand nahm, war er dick, stabil und schnurgerade bis zur Spitze. Ein gut gewachsener, kräftiger Strohhalm. Wie der Klarinettist gesagt hatte, war er genau richtig zum Dirigieren.

Die freie Stelle war jedoch zu eng, um sich mit dem ganzen Orchester darauf zu stellen. So kletterten alle auf die umliegenden Getreidesäcke und schauten auf Großvater und mich herunter.

»Zum Glück bist du so groß, Katze!«, lachte der Klempner auf einem etwas entfernteren Maissack. »Ich kann den Taktstock auch so gut sehen, ohne dass du auf einem Dirigentenpodest stehst!«

Der silberne Stock schlug klappernd auf den Boden und alle verstummten.

Ich schaute Großvater an.

Paukist und Dirigent. Nur wir beide standen unten auf dem Boden.

Großvater nickte.

Ruckartig hob sich meine Hand.

In dem Speicher hob ein Ensemble von Kinderblockflöten an. Irgendwo zwischen den Getreidesäcken spielte ein Wasserrohr tiefe Töne, während der Tubaspieler an Stelle der Tuba mit seiner Stimme arbeitete, die klang, als würde er gerade erwürgt. Ich stand vor dem improvisierten Trödelorchester und schwang mit großer Ernsthaftigkeit einen Strohhalm über meinem Kopf.

Wir waren nicht im Paradies sondern hier, in dieser Welt. Wir ließen tatsächlich die Luft dieser Welt erzittern. Es war zwar ein Durcheinander, aber dennoch ist mir dieses Konzert bis heute in Erinnerung geblieben. Die Blasmusik im Getreidespeicher wurde für mich zu einem ganz besonderen Konzert, wie damals beim Begräbnis des Hausmeisters.

»Noch einmal!«, sagte Großvater. »Die dritte Blockflöte macht ein eigenartiges Geräusch!«

»Na ja, unterhalb des Daumenloches«, rief ein Klarinettenspieler irgendwo aus dem Speicher, »da ist ein Spalt in der Flöte. Unser Knirps hat leider den Schraubenzieher hineingesteckt!«

»Dann stopft es sofort zu!« Großvater schimpfte. »Egal, ob mit Rotze oder mit Dreck – stopft irgendetwas rein!«

Das Konzert begann von Neuem. Von hinten unterstützten die sanften Bässe der Kesselpauken den Lärm des Trödelorchesters, während der Strohhalm die Gruppe stetig vorwärts führte. Langsam entstand ein unbeholfener Wind, der bis nach draußen auf den Hafendamm drang.

Familienbande

Zwei Wochen, nachdem der Händler sich in Luft aufgelöst hatte, wurde auf der anderen Seite der Insel sein schwarzer Lieferwagen gefunden. Gemäß einem Tramper, der den genauen Hergang mit eigenen Augen gesehen hatte, geriet der Lieferwagen, der – auf einer gepflasterten Passstraße mit herrlicher Aussicht – mit hohem Tempo auf ihn zusauste, mitten auf der Geraden plötzlich ins Schlingern, bis er mit der Stoßstange die Leitplanken berührte und durch den Aufprall schräg über die Straße geschleudert wurde, wobei er sich um die eigene Achse drehte. Wenn er nur eine Sekunde später aus der Kurve mit dem Trauben-Selbstbedienungsstand herausgesprungen wäre, hätte es ihn auch zerquetscht, erzählte der Tramper.

Nachdem er das Brett mit den Trauben niedergemäht hatte, prallte der Kastenwagen frontal gegen eine Hunderte von Jahren alte Kiefer. Der Körper des Händlers durchschlug die Windschutzscheibe, knallte gegen den Kiefernstamm und fiel mit einem dumpfen Schlag zurück auf die Kühlerhaube. Feuer brach nicht aus. Der Kopf des Händlers wurde dabei beinahe abgetrennt. Um die Leiche herum lagen überall die dargebotenen Trauben. Auf dem Foto sah der schwarze Kastenwagen aus, wie ein abgetragener, gekrümmter Lederschuh.

»Aber hinten, beim Kofferraum«, fuhr der Tramper im Interview mit einem Klatschblatt fort, »da sah ich eine schwarze, schlammige Soße auf den

Boden fließen. Ich dachte erst, da läuft Benzin aus. Aber bald merkte ich, dass es gar keine Flüssigkeit war. Es ist kaum zu glauben, aber es war eine Schar Mäuse. Ich habe keine Ahnung, wie viele es waren, die da vor meinen Augen wild durcheinander wuselnd in den Kiefernwald hineinrannten. Vielleicht hatten sie die Bremskabel durchgebissen oder den Motor verstopft.«

Bei den Untersuchungen der Polizei konnten weder durchtrennte Kabel noch irgendwelche Ungewöhnlichkeiten im Motorraum festgestellt werden. Nur unter dem Fahrersitz wurden drei zertretene Mäuse auf dem Boden gefunden.

»Während des Fahrens«, sagte der ältere Polizeibeamte, »muss er sich erschreckt haben, als plötzlich die Mäuse aufgetaucht sind. Wahrscheinlich hat er mit den Händen am Lenkrad einen regelrechten Stepptanz vollführt. Mit seinen schwarzen Lederschuhen hat er nach den Tieren getreten und dabei auch die Bremse und das Gas erwischt. So hat der Händler wohl wild herumgetanzt, bis unmittelbar vor seinem Tod.«

Diese Mäuseschar, die aus dem Kofferraum sprang – bis heute kann ich nicht sagen, ob es sich dabei um »Schattenmäuse« gehandelt hatte.

Die Postanweisungen, die er an jenes Postfach gesendet hatte, wurden nie gefunden. Auch das Bargeld blieb verschwunden. Im Kofferraum des schwarzen Lieferwagens befanden sich nur stapelweise Schuhschachteln und gebündelte Schuhbändel.

Ob Vater wusste, dass in diesem Jahr ein Juror des Mathematikwettbewerbs ausgewechselt worden war? Ich denke, der Händler wusste es. Deshalb hatte er vorgetäuscht, den Aufsatz zu stehlen. Weil er ihn aber eigentlich nicht gestohlen, sondern nur das Wesentliche herausgearbeitet und in eine lesbare Form gebracht hatte, kann man sagen, dass der Aufsatz ein Gemeinschaftswerk der beiden war.

Der neue Juror war in Mathematikerkreisen weniger wegen seiner Leistungen als wegen seiner Exzentrik berühmt. Er war ein Mensch, der, wenn in einem Restaurant irgendwo ein Telefon klingelte, sich ein Stück Brot vom Tisch nahm, es ans Ohr hielt und mit lauter Stimme »Hallo, hallo!« rief. Außerdem war er der erste Mensch, der für seine Leistungen in der Mathematik einen Orden bekommen hatte.

»Dieser Aufsatz hat was!«

Mit diesen Worten soll er sich im Prüfungsraum erhoben haben.

»Die Entwicklung ist zwar ungeschickt formuliert und die Beweisführung alles andere als elegant. Dieser Aufsatz wirkt wie ein manischer Bergsteiger, der mit kleinen Schritten, ein Bein nachziehend einen Hang erklimmt. Aber er hat etwas. Außerdem musste ich hier und dort kräftig lachen.«

Dank dieser exklusiven Empfehlung gewann Vaters Aufsatz den Sonderpreis. Bald darauf löste ein Schüler des Jurors, der mit Vaters Theorie über Primzahlen und Mengen elegant umzugehen wusste, das Beweisproblem, das Mathematikern auf der ganzen Welt Kopfzerbrechen bereitet hatte.

In den Bestimmungen des internationalen Mathematikwettbewerbs steht folgende Formulierung: »Beim Ableben des Forschers erhält sein Assistent das Preisgeld. Stirbt der Assistent ebenfalls, wird es einem Familienmitglied einer der beiden übertragen.« Wir kannten nicht einmal den richtigen Namen des Händlers, geschweige denn seine Familie. Die einzige Adresse, die wir von ihm hatten, war die des Postfachs, und dieses Postfach stand jetzt unter Kontrolle der Polizei.

Schlussendlich landete das Preisgeld bei mir.

Ich ging mit der Postanweisung in der Hand zur Werkstatt des Steinmetzen und bat ihn, eine zusätzliche Inschrift in Vaters Grabstein zu hauen. Die Arbeit dauerte nur einen halben Tag. Noch heute sind auf Vaters Grab in deutlichen, für jedermann leserlichen Buchstaben folgende Worte eingraviert:

»Beweise es! Beweise es! Beweise es!«

Ich machte mich auf den Weg zum Getreidespeicher, um mich mit Großvater und seinen Männern über die Verwendung des restlichen Preisgeldes zu beraten. Die Schlaginstrumente waren mehr oder weniger komplett – was wir am dringendsten benötigten, war ein kompletter Satz Klarinetten. Oder erst die Blechbläser? Sollte man besser ein vernünftiges Instrument für jede Instrumentengruppe kaufen?

Aber Großvater schüttelte hinter den Pauken den Kopf.

»Nimm alles für dich!«

Der Postdirektor, der auf einem Maissack thronte, flüsterte mir heimlich zu:

»Du musst zu dem Cellospieler gehen! Genau, wie der Boxer gesagt hat.«

Ich drehte mich erschrocken um. Großvater trainierte den Konrektor auf dem Tamburin. Er schien nicht gehört zu haben, was der Postdirektor gerade gesagt hatte.

Damals hatte ich einen Briefwechsel mit dem Schmetterlingsmann begonnen. Er kam in seinen Briefen regelmäßig auf diesen Cellisten zu sprechen.

»Vorgestern haben wir miteinander telefoniert. Er war sehr interessiert was dich betrifft! Er sagte, er hätte viel Zeit und nichts dagegen, wenn du ihn besuchen würdest. Durchs Telefon hörte ich ständig Hundegebell.«

Die sogenannten Briefe waren genau genommen Tonbandaufnahmen von unseren Stimmen. Auf den Bändern hörte man alle möglichen Hintergrundgeräusche: Zeitsignale, die in der Stadt läuteten; Anfeuerungsrufe aus der Trainingshalle; Stimmengewirr aus einem Konzertsaal. Ich stellte den Kassettenrekorder jeweils auf den Schalter im Postamt und erzählte dem Postdirektor beim Vorspielen, woher die verschiedenen Geräusche stammten. Auch von den Straßen, durch die ich mit der Tante spaziert war, und von dem See auf dem Landschaftsbild. Aber die Geräusche aus der kastagnettenförmigen Stadt klangen weit weg für meine Ohren. Ich war seit mehr als zwei Monaten nicht mehr in der Schule gewesen.

Während der Klempner nach der Probe sein unansehnliches Instrument aus Wasserrohren abwischte, zwinkerte er mir zu:

»Wir alle hier betrachten uns zwar als deine Väter, aber siehst du, Katze!, ein richtiger, leiblicher Vater ist halt doch ein großes Glück!«

In dieser Nacht lag ich in meinem ziemlich klein gewordenen Bett noch lange wach. Immer wieder schwirrten mir Bilder von der Nacht, die ich in der Blindenschule verbracht hatte, durch den Kopf.

Die Sterne am Himmel. Die sich kräuselnden Wellen. Der boxende Blinde. Die Hunde Rot, Gelb und Grün.

Die Blinden, die am Strand liegen und den Sternen lauschen.

Ich habe es von Anfang an gewusst - es gibt keine Landkarte für das Leben! Egal ob blind oder nicht, die Menschen können nicht einfach Wegweisern folgen.

Es sind nicht nur die Geräuschkarten, die sich ständig ändern. Auf einmal erscheint ein Wandschirm, mit dem man nie gerechnet hätte, und im nächsten Augenblick bröckelt der sandige Boden unter den Füßen. Die Menschen müssen - ungeachtet dieser Veränderungen in ihrer Umgebung - rastlos immer weitergehen.

Mit Konzerten verhält es sich genauso. Durch das bloße Betrachten von Noten ertönt noch keine Musik.

Ja klar, das habe ich doch schon immer gewusst.

Ich hörte das Klacken des silbernen Stocks auf den Treppenstufen und Großvater kam ins Zimmer. Er roch etwas nach Alkohol. Während er seine Krawatte löste, redete ich in der Dunkelheit zu ihm.

»Großvater?«

»Was ist?«

»Ich gehe zu dem Cellospieler!«

»Aha!«, sagte er nur und legte sich schweigend in das Bett neben mir.

Die Stadt, in der er mit Vater und Mutter, die nun beide tot waren, ein elendes Leben gefristet hatte. Das war für Großvater bestimmt kein Ort, der mit guten Erinnerungen besetzt war. Auch wenn es der musikalischen Ausbildung diente, so war ich doch sein einziger Verwandter, der zurück in diese Stadt wollte, wie ein Schmetterling, der von süßen Blüten angezogen wird.

»Großvater, es tut mir leid!«, sagte ich in die Dunkelheit hinein, »aber ich habe mich dazu entschieden!«

Großvater antwortete nicht. Sein Atem klang nicht, als ob er schlafen würde. Ich drehte mich auf den Rücken und schaute zur dunklen Zimmerdecke. Dahinter befand sich der Dachboden, in den ich bis im letzten Jahr immer wieder meinen Kopf gesteckt und gehorcht hatte. Genau wie ein Strauß, dachte ich, der einfach seinen Kopf in ein Loch steckt, wenn er sich verstecken will. Ich habe meinen Kopf in die staubige Dunkelheit gesteckt, um Augen und Ohren zu verschließen, während mein viel zu großer Körper unten im Zimmer geblieben ist.

Da hörte ich Schritte. Nicht von der Decke. Das leise Klopfen kam von der Treppe, auf der Vater jetzt nicht mehr saß.

Tam, tatam

Tam

Es war zwar sehr leise, aber zweifellos da, dachte ich.

Tatam, tam

Das Weizenstampfen von Kuhtse ging also weiter. Ich konnte noch so weit weggehen – auch wenn seine Gestalt nicht mehr zu sehen und seine Stimme nicht mehr zu hören war, hallte trotzdem dieses Geräusch weiterhin durch meinen riesigen Körper.

»Pass auf, was du isst, Katze!«, sagte Großvater nebenan. »Das Essen da ist furchtbar!«

»Hm!«, antwortete ich, während ich weiter zur Decke hinauf schaute. »Ich werde versuchen, selbst zu kochen sooft es geht. Omeletts kann ich gut.«

Tatam, tam

Ein Mädchen freut sich auf die Schiffsreise

Die selbsternannten Väter kamen alle zum Hafen, um mich zu verabschieden. Vermutlich bemerkte keiner der Matrosen und Passagiere, dass die Truppe mit ihrem Trödel in der Hand die kläglichen Überreste des stolzen städtischen Blasorchesters waren. Großvater gab mir ein Bündel zusammengehefteter Blätter. Da ich neben wilden Matrosen aufgewachsen war und jahrelang ausländische Klatschblätter studiert hatte, konnte ich in drei bis vier Fremdsprachen ein paar Worte sprechen. Als ich das Papierbündel öffnete, fand ich eine Liste mit vulgären Ausdrücken, die ich von meinem ernsthaften Großvater niemals erwartet hätte.

»Großvater!«, fragte ich ihn, »was bedeutet das: Ein Typ, der einem Pinguin die Haut abschält?«

»Ah!«, antwortete er ruhig, »damit ist ein furchtbarer Schwätzer gemeint!«

»Wo kommt das denn her?«

»Weiß ich nicht!«, antwortete Großvater.

Die Dampfpfeife hupte und ich ging hastig die Laufplanke hinauf. Die Orchestermitglieder stellten sich auf dem Hafendamm auf und stimmten ein berühmtes Abschiedslied an, das sie eigens für diesen Tag einstudiert hatten. Es war eine sehr schöne Darbietung. Weil die Kesselpauken nicht zum Hafen transportiert werden konnten, spielte Großvater auf vier unterschiedlich großen Blechtrommeln. Als das Stück zu Ende war, hob an Deck großer Applaus an und in die Beifallsrufe, die eine Zugabe forderten, mischte sich noch einmal der tiefe Ton der Dampfpfeife. Die Orchestermitglieder hielten ihre Trödelinstrumente in die Höhe und winkten. Langsam legte das Schiff vom Hafendamm ab.

Ich sah unsere Insel das erste Mal vom Meer aus. Zuhinterst auf dem Deck stehend, betrachtete ich die ganze Zeit ihre Silhouette. Das Dampfschiff gewann nach und nach an Fahrt, bis die Insel, die von Weitem wie ein spitzer Kieselstein aussah, schließlich hinter dem Horizont verschwand.

Die eine Woche auf dem Dampfer war alles andere als langweilig. Während ich in Großvaters Sammlung mit den umgangssprachlichen Ausdrücken las und Artikel aus alten Klatschzeitschriften ausschnitt, die in der Kabine herumlagen, vergingen die Tage wie im Flug. Es waren viele Matrosen an Bord, die ich vom Sehen her kannte. Die Gäste, denen ich auf Deck begegnete, grüßten mich flüchtig, wenn sie an mir vorbeigingen. Nicht nur weil ich auffiel, sondern weil meine große Gestalt offenbar jedem in Erinnerung blieb, der mich einmal gesehen hatte. Gepflegte ältere Musikliebhaber, Instrumentenhändler und andere Musikinteressierte sprachen mich an wie alte Bekannte. Aber bei den Kindern musste ich aufpassen. Wenn ich beim Gähnen gerade zufällig hinter einem Kind stand, passierte es immer wieder, dass sich dieses plötzlich umdrehte und so inbrünstig losheulte, dass man es auf dem ganzen Schiff hören konnte.

Auch den kleinwüchsigen Matrosen, der sich für Blasmusik begeisterte, traf ich auf dem Schiff wieder. Kichernd nahm er mich mit aufs Mannschaftsdeck. Da gab es einen Papagei. Der prächtige Vogel saß auf seiner Stange, plusterte sein glänzend weißes Gefieder und krächzte ständig mit zitternder Stimme:

»Bonbon bitte!, Bonbon!, Bonbon bitte!«

Die Matrosen um ihn herum warfen ihm gelegentlich Obststückchen zu. Der Papagei reckte seinen Hals und schnappte sich geschickt mit dem Schnabel das dargebotene Fressen. Pupillen wie schwarze Perlen. Ein grauer Schnabel, der aussah, als ob er lachte. Ich habe ihn auf einer öffentlichen Toilette am Hafendamm gefunden, erzählte der kleine Matrose. Er ist wohl mit einer Ladung an Land gekommen; hat ganz verängstigt ausgesehen und sich ständig mit dem Schnabel Federn aus der Brust gerupft. Als er mich gesehen hat, kam mir ein ohrenbetäubendes »Bonbon!, Bonbon!«, entgegen. Dann ist er mir auf die Schulter gehüpft.

Der Matrose war daraufhin, wohl oder übel mit dem Vogel auf der Schulter, zurück an Bord gegangen. Der Kapitän hatte längst gewechselt. Als Erstes flog der Papagei direkt zur Kapitänskajüte. Während er mit dem Schnabel an die Tür klopfte, krächzte er: »Bonbon!, Bonbon bitte!« und hörte eine ganze Weile lang nicht mehr auf zu schreien.

»Ich verstehe das nicht!«, sagte der Matrose. »Ich dachte eigentlich, dass er ihm am liebsten alle Haare vom Kopf gerissen hätte, aber offensichtlich hat er sich doch nach dem Kapitän gesehnt, obwohl der so grausam gewesen ist. Wer weiß, er kann halt nicht sprechen. Was auch immer er denkt – er kriegt nichts raus außer: ›Bonbon bitte!‹«

Diese Worte hatte ihm zweifellos der Kapitän beigebracht. Während er dem Papageien über den Rücken streichelte, meinte der kleine Matrose:

»Ich finde es ziemlich schlimm, dass der nur einen einzigen Satz sagen kann. Aber dafür, dass man ihm nur einmal sprechen beibringen wollte, sind es immerhin erstaunlich nette Worte.«

Der Papagei schaute uns an. Dann legte er den Kopf schief und wiederholte mit schriller Stimme immer wieder die einzigen Worte, die er konnte, während seine schwarzen Pupillen mit ihrem rätselhaften Blickfeld unruhig kreisten.

»Wahrscheinlich hat der Kapitän den Papageien verwöhnt!«, sagte ich, »zumindest am Anfang.«

Während er den weißen Hals des Vogels kitzelte, murmelte der kleine Matrose:

»Ja, schön wär's!«

Der Papagei wiederholte:

»Bonbon bitte! Bonbon! Bonbon bitte!«

Ich schlief jeden Abend an Deck ein, während ich auf das ruhige, nächtliche Meer blickte.

Als ich eines Morgens aufwachte, herrschte dichter Nebel. Da und dort leuchteten auf dem Deck schummrige Lichter in dem weißen Dunst, die wie Wollknäuel aussahen.

»Katze, bist du das da drüben?«

In dem weißen Dunst tauchte der Matrose mit einer Taschenlampe in der Hand auf. Auf seiner Schulter saß mit eingezogenem Kopf der Papagei.

»Ganz schön heftiger Nebel!«

»Hm!«

Ich erhob mich von der Bank. »Bin von oben bis unten patschnass.«

Das Dampfschiff fuhr langsam durch den Nebel. Die Wellen klatschten gegen den Schiffsbauch. Ich wanderte ziellos auf dem Deck umher. Der Nebel war so dicht, dass ich meine ausgestreckte Hand nicht sehen konnte. Ab und zu hörte ich plötzlich Stimmen, die wie ein Trugbild sofort wieder verschwanden. Manchmal blieb ich stehen und horchte diesen entfernten Stimmen nach. Es war zwar niemand zu sehen, aber dennoch hatte ich das Gefühl, dass an Deck eine große Anzahl von Menschen unterwegs war. Es war wie ein Spaziergang auf dem Boden einer Milchflasche.

Ich vermute, es war am späten Vormittag, als draußen im weißen Nebel ein schrilles, abgehacktes Lärmen, wie von einer stockende Sirene erschallte. Aus dem unsichtbaren Kamin unseres Dampfers ertönte darauf mehrmals die Dampfpfeife, als würde sie antworten.

Ein Kind begann an Deck zu weinen.

»Mama, ein Dinosaurier!, da kommt ein Dinosaurier!«

Noch einmal ließ die kurze Sirene den Nebel erzittern. Ich klammerte mich an die Reling und starrte durch den weißen Dunst vor mir in die Weite.

»Beruhig dich, das ist etwas anders!«, hörte ich eine sanfte Frauenstimme irgendwo an Deck sagen. »Die Schiffe grüßen einander. Das ist auch eine Dampfpfeife. Die Matrosen hupen damit. Das ist sicher kein Dinosaurier!«

Plötzlich lichtete sich für einen Augenblick der Nebel und ich sah es. Jedenfalls war mir, als hätte ich es gesehen. Ein pechschwarzes Schiff, so riesig, dass es nicht von dieser Welt zu sein schien. Mit einem Schornstein, der so hoch in den Himmel ragte, dass mir unser Dampfschiff dagegen wie ein Ruderboot vorkam. Von welchem Hafen in welches Land war es wohl unterwegs? Gab es überhaupt so große Häfen, dass dieses Schiff einlaufen konnte? Das Schiff war viel zu groß. Gigantisch. Noch einmal heulte die Sirene. Unsere Dampfpfeife antwortete umgehend. Das viel zu große Schiff durchpflügte langsam das Meer.

»Der Dinosaurier weint!«, schrie das Kind im Nebel. »Er ruft sicher seine Freunde!«

Ich sah, wie sich im Nebel vor uns der Schornstein des riesigen Schiffes schlangenartig verbog. Darauf streckte er sich dem Himmel entgegen und verbreitete noch einmal diesen Ton in der schneeweißen Umgebung, der wie der traurige Schrei eines Lebewesens klang, das schon länger als alle anderen auf dieser Welt ist.

Die Lücke über dem Meer schloss sich blitzschnell wieder, vor meinen Augen befand sich nur noch dichter Nebel. Der schrille Ton verschwand immer weiter in der Ferne. Als würde sie ihn verfolgen, hupte unsere Dampfpfeife noch hinterher, aber jenes Heulen antwortete schon nicht mehr.

Nach der Wanduhr in der Kabine war es genau Mittag, als sich der Nebel verzog. Auf dem ruhigen, weiten Meer war von dem gigantischen Etwas keine Spur zu entdecken.

Als ich mich am Nachmittag bei den Matrosen erkundigte, hatte keiner von ihnen so ein riesiges Etwas bemerkt und natürlich auch nicht die Dampfpfeife betätigt. Sie hoben nicht mal den Kopf, während sie mit mir sprachen, und stopften sich weiterhin eine frittierte Garnele nach der anderen in den Mund.

Eine Stunde vor Erreichen der Küste gab es auf dem Schiff eine Durchsage in einer fremden Sprache, wonach die Passagiere bitte schnell ihr Gepäck zusammenpacken sollten. In meinem Koffer befanden sich nur ein paar Sachen zum Anziehen, Noten, Taktstock und Sammelalben.

Der Schmetterlingsmann hatte mir per Kassette folgende Angaben geschickt:

»Direkt am Hafen steigst du in den Bus Nr. 2 und fährst bis zur Haltestelle Botanischer Garten. Die Fahrt dauert etwa zwanzig Minuten. Von der Bushaltestelle gehst du zu Fuß in Fahrtrichtung weiter und biegst an der dritten Ecke ab. Es ist das fünfte Haus, mit einem Rasen davor. Die Fassade ist in einer recht auffälligen Farbe gestrichen und auf dem Grundstück rennen mehrere Hunde herum – du wirst es sofort erkennen.«

Mit meinem funkelnagelneuen Pass in der Hand verließ ich die Kabine und ging an Deck. Es herrschte schon dichtes Gedränge.

»Schaut mal!«, rief jemand, »das riesige Haus da!«

Ich sah es selbstverständlich auch von zuhinterst in der Menschenmenge. Am Hafendamm stand ganz vorne ein orangenes Gebäude, das wie ein Schloss aussah. Ich seufzte. Es war herrlicher, als alle Gebäude, die ich je gesehen hatte. Auch um mich herum hörte ich bewundernde Stimmen. Ein Ordnungsbeamter bemerkte mit gelangweilter Stimme, das sei nur ein gewöhnliches Lagerhaus. Da würden leere Container deponiert. Wir Passagiere wurden darauf mucksmäuschenstill. Während wir weiter in den Hafen hineinfuhren, wurden die Gebäude immer höher und größer. Jedes Einzelne war eine Stadt für sich. Da wusste ich, dass ich in einer richtigen Großstadt angekommen war. Der Matrose winkte mir mit dem Papageien auf dem Arm vom Ende des Decks zu.

Das Dampfschiff erreichte den Hafendamm. Die Laufplanke wurde angelegt. In dem furchtbar großen Gebäude für die Einwanderungskontrolle standen schon Passagiere von anderen Schiffen Schlange. Verschiedenste Sprachen hallten von der hohen Decke. Wir schwiegen und krochen im Gänseschritt in dem mit Eisengittern unterteilten Gang vorwärts. Hin und wieder musterten mich die Sicherheitsbeamten mit strengen Blicken. Ich machte mich möglichst klein, aber immer wieder pikste mich der Mann hinter mir mit seinem Schirm in den Hintern.

Wir standen in der letzten Reihe rechts außen. Rechts von uns befanden sich schon die Schalter für die Ausreise. Ich konnte die unterschiedlichen Gesichtsausdrücke – manche heiter, manche trübe – der abreisenden Schiffspassagiere sehen, wenn sie auf der anderen Seite des Eisengitters vorbeigingen.

Es passierte, als nur noch zwei Personen vor mir waren.

Vor dem Ausreiseschalter rechts von mir tauchte eine ländlich gekleidete Frau mit erschöpftem Gesichtsausdruck auf, ein Baby auf dem Arm und ein kleines Mädchen an der Hand. Sie trug ein dickes, lilafarbenes Schultertuch mit einem ungewöhnlichen Muster. Das Mädchen hatte einen Teddybären in der Hand. Sein Gesicht war schon ganz abgewetzt, so dass man nicht mehr erkennen konnte, was einmal Augen und Nase gewesen waren. Im Gegensatz zu ihrer Mutter schien das Mädchen sich sehr auf die Schiffsreise zu freuen und begann in einem sehr eigenen Dialekt der Landessprache ein schräges Lied zu singen, wobei es die Hand der Mutter hin und her schwang.

»Stampf ihn, stampf-stampf, Weizenstampfer Kuhtse!«, sang das Mädchen und schwenkte dazu den Bären.

»Weit, gen Himmel, heb die schweren Stiefel!«

»Was machen Sie eigentlich?!«, brüllte eine zornige Stimme. »Los, gehen Sie weiter!«

»Schwarz-weiß-braun, stampf alles platt!«

Jemand beschimpfte mich als Strohkopf. Etwas Hartes stieß mir in den Rücken. Wie vom Blitz getroffen klammerte ich mich an das Eisengitter. Die Mutter und das Mädchen eilten weiter und der leise Gesang verschwand im Lärm. Ich hämmerte gegen das Eisengitter und wollte den beiden hinterherrufen. Aber noch bevor ich mir überlegen konnte, was ich in der fremden Sprache rufen könnte, kamen von hinten mehrere Hände und stießen mich unsanft vor den Schalter für die Einreise.

»Den Pass, vorwärts!«

Der Grenzbeamte schniefte und sah mich unverwandt an.

»Moment – heißt es«, redete ich in der fremden Sprache mit mir selbst. »Moment, du da mit dem kleinen Bären! – das hätte ich sagen sollen.«

»Was ist?«

Der Beamte beugte sich nach vorne und schaute ängstlich in meinen Koffer. »Hast du etwa einen kleinen Bären da drin?«

Viertes Kapitel

Grün

Auf dem Rasen waren tatsächlich Hunde. Sogar vier Stück. Als ich die Glocke läutete, kam ein besonders großer auf mich zugetrottet und schnüffelte an den ausgebeulten Knien meiner Hose herum.

Eine Frau, wahrscheinlich die Haushälterin, streckte ihren Kopf aus der Tür. Nachdem ich meine Angelegenheit vorgetragen hatte, meinte sie:

»Der Maestro ruht sich gerade aus. Aber er hat mir von Ihnen berichtet. Bitte kommen Sie doch herein!«

Drinnen befand sich ein großer, runder Salon mit mehreren schwarzen und weißen Sofas an der Wand. Die Treppe zum ersten Stock schlängelte sich vom Balkon bis zum Eingang hinunter, mitten durch den Raum. Sie war mit einem grauen Teppich belegt. Ich setzte mich auf ein schneeweißes Ledersofa. Die Haushälterin, die mir aus der Küche kühlen Tee brachte, bemerkte scheinbar meinen unruhig umherirrenden Blick.

»Der Maestro interessiert sich nicht für Innenarchitektur. Deshalb hat seine Tochter die Einrichtung ausgewählt.«

»Ach so«, sagte ich und blieb sitzen, »dann stammt das Bild auch von der Tochter des Hauses?«

»Ja«, sagte sie, »das hat sie gemalt, als sie noch klein war.«

Ganz hinten im Salon hing ein einziges Bild an der Wand. Es zeigte ein Cellokonzert im Freien. Das Gesicht des Cellisten, seine Körperhaltung mit dem Bogen in der Hand, die Rücken der gebannten Zuhörer – alles war bis ins Detail naturgetreu abgebildet. Aber die grellen Farben, mit denen das Bild gemalt worden war, verdarben nicht nur die Stimmung in dem Werk, sondern auch die Ruhe des ganzen Raumes. Wer in einem Künstlerhaushalt aufwächst, entwickelt offenbar ein sonderbares ästhetische Empfinden. Ich erkundigte mich bei der Haushälterin nach dem Alter der Tochter.

»Sie ist diesen Frühling neunzehn geworden.«

Während sie mir antwortete, sah sie aufgeschreckt zur Treppe hinüber. Ich folgte ihrem Blick und schaute hinauf zum ersten Stock. Eine kleine Gestalt, die von Kopf bis Fuß in einem dunkelbraunen, wattierten Overall steckte, kam Schritt für Schritt sich vorsichtig auf das Geländer stützend die

Treppe herunter. Der Mann war etwa so groß, dass seine Brust gerade bis zum Handlauf reichte. Das heißt, er war nicht größer als ein Bärenbaby auf den Hinterbeinen.

Als er seine kurzen Beine schließlich auf den Teppich im Salon setzte, atmete der dunkelbraun wattierte Mann erleichtert auf und hob sein Gesicht. Sein Kopf, der aus dem hohen Kragen herausschaute, war kugelrund und die Augen milchig weiß, als wären sie vernebelt.

»Wer ist da, sag, wer ist es?«

Er sprach mit einer hohen, kreischenden Stimme.

Die Haushälterin fuhr mit der gleichen Höflichkeit fort:

»Das ist der Herr aus dem Ausland, Maestro, der Ihnen von einem Freund empfohlen worden ist. Er ist gerade eben hier eingetroffen. Wenn es Ihnen recht ist, würde ich ihm gerne zuerst sein Zimmer zeigen, in dem er ab heute wohnen wird.«

»Ist mir egal!«

Der Mann, den sie Maestro nannte, zuckte mit den Schultern und keuchte.

Darauf die Haushälterin:

»Oder ich bringe das Gepäck aufs Zimmer und Sie können dem jungen Herrn in der Zwischenzeit das Arbeitszimmer zeigen. Wie wäre das?«

»Ja, machen wir das!«

Er drehte sich zu mir herum, hob seinen Zeigefinger ein wenig und sagte:

»Los, komm!«

Dann sauste er quer durch den Salon in Richtung des geschmacklosen Bildes davon. Mit erstaunlicher Geschwindigkeit, dafür dass er blind war. Ich folgte ihm mit großen Schritten.

Im Arbeitszimmer herrschte ein unglaubliches Durcheinander. Überall auf dem Boden rollten sich alte Cellosaiten wie Stacheldraht zusammen und sechs Cellos lagen wie Särge verstreut herum. Da die Fenster offensichtlich immer geschlossen blieben, hing ein Geruch in der Luft, der an eingelegte Sardinen erinnerte. Auf dem Boden unter den Cellos lagen mehrere dieser braunen, wattierten Overalls, die einfach ausgezogen und hingeworfen worden waren.

Der Mann kletterte auf einen runden Stuhl mit vier Beinen.

»Also los, mach!«

»Bitte?«, fragte ich, »was denn?«

Er fuhr weiter, als ob nichts wäre.

»Räum das Zimmer auf!«

Ich war zwar etwas eingeschnappt, krempelte aber ohne ein Wort zu sagen die Ärmel hoch. Während ich die Cellos an die Wand stellte und Saiten aufrollte, wippte der Maestro auf seinem Stuhl mit dem Kopf und sang mit tiefer Stimme »muh, muh, mu-mu-muh«.

»Den Boden musst du auch putzen!«

Ich rief die Haushälterin und bat sie um einen Putzlappen. Als ich die braunen Overalls aufhob, stieg mir ein noch strengerer Essiggeruch in die Nase.

»Sie spielen also Cello, nicht wahr?«, fragte ich in der fremden Sprache, während ich den Putzlappen auswrang.

»Ja«, antwortete der Maestro und ließ die Beine baumeln, »sieht ganz so aus!«

»Ich glaube, dass Sie der beste Cellist der Welt sind. Das sagt auch mein Großvater.«

»Ist ja toll!«

Er zupfte sich am Ohrläppchen und meinte: »Ja, das ist schon richtig so!«

Die Haushälterin brachte einen Eimer mit frischem Wasser. Ich bedankte mich flüchtig und wandte mich wieder dem Cellisten zu.

»Ich bin hergekommen, um das Dirigieren zu lernen!«

»Oh ja? Großartig!«

»Ich suche eigentlich keine Anstellung als Putzfrau!«

»Ach, tatsächlich!«

»Sagen Sie mal …«

Ich legte den Putzlappen auf den Boden. »Könnten Sie mir nicht etwas ernsthafter zuhören?«

Der Mann streckte geistesabwesend seine Hand unter dem Overall hinter den Rücken.

»Ah, ich komm nicht hin. Kratz mich mal hier!«

Ich seufzte ganz tief, damit er es hören konnte, stellte mich hinter ihn und begann durch den Overall seinen Rücken zu kratzen.

»Direkt! Direkt!«, befahl der Mann mit seiner kreischenden Stimme.

Ich öffnete also den Reißverschluss und steckte meine Hand hinein. Da erschrak ich. Seine Wirbelsäule, die sich unter der Haut abzeichnete, windete sich kraftlos, wie eine gerissene Saite über den ganzen Rücken nach unten.

»Da! An der Stelle!«

Nach einer kleinen Weile begann der Maestro ein Liedchen zu summen. »Du kannst gut Rücken kratzen, Katze – so heißt du doch? Gut, abgemacht. Ich nehme dich in den Kreis meiner Gefährten auf, Katze! Alles klar? Du gehörst ab jetzt dazu!«

Während er das murmelte, zuckte er mit seinen schmalen Augenbrauen.

Wie mir die Haushälterin erzählte, war der Maestro schon Mitte vierzig und tatsächlich dieser dank seines genialen Cellospiels weltberühmt gewordene Musiker (auf dem Plattencover waren keine Fotos von ihm gewesen, sondern ein Bild mit posierenden Mädchen in weißen, luftigen Röcken). Der in dieser Stadt geborene Maestro war als Kind von einem galoppierenden Esel gefallen und seitdem nicht mehr gewachsen. Mit fünfzehn bekam er den grauen Star und wurde in einem staatlichen Krankenhaus operiert. Unglücklicherweise misslang die Operation und der Maestro verlor sein Augenlicht. Es war kurz danach, dass er in der Blindenschule auf meiner Insel dem Schmetterlingsmann begegnete.

»Abgesehen von der Musik ist dem Maestro alles gleichgültig.«

Die dünne Haushälterin rümpfte ihre lange Nase, während sie ein mit schwarzweißen Karos gemustertes Laken ausbreitete. Das war scheinbar ihre Art zu Lächeln.

»Im Kern ist er ein sehr netter Mensch. Wenn er sagt, ihm sei alles egal, dann meint er damit nur, dass ich nach meinem Gutdünken entscheiden soll.«

Ich nickte, während ich die Sammelalben und die Noten ins Bücherregal stellte.

»Verstehe!«

Ich betrachtete die Fingernägel der rechten Hand, mit der ich den Rücken des Maestros gekratzt hatte. Fettiger Schmutz quoll darunter hervor.

Sie hatten mir ein Zimmer im ersten Stock Richtung Westen gegeben. Vor meinem Fenster erhob sich ein riesiges Gewächshaus des botanischen Gartens. Das Licht der untergehenden Sonne, das sich in dem Glashaus spiegelte, glitzerte wie leuchtende Sandkörner. Während ich die Augen zusammenkniff, fragte ich:

»Wann übt der Maestro?«

»Üben?«

Die Haushälterin drehte sich erstaunt um. »Er übt so gut wie nie, jedenfalls nicht hier im Haus!«

»Er spielt nie auf seinem Instrument?«

»Kaum.«

Sie rümpfte wieder ihre Nase. »Und in der Nacht sowieso nicht, sonst schlagen die Hunde an.«

»Ach so«, nickte ich, »ja, vor dem Haus war ein ganzes Rudel, als ich ankam!«

»Die Tochter des Hauses liebt die Tiere über alles.«

Als vor zehn Jahren die Blindenschule schließen musste, besuchte der Maestro zusammen mit seiner Tochter die Stadt, um vor Gericht auszusagen und ein wenig Ferien zu machen. Da fragte ihn der Schuldirektor, ob er nicht einen der Blindenhunde mitnehmen wolle.

»Dem Maestro soll es wie immer einerlei gewesen sein«, erzählte die Haushälterin, »aber seine Tochter hat eines der Tiere umarmt und mit den Worten: ›Ich will diesen Hund!‹ darauf bestanden, ihn mitzunehmen.«

Nachdem der Blindenhund namens Grün später noch sieben Junge zur Welt gebracht hatte, war er eines Nachts ganz friedlich entschlafen. Es gab hier also neben denen, die ich gesehen hatte, noch drei weitere Hunde.

»Sie hat erzählt, dass sie ihn ins Herz geschlossen hatte, weil er den gleichen Namen trug!«

»Den gleichen Namen?«

»Ja, die Tochter des Hauses heißt ebenfalls Grün!«, sagte die Haushälterin, während sie das Bett ausklopfte. »Die Hundewelpen taufte sie auf die Namen Hellgrün, Gelbgrün, Viridiangrün, Grasgrün, Olivgrün, Blaugrün und Dunkelgrün.«

»Das ist ja toll!«

Ich war zutiefst beeindruckt.

»Bitte schließen Sie die Fenster, wenn die Sonne nicht scheint«, sagte sie. »Die Luft aus dem botanischen Garten ist sehr feucht, sobald es kühl wird.«

Das Speisezimmer befand sich in einem der kleineren Räume hinter dem Salon. Während des Abendessens fuchtelte der einen Overall tragende Maestro ständig mit Kartoffeln in der Luft herum, die er sich auf die Gabel steckte. Wenn gelegentlich eine auf den Tisch plumpste, herrschte er mich an:

»Heb sie auf, Katze!«

Ich packte die Kartoffel jeweils mit der bloßen Hand und steckte sie ihm ohne Vorwarnung wieder auf die Gabel.

»Sie brauchen sich keinerlei Sorgen um Ihre Tochter zu machen, Maestro!«, sagte die Haushälterin, während sie eine Schüssel mit Salat brachte. Bei näherer Betrachtung handelte es sich um mit gehackter Petersilie bestreuten Kartoffelsalat.

»Sie hat am Abend angerufen. Weil das Fotolabor so überlaufen war, ist sie etwas verspätet.«

»Das ist mir doch völlig egal!«

Der Maestro schleuderte eine Kartoffel samt Gabel in die Salatschüssel. Sie landete mitten in dem Brei.

»Sagen Sie, Maestro«, fragte ich zögerlich, »Der Name, Grün, also für ihre Tochter …«

»Ja, genau!« Der Maestro schüttelte sich. »Meine Tochter heißt Grün!«

»Wie kommt es, ähm, ich meine, mit welchem Wunsch im Herzen haben Sie ihr diesen Namen gegeben?«

»Was soll das? Dafür, dass du nur die Katze bist, kümmerst du dich aber um merkwürdige Dinge!«

Während sie Salz über den Salat streute, warf mir die Haushälterin einen tadelnden Blick zu.

»Weiß ich doch nicht, die Mutter von der Kleinen hat sie einfach so genannt!«, fuhr der Maestro fort. Seine Stimme klang deutlich nervöser. »Keinen blassen Dunst! Es spielt für mich keine Rolle, ob sie jetzt Grün, Blau, Gelb, Braun oder Orange heißt. Ist sowieso alles dasselbe! Zum Teufel nochmal!«

Der aufgeregte Maestro stand auf und hüpfte auf seinem Stuhl auf und ab. Dabei trommelte er sich mit beiden Fäusten gegen den Kopf.

Ich wollte etwas einwenden, bemerkte aber den Blick der Haushälterin und hielt lieber den Mund.

»Der Name ist absolut unwichtig – Grün ist ein tolles Mädchen! Sie ist der beste Gefährte auf der ganzen Welt. Ach so, Katze!, du bist wohl heiß auf sie. He, he!«

Der Maestro setzte sich auf den Tisch und stierte mich mit seinen weißen Augen an. Während er affektiert lachte, züngelte er wie eine Schlange. Es war absolut widerlich.

»Heiße, heiße, heiße doofe Katze!«, begann der Maestro zu singen, während er auf dem Stuhl herum sprang.

»Maestro!«, sagte die Haushälterin. »Ich verstehe ja, dass Sie sich freuen, einen neuen Freund gewonnen zu haben, aber wenn Sie während des Essens so tanzen und singen, dann ist das unhöflich Ihrem Freund gegenüber. Schauen Sie doch, er scheint ganz verunsichert.«

»Ach so.«

Der Maestro setzte sich artig auf seinen Stuhl und tastete mit der rechten Hand nach dem Tisch. Als ich ihm die Gabel mit der Kartoffel reichte, zeigte er ein Grinsen.

»Apropos singen«, fragte ich, während ich mir Salat schöpfte, »haben Sie schon mal das Lied vom Weizenstampfer gehört?«

»Was soll das sein?«

Ich räusperte mich und begann das Lied zu summen, das ich bei der Einreise gehört hatte.

»Stampf ihn, stampf-stampf, Weizenstampfer Kuhtse …«

»Grauenvolles Lied!«

»Ma-es-tro!« Auf die scharfe Stimme der Haushälterin hin schlug der Cellist die Augen nieder und sagte, während er unruhig auf der Kartoffel herumkaute, »ich kenne kein solches merkwürdiges Lied!«

Im Stehen, mit dem Teller in der einen Hand, griff die Haushälterin meine Frage auf.

»In dieser warmen Gegend hier sieht man selten jemanden Weizen stampfen, aber oben im Norden machen sie das in den kalten Wintern wohl regelmäßig. Die Bauern stellen sich auf dem Schnee in eine Reihe und stampfen, wenn ich mich recht entsinne, seitwärts den Weizen …«

»Genau, es wird seitwärts gestampft!«

Diesmal war ich es, der aufgeregt aufsprang. »Sie stampfen seitwärts über das Feld! Aber, das ist ja seltsam. Im Schnee?«

»Ja.«

»Nicht auf gelbem Boden?«

»Ich glaube nicht.«

Ich schwieg eine Weile und fragte dann, wozu das Weizenstampfen denn eigentlich diene. Die Haushälterin stellte den Teller auf den Tisch und meinte, sie hätte es nur früher einmal auf einem Foto gesehen, mehr wisse sie leider auch nicht darüber. Sie streckte ihren Rücken gerade und verschwand Richtung Küche.

»Du sag mal, Katze!«, fragte der Maestro drängend. »Dieses Weizenstampfen – macht das Spaß?«

Ich antwortete nicht gleich.

»Weiß ich nicht!«

»Mach doch mal!«

Er starrte mich mit seinen leeren Augen an. Mit einem Seufzer stand ich auf. Dann begann ich Schritt für Schritt auf dem lackierten Holzboden seitwärts zu stampfen.

Tam, tatam

Tatam, tam

»Das kenn ich!«, rief der Maestro. »Der Kerl hat mir am Telefon erzählt, dass du dauernd so ein verrücktes Geräusch machst.«

»Naja, ich …«

Mit Kerl war offensichtlich der Schmetterlingsmann gemeint. Ich glaube nicht, dass er es als »verrücktes Geräusch« bezeichnet hatte. Der Maestro klatschte in die Hände und lachte. »Du bist ein Gefährte, Katze, ja, du bist sogar ein Gefährte unter den Gefährten!« Flink stieg er vom Stuhl und begann, um mich herum das Rad zu schlagen. Geschickt wie ein Akrobat wich er meinen riesigen Schuhen aus, während ich unbeirrt seitwärts schritt.

Plötzlich schrie er:

»Sie ist da!«

Er hörte damit auf, Räder zu schlagen, um gleich wieder mit unglaublichem Tempo Richtung Salon davon zu rasen. Durch die offen gelassene Türe hörte auch ich jetzt die Hunde, die draußen auf dem Rasen anschlugen. Kurz darauf öffnete sich die Haustüre und ein mageres Mädchen kam mit viel Gepäck unterm Arm herein. Ich erschrak. In der Hafenstadt, in der ich aufgewachsen war, gab es keine Menschen mit so weißer Haut. Aus einem hellvioletten, ärmellosen Kleid, wie ich sie aus dem Katalog des Händlers kannte, schauten zwei milchweiße Arme heraus. Auf ihrem kleinen Gesicht trug sie eine Kunststoffbrille mit grünem Rand. Obwohl sie nur zwei Jahre älter war als ich, wirkte ihr Lächeln schon sehr erwachsen und ruhig.

»Es ist schon ganz schön spät!«, sagte der Maestro mürrisch.

»Verzeih mir, heute war wirklich viel los überall!«, erwiderte das Mädchen mit sanfter Stimme. »Hier Vater, deine Medikamente. Das Abendessen habe ich leider verpasst. Oh, mit denen muss ich aber sofort spazieren gehen.«

»Ich komme auch mit!«

Der Maestro sprang auf. »Warte einen Moment, ich hole schnell meinen Stock.«

Man hörte ihn lärmend ins Arbeitszimmer hinüberrennen.

Das Mädchen stellte sein Gepäck auf den Boden, zog die Brille aus und gähnte. Dann wandte sie sich vom Eingang aus an mich, der ich wie angewurzelt im Salon stand, und sagte:

»Freut mich, dich kennenzulernen!« Dabei lachte sie. »Mein Name ist Grün.«

»Ja«, sagte ich, »ich weiß«, und schaute hastig auf meine Füße. Nein, sie stampften nicht auf den Boden. Dennoch hörte ich schon die ganze Zeit diese Schritte. Klarer und deutlicher denn je dröhnte in meinem riesigen Körper das Geräusch des Weizenstampfens.

Tam, tatam tam

Tatam, tam tatam

»Ich bin so weit!«

Einen weißen Stock schwenkend, der mindestens so groß war, wie er selbst, tauchte der Maestro vor dem Hauseingang auf. Grün streckte sich fast unmerklich und sagte: »Also, wir gehen jetzt spazieren, danach musst du uns von dir erzählen, Katze!« Sie drehte sich um und verschwand durch die Tür. Das Gebell der Hunde und die quietschvergnügte Stimme des Maestros verloren sich bald in der Ferne, aber das Weizenstampfen dröhnte noch eine Weile in meinen Ohren.

Die Haushälterin begann, das Geschirr wegzuräumen. Nachdem seine heißgeliebte Tochter nach Hause gekommen war, rührte der Maestro also sein Essen nicht mehr an. »Ich werde für Sie ein Sandwich aus den Resten zubereiten und es Ihnen zum Abendessen aufs Zimmer bringen«, sagte sie zu mir.

»Dann ziehe ich mich jetzt zurück auf mein Zimmer.«

Das große Gepäck, das noch im Eingangsbereich herumlag, bestand aus einem Stativ, einem Reflektor und einer alten Boxkamera. Da fiel mir ein, dass in den Gängen im ersten Stock reihenweise Fotografien hingen. Die Vorstellung, die ich mir aufgrund des grellen Bildes im Erdgeschoss und dem kühlen Mobiliar von der Tochter des Maestros gemacht hatte, passte gar nicht zu dem Eindruck, den ich von der leibhaftigen Grün gewonnen hatte.

Ich ging die Treppe hoch und betrachtete noch einmal die Fotos. Die in Aluminium gefassten Bilder waren alle in Schwarzweiß. Eine lachende Freundin; die Haushälterin beim Kochen; Hunde, Hunde und noch mehr Hunde; der Maestro im Frack. Unwillkürlich blieb ich vor jedem Bild eine Weile stehen. Das sanfte Licht, die sich auflösenden Schatten – in den Fotos steckte tatsächlich etwas, das einen nicht einfach so daran vorübergehen ließ.

Tam, tatam

Tatam, tam

Wieder hörte ich das Geräusch der Stiefel. Ich hatte das Ende der Wand erreicht.

Da hing ein Bild, das nicht schwarzweiß war. Es war ein vergilbtes Farbfoto.

Ich erkannte die Kulisse darauf wieder. Das Verwaltungsbüro der Blindenschule. Der alte Verwalter, zehn Jahre jünger, kauert neben dem zornig aussehenden Maestro. In der Bildmitte die neun Jahre alte Grün, die über das ganze Gesicht lachend einen Hund umarmt.

Ich ging näher heran und starrte noch einmal auf das Foto.

Kein Zweifel.

Es war Rot.

Das Halsband des Hundes war rot. Der Sparringspartner des Schmetterlingsmannes, der angeblich von Bord des Vergnügungsdampfers gesprungen war, saß mit heraushängender Zunge mitten im Bild.

Tatam, tam

»Ist alles in Ordnung?«

Das Geräusch von Kuhtses Stiefeln verwandelte sich fließend in die Schritte der Haushälterin, die durch den Gang näher kam.

Während ich zuschaute, wie sie im Zimmer Licht anmachte und das Kartoffelsandwich auf den Tisch stellte, fragte ich schüchtern:

»Ähm, ist Grün eigentlich schon von Geburt an farbenblind?«

»Ja«, antwortete sie. »Angeborene totale Farbenblindheit – eine Krankheit, die scheinbar bei hunderttausend Menschen nur einmal vorkommt. Sie kann wirklich keine einzige Farbe erkennen.«

»Das heißt«, fuhr ich fort, »dass der Maestro vor seiner Operation ebenfalls farbenblind war?«

Die Haushälterin schüttelte den Kopf.

»Nein«, sagte sie, »das Mädchen ist in Wirklichkeit gar nicht seine Tochter. Soviel ich gehört habe, hat der Maestro sie kurz nach ihrer Geburt aufgenommen. Ich könnte mir gut vorstellen, dass er einfach nicht nein sagen konnte, als er erfahren hat, dass mit ihren Augen etwas nicht stimmt.«

Vor dem Fenster hörte man Hundegebell. In den Lärm der Hunde mischte sich der schräge Gesang des Maestros. Und daneben ganz leise ein fröhliches Kichern, das sich anhörte, als würde es über den Rasen kullern.

Die Haushälterin schickte sich an, das Zimmer zu verlassen.

»Für den Maestro ist seine Tochter das Einzige auf der Welt, was ihm nicht egal ist!«, sagte sie leise. »Neben seiner Tochter ist ihm wahrscheinlich sogar die Musik einerlei!«

Sie schwieg einen Moment und fügte hinzu:

»Verzeihung, diese Dinge gehen mich wirklich nichts an!«

»Danke!«, sagte ich. »Und vielen Dank für das Sandwich. Ich bin so frei!«

Die Haushälterin rümpfte kurz die Nase und schloss leise die Tür. Ihre Schritte, die sich auf dem Gang entfernten, verwandelten sich kurz darauf wieder in das trockene Stiefelgeräusch, das meinen ganzen Körper von den Ohren bis in die Zehenspitzen – tam, tatam – durchdrang.

Im »Hotel ohne Spiegel«

Es war kurz nachdem sie in die Schule gekommen war, als Grün zum ersten Mal bemerkte, dass es neben Form und Helligkeit auf dieser Welt noch die sogenannten Farben gab, in denen sich die Dinge offenbar unterschieden. An jenem Tag verteilte der Klassenlehrer eine Tabelle mit einem Plan für den kommenden Monat. Darauf war vermerkt, an welchen Tagen außerhalb des regulären Stundenplans Aktivitäten wie Besuchstage, Morgenappelle und dergleichen stattfinden sollten. Als sie zufällig auf den Platz neben sich guckte, malte ihre Freundin gerade bei allen Samstagen und Sonntagen einen Kreis um das Datum.

Das Mädchen sagte:

»Wenn ich hier solche Kreise mache, dann freue ich mich schon auf die Sonntage!«

»Solche Kreise – wieso?«, fragte Grün.

Darauf das Mädchen:

»Na ja, Rot sieht doch irgendwie besonders aus, oder? Am Samstag muss Papa immer arbeiten. Wenn ich das abziehe, dann ist blau genau die richtige Farbe. Aber im Vergleich zu den anderen Tagen ist das immer noch viel besser. Ach, wenn doch nur jeder Tag einen roten Kreis hätte!«

Grün betrachtete ihre Tabelle. Es gab zwar schwache Unterschiede im Grauton, aber sonst standen alle Daten und Wochentage im gleichen Schwarz nebeneinander. Sie schaute nochmals auf die Tabelle ihrer Nachbarin. Die eingekreisten Zahlen hoben sich deutlich von den anderen ab. Sie wirkten in der Tat besonders.

Während sie sich von den Hunden ziehen ließ, drehte Grün den Kopf zu mir um.

»Da habe ich erst begriffen. Dieses Besondere kam von der roten Farbe. Rot ließ also den betreffenden Wochentag auffallen. Ich habe mir darauf von dem Mädchen die Farbstifte geliehen und auf meine Tabelle auch Kreise gemalt. Das Mädchen hat erst verwundert geguckt und dann gesagt, dass Grün doch überhaupt nicht zum Sonntag passe.«

»Sind es besonders die Farben Rot und Grün«, fragte ich, »die für dich schwierig zu unterscheiden sind?«

»Besondere Farben gibt's für mich nicht!«, antwortete sie. Sie reichte mir nicht mal bis zur Brust. »Dunkelviolett sieht genauso aus wie Grün, und ich habe keine Ahnung, worin sich Himmelblau von Cremefarben unterscheidet. Ich sehe nur, ob etwas kräftig oder wässrig ist. Und ob hell oder dunkel. Erst wenn mir etwas beim näheren Betrachten Kopfschmerzen bereitet, merke ich, dass es farbig sein muss. Bei Schwarzweißfotos oder Büchern ohne Illustrationen habe ich überhaupt keine Probleme.«

Braun – also die Farbe von Maestros Overalls – sah für sie offenbar am sanftesten aus und belastete ihre Augen am wenigsten.

Seit damals in der Grundschule lernte Grün anhand verschiedenster Missgeschicke nach und nach mehr über die Farben, die sie nicht sehen konnte. Äpfel sind rot, Trauben violett. Wassermelonen sind grün, und wenn man sie halbiert, innen rot. Alle erfreuen sich am Blau des Himmels und des Meeres, aber ein dunkelblaues Lebensmittel findet man nirgends auf der ganzen Welt.

Besonders beschwerlich war die Kleiderwahl. In der Grundschule trug sie noch eine Uniform. Später in der Mittelschule kam sie zwar eine Zeitlang mit schwarz-grauen Kleidern durch, aber als sie eines Tages erfuhr, dass die männlichen Mittschüler sie als »Leichenbestatterin« bezeichneten, ging sie mit der Haushälterin in ein Kaufhaus. Sie probierte es vom Rock bis zum Pullover mit der Farbe ihres Namens. Der Spitzname, der ihr auf der Stelle verpasst wurde, war »Laubfrosch«.

»Und ich trug auch noch eine Brille. Alle haben laut gequakt, wenn sie mich gesehen haben!«

Grün studierte hart. Obwohl sie sich keine Vorstellung davon machen konnte, weshalb sie gehänselt wurde, lernte sie, dass gewisse Farbkombinationen offenbar lächerlich wirkten. Eine blaue Hose mit orangenem Hemd passt beispielsweise gut zu einem Clown und wer einen rosa Pullover zu einem roten Rock trägt, sieht aus wie eine Zuckerstange. Unter Kopfschmerzen suchte sich Grün stundenlang in der Damenabteilung ihre Anziehsachen aus.

Im Laufe der Zeit lernte sie auch, dass gewisse Farben gut zu ihren Gesichtszügen und ihrer Statur passten. Blasses Gelb und Hellviolett. Obwohl sie keine Vorstellung von diesen Farben hatte, schienen sie – wie die roten Kreise die Sonntage – etwas von ihrer Persönlichkeit hervorzuheben. Beim Kulturfest im Frühling jenes Jahres wurde Grün zur bestgekleideten Schülerin gewählt. Bei der Preisverleihung zeigte sie sich vom Hut bis zu den Schuhen monochrom in fein abgestuften Grüntönen. Jetzt quakte niemand mehr.

Ich stand mit sieben Hundeleinen in der Hand vor einem Gemüseladen und wartete auf Grün, die drinnen das Gemüse auswählte. Sie war flink. Zielsicher wie ein Falke pflückte sie sich aus den Bergen von Kartoffeln, Karotten und Zwiebeln die frischesten Exemplare heraus. Offenbar erkannte sie mit einem kurzen Blick den Grad der Frische von Lebensmitteln. Nicht nur bei Gemüse, auch bei Fleisch und Brot konnte sie das Gefühl beim Betasten, den Duft und so etwas wie eine schwer in Worte zu fassende Stimme, die die Lebensmittel aussenden, genau wahrnehmen. Alles, außer der Farbe.

Es war dem Mädchen entgangen, dass der Hund, den sie vor zehn Jahren bekommen hatte, ein rotes Halsband trug. Die Haushälterin war offenbar gar nicht auf die Idee gekommen, die Farbe des Halsbandes mit dem Namen des Hundes in Zusammenhang zu bringen. Die Tatsache, dass der Hund den Garten umgrub und im Schlamm herumtobte, obwohl er als Leittier doch den ruhigsten Charakter von allen hätte haben müssen, erklärten sich sowohl die Haushälterin als auch der Maestro und seine einzige Tochter Grün damit, dass dem Tier der Wechsel in das fremde Land zu schaffen machte.

Hätte es sich um einen gewöhnlichen Hund gehandelt, so hätte ihn der Maestro sicherlich an seinem Bellen erkannt. Aber die drei Tiere aus der Blindenschule waren vortreffliche Blindenhunde, die niemals bellten, selbst wenn sie noch so ausgelassen spielten.

Auf der ersten Kassette, die ich dem Schmetterlingsmann schickte, schloss ich nach ausführlichen Beschreibungen der Schiffsfahrt und der Eindrücke von der Stadt mit folgenden Worten:

»Der Hund Rot, den Sie so ins Herz geschlossen hatten, scheint demnach einen glücklichen Lebensabend verbracht zu haben. Wenn man davon ausgeht, dass es Gelb war, der durch einen Fußtritt ums Leben kam, dann war also Grün der Hund mit dem ausgeprägten Verantwortungssinn, der auf dem See über Bord sprang.«

Fast jeden Morgen drehte ich mit den sieben Hunden eine Runde durch den botanischen Garten. Tagsüber ging ich in die geschäftige Stadt und schaute mir alle möglichen Dinge an. Manchmal, wenn Grün aus der Schule kam, zeigte sie mir Märkte und Einkaufspassagen. Der Schmetterlingsmann schickte mir auf einer Kassette unter anderem folgenden Ratschlag: »Lass dir Zeit, um dir von dem Ort in aller Ruhe selbst ein Bild zu machen!«

»Außerdem«, fuhr er vermutlich mitten im Gedränge eines Parks fort, »wird sich dieser Cellist, auch wenn er komplett verrückt wirkt, ordentlich um dich kümmern. Er ist so ein Typ. Früher oder später wird er anfangen, dich mit seiner Methode in Musik zu unterrichten. Solange musst du warten!«

Ich würde lügen, wenn ich sagte, ich wäre nicht ungeduldig gewesen. Aber dennoch begriff ich einigermaßen, was der Schmetterlingsmann meinte. Der Maestro drängte mich zum Beispiel regelmäßig beim Abendessen zum Weizenstampfen. Wenn ich dabei aufs Geratewohl auf den Boden klopfte, bekam er einen Wutanfall und verteilte das halbe Essen, das die Haushälterin zubereitet hatte, über den Tisch (dank der von Grün ausgewählten Zutaten, war das Essen nicht so schlimm, wie Großvater prophezeit hatte). Zumindest den Geräuschen, die ich von mir gab, schien der Maestro ernsthaft zuzuhören.

Mit dem Bus bis zur Endstation. Von da führte eine U-Bahn ins Stadtzentrum. Beim Versuch, die Bahnhöfe auf dem Plan zu zählen, wurde mir schwindlig. In der größten Stadt unserer Insel brauchte man nicht besonders lange, um zu Fuß eine komplette Runde zu drehen. Aber hier kam mir jeder einzelne Bahnhof wie eine ganze Insel vor. Ich stieg in die U-Bahn und fuhr wie in einem Leichter, der eine Insel umrundet, unter der Innenstadt im Kreis herum, bis ich schließlich an einem beliebigen Bahnhof ausstieg und mich zu Fuß in das Menschengewühl mischte.

Eine Bibliothek, die aussah, wie Dutzende übereinandergestapelter, riesiger Teller. Türme aus Glas.

Nächtliche Wohnpaläste, wie Luxusdampfer, die sich endlos aneinander-reihten.

Mit Autos überfüllte Straßen. Schimpfende Hupen. Verbogene Leitplan-ken.

Ein reißender Strom von Menschen, als ob sich hier die Hälfte der ganzen Menschheit versammelt hätte.

Der Umfang der Zeitungen war ebenfalls verblüffend. Als ich während eines Spaziergangs mit den Hunden das erste Mal so ein Bündel in einem Briefkasten stecken sah, dachte ich, dass in dieser Stadt alle Zeitungen einer Woche auf einmal verteilt würden. Sämtliche Zeitungen unserer Insel, Klatschblätter inbegriffen, bestanden aus höchstens zwölf Seiten.

Auch die Vielseitigkeit der Artikel war nicht vergleichbar. Hier fand ich jeden Tag auf allen Seiten Material für meine Sammelalben. Genau betrach-tet, waren die Tageszeitungen dieser ohrenbetäubenden Stadt selbst eine Art Sammelalbum, das nur eine Auswahl der unzähligen Ereignisse enthielt, die tagtäglich passierten.

Beispielsweise wurde ich einmal während einer knapp zweistündigen Fahrt in der U-Bahn Zeuge eines Aufruhrs, weil sich jemand auf die Schie-nen geworfen hatte, beobachtete drei Gepäckdiebstähle und sah drei Schlä-gereien. Im Gegensatz zu den Matrosen in unserer Hafenstadt, wussten die Leute hier überhaupt nicht, wie man sich prügelt. Die Schlägereien zogen sich lange hin und in zwei von drei Fällen mussten Unbeteiligte halbtot auf einer Bahre aus dem Bahnhof getragen werden. Solche Ereignisse standen nie in der Zeitung. Sie waren zu gewöhnlich, um für ein Blatt gesammelt zu werden.

In der Bibliothek lagen auch Musikzeitschriften aus. Informationen über neue Perkussionsinstrumente oder gar Noten waren darin nirgends zu fin-den. Ein Gitarrist, der einen Krampf im Nacken hatte, oder eine Harfenistin und eine Sängerin, die sich auf der Bühne gegenseitig beschimpft hatten, oder eine Violinistin, die länger keine Konzerte mehr gegeben hatte und jetzt tatsächlich schon über hundert Kilo wog – nur solche Artikel standen da.

In einer dieser Zeitschriften fand ich auch einen Artikel über den Maes-tro. In einer Leserbriefkolumne mit dem Titel »Hier habe ich ihn gesehen!« stand, dass dieses weltberühmte Cellogenie regelmäßig in einem herunter-gekommenen Vergnügungsviertel am östlichen Stadtrand auftauche. »Eines seiner Lieblingslokale ist ein Bordell namens »Hotel ohne Spiegel«. Er ver-

schwand auch schon mal am helllichten Tag mit drei Dirnen in einem kleinen Zimmer dieses lärmigen Etablissements.«

Das erste Mal ging ich Anfang September in das Bordell. Am Samstag der
dritten Woche, die ich beim Maestro wohnte. Als ich nach dem Frühstück
von einem Spaziergang mit den Hunden zurückkam, parkte vor dem Rasen
ein Luxuswagen, der aussah wie ein Schlachtschiff und den Motor aufheu-
len ließ. Die Hunde liefen vor Schreck jaulend hinter das Haus. Vor dem
Eingang saß auf einem Cellokasten der Maestro. Der Overall sah frisch
gewaschen aus und seine braunen Haare waren noch struppiger als sonst.
    Er stand auf.
    »Komm schon, Katze!«
    Ohne zu wissen, warum, folgte ich seiner Aufforderung und stieg in den
Wagen. Wir saßen uns auf den Rücksitzen gegenüber und wurden ungefähr
eine Stunde lang durchgeschaukelt, bis vor den getönten Fensterscheiben
staubige Häuserfluchten auftauchten. Zweistöckige Holzhäuser reihten sich
endlos aneinander. Vor jedem Eingang standen ältere, grell geschminkte
Frauen in einfachen Kleidern und versuchten, die wenigen Passanten, die
vorbeikamen, anzulocken. Manchmal konnte ich durch eine offenstehende
Tür ins Hausinnere spähen. In jeder der düsteren Höhlen saßen mit über-
einandergeschlagenen Beinen Mädchen, die wie Pfauen aussahen.
    Nach einer Weile hielt der Wagen vor einem vergleichsweise neu wirken-
den Gebäude. Es war das einzige dreistöckige in der Gegend, mit einem
spitzen, roten Blechdach, das ziemlich zerbeult und verschossen aussah. Auf
einem Holzbrett über der Tür stand:
    »Hotel ohne Spiegel – das Mitbringen von Spiegeln ist nicht gestattet!«
    Der Fahrer öffnete mit würdevoller Geste die Tür. Ein Schwall schlechter
Luft, der nach Urin, Bier und anderen, undefinierbaren Dingen stank,
strömte ins Wageninnere.
    Auf der gegenüberliegenden Straßenseite kam eine Dame mittleren Alters
aus dem schummrigen Hauseingang und eilte mit kurzen Schritten auf
unseren Wagen zu.
    »Lange nicht gesehen!« Sie lächelte mit ihrem dick gepuderten Gesicht
und musterte mich flüchtig. »Verstehe, du hast also endlich einen neuen
Partner gefunden. Kommt schnell rein, dieses Auto fällt einfach auf!«
    Der Maestro nickte und verschwand rasch im Haus. Der Fahrer folgte
ihm mit dem Instrumentenkoffer unterm Arm.

»Was machst du denn? Los!«

»Ähm …«, stotterte ich, »ich verstehe überhaupt nicht, was hier los ist!«

»Wirst du gleich sehen!«

Im Innern des Gebäudes war es angenehm kühl. Auch wenn es kein gehobenes Hotel war, so besaß es mit seinen glatt polierten Holzwänden doch eine reinliche, behagliche Atmosphäre, wie eine alte Klinik auf dem Land. Zumindest war es um einiges angenehmer als die Herbergen und Seemannsunterkünfte, die ich aus unserer Hafenstadt kannte. In der Bar saßen zwei Frauen in Nachthemden auf einem Sofa und rauchten Zigaretten. In den Rauch und den Geruch von Desinfektionsmitteln mischte sich ein penetranter Duft von süßlichen Parfüms.

Als ich mich nach dem Maestro umschaute, stand er direkt zwischen den beiden Frauen und ließ sich von ihnen den Kopf streicheln. Von der Straße hörte man jemanden hupen und dann aufs Gaspedal treten. Die Nachthemden der beiden Mädchen waren lange Einteiler, eines rosa und eines hellgelb, mit flattrigem Saum. Ihre Lippen lächelten zweideutig.

»Also, wenn wir der Reihe nach gehen …«

Die Madame leckte ihren Finger und blätterte in einem dicken Notizbuch. »Das Kamelien-Zimmer im zweiten Stock, gell. Da hat gerade vor einer halben Stunde der Gast gewechselt.«

»Nein! Nein!«, rief der Maestro plötzlich mit schriller Stimme, »vergiss die Reihenfolge, heute darf die Katze nämlich auswählen!«

»Die Katze?«

Die Madame musterte mich. »Ach so, dein Partner hier. Er ist zwar ziemlich groß, aber sonst sieht er mir eher wie ein Anfänger aus. Bist du sicher, Maestro, soll ich wirklich diesen Jungen auswählen lassen?«

»Wenn ich es doch sage – natürlich bin ich mir sicher!«

Er hüpfte an seinem Platz auf und ab. »Also los, Katze, such aus! Welche auch immer dir gefällt!«

»Was soll ich tun?«, fragte ich verdutzt. »Was bitte soll ich auswählen?«

Die Madame brach in wieherndes Lachen aus und sagte: »Eure Gespielin natürlich!« Die beiden Frauen schauten vom Sofa aus zu mir herüber, als hätten sie mich gerade erst bemerkt.

»Los! Mach schon!«, schrie mich der Maestro an.

Die Madame fragte mich von der Seite, ob sie ein Fotoalbum bringen solle. Es wären ungefähr dreißig Frauen da, wovon die Hälfte allerdings noch schlafe.

Ich schüttelte hastig den Kopf.

Tam, tatam, tam

Plötzlich hämmerten ganz laut Kuhtses Schritte in meinen Ohren.

Tatam, tam, tatam!

»Los, mach!«

»Ist alles in Ordnung mit dir? Du siehst furchtbar blass aus!«

Ich holte tief Luft und hob langsam den Blick. Mein Kopf schien zu zerspringen. Tam. Die eine der beiden Frauen klopfte Asche von ihrer Zigarette in einen Aschenbecher. Tatam. Mit dem Zeigefinger klopfte sie rhythmisch auf den Zigarettenstumpf. Tam, tatam, tam.

»Die Gelbe!«, presste ich heraus, während ich die Augen zusammenkniff. »Die in dem gelben Kleid. Mit der Zigarette.«

Die Frau in dem gelben Nachthemd lächelte. Sie drückte die Zigarette im Aschenbecher aus, nahm den Maestro bei der Hand und stieg die Treppe hoch.

»Du scheinst ihm besonders gut zu gefallen. Normalerweise sucht der Maestro nicht extra eine aus«, flüsterte mir die Madame ins Ohr.

Dann stieß sie mich unsanft in den Hintern. »Also Marsch, ab nach oben!«

Ich schlich die schmale Treppe hinauf. Wie durch einen finsteren Tunnel, der direkt unter die Erde führt. Schritt für Schritt bahnte ich mir meinen Weg durch die Finsternis.

»Katze, schnell, hierher!«, hörte ich den Maestro rufen. Auf dem Treppenabsatz wischte ich mir im Dämmerlicht den Schweiß von der Stirn und stieg in den zweiten Stock hinauf.

Tatam, tam

Helles Sonnenlicht schien ins Zimmer. Auf dem Bett vor dem Fenster saß, in ihr gelbes Nachthemd eingewickelt, die Dirne von vorhin. Ihr Ausdruck hatte sich verändert. Als wäre der Dunst, der ihr Gesicht eingehüllt hatte, verflogen und ihr ungeschminktes Wesen sichtbar geworden. Ihr Lächeln war irgendwie vulgär und gleichzeitig so wunderschön, dass ich vor Erstaunen einen Schritt zurück trat.

Der Maestro warf seinen braunen Overall in einen Schrank neben der Tür und stand nur noch in Unterhosen da. Auf dem nackten Rücken zeichnete sich knochig seine verbogene Wirbelsäule ab. Im Zimmer stand ein großer Instrumentenkoffer, den wohl der Fahrer heraufgetragen hatte. Der Maestro öffnete ihn tastend und holte ein altes Cello heraus, das beinahe so groß war, wie er selbst.

»Also Katze, fang an!«

Den Türknauf hinter mir in der Hand, stand ich wie angewurzelt da. Meine silberne Armbanduhr ließ laut tickend die Zeit verstreichen.

Die gelbe Dirne drehte ihren schmalen Hals und schaute uns beide sanft an.

»Womit?«, fragte ich mit größter Anstrengung. »Anfangen, womit?«

Der Maestro starrte mich mit seinen schneeweißen Pupillen an. Er sah aus, als würde er gleich einen seiner Wutanfälle kriegen. Da hielt sich die Dirne eine Hand vor den Mund und fing an zu kichern.

»Also Katze, hör mal zu: Der Maestro kann doch nichts sehen. Aber er mag diesen Ort sehr und kommt schon seit zwanzig Jahren hierher. Immer mit dem Cello. Um aufmerksam den Beschreibungen zu lauschen.«

»Beschreibungen?«

»Ja, den Beschreibungen über uns Mädchen, wie wir hier auf dem Bett sitzen.« Die Dirne umschlang ihre Knie fester und blickte den Maestro an. »Am Anfang haben wir uns selbst beschrieben. Aber das ist gar nicht so einfach! Da hat der Maestro angefangen, einen Partner mitzubringen. Also jemanden, der ihm erzählt, wie wir Mädchen aussehen. Alles klar, Katze? Das ist ab heute deine Aufgabe!«

Ich schaute sie verblüfft an. Sie lächelte zwar, aber mit todernstem Gesicht. Noch einmal betrachtete ich den Maestro. Als ob er meinen Blick gespürt hätte, verzog er leicht seine messerscharfen Augenbrauen und murmelte ein paar unverständliche Worte vor sich hin.

»Mach es dir auf dem Stuhl da bequem!«

Während die Dirne ihr gelbes Nachthemd auszog, sagte sie: »Falls du Durst hast – im Badezimmer stehen alkoholische Getränke!«

Ich taumelte zu dem Stuhl und setzte mich. Der Parfümgeruch wurde plötzlich heftiger. Es schien keine Möglichkeit zu geben, aus dem Zimmer zu entkommen. Erst musste ich den Partner für den Maestro spielen.

Ich fasste mir ein Herz, räusperte mich und begann:

»Das Mädchen sitzt auf dem Bett. Sie ist traumhaft schön!«

Die Dirne sperrte bei dieser Übertreibung ihre Augen auf.

»Schlank, mit roten Haaren. Das gelbe Nachthemd liegt zusammengefaltet zu ihren Füßen. Die Sonne bescheint sie von hinten und sie glänzt, als ob sie gerade aus der Dusche käme.«

Die Dirne fing wieder an zu kichern.

»Sei still!«, sagte der Maestro leise. »Los Katze, mach weiter!«

Ich fuhr fort. Ein schmales Gesicht, hervortretende Schlüsselbeine. Um Brust und Hüften hatte sie schwarze Bänder gewickelt, an denen zahlreiche Steinchen baumelten. Wenn sie sich bewegte, klapperten die Steinchen leise. Es gibt vielerlei Unterwäsche auf dieser Welt.

Manchmal, wenn ich ein förmliches Kompliment darunter mischte oder unvermutet etwas zu ihr sagte, fuhr der Maestro mit dem Cellobogen durch die Luft und brüllte mit irrsinnig lauter Stimme, ich solle gefälligst keinen Unsinn reden. Aber ich besaß keine Erfahrung mit Frauen. Schon gar nicht mit nackten Dirnen! Die Ausdrücke zur Beschreibung einer Frau gingen mir bald aus und zwischen den einzelnen Worten entstanden immer längere Pausen.

Wenn ich ins Stocken kam, versuchte mir die Dirne mit allen möglichen Mitteln zu helfen, indem sie beispielsweise die Bändchen abnahm oder sich auf alle Viere stellte. Plötzlich fiel mein Blick auf den Bauch der Dirne, die sich gerade auf dem Rücken ausstreckte. An der Seite entdeckte ich eine ganz frische Narbe, die mir bis jetzt eigenartigerweise entgangen war. Sie war mit ungefähr sechs Stichen genäht und am Rand leicht gerötet.

»Am Bauch hat sie eine Narbe«, murmelte ich. »Aber es scheint sich um keine lebensgefährliche Wunde zu handeln. Sie sieht aus wie ein feiner Schnitt von einer Rasierklinge.«

»Gut erkannt!«, meinte die Dirne mit matter Stimme. »Die hat mir letzten Montag ein Mann verpasst. Ein eifersüchtiger Kerl. Ist mit einer Rasierklinge in der Hand durchgedreht. Als er das Blut gesehen hat, hat er angefangen zu heulen.«

Tam, tatam

Kuhtses Schritte wurden lauter.

»Ich kenne noch eine Frau, die am Bauch verletzt wurde«, erzählte ich. »In ihrem Fall war die Verletzung allerdings tödlich.«

Dann begann ich, wortgetreu den Artikel über die Taubenfrau, den ich mit sieben an einem Sommertag gelesen hatte, aus dem Kopf herzusagen. Zum Rhythmus von Kuhtses Weizenstampfen erzählte ich die Geschichte des tragischen Todes jener Zirkusartistin, deren Bauch eines Tages plötzlich von den Kieselsteinen zerrissen wurde, die sie in ihrem Magen gesammelt hatte. Die beiden hörten schweigend zu. Nur Kuhtses Schritte und meine Stimme hallten durch den totenstillen Raum.

212

Nachdem ich mit der Geschichte zu Ende war, verharrten die beiden noch eine Weile schweigend. Ich betrachtete noch einmal die schmale Schnittwunde am Bauch der Dirne und sagte schließlich:

»Ich glaube, Verletzungen, die aus dem Körperinnern entstehen, heilen langsamer als äußere.«

In dem Moment sah ich aus den Augenwinkeln, dass der Maestro seinen Bogen richtig in die Hand nahm. Ein schneidender Ton fuhr durch den Raum und schlagartig veränderte sich die Atmosphäre in dem Zimmer.

Das Cello begann langsam zu röhren.

Sein Klang erfüllte das ganze Zimmer und ließ alle möglichen Gegenstände vibrieren. Tief, hoch. Fein, heftig. Als Kind einer Hafenstadt sah ich unverzüglich die Weite des Meeres vor mir. Einen grenzenlosen Ozean, dessen mannigfaltig wogende Wellen sich in der Ferne des unüberschaubaren Horizontes verlieren. Ein blaues, halbdurchsichtiges Kontinuum.

Wenn Blasmusik die Musik des Windes war, dann war das einmalige Cellospiel dieses Maestros wie die Musik des Meeres. Eine vage Luftspiegelung am äußersten Ende des Ozeans konnte durch einen einzigen Strich seines Bogens klar und deutlich aufleben, um im nächsten Augenblick wieder in den Fluten zu versinken.

Während er die Meeresmusik spielte, verschwand der Maestro fast vollständig hinter dem Cello, als würde er am Griffbrett hängen, bis er plötzlich den Bogen senkte, so als hätten sich die Wogen jäh geglättet. Er rang nach Atem. Im Zimmer knisterte es noch von unsichtbaren Funken, die durch die Luft flogen.

Der Maestro taumelte zum Fenster und ließ sich mitten auf die Dirne fallen. Er murmelte leise ein, zwei Worte, umarmte kräftig den von der Sonne beschienenen Schoß vor seinem Gesicht und fing sanft an zu schnarchen.

Ich stand vom Stuhl auf und schüttelte leicht den Kopf. Kuhtses Schritte waren verschwunden, als hätte das Cello sie weggespült. Während ich, den Türknopf in der Hand, möglichst leise aus dem Zimmer schlich, sagte die nackte Dirne hinter mir auf dem Bett mit heiserer Stimme:

»Ich bin ganz gerührt. Vom Cellospiel des Maestros, und auch von deiner Geschichte.«

In der Bar im Erdgeschoss spielte die Madame mit zwei Dirnen Reifenwerfen. Als sie mich bemerkten, boten sie mir gleich grinsend das Sofa an und die dickere von den beiden reichte mir einen Zitronensaft. Ich hielt ihn mir unter die Nase – und erschrak. Mindestens die Hälfte davon war Alkohol. Das Ziel fürs Reifenwerfen bestand aus neun Schnapsflaschen. Wie ich später erfuhr, gab es im Erdgeschoss desselben Gebäudes neben der Bar noch eine Kneipe mit Bühne.

»Das war toll! Wie viele Jahre ist es wohl her, dass wir das letzte Mal so ein Konzert hatten?«, sagte die Madame und wischte sich den Schweiß von der Stirn. »Du scheinst ziemlich gut zu sein im Beschreiben!«

»Ach was, überhaupt nicht!«, entgegnete ich, während ich so tat, als würde ich den Saft trinken. »Ich habe eine merkwürdige Geschichte erzählt, die gar nichts mit der Frau zu tun hatte.«

»Was war denn das für eine Geschichte?«

»Von einer Zirkusartistin, die ums Leben kam, weil ihr Kieselsteine von innen den Leib zerrissen.«

Die drei Damen machten verblüffte Gesichter.

Wie ich von der Madame erfuhr, war der letzte Partner vor mir ein zu dick gewordener Jockey, der seinen Job beim Pferderennen verloren hatte. Der Maestro hatte ihm ein monatliches Gehalt bezahlt, das beinahe dreimal so hoch war wie das, was er als aktiver Sportler verdient hatte. Nach etwa einem halben Jahr der Zusammenarbeit verschwand der Jockey jedoch mit einer der Dirnen bei Nacht und Nebel. Der Maestro sagte kein Wort dazu. Bis jetzt hatte sich die Hälfte aller engagierten Erzähler mit einer Dirne aus dem Staub gemacht. Zu der anderen Hälfte war der Kontakt aus verschiedensten Gründen abgebrochen, sei es, weil sie bei einem Unfall ums Leben kamen, ins Gefängnis wanderten oder ins Ausland flüchteten. Doch weder die Madame noch die anderen Dirnen hatten jemals ein schlechtes Wort über meine Vorgänger aus dem Munde des Maestros gehört.

Der blinde Maestro begann seine Besuche hier, kurz nachdem er aus der Blindenschule gekommen war. Der Name »Hotel ohne Spiegel« stammte von der Wirtin, die das Lokal einst eröffnet hatte. Sie war offenbar der Meinung, Dirnen sollten ihr Gesicht selbst nicht sehen. Auch unter den männlichen Gästen seien einige, die aus unterschiedlichsten Gründen nicht in einen Spiegel schauen wollten, meinte die Madame, die noch bis vor drei Jahren selbst als Dirne aktiv gewesen war.

Die Wirtin hatte den blinden Maestro aufrichtig gern gehabt. Sie soll auch die Erste gewesen sein, die damit anfing, ihm von sich und ihren intimen Erlebnissen zu erzählen. Die Geschichten, die sie auf dem Bett spann, waren zum größten Teil erfunden – nein, vermutlich waren sie samt und sonders erfunden, meinte die Madame.

»Es kann schon sein, dass sie hie und da ein Fünkchen Wahrheit darunter gemischt hat, wer weiß. Jedenfalls ist es für Frauen wie uns nicht einfach, über uns selbst zu sprechen, egal ob Dichtung oder Wahrheit. Ich fand das damals besonders schwierig, weil wir – wie der Name des Clubs schon sagt – den ganzen Tag keinen Spiegel gesehen haben, und ich finde es heute immer noch schwierig. Ich glaube, wir schaffen das in Gegenwart des Maestros nur wegen seiner Augen.«

»Wegen der Augen?«, fragte ich zurück. Hinter mir fingen die Dirnen wieder an Ringe zu werfen.

»Er kann nichts sehen, der Maestro!«, sagte sie. »Wenn der Kunde uns nicht sehen kann, dann können wir uns besser entspannen. Wir dürfen dann Dichtung und Wahrheit so zusammenmischen, dass wir uns für einen Moment so fühlen, wie wir uns selbst gerne sehen würden. Der Maestro ist seitdem für uns Dirnen so etwas wie ein idealer Spiegel, der uns nicht reflektiert.«

»Hm«, meinte ich, »ich verstehe nicht so richtig.«

»Wie sollst du das auch verstehen!«, sagte die Madame lauter und lachte. »Da die Wirtin selbst aus einer Familie mit einem Augenleiden stammte, hat sie sich offenbar gut mit dem Maestro verstanden. Sie und viele ihrer nächsten Verwandten sollen aufgrund einer höchst seltenen Erbkrankheit von Geburt an farbenblind gewesen sein.«

»Farbenblind?«, schaffte ich knapp zu fragen, während ich den Speichel herunterschluckte. »Dann ist Grün also …«

»Ach, du meinst die Tochter vom Maestro. Ja, sie ist das Kind der Wirtin. Als sie auf die Welt gekommen ist, hat der Maestro im Keller einen Glückwunsch auf dem Cello gespielt. Grün soll von allen Farben diejenige gewesen sein, die die Wirtin am liebsten einmal gesehen hätte. Der Vater war einer der Kunden. Er ist an Bord eines ausländischen Frachters gestiegen.«

Hinter mir hörte ich Freudenschreie und Seufzer der Dirnen. In einem unendlich langen Ringwerfen war offenbar die Entscheidung gefallen. Ein Bandmusiker kam mit höflich gesenktem Kopf durch die Tür herein. In der Kneipe nebenan fuhr das Reinigungspersonal mit dem Mopp herum.

»Grün kennt das hier also alles?«

»Kennen tut sie alles. Sie ist schließlich hier aufgewachsen bis sie drei war. Danach ist sie dann zum Maestro gekommen.« Die Madame lachte leise.

»Der Maestro und alle in diesem Hotel sind so etwas wie Verwandte – er nennt sie Gefährtinnen. Von seinem Partner lässt er sich etwas über seine Gefährtinnen erzählen und spielt dann auf dem Cello.«

Die Madame klatschte in die Hände und hieß die beiden Dirnen mit lauter Stimme, sich umzuziehen. Die beleuchtete Bar war verführerisch wie der Grund eines Sees. Draußen begannen schwach die Neonlampen zu scheinen und ich hörte, dass sich die Straße allmählich mit Menschen füllte.

Die Madame stand an der Tür und betrachtete den Abendhimmel.

»Das bedeutet also«, fragte ich sie, »dass der Maestro gar nicht ihr richtiger Vater ist?«

Sie drehte sich zu mir um.

»Bist du blöd?«

Sie schnaubte genervt. »Nein, dieser Mann ist ganz bestimmt nicht ihr Vater.«

»Wieso nicht?«

»Du weißt es also wirklich nicht!«

Die Madame schnalzte mit der Zunge. »Hast du denn nicht gehört, dass er als Kind einen Unfall hatte?«

»Ah doch, das habe ich gehört!«, antwortete ich. »Er ist von einem Esel gestürzt und am Rücken getroffen worden, nicht wahr?«

»Er ist nicht nur von einem Esel getroffen worden, sondern von ganz vielen. Sie sind alle von hinten über ihn drüber gestampft.«

»Gestampft?«

»Du verstehst schon – deshalb kann er nicht Vater werden, weil er so heftig getreten wurde.«

Dann drehte sie sich wieder nach draußen. »Die Eier haben sie ihm zertreten!«

Sie zuckte mit ihren knochigen Schultern.

Der einzige Weg, auf seine Absonderlichkeit
stolz sein zu können

Danach gingen wir jede Woche von Montag bis Freitag ins »Hotel ohne Spiegel«. Im Zimmer der Dirnen improvisierte ich meine Geschichten, worauf der Maestro sein Cello erklingen ließ.

In jenem Winter sagte die Madame an einem kalten Abend zu mir:

»Deine Geschichten sind scheinbar mittlerweile genau so beliebt wie das Cellospiel des Maestros!«

Ich war gerade dabei, einige farbige Glühbirnen an der Fassade zu wechseln (ich war der Einzige, dessen Arme ohne Leiter bis unters Vordach reichten). Ich erinnere mich noch, dass die Dirnen wiehernd lachend zusammengeknüllte Papierkugeln aus dem ersten Stock nach mir warfen.

»Sag mal!«, fragte die Madame mit unschuldiger Miene, »was für eine Geschichte hast du denn heute erzählt?«

Während ich eine Glühbirne hineinschraubte, antwortete ich:

»Die Geschichte von den Dinosauriern.«

An jenem Tag hatte ich mit dem Maestro die für ihre Maße berühmte, dickste Dirne im ganzen Lokal aufgesucht. Jede ihrer Brüste war so groß wie ein Lastwagenreifen. Während ich über ihren üppigen Körper redete, stopfte die Frau fünf Zuckerbrote in sich hinein. Als ich die Fleischmassen beschrieb, die unter ihren Armen und Oberschenkeln hervorquollen, lachte sie jaulend wie ein Seelöwe.

Ich verlor mich in geistesabwesender Bewunderung. Und wurde dabei – ohne zu wissen, warum – traurig. Als ich wieder bei mir war, begann ich von dem pechschwarzen, riesigen Lebewesen zu erzählen, das ich aus den Geschichten des Hausmeisters kannte und später tatsächlich mit eigenen Augen im nebligen Meer gesehen hatte.

Am Ende der Erzählung weinte die Dirne. Der Maestro spielte in einem schweren, langsamen Tempo auf dem Cello. Ich hatte den Eindruck, dass sich gelegentlich der Ruf einer riesigen Kreatur unter den Klang der Meeresmusik mischte, die platschend ihren Kopf herausstreckte.

»Es ist kühl geworden.«

Die Madame schüttelte sich fröstelnd. »Katze, wenn du mit den Glühbirnen fertig bist, dann reib doch bitte etwas Ingwer! Gegen eine Erkältung ist Ingwersaft immer noch das Beste.«

Nachdem ich mich vergewissert hatte, dass all die roten, blauen und grünen Glühbirnen korrekt leuchteten, rieb ich den knorrigen Ingwer sorgfältig durch ein Reibeisen. Dabei passte ich auf, meine Finger nicht zu verletzen. Das bedeutet, dass ich zu der Zeit schon den Dirigentenstock mitnahm, wenn wir in das Lokal gingen.

Ich weiß nicht mehr wann, aber eines Tages wurde ich von der Intensität des Konzerts mitgerissen und begann unbewusst mit meinem Körper zu schaukeln.

»Zu schnell!«, schrie der Maestro. »Hör gefälligst genau hin! Du musst doch merken, wie es nach einem bestimmten Ton weitergeht! Sei es ein Cello oder sonst was, in der Musik ist alles verbunden!«

Von dem Tag an schloss ich immer meine Augen, wenn der Maestro das Cello erklingen ließ, und bewegte zu der Musik beide Arme im Kreis, als würde ich etwas ertasten. Nein, nicht nur die Arme …

»Tanz, Katze! Du bekommst doch Lust zu tanzen, wenn du Musik hörst!«, sagte der Maestro. »Überall in deinem Körper beginnt es zu tanzen!«

Ich tanzte mit vollem Körpereinsatz. Die Dirnen auf dem Bett bissen die Zähne zusammen, um nicht laut loszulachen. Als der Nordwind strenger wurde, brachte ich das erste Mal den Dirigentenstock mit. Nicht denjenigen, den ich von Großvater erhalten hatte, sondern den langen, stattlichen Strohhalm aus dem Getreidespeicher.

Gesprächsstoff für die Dirnen hatte ich mehr als genug. Die Brieftauben. Das Mäuseparadies. Die Frau im Pelz mit dem Stinktier-Feuerzeug in der Hand. Der Papagei und die Bonbons.

Wenn ich mit einer Geschichte zu Ende war, strich der Maestro wortlos seinen Bogen. Ich fuchtelte mit dem Strohhalm in der Luft herum und hüpfte dazu auf und ab. Wir beide todernst, mit einer solchen Leidenschaft, dass wir wie Dummköpfe aussahen.

Nach Beendigung unserer Konzerte pflegten die Dirnen im Bett aufzustehen und uns zu applaudieren. Und dann baten sie uns, ob wir nicht noch ein Stück spielen würden. Mit flehendem Blick – bitte bitte, ich möchte unbedingt noch eins hören, ist es denn schon vorbei?

Der Maestro und ich gaben immer eine Zugabe. Die Dirnen fingen wieder an zu lächeln und klatschten manchmal im Rhythmus mit den Händen dazu.

Mir wurde klar, dass für aufmerksames Publikum gespielte, gute Musik niemals nur ein Bonus ist.

Bis ich die sieben Hunde unterscheiden konnte, hatte das neue Jahre begonnen. Ich wurde achtzehn und Grün zwanzig. Grün begann mit der Fotofachschule und wir konnten uns unter der Woche mittags nicht mehr treffen. Bei den Spaziergängen morgens und abends waren wir immer zu dritt mit dem Maestro unterwegs. Als wäre das selbstverständlich, gestand er mir ganz offen, dass sie nicht seine richtige Tochter war.

Grün konnte gut Hundestimmen imitieren.

Auch eigentümliche, wie die von Blindenhundewelpen (die sogenannten Welpen waren schon acht Jahre alt).

Die Hunde hatten von ihrer Mutter nicht richtig zu bellen gelernt. Natürlich, Grün (also eigentlich Rot) hatte schließlich bis zu ihrem Tod nie einen lauten Ton von sich gegeben. Ohne richtig das Maul zu öffnen, pressten Olivgrün, Blaugrün, Viridiangrün und die jüngeren vier Tiere nur einen hohen Ton wie von einer Flöte aus dem Rachen – wiuwiu, wiuwiu.

Die zwanzigjährige Grün streckte dazu ebenfalls ihre Nase in die Luft und ließ – wiuwiu, wiuwiu – ihren bleichen Hals vibrieren.

»Nicht schlecht, oder?«

Als ich zustimmend nickte, meinte der Maestro:

»Mach auch mal!«

Der Maestro sprang mit Hilfe seines Stockes energisch in die Höhe und drängte mich:

»Los, Katze, fauch mal!«

Eigenartigerweise kostete es mich vor den beiden keinerlei Überwindung. Frühmorgens im botanischen Garten presste ich Luft durch meinen Hals, während ich am Stamm einer Palme hochschaute. Es wurde ein imposanter Schrei. Das »Miauen einer Katze« hallte durch den ganzen Garten und allerorts schlugen die tropischen Vögel nervös mit den Flügeln.

Auch die Hunde erschraken. Alle ließen gemeinsam ihre Hälse vibrieren. Wiuwiu! Wiuwiu!

Ich kauerte mich zu den sieben Tieren.

»Miau, miau!«

Der Maestro sprang vor Freude im Kreis. Grün stimmte flink in den Chor mit ein.

»Wiuwiu! Wiuwiu!«

Die Stimmen der Hunde, von Grün und von mir hallten laut durch den Glasdom des botanischen Gartens. Die Aufsicht der Grünanlage machte keinerlei Anstalten, uns wegen des Lärms zurechtzuweisen, da die Hälfte aller exotischen Bäume des Parks vom Maestro gestiftet war. Darunter war keine einzige Pflanze, die bunte Blüten hervorzauberte. Dafür zeigten sie das ganze Jahr hindurch eine reiche Vielfalt an dreieckigen, gezackten, kreisrunden und sternförmigen Blättern. Diese aus aller Welt stammenden Blätter unterschieden sich nicht nur in Form und Größe, sondern – wenn man sie näher betrachtete – auch subtil im Farbton. Grün sagte, sie könne die Unterschiede deutlich sehen.

»Kontraste und Schattierungen erkenne ich schließlich ganz klar. Kein Grün dieser Welt ist mit einem anderen identisch.«

An freien Tagen führte mich Grün an ungewöhnliche Orte in der Stadt. Der Schlupfwinkel von Malern auf dem Schwarzmarkt. Ein Dorf von unter der Erde hausenden Bettlern. Ein Lagerfeuer, um das sich brotlose Dichter versammelten. Von außen betrachtet waren das ausnahmslos Menschen, die ein »elendes Leben« zu fristen schienen.

An diesen Orten wurde Grün von den Menschen immer freundlich begrüßt. Grün hatte einen sanften Zug in ihrem Wesen, der jedermann in ihrer Gegenwart erleichtert aufatmen ließ. Diesen Wesenszug verdankte sie wohl den Dirnen, die sie im »Hotel ohne Spiegel« als Baby verwöhnt hatten. Grün schien diese Menschen, die in ihrem elenden Leben mit Füßen getreten wurden, vorbehaltlos zu akzeptieren. Niemals hätte sie einem von ihnen einen Spiegel vor die Nase gehalten und ihm damit die gute Laune verdorben.

Ich erinnere mich, wie ich an einem Samstag im Frühling mitten im U-Bahntunnel »Du bist unglaublich!« zu ihr sagte. Ich glaube, an dem Tag hatten uns die Bettler tatsächlich zum Mittagessen eingeladen. Es gab einen großen Teller Brei aus undefinierbaren Zutaten, den Grün lächelnd und mit genießerischem Gesicht bis auf den letzten Bissen leerte. Unglaublich, wirklich unglaublich, wiederholte ich in dem düsteren, feuchten Tunnel mehrmals.

»Für mich …«, murmelte sie da mit leicht verhärtetem Tonfall. »Für mich gibt es auch etwas, vor dem ich mich fürchte!«

»Wirklich?«, fragte ich erstaunt, »vor was denn?«

Sie ließ eine kurze Pause.

»Sirenen.«

»Sirenen?«, fragte ich, ohne mich nach ihr umzudrehen.

Während sie hinter mir in eine Wasserpfütze stampfte, fuhr sie fort:

»Ich war damals noch ganz klein. Eines Tages, als ich im Hotel ohne Spiegel am Spielen war, wurden die Frauen plötzlich ganz blass im Gesicht. Ich verstand überhaupt nicht, was los war. Inmitten der großen Aufregung stand ich einfach mit großen Augen in der Bar. Da packte mich jemand von hinten und steckte mich in das kleine Zimmer im Keller. Kennst du es? Das feuchte, stockdunkle Kellerzimmer.«

»Hm!«, nickte ich. Es war vermutlich das Zimmer, in dem sie auch zur Welt gekommen war.

»Während ich regungslos da unten saß, hörte ich von Weitem eine Sirene heulen. Über der Decke trampelten Schritte wild durcheinander. Als ich ängstlich die Tür einen Spalt öffnete, sagte jemand von oben, ich dürfe nicht rauskommen, auf gar keinen Fall! Die Sirene kam immer näher und hielt schließlich vor dem Hotel. Ich duckte mich in dem dunkeln Zimmer und gab keinen Laut von mir. Im Erdgeschoss hörte ich eine schrille Trillerpfeife, darauf wieder hektisches Getrampel, das sich nach einer Weile abrupt legte. Absolute Stille! Aber ich sagte zu mir: ›Du sollst nicht rausgehen, auf keinen Fall rausgehen!‹, und verharrte bis zum Morgen in dem Keller. Regungslos wie ein Stein hielt ich den Atem an.«

Ich schaute mich verstohlen nach ihr um. Grün rieb sich fröstelnd mit beiden Händen die Schultern.

»Noch heute kriege ich Herzklopfen, wenn ich eine Sirene höre, mein Atem stockt und ich verharre regungslos kauernd auf der Stelle.«

In dem düsteren Tunnel konnte ich ihr schneeweißes Gesicht sehen. Selbst ihre Lippen waren grau. Ich streckte unwillkürlich meine Hand nach hinten. Die kleine Hand von Grün griff nach meinem Daumen. Als ich den Griff erwiderte, fühlte sich ihre Faust rund und feucht an, wie ein kalt gewordenes Bonbon.

Hand in Hand schritten wir weiter durch den Tunnel, bis wir nach einer Weile ans Tageslicht kamen. Die milde Frühlingssonne breitete sich aus, als würde sie Saatkörner verstreuen.

Grün kramte mit einer Hand in ihrer Jackentasche und setzte sich eine randlose Sonnenbrille auf. Ihre Augen waren besonders lichtempfindlich. Eine Brille mit grünem Rand gegen Kurzsichtigkeit und eine Sonnenbrille. Außerdem ein kleines Fernglas, das sie benutzte, falls sie mal in die Weite schauen wollte. Sie trug es immer um den Hals, wenn sie das Haus verließ. Das Band, das um ihren Hals hing, war in einem hellen Grün. Es war die Farbe der Mutter von den Welpen.

»Sag mal, sind das Kirschbäume?«, fragte sie.

»Ja, sieht so aus!«, antwortete ich. Auf beiden Seiten der ausgedienten Gleise hingen Kirschzweige. Vielleicht blühten die Kirschen dieses Jahr spät – an diesen Bäumen waren die Knospen jedenfalls noch fest verschlossen und es gab keinerlei Anzeichen dafür, dass sich hier schon bald eine rosarote Blütenpracht entfalten würde. Ich weiß nicht warum, aber ich drehte mich erleichtert zu der Sonnenbrille tragenden Grün um. Ihr weißes Gesicht mit den geröteten Wangen entspannte sich in der Sonne allmählich. Während wir uns an den Händen hielten und die Arme etwas hochhoben, setzten wir Schritt für Schritt unseren Weg auf den rostigen Schienen fort.

Wie ich in der Bibliothek herausfand, kommt angeborene Farbenblindheit tatsächlich bei hunderttausend Menschen nur einmal vor. Bei Frauen wird sie außerdem nur manifest, wenn beide Elternteile das für diese Krankheit verantwortliche Gen besitzen. Das liegt daran, dass es sich dabei um einen »geschlechtsspezifischen, rezessiven Erbgang« handelt.

Auf dem Pult lagen medizinische Wälzer. Ich wurde ganz konfus von dem Puzzle aus X- und Y-Symbolen. Es war eine schwierige Theorie, aber als ich eine Abbildung davon in den Sammelordner übertrug, konnte ich sie Schritt für Schritt nachvollziehen.

Wie mir die Madame aus dem »Hotel ohne Spiegel« erzählte, war Grüns Vater ein gutaussehender Matrose aus dem Ausland gewesen. Als ihm die Wirtin ihre Schwangerschaft mitteilte, gestand er ihr in einem Tonfall, als müsste er geschmacklosen Karton essen, dass er an Farbenblindheit litt. Sie machte große Augen.

»Das ist aber ein erstaunlicher Zufall! Ich kann nämlich auch keine Farben erkennen!«

Dann lachte sie hell und meinte, dass sei kein Grund, das Kind in ihrem Bauch zu töten. Schließlich hätten sie beide es auch bis zum heutigen Tage geschafft und würden ihrem Kind schon beibringen, wie man sein Leben bestreiten kann, auch wenn man keine Farben sieht.

Im siebten Monat der Schwangerschaft erlitt der Matrose im Nordmeer Schiffbruch. Die Wirtin brachte Grün alleine zur Welt und zog sie bis zum Sommer ihres dritten Lebensjahres auf. Eines Tages geriet sie während eines Taifuns in einen heftigen Regenguss und zog sich eine schlimme Erkältung zu, an der sie schließlich starb. Die Dirnen verrichteten drei Schweigeminuten und kehrten in ihre Zimmer zurück, in denen Kundschaft wartete. Einen Monat lang trugen alle ausschließlich schwarze Unterwäsche.

Wie gering ist wohl die Wahrscheinlichkeit, dass zwei Menschen, die beide dieses eins zu hunderttausend Gen besitzen, sich begegnen und ein Kind zeugen? Vater hätte diese Frage bestimmt auf der Stelle beantworten können. Aber ich multiplizierte, bis mir vor lauter Nullen schwindlig wurde. Die Wahrscheinlichkeit, dass unsere Stadt einmal pro Jahr von einem Mäuseregen heimgesucht würde, schien mir größer.

»So geheimnisvoll ist das überhaupt nicht!«, sagte der Maestro, während er zu Hause in seinem Arbeitszimmer einen Bogen neu bespannte. »Sonderbare Typen, die finden sich mit anderen sonderbaren Typen zusammen. Die Mutter von Grün mit dem Vater genauso, wie die Mutter von der Kleinen mit mir. Und bei dir und mir ist es doch auch nicht anders! Wir beide sind zusammen in diesem engen Raum.«

»Ja, schon«, wandte ich ein, während ich emsig das Cello polierte, »aber einer unter hunderttausend – und genau die treffen sich zufällig im ›Hotel ohne Spiegel‹?«

»Katze, du bist wirklich ein Dummkopf!«

Die blinden Augen des Maestros waren genau auf mich gerichtet. »Wie viele Menschen werden von Eseln niedergetrampelt und verlieren später auch noch ihr Augenlicht? Einer von hunderttausend, oder einer von zehntausend?«

Ich schwieg.

»Unter wie vielen Millionen von Menschen ist einer mit einem riesigen Körperwuchs, der dauernd Schritte hört und dessen Katzenimitation besser klingt als jede echte Katze. Mal ehrlich, Katze, es gibt ja wohl nirgends auf der ganzen Welt einen so absonderlichen Kerl wie dich!«

Der Maestro stieg auf einen Stuhl, während er über die Haare des Bogens strich. Dennoch reichte er mir gerade nur bis zur Brust.

»Sonderbare Typen, die finden sich!«, sagte er noch einmal mit schriller, aber entspannter Stimme. »In der Blindenschule. Im Stundenhotel. In einem Provinzzirkus, einem kitschigen Theater, oder einem Lumpen-Orchester. Sie wissen, dass sie sich finden müssen, weil sie sonst gar nicht überleben könnten.«

»Sie könnten nicht überleben?«, fragte ich.

»Natürlich nicht! Weil sie auffallen!«, antwortete er unverzüglich. »Alleine fallen Sonderlinge auf. Weil sie auffallen, ergeht es ihnen schlechter als anderen, auch wenn sie sich ganz gewöhnlich verhalten. Befindet sich in einem Wald beispielsweise unter vielen Tauben eine einzige schneeweiße, so wird ein Adler zweifellos als Erstes diese weiße Taube ins Visier nehmen. Wenn ein riesiger Apfel zwischen zahlreichen anderen herumliegt, dann werden Eichhörnchen oder Spechte bestimmt diesen einen Apfel anknabbern. So ist das mit Sonderlingen – sie müssen in jedem Fall als Erste dran glauben.«

Ich verstummte und schaute an meinem Körper hinunter.

Dann betrachtete ich den Maestro, der tastend seinen Bogen bespannte.

Ja, wir waren in der Tat absonderlich. Zweifellos fielen wir in dieser Welt komplett aus dem Rahmen.

Ich begann zu verstehen. Weil wir sonderbar waren und auffielen, wurden wir als Erste von hungrigen Adlern, Eselherden und regnenden Mäusen getroffen.

In dieser Hinsicht hatten sie alle etwas gemeinsam, der Schmetterlingsmann, der Hausmeister, Vater, ja sogar der Schuhhändler.

Sie waren alle grotesk.

Verschiedenste bösartige Dinge, seien es trampelnde Esel, Thumbing oder eine herabfallende Messingglocke, hatten es zuallererst auf sie abgesehen.

Vor dem Haus hupte es. Ich hörte, wie die Haushälterin vor die Haustür trat.

Der Maestro zog leicht den Kopf ein und sagte:

»Los komm, wir werden abgeholt!«

Während ich in den Wagen stieg, sah ich, wie uns fünf Hunde aus dem Schatten des Grases hinterm Haus beobachteten. »Wiuwiu, wiuwiu!«, tönte immer wieder ihr leises Winseln. Der Fahrer, der direkt neben mir stand, machte große Augen, als ich darauf ein »Miau!« aus meinem Hals presste.

Unterwegs begann es zu regnen. Der Frühlingsregen, der erst nur feine Fäden in den Himmel zeichnete, verwandelte sich in ein Abendgewitter mit dicken Tropfen, als wir um das Rathaus bogen.

Heftig schlugen die Scheibenwischer hin und her. Trotzdem war die gegenüberliegende Straßenseite nicht mehr zu erkennen. Im Wagen nur das Geräusch des prasselnden Regens. Während ich auf die Bewegung des rhythmischen Scheibenwischers starrte, begannen in meinen Ohren wieder die Schritte zu stampfen.

Tam, tatam

Tatam, tam

Die entgegenkommenden Autos fuhren mit wirbelnder Gischt vorbei.

Tatam, tam

Es war während der langen Rotlichtphase an einer fünfarmigen Kreuzung.

»Die schwachen, sonderbaren Typen, die sind schlussendlich auf sich alleine gestellt«, knurrte der Maestro aus dem Mundwinkel. »Und um alleine überleben zu können, muss ein Sonderling seine speziellen Fähigkeiten trainieren.«

»Fähigkeiten?«

Tam, tatam

»Ja genau, Fähigkeiten!«, antwortete der Maestro. »Durch diese Fähigkeiten fällt er zwar erst recht auf und muss umso mehr einstecken, aber das sollte einen Sonderling auf keinen Fall daran hindern, sie zu trainieren! Verstehst du ein bisschen, wovon ich rede, Katze?«

»Das heißt …«

Tatam, tam

Ich sprach langsam Wort für Wort, als würde ich mit den Füßen stampfen. »Das heißt also, es gibt nur einen Weg, um auf seine Absonderlichkeit stolz sein zu können.«

»Aha!«

Der Maestro schürzte seine Lippen. »Für eine Katze hast du das ganz gut begriffen!«

»Nicht wahr, Maestro!«, fuhr ich fort, »Grün ist gar nicht eine unter hunderttausend. Sie ist die einzige auf der ganzen Welt. Das meinen sie doch mit alleine sein, nicht wahr?«

Der Maestro schwieg. Anstelle einer Antwort hüpfte er ununterbrochen auf dem federnden Kissen des Sitzes auf und ab, bis wir vor dem »Hotel ohne Spiegel« eintrafen.

Aus dem Sammelalbum vom 7. Mai

*

Danke für den Briefmarkenbogen. Eine Serie nur mit Blättern ist wahrlich selten. Könntest du möglichst alle Bögen besorgen, die in diesem botanischen Garten verkauft werden? Es spielt keine Rolle, ob sie gestempelt oder beschädigt sind.

Ich muss dir etwas mitteilen. Eventuell können wir am diesjährigen Wettbewerb teilnehmen. Wir konnten je zwei gebrauchte Trompeten und Klarinetten beschaffen. Mit vier Blasinstrumenten geben wir schon ein ganz anderes Bild ab. Zumindest bei der Prüfung der Dokumente müssten wir damit durchkommen. Um deinen Großvater brauchst du dir keine Sorgen zu machen. Die amtliche Unterstützung bekommt er zwar nicht mehr, aber er ist immerhin jemand, der sich um die Stadt verdient gemacht hat. Außerdem haben wir alle für ihn gesammelt – worüber er sich natürlich nur geärgert hat. Kannst du dir ja vorstellen. Seit letzter Woche repariert er jetzt Eisenwaren. Mit einem Hammer bearbeitet er verbeulte Töpfe und kaputte

Fahrräder solange, bis sie wieder funktionieren. Es ist erstaunlich, wie geschickt er sich dabei anstellt. Selbst im Hafen spricht man schon davon, dass dieser erstklassige Paukist alles zurecht klopft, was man ihm in die Hände gibt.

*

(Das Geräusch eines Punchingballs; Rufe des Trainers; der angenehme Rhythmus von Seilspringen. Nach dem Verebben eines Gongschlags, ertönt eine Stimme, die etwas außer Atem klingt.)

»Ich mach grad eine Minute Pause. Katze! Danke für die erfreuliche Kassette! Ich höre mir jeden Morgen vor dem Rennen das Bellen der jungen Hunde an. Anders, als du gesagt hast, kann ich die Stimmen der einzelnen Tiere sehr wohl unterscheiden. Ich kann mir sogar ungefähr ihren Gesichtsausdruck und ihren Charakter vorstellen. Am meisten gleicht Olivgrün seiner Mutter. Sie war es doch, die sich zu Beginn der Aufnahme so gefreut hat, dass sie mit der Nase ans Mikrofon gestoßen ist. Sie reagiert auch am schnellsten auf das Bellen des Mädchens. Verglichen mit Boxern ist sie der Typ, der sich in einer Runde gleich von Beginn an immer weiter nach vorne kämpft. So, jetzt mache ich weiter, mit drei Runden Sandsack. Ich weiß zwar nicht, weshalb du dir das anhören möchtest, aber ich lass die Kassette einfach laufen – viel Spaß beim Zuhören! Dann bis später!«

(Ein Gong ertönt; das Quietschen von Trainingsschuhen; dann ein Jab und zwei kurze Straights; nochmals zwei. Ich höre die Kette knirschen und endlos lange die unerbittlichen Kombinationen des Schmetterlingsmannes, die auf den Sandsack einschlagen.)

*

Hausfrau fällt durch eigenes Magenknurren in Ohnmacht
Gemäß einem Gespräch unseres Chefredakteurs mit einem befreundeten Nervenarzt ist das menschliche Gehör durchaus in der Lage, Töne aus dem Körperinnern wahrzunehmen. Ein Krankheitsfall, wie der dieser Hausfrau, den wir ihnen hier vorstellen möchten, wurde bisher allerdings noch in keiner medizinischen Fachzeitschrift beschrieben.

Das Knurren des Magens, mit dem dieser Hunger signalisiert, klingt für die Frau wie ein Torpedo, das direkt neben ihren Ohren explodiert. Um nicht in Ohnmacht zu fallen, muss sie ständig Speisen zu sich nehmen. Sie soll mittlerweile weit über 200 Kilogramm wiegen. Die Nervenärzte betrachten ihren Fall hartnäckig als neurotische Zwangsvorstellung, aber während sie sich in einem Gespräch mit uns einen Donut nach dem anderen in den Mund schob, widersprach sie dieser Meinung entschieden:

»Ob Neurose oder nicht, jedermanns Magen meldet sich doch knurrend, wenn er leer ist, nicht wahr? Ich möchte die Ärzte nur um eines bitten, nämlich, dass sie den Strang in meinem Ohr, der sich irgendwo verwickelt hat, wieder ordentlich anschließen. Nachts kann ich nicht mehr ruhig schlafen, weil ich nie weiß, wann dieses Geräusch plötzlich anfängt. Am Anfang klingt es ungefähr so als wenn jemand schnarcht, aber nach kurzer Zeit wird es ohrenbetäubend laut, als hätte ich mich geradewegs im Rachen eines Löwen schlafen gelegt. Wenn ich dann ohne etwas zu essen liegen bleibe, hämmert es immer heftiger, bis mir fast die Trommelfelle platzen und selbst das Gehirn zu zittern beginnt. Es hämmert und hämmert! Könnt ihr euch eigentlich vorstellen, was das für ein Geräusch ist? Ihr spitzfindigen Mediziner, könnt ihr euch etwa vorstellen, wie sich das anfühlt, wenn einem Knallfrösche in den Kopf gesteckt und ununterbrochen gezündet werden?«

Aus dem Sammelalbum vom 12. Juni

*

Katze, es hat doch nicht geklappt! Auf Kinderblockflöten, Wasserrohren und Luftpumpen gespielte Musik erfülle nicht die Kriterien für den Wettbewerb, hieß es. In der Tat habe ich mich manchmal selbst dabei ertappt, dass ich mir beim Dirigieren wie ein Narr vorkam. Aber ich finde, dass – wie dein Großvater sagt – jeder Gegenstand auf dieser Welt, der einen Ton erzeugt, auch ein Musikinstrument ist. Solange jemand an dessen Klang Freude empfindet, ist es meiner Meinung nach Musik!

Obschon wir nicht am Wettbewerb teilnehmen dürfen, kommen regelmäßig viele Leute aus der ganzen Stadt zu uns in den Getreidespeicher, auch die Mädel und Bengel der Matrosen. Sie bringen einfach Töpfe oder Waschbottiche mit und nehmen am Konzert teil. Es ist schon eigenartig, Katze, jetzt wirken alle viel fröhlicher als vorher. Scheinbar wollten sie schon immer bei der Blasmusik mitspielen und nicht nur zuhören. Auch wenn es manchmal ein chaotisches Durcheinander ergibt, gemeinsames Musizieren ist einfach ein großes Vergnügen.

Lass wieder von dir hören! Und pass auf deine Gesundheit auf! Die Orchestermitglieder spielen immer eine herzliche Fanfare für dich. Alles Gute!

Liebe Katze, vielen Dank für die Aufnahmen von dem tollen Cellokonzert. Beim Zuhören kamen mir die Tränen. Mir sind alle möglichen Dinge durch den Kopf gegangen. Und jetzt habe ich einen Entschluss gefasst: Ich werde nächsten Monat eine Konditorei eröffnen. Hier, im Erdgeschoss von meinem Haus. Erinnerst du dich noch an den Bäcker, der jeden Abend seinen Verkaufsstand an der Ecke bei der Bank geöffnet hatte? Er fragt mich schon seit langer Zeit, ob ich nicht mit ihm gemeinsam ein Geschäft eröffnen würde. Nachdem ich die Musik von dir und dem Cellisten gehört habe, bin ich nicht mehr zur Ruhe gekommen, bis ich ihm vorgestern geantwortet habe. Er ist übrigens Witwer. Mit dem Schiff ist das Paket eine Woche unterwegs und nur schon wegen dem vielen Trockenmittel ganz schön groß geworden. Verzeihung! Es ist das Modell für einen neuen Schokoladenkuchen. Er sieht etwas seltsam aus – ich habe versucht, eine Taube zu formen, die aus einer Kuckucksuhr davon fliegt.

*

»Der fantastische Wiedergeburtsmann, zu Gast bei uns im Kaufhaus!«
Zur Wiedereröffnung am 26. dieses Monats konnten wir den aus der beliebten Interviewserie bekannten fantastischen Wiedergeburtsmann, der im Besitz sämtlicher Erinnerungen der letzten 3000 Jahre ist, als Spezialgast in das neu renovierte Kaufhaus einladen. In seinem jetzigen Leben wird der Wiedergeburtsmann dieses Jahr 20, spielte aber bis zu seiner Wiedergeburt vor 20 Jahren die erste Violine in dem in unserer Stadt beheimateten Staatsorchester. Er soll ein hervorragender Musiker gewesen sein (gestorben im Alter von 55 Jahren). Vielleicht hatten Ihre Eltern oder sogar Sie selber einmal die Gelegenheit, seinem Spiel zu lauschen. Verspüren Sie keine Nostalgie? Der Wiedergeburtsmann wird exklusiv für Sie wie aus Filmaufnahmen aus seinen lückenlosen Erinnerungen von damals erzählen. Eine volle Woche ab dem 26., an einem Sonderstand in der Ausstellungshalle im Erdgeschoss (aufgrund der zu erwartenden hohen Zahl von Interessenten, sind die Treffen pro Person auf fünf Minuten beschränkt).

Die Boxer

An jenem Tag dämmerte mir nach etwa dreißig Minuten Fahrt, dass unser Reiseziel diesmal offenbar nicht das übliche Bordell war. Der Wagen steuerte am Hafen vorbei und fuhr in die Stadt hinein, immer weiter Richtung Zentrum. Sämtliche Gebäude waren riesig wie aufgestellte Tanker. Auf den Bürgersteigen schlängelten sich die Menschenmaßen aneinander vorbei. Der Maestro sagte kein Wort und auch der Fahrer drehte schweigend sein Lenkrad.

Unser Wagen glitt plötzlich in die unterirdische Garage eines schwarzen Gebäudes, bevor ich dieses genauer erkennen konnte. Dann hielt er lautlos zwischen einem roten und einem weißen Sportwagen.

»Komm mit!«

Ich schulterte das Cello und folgte dem Maestro. Mit dem Lift ging es in den dritten Stock. Als sich die Tür öffnete, stieg mir der Duft von Teppich und Firnis in die Nase. Der Maestro flitzte wie immer mit unheimlichem Tempo durch die Korridore. Alle Personen, denen wir auf dem Gang begegneten, schienen ihn zu kennen. Sie nickten ihm etwas angespannt zu oder schenkten ihm ein freundliches Lächeln.

»Mach auf!«

Der Maestro zeigte auf den Griff einer schweren Tür, die wie der Eingang zum Kühlraum des Fleischers aussah. Als ich sie aufdrückte, drang durch den Spalt unvermittelt der Klang eines Xylophons und einer Marimba. Der Maestro verschwand in der Richtung, aus der die Töne kamen und ich schlüpfte ebenfalls durch den schwarzen, plisseeartigen Vorhang, der im Halbdunkel vor mir hing.

Weißes Licht strahlte von der Decke.

Wie versteinert blieb ich mit dem Cello über der Schulter stehen. Eine rundliche Frau mit kurzärmeliger Bluse schüttelte dem Maestro die Hand. Auf der gegenüberliegenden Seite befand sich ein alte Bühne aus Holz, auf der zuoberst in Reih und Glied zahlreiche Schlaginstrumente standen. Dahinter fünf Musiker. Sie probten eine Stelle, an der Marimba und Xylophon regelrechte Klanglawinen gegeneinander losließen. Ich hatte das Gefühl, den Rhythmus schon einmal irgendwo gehört zu haben.

»Freut mich sehr, Sie kennenzulernen!«

Die rundliche Frau kam auf mich zu und streckte mir die rechte Hand entgegen. Während ich hastig den Händedruck erwiderte, sagte sie: »Ich bin die Intendantin der staatlichen Musikhalle. Der Maestro hat Ihnen bestimmt schon alles erzählt. Vielen Dank für Ihre Zusammenarbeit!«

»Pardon …«, fragte ich, »vielen Dank – wofür?«

»Meine Güte!«

Die Frau blickte theatralisch zum Maestro hinüber. »Sie haben wieder kein Wort darüber verloren! Es ist immer das gleiche mit Ihnen!«

»Klar habe ich's gesagt«, entgegnete er, »aber ihr habt ja alle Bohnen in den Ohren!«

Die rundliche Frau seufzte, setzte ein Lächeln auf, um sich wieder zu sammeln und eröffnete mir, dass im kommenden Monat ein Abonnementkonzert des Staatsorchesters stattfinden würde, für das sie mich einladen möchte, in der ersten Hälfte mehrere Stücke zu dirigieren.

»Könnten Sie das bitte noch einmal wiederholen?«

Sie wiederholte es noch einmal. Der Maestro konnte mit seinem ganzen Körper gerade noch den Cellokasten auffangen, den ich fallen ließ.

Das Ende des Programms würde wie immer ein Cellokonzert mit dem Maestro, begleitet vom Orchester, schmücken. Da dieses Jahr jedoch auf das vierhundertste Jubiläum der Stadtgründung fiel, wollte die Intendantin auch noch einige neuzeitliche Werke in den Konzertabend integrieren. Gerade während sie danach auf der Suche war, drückte ihr der erste Schlagzeuger des Orchesters eine Kassette mit Musik in die Hand, die ihr einen Schock versetzte, als hätte jemand mit Stöcken auf ihrem Kopf getrommelt. Auch der Konzertmeister war ganz begeistert und meinte, solche Musik habe er noch nie gehört, während er die Kaffeeuntertasse zu Bruch trommelte.

Als sie jedoch die Kassette während einer Probe dem Maestro vorspielte, soll der nur gesagt haben: »Das höre ich jeden Tag«, als ob nichts dabei wäre. »Dieser Katzenmiauer wohnt bei uns und der Komponist des Werkes ist ein alter Freund von ihm.«

Die Intendantin holte vor meinen Augen ein portables Wiedergabegerät heraus und spielte mir die Kassette vor. Ich konnte nicht sagen, von welchem Auftritt der stark rauschende Mitschnitt stammte, aber es handelte sich zweifellos um eine Aufnahme von »Fanfare für raufende Kinder«. Sehnsüchtig erinnerte ich mich – die Klarinettenmelodie, der Wirbel des Hausmeisters auf der kleinen Trommel und direkt danach das schneidende »Miau, miau, miau!«.

»Sie besitzen doch sicher noch Noten von anderen Stücken, die aus der Feder dieses Komponisten stammen«, sagte die Intendantin mit leuchtenden Augen, nachdem sie die Kassette gestoppt hatte. »Außerdem habe ich vom Maestro gehört, dass Sie ein ausgezeichneter Dirigent sein sollen.«

»Unmöglich! Absolut unmöglich!«, schreckte ich zurück. »Vor Publikum, auf dieser prächtigen Bühne? Da soll ich mich hinstellen? Was für ein Unsinn!«

»Ach was, das geht, Katze!«

Der Maestro gähnte mit dem Cello in den Händen.

»Du kannst das. Außerdem sind es noch volle zwei Wochen bis zur Aufführung!«

Nicht einmal zwei Jahre nach dem Tod des Hausmeisters galten sämtliche Kompositionen aus seiner Feder unter den Schlagzeugern dieser Welt als legendär. »Fanfare« war das einzige Stück, von dem es eine vollständige Aufnahme gab, ansonsten existierten nur einzelne Fragmente von Proben aus Lagerhaus Nr. 2, die von Orchester zu Orchester weitergereicht wurden (die Stadtverwaltung hatte damals offensichtlich alle Aufnahmen an einen Gebrauchtwarenhändler verscherbelt). Aber diese Musik mit ihren eigenartigen Rhythmen soll nicht nur Schlagzeuger, sondern auch alle anderen Menschen im Musikgeschäft gleich beim ersten Hören in ihren Bann gezogen und nicht mehr losgelassen haben. In den letzten Monaten hatte man fieberhaft versucht, möglichst als Erster irgendwo der Noten habhaft zu werden, die dieses Genie hinterlassen hatte. Im Großen und Ganzen ohne Erfolg.

Ich steckte die Sammelalben in meine Tasche und machte mich auf den Weg zur ersten Probe. Von der Bühne aus sah ich, dass viele Leute im Dunkel der Zuschauerränge saßen. Auf der Bühne war ein großes Konzertpodest aufgebaut, auf dem zuoberst fünf Schlagzeuger nebeneinander standen.

Der bärtige erste Paukist meinte stehend zu mir:

»Selbst von hier oben siehst du noch groß aus!«

Die vier anderen zwinkerten sich gegenseitig zu und nickten.

Die Intendantin erklärte mir, das Podest werde während der ganzen Dauer meines Auftritts oben bleiben. Der Maestro habe gesagt, das sei besser so. Tatsächlich bestand bei einem Schlagzeugensemble, das auf diesem prächtigen Podest spielte, keine Gefahr, dass einer der Musiker, und sei er noch so klein, sich den Hals verrenken musste, um mich zu sehen.

Das Arsenal an Schlaginstrumenten bestand aus den Kesselpauken im Zentrum, kleinen Trommeln, einer großen Trommel und einem Gong. Auf der linken Seite Xylophon und Marimba, Holzblöcke, Kuhglocken und verschiedene kleine Glöckchen. An Ständern hingen außerdem Becken, Triangel und Pfeifen. Die fünf besten Schlagzeuger der Stadt teilten sich die Aufgabe, sie alle zu spielen.

Zunächst meldete sich der erste Paukist:

»Dieser Rhythmus«, fragte er, während er mit den Schlägeln ein schabendes Geräusch auf der Marimba spielte als schleifte etwas über den Boden. »Ich habe nur den Anfang auf einer Kassette gehört – von welchem Stück stammt er?«

»Hierbei«, antwortete ich, während ich in dem roten Ordner blätterte, »handelt es sich um ›Alles mit Hilfe von Hebeln und Rollen‹!«

Die Intendantin kopierte die Noten und kam hastig wieder. Mit verkniffenen Mündern lasen die Musiker die Blätter und schwitzten dabei Blut. Sie sahen aus, wie Schüler vor einem Lehrbuch für Mathematik.

»Können wir?«

Vor den fünf regungslos dastehenden Musikern schwang ich den Taktstock in die Tiefe. Fünf Instrumente begannen in korrektem Rhythmus zu spielen. Wir waren jedoch gerade mal bis Takt zwölf gekommen, als meine Beine plötzlich ungeduldig zu kribbeln begannen und ich den Stock senken musste. Die Musik hörte schlagartig auf.

»Was ist?«, fragte die Intendantin.

Als ich unbestimmt den Kopf schüttelte, hörte ich die schrille Stimme des Maestros vom Bühnenrand.

»Sag was!«, raunte er. »Sag was. Die fünf da, die verstehen dich schon!«

Also sagte ich, dass sich der Hausmeister beim Komponieren dieses Stückes ursprünglich einen Rhythmus vorgestellt hatte, den die Arbeiter, die vor dreitausend Jahren die Pyramiden bauten, beim Steineschleppen gesungen haben könnten. Und dass er darüber in einem Artikel in einer bekannten Klatschzeitschrift gelesen hatte.

Darauf der Maestro mit seiner fiependen Stimme:

»Mehr! Los, mehr!«

Ich führte auf der Bühne den merkwürdigen Gang des Hausmeisters vor. Die eckigen Bewegungen seines Körpers mit den völlig unkoordinierten Armen und Beinen. Ich erzählte, dass der Hausmeister nicht von Geburt an so gewesen sei, sondern auf einer Südseeinsel erkrankte und vom Blitz getroffen worden sei. Für ihn sei selbst das Tragen der Kiste mit der kleinen Trommel nicht einfach gewesen. An der Kiste seien vier Rollen gewesen, die Großvater für ihn angebracht hatte. Mit den Rollen kann ich die Kiste ganz leicht transportieren, habe der Hausmeister gelacht und dabei den Mund auf- und zugeklappt. Er habe sie auch nicht geradeausziehen können. Während er hin und her getorkelt sei, sei die Kiste mit den Ecken laufend gegen die Wand gestoßen. Aber er habe sie jedenfalls transportieren können. Von einem Ende des Lagehauses bis zum anderen – dank der gut gleitenden Rollen.

Die fünf Schlagzeuger auf der Bühne verharrten still und regungslos.

»Darum geht es in diesem Stück!«, sagte ich und hob langsam den Stock.

Unmittelbar nach Ende der Darbietung sprang die Intendantin auf die Bühne und umarmte meinen Bauch. Obwohl wir uns nur in einer Probe befanden, gab es im Hintergrund aus dem Dunkel des Zuschauerraumes stürmischen Beifall. Nur der Maestro betrachtete mich vom Bühnenrand aus mit seinem Grinsen wie immer. Auf der Bühne standen die fünf mit hochroten Köpfen und begutachteten ihre eigenen Handflächen.

»Das nächste, nächstes!«, rief der Maestro und stampfte mit den Füßen.

Ich holte weitere Notenblätter aus dem Ordner.

»Als Nächstes«, meinte ich zu den fünf Schlagzeugern, »als Nächstes könnten wir dieses Stück mit dem Namen ›Serenade für einen jammernden Dinosaurier‹ probieren!«

Während der Pause verplauderte ich mich auf der Seitenbühne mit den Schlagzeugern, die um einiges älter waren als ich. Als sie noch klein waren, gingen sie alle mit der Absicht in ein lokales Orchester, Violine, Piano, Gitarre oder Klarinette zu spielen. Sie waren jedoch größer, stärker und etwas träger als die anderen Kinder. Aus diesem Grund wurde ihnen von den erwachsenen Leitern die Kiste mit der großen Trommel ausgehändigt.

»Du kannst das hier nehmen!« Die Gründe, weshalb man ihnen die Schlaginstrumente anvertraut hatte, waren bei allen fünf sehr ähnlich.

Der erste Paukist schlürfte an seinem Kaffee.

»Noch heute werde ich manchmal von der eigenen Familie gefragt: ›Papa, du stehst immer ganz steif hinten im Orchester und guckst ins Leere – was machst du da eigentlich? Dafür, dass du den gleichen Lohn bekommst wie die Musiker an den anderen Instrumenten, hast du einen ziemlich bequemen Job.‹«

Die übrigen vier brachen in schallendes Gelächter aus und auch ich lachte mit.

»Ein bequemer Job?«, fuhr der Paukist fort. »Na ja, kein Wunder, dass es danach aussieht. Aber manchmal bin ich schon neidisch auf die Geigen.

Dann denke ich mir, wie angenehm es sein muss, wenn man die ganze Zeit durchspielen darf. Ich stehe ganz hinten und warte regungslos auf den Augenblick, wo meine nächste Stelle kommt. Manchmal ist es so schlimm, dass ich am liebsten weglaufen würde. Ein einziger Beckenschlag, der danebengeht, kann schließlich das ganze Konzert verderben.«

»Es ist mir sehr peinlich, aber ich habe das mal erlebt«, sagte der glatzköpfige Musiker, der für die Becken und Pfeifen verantwortlich war. »Damals war ich noch sehr jung. Meine Mutter lag an dem Tag todkrank im Bett. Ich wachte die ganze Nacht an ihrer Seite und hatte am nächsten Morgen einen fiebrig dröhnenden Kopf. In einer Sinfonie, die zum Höhepunkt mit einem Schlag in die erhabene Coda mündet, musste ich dieses eine Becken spielen. Und ich habe es verpasst!«

»Wie ist die Geschichte ausgegangen?«, fragte ich.

»Die Sinfonie nahm buchstäblich ein klägliches Ende und ich wurde aus dem Orchester entlassen. Aber Mama ist gesund und munter. Gerade gestern Abend hat sie mir eine scheußliche Schmorpfanne mit Knoblauch aufgetischt.«

Als sich alle wieder vom Lachen erholt hatten, begann ich vom Blinden Boxer zu erzählen:

»Am Hals hat er einen tätowierten Schmetterling. Er war sehr talentiert und hat es beinahe bis zum Nachwuchschampion gebracht. Nachdem er durch einen Unfall bei einem Kampf sein Augenlicht verloren hatte, hat dieser Boxer weiterhin jeden Tag von früh bis spät den Sandsack bearbeitet. Er konnte nicht aufhören zu kämpfen. Was denken Sie, warum?«

»Hm«, sagte der eine gutaussehende, aber unendlich dünne Mann, nachdem er eine Weile überlegt hatte, »er wäre sonst vermutlich unruhig geworden!« Der erste Paukist schüttelte den Kopf und meinte, nein, das glaube ich nicht! »Komm Katze, erzähl es uns!«

»Er sagt, er hätte sonst Angst gehabt«, antwortete ich. »Nur während er boxe, sei er sich sicher, dass er nicht in einen Kanalschacht falle oder von einem Fahrrad angefahren werde.«

»Sag mal, fragte mich der erste Paukist, du hast nicht eventuell auch ein Stück über diesen Boxer komponiert?«

Ich kramte schüchtern aus einem anderen Ordner die Noten heraus. Die fünf reichten sie der Reihe nach weiter und nickten anerkennend. Während sich der erste Paukist über den Bart strich, meinte er:

»Gar nicht übel, das sollten wir auch ins Programm nehmen!«

»Einen Moment!«, sagte ich. »Eigentlich wollte ich hier noch eine Stimme hinzufügen.«

Ich nahm die Noten und notierte mit einem Kugelschreiber an verschiedenen Stellen eine Anweisung: Freudiger Seufzer eines Hundes. Das unhörbar leise Winseln, mit dem der ausgezeichnete Blindenhund, dem es verboten war am Strand zu bellen, stumm in seinem Herzen sein Herrchen anrief. Der Musiker, der diesen Part übernahm, sollte mit dem Gefühl spielen, dass das Winseln nur für die Ohren des Boxers bestimmt sei.

»Wird dieser Part auf einem Instrument gespielt?«, fragte der gutaussehende Musiker.

»Nein.«

Ich erzählte kurz von Grün, der Tochter des Maestro. Mit einem gemeinsamen Applaus zeigten sich die fünf von der Idee begeistert.

Grün war nicht so leicht zu überzeugen. Tochter des berühmten Cellisten debütiert in der staatlichen Musikhalle – schon der Gedanke an diese Ankündigung jage ihr Schauer über den Rücken, sagte sie, während sie ihre grün umrandete Brille auf und ab tanzen ließ und mich dabei mit ihrem Blick fixierte.

Aber als sie die Reaktion der Hunde sah, ließ auch sie sich umstimmen. Während wir uns eine Aufnahme aus der Halle anhörten, die ich von der Probe mit den fünf Schlagzeugern mitgebracht hatte, hörten die sieben Hunde auf herumzutollen. Exakt an den Stellen, die ich mit Anmerkungen versehen hatte, begannen sie zu winseln.

Wiuwiu

Wiuwiu

Darauf schauten sie bettelnd zu ihrem Frauchen hoch, als wollten sie sagen: Komm, mach's uns vor!

Nachdem sie eine Weile geschwiegen hatte, sagte Grün mit gequältem Lächeln:

»Na gut, es muss wohl sein.«

»Ich muss mir neue schwarze Kleider für die Bühne anfertigen lassen. Die sind mir mittlerweile alle zu klein – ich habe kein einziges mehr, das ich tragen könnte.«

Während sie in meinen Noten blätterte, meinte sie:

»Sag mal, Katze, etwas musst du mir noch erklären!«

»Was denn?«

»Weshalb heißt es im Titel eigentlich ›der rote Hund‹?«

Das war vorgestern. Nur zwei Tage später liege ich jetzt hier in diesem Zustand.

In nur zwei Probetagen fügten sich die Stimme von Grün und das Spiel der fünf Schlagzeuger wie ein Puzzle perfekt zusammen. Sie trug eine hell-violette Bluse.

Es dauerte noch zehn Tage bis zur Aufführung. Nach der Probe nahm mich Grün ins Einkaufsviertel im Zentrum der Stadt mit. Ich bräuchte unbedingt schwarze Kleidung, meinte sie, schließlich sei es immerhin mein Debüt als Dirigent!

»Und Schuhe müssen wir kaufen!«

»Schuhe?«

»Mit diesen abgetragenen Tretern rutschst du noch auf der Bühne aus!«

Sie trat mir im Auto sanft auf den Fuß. »Komm, wir kaufen anständige, schöne Schuhe! Schwarze natürlich – so richtig prächtige mit dicken Sohlen.«

Unter den milden Sonnenstrahlen des Frühsommers sahen die Bäume entlang der Straße aus, als streckten sie sich dem blauen Himmel entgegen. Darunter bewegten sich die Menschenmassen wellenförmig vorwärts. Grün nahm mich bei der Hand und schlängelte sich durch die Wellen.

In der anderen Hand hielt sie die Leine von Olivgrün, den wir mitgenommen hatten. Er hatte am Abend vorher sein Gummispielzeug zerbissen. Eine von diesen Mäusen, die beim Draufbeißen quietschen. Als wüsste er, dass er ein neues Spielzeug bekommen sollte, sprang der Hund freudig herum und strich gelegentlich einem der Passanten um die Beine. Da er von Grün, die ihre Sonnenbrille trug, geführt wurde, sah er aus, wie ein äußerst schlecht erzogener Blindenhund.

Tam, tatam!

Plötzlich hörte ich Schritte und blieb mitten auf dem Bürgersteig stehen.

Tam, tam

Tatam, tatam

Inmitten der Menschenmenge hörte ich laut und deutlich Kuhtses Stampfen. Es entfernte sich etwas und kam wieder näher, als ob es mich weg von dieser Straße an einen anderen Ort locken wollte.

Tam, tatam!

»Was hast du denn?«

Ich schaute überrascht auf die Person, die meine Hand festhielt. Grün schwitzte leicht und blickte zu mir hoch. Das Weizenstampfen von Kuhtse war verschwunden. Mit heraushängender Zunge hechelnd, schaute mich Olivgrün besorgt an.

»Ach nichts!«, lachte ich. »Nichts. Komm, wir gehen!«

Wir machten uns genau in die entgegengesetzte Richtung auf den Weg, aus der ich das Weizenstampfen gehört hatte.

Das Kaufhaus war erst am Abend zuvor eröffnet worden. Selbst draußen vor dem Haupteingang roch es noch leicht nach Farbe. Der Hund musste zweimal niesen. Alle Artikel waren diese Woche zum halben Preis zu haben. Vor dem Eingang stand ein großer Lastwagen, dessen Fahrer lautstark mit einem Angestellten des Kaufhauses disputierte. Auf der Ladefläche standen Berge von Zierpflanzen.

»Wenn ihr das Zeug nicht bald hineinschafft, dann komme ich zu spät mit meinen anderen Lieferungen!«, schimpfte der Fahrer ungeduldig. »Ich kann ja wohl nichts dafür, dass ihr mit den Bauarbeiten noch nicht fertig seid!«

»Jetzt wart halt einen Moment. Wir sind gleich so weit!«, schmetterte ihn der etwas ältere, uniformierte Kaufhausangestellte ab. »Stell den Lastwagen solange vor den Hintereingang!«

»Ihr seid nicht die Einzigen, denen ich was liefern muss! Das muss heute alles noch pünktlich an seinen Bestimmungsort!«

»Fahr auf jeden Fall erst mal zum Hintereingang!«, wiederholte der Angestellte. Als er uns erblickte, setzte er ein Lächeln auf und zeigte mit der rechten Hand Richtung Kaufhaus. Grün stellte sich auf die Zehenspitzen, nachdem sie auf die Ladefläche geschaut hatte, und flüsterte mir ins Ohr:

»Alles frisches Grün. Ganz junge Sommerblätter. Die sind viel zu schade, um an einen Platz im Schatten gestellt zu werden!«

Drinnen war das Kaufhaus überfüllt mit Kundschaft. Neben dem Fahrstuhl im Erdgeschoss hatte sich eine dichte Menschenansammlung gebildet.

»Hier ist also der Wiedergeburtsmann!«, brüllte sich daneben ein Kaufhausangestellter mit einem Megafon heiser. Eine Frau mittleren Alters mit einer Papiertüte in der Hand stieß gegen meine Flanke und schnalzte gehässig mit der Zunge.

»Bitte nicht drängeln, der Reihe nach! Fünf Minuten pro Person! Kommen Sie, hier können Sie die unglaublichsten Geschichten hören, direkt vom fantastischen Wiedergeburtsmann! Stellen Sie sich in die Reihe, stellen Sie sich an!«

Der Erinnerungsfetzen des Wiedergeburtsmannes

Anfangs entschuldigte sich der Leiter der Herrenabteilung höflich, dass eine Sonderanfertigung innerhalb von zehn Tagen leider absolut unmöglich sei. Er zuckte bedauernd mit den Achseln.

»Da Ihre Größe auf jeden Fall außerhalb der üblichen Norm liegt, muss alles vom Schnittmuster an komplett neu angefertigt werden – dafür müssen Sie mindestens einen Monat rechnen.«

Als Grün ihm jedoch die näheren Umstände erklärte, pfiff der etwas in die Jahre gekommene Mann durch die Finger, worauf eiligst fünf Verkäufer herbeigestürzt kamen.

»Nehmt sofort Maß an diesem Kunden!«, befahl der Abteilungsleiter, während er in einem Katalog mit Stoffmustern blätterte. »Er möchte die Bestellung spätestens in einer Woche haben!«

Die Worte »staatliches Orchester« wirkten in dieser Stadt immer wieder wie ein magischer Zauberspruch. Der Leiter der Schuhabteilung erzählte uns etwas verkrampft lachend, er hätte vor, mit seiner Familie zu dem Konzert zu gehen und maß sorgfältig meine Füße. Die einzigen fünfunddreißig Zentimeter großen, schwarzen Schuhe, die er vorrätig hatte, waren in einer Vitrine neben dem Ladentisch mit einer Schlaufe verziert ausgestellt.

»Die sind eigentlich nicht zum Verkauf!«, sagte die Verkäuferin. »Ein alter Schuster hat sie uns zur Eröffnungsfeier des Kaufhauses gespendet. Schauen Sie, das Design ist ganz einfach, aber die verlieren in hundert Jahren nicht ihre Form!«

Die Lederschuhe waren trotz ihrer dicken Sohlen erstaunlich leicht. Von der Verkäuferin hörte ich das erste Mal die Redewendung: »An Ihnen sehen diese Schuhe aus, als ob Sie schon damit zur Welt gekommen wären.« Wie ein Paar Socken umhüllten diese Jubiläumsschuhe perfekt meine Füße. Ich hatte das Gefühl, sie mein ganzes Leben lang tragen zu können, ohne je müde zu werden. Als Olivgrün mit seiner Nase den glänzenden Schuhrücken beschnuppern wollte, verpasste ihm Grün einen Klatsch auf den Kopf.

In dem Gewimmel vor dem Aufzug sagte Grün zu mir:

»Ich gehe jetzt mal für mich Kleider suchen und nachher nach oben in die Spielwarenabteilung, etwas für ihn hier kaufen. Komm, wir treffen uns etwa in einer Stunde am Eingang im Erdgeschoss! Die Zutaten fürs Abendessen können wir ja später zusammen im Untergeschoss holen.«

»Gut!«

Sie verschwand mit dem Hund ein Stockwerk höher. Ich nahm nicht die Rolltreppe, sondern machte mich zu Fuß auf den Weg nach unten.

Die Treppe war menschenleer. Meine funkelnagelneuen Schuhe knirschten angenehm auf dem polierten Marmorboden. Während ich »Alles mit Hilfe von Hebeln und Rollen« summte, stieg ich Schritt für Schritt die Zehenspitzen anhebend die Steinstufen hinab. Eine alte Frau, die auf dem Treppenabsatz saß, schaute zu mir hoch und sagte:

»Sie haben aber gute Laune!«

Als ich im zweiten Stock angekommen war, musste ich plötzlich husten. Der Zugang zu diesem Stockwerk war mit schneeweißen Kunststoffplanen verhängt. Unmittelbar davor stand ein Mann in Arbeitskleidung und paffte mit müdem Gesicht eine Zigarette.

»Im ganzen zweiten Stock ist die Kinderabteilung«, sagte der Mann. »Gestern Abend kam der Kaufhausleiter zur Inspektion und meinte, das sei hier viel zu schlicht. Deshalb müssen wir seit letzter Nacht von der Farbe an Wänden und Böden bis zur Beleuchtung alles nochmal machen. Und wir bekommen nicht mal die Überstunden bezahlt – nichts! Zum Teufel!«

»Hm!«

Ich hielt mir die Nase zu und streckte den Kopf zwischen den Planen hindurch. Hier und dort knieten Handwerker mit Bürsten in der Hand auf dem Boden und schrubbten schweigend.

»Die kleinen Teufelsbraten versauen sowieso gleich wieder alles!«, sagte der Mann – der scheinbar der Vorarbeiter war – als müsste er spucken und kramte in seinen Taschen, um sich noch eine Zigarette anzuzünden.

»Aber!«, rief ich. Der Mann hielt inne. »Wo haben Sie denn dieses Feuerzeug her?«

»Ach das«, lachte er etwas beschämt und schwang ein Benzinfeuerzeug vor meinen Augen auf und ab, das mit einem auf den Vorderläufen stehenden Stinktier beschlagen war. »Das ist ein Spielzeug. Ich habe es von jemandem aus der Verwaltung bekommen, als wir im städtischen Zoo gearbeitet haben. Wir haben damals das Stinktiergehege neu gestrichen. Mit einer speziellen Farbe, der ein Geruchsneutralisierer beigemischt war.«

Ich starrte ungläubig auf das Feuerzeug.

»Das ist also keine Antiquität aus dem Ausland?«

»Vergiss es!«, lachte der Mann. »Als vor fünf Jahren die Stinktiere in den Zoo kamen, gab es die als Andenken zu kaufen. Alle, die mit dem Gehege zu tun hatten, haben eins bekommen. Es funktioniert nicht gut. Ist billiges Zeug!«

Klick, klick. Er drückte den Schwanz des Stinktiers hinunter und steckte sich mit der schwachen Flamme, die aus dem Hintern züngelte, seine Zigarette an. Leise murmelte ich einen Dank und machte mich wieder Schritt für Schritt über die Marmortreppe auf den Weg nach unten. Tam, tatam.

Das Gedränge im Erdgeschoss hatte sich beruhigt. Eine wohl geordnete Menschenschlange stand quer vor zwei Aufzügen. Den zehn Wartenden sah man an, dass sie sich nicht einfach zum Spaß anstellten, sondern in der Absicht, den »Wiedergeburtsmann« etwas Bestimmtes zu fragen. Alle hielten etwas bereit, seien es Fotos, eine Tischuhr oder ein Bündel Briefe.

Auf einem Plakat, das von der Decke hing, hieß es:

»Ein moderner Geschichtenerzähler! Der Wiedergeburtsmann wird Ihnen Wunder berichten. Von zehn bis sechzehn Uhr, fünf Minuten pro Person. Gratis, beim Kauf eines Exemplars seines Essays ›Was ich damals war‹ (Band 3)!«

Pro Person fünf Minuten. Fünf mal zehn macht fünfzig. So gut konnte sogar ich rechnen. Die Zeit, die ich auf Grün warten musste, reichte genau. Als ich mich in der Reihe zuhinterst anstellte, starrte mich die Frau direkt vor mir erschrocken an.

Ich steckte meine Hände in die Hosentaschen und klapperte mit dem Kleingeld. Abwechselnd hob ich mal den einen mal den anderen Fuß, um das Gefühl in den neuen Schuhen zu genießen.

»Das stimmt! Das stimmt tatsächlich!«

Aus der schummrigen Kabine, die wie eine Wahrsagerecke aussah, hörte man eine weinerliche Stimme rufen. »Auf der Wolldecke, die ich verloren habe, war tatsächlich ein gesticktes Auto!«

Hinter den zuständigen Kaufhausmitarbeitern konnte ich flüchtig die Gestalt des Wiedergeburtsmannes erkennen, der die Ellbogen auf einen Tisch gestützt hatte. Ich hielt den Atem an. In dem Artikel stand zwar, dass er zwanzig Jahre alt sei, aber in Wirklichkeit sah er aus wie ein Grundschüler. Ein bleiches Gesicht mit wie von Dunst umgebenem, silbernem Haar. Ich hatte noch nie einen Menschen gesehen, der so schön war und der so unendlich traurig wirkte. Der Wiedergeburtsmann war wie ein Mädchen aus einem unbekannten Paradies, das fälschlicherweise in unserer Welt umherirrt.

Leicht nach vorne gebeugt flüsterte der Wiedergeburtsmann seinem Gegenüber etwas zu, ohne ihm in die Augen zu blicken. Der Mann, der scheinbar vor Jahrzehnten eine Wolldecke verloren hatte, lauschte seinen Worten, während er sich mit dem Saum seines Hemdes die Tränen abwischte. »Die fünf Minuten sind um!«, sagte ein Mitarbeiter und legte ihm eine Hand auf die Schulter. Der Mann schüttelte den Kopf und meinte beim Aufstehen, vielen Dank, er werde also an besagter Stelle danach suchen!

Es ging vorwärts in der Reihe.

Mich überkam eine unsägliche Beklommenheit. Ich hatte das Gefühl, in einer Reihe zu stehen, in der ich eigentlich nicht hätte stehen dürfen, und wollte mich mehrmals aus der Schlange entfernen. Aber meine Beine gehorchten mir nicht. Die Schuhe rührten sich nicht vom Fleck und machten jedes Mal, wenn es weiter ging – tam, tatam –, einen entschlossenen Schritt vorwärts. Ich versuchte, meine Augen von dem näherrückenden Wiedergeburtsmann abzuwenden. Aber mein Blick klebte förmlich an den schönen Gesichtszügen und ließ sich nicht lösen.

»Bitte schön!«, sagte der Mitarbeiter. »Nur fünf Minuten. Nutzen Sie also Ihre Zeit!«

Mit einem energischen Schlucken beseitigte ich den dicken Kloß, der aus meinem Hals zu springen drohte, und setzte mich auf den Stuhl. Der Wiedergeburtsmann hob langsam seine grauen Augen.

»Also, was möchten Sie wissen?«

Ich machte eine unbestimmte Bewegung, kramte ein Sammelalbum aus der Tasche und zeigte ihm das Gruppenfoto von damals, als wir den ersten Preis beim Wettbewerb gewonnen hatten.

»Das hier ist mein Großvater«, quetschte ich heraus. »Bevor Sie in diesem Körper wiedergeboren worden sind, damals, als Sie die erste Violine im staatlichen Orchester gespielt haben, genau zu der Zeit war mein Großvater erster Paukist desselben Orchesters.«

Der Wiedergeburtsmann rieb sich die Augen und schaute sich das Foto an.

Ich fuhr fort:

»Er soll damals ein elendes Leben gefristet haben. Hier in dieser Stadt. Erinnern Sie sich an irgendetwas? An meinen Großvater – oder vielleicht an meinen Vater?«

»Ah!«

Der Wiedergeburtsmann lächelte mit seinen eisigen Wangen. »Ja, er hatte einen Sohn. Sie scheinen da einiges durcheinanderzubringen. Dieser Sohn war Mathematiklehrer an einer städtischen Grundschule. Ich erinnere mich gut an ihn, er wirkte ziemlich eigensinnig.«

»Das stimmt, das stimmt!«, schrie ich im gleichen Tonfall wie der Mann vorher. »Mein Vater war tatsächlich ein eigensinniger Mensch.«

Nachdem er eine Weile geschwiegen hatte, sagte der Wiedergeburtsmann etwas Unerwartetes.

»Er hat damals ein entsetzliches Geräusch gemacht!«

»Wie bitte?«

Ich schaute ihn mit offenem Mund an.

»Das war wirklich ein grauenhaftes Geräusch. Es hat mich sehr erschreckt, plötzlich dieses Geräusch auf der prächtigen Bühne zu hören.«

Ich schwieg, ohne zu wissen, wovon er sprach. Als ich auf das Foto hinunterblickte, als würde ich mich daran festhalten wollen, sah ich das mürrisch schweigende Gesicht von Großvater hinter dem Hausmeister neben mir.

»Ja genau, die Konzerte von Großvater«, platzte es aus mir heraus. »Wie war denn sein Spiel auf den Kesselpauken? Bestimmt ganz ausgezeichnet, nicht wahr!«

Der Wiedergeburtsmann schaute etwas verdutzt.

»Ihr Großvater soll Kesselpauke gespielt haben? Nein, tut mir leid, aber das habe ich kein einziges Mal gehört!«

Mir wurde schwindlig. In meinem Kopf drehte sich alles. Obwohl ich fest auf dem Stuhl saß, fühlte ich mich, als ob ich an einem Glockenturm hängend vom stürmischen Seewind herumgeworfen würde. »Die fünf Minuten sind langsam um!« Ich reagierte weder auf die Stimme des Angestellten noch auf die Hand auf meiner Schulter.

Der Wiedergeburtsmann beugte sich nach vorn und schaute sich das Foto an.

»Aber dieser Herr konnte ausgezeichnet mit Holzhammer und Hobel umgehen.«

»Was soll das heißen?«

»Sie wissen es also wirklich nicht!«, sagte der Wiedergeburtsmann. Seine leise Stimme schien nicht zwischen seinen schmalen Lippen herauszukommen, sondern von einem weit entfernten Ort undeutlich herüberzuhallen.

»Ihr Großvater war kein Paukist, geschweige denn der erste, sondern der für die Bühne zuständige Zimmermann – ein Bühnenbauer also.«

Während mich zwei Angestellte rückwärtszerrten, rief ich ihm noch zu, dass ich ihn nachher gerne treffen wollte. »Morgen ist auch recht, wann immer es Ihnen passt, ich muss Sie unbedingt nochmals treffen!«

Der Wiedergeburtsmann machte darauf ein eigenartig resigniertes Gesicht und schüttelte sein silbernes Haupt.

»Für mich gibt es kein Morgen!«

Vor dem Fahrstuhl holten die Angestellten tief Luft und fragten mich, ob ich nicht ein Essay kaufen wolle.

»Wenn Sie eines erwerben, fallen keine Gebühren für das Gespräch an.«

Ich drückte dem einen so viel Kleingeld in die Hand, wie ich greifen konnte, und entfernte mich mit unsicheren Schritten schwankend aus der Menschenmenge.

Großvater kein Paukist?

Ein Bühnenbauer?

Der Wiedergeburtsmann war nichts anderes als ein Betrüger. Er besaß nicht im Entferntesten ein dreitausend Jahre altes Gedächtnis, sondern brachte offensichtlich schon Dinge durcheinander, die vor zwanzig Jahren passiert waren. Schon wollte ich das Essay, das ich in der Hand hielt, in einen Mülleimer werfen.

Da passierte es.

Mit einem »Ping!« öffneten sich drei Fahrstuhltüren gleichzeitig. Weißer Rauch und Menschen, die sich Handtücher vor das Gesicht hielten, ergossen sich wie eine Lawine hinaus in die Verkaufsebene. Die Kunden im Erdgeschoss glotzten fassungslos. Im gleichen Moment kamen auch über die Treppe haufenweise Menschen heruntergestürzt. Aus den Lautsprechern an der Decke bimmelte eine Alarmglocke wie ein Wecker. In das Bimmeln mischte sich eine Frauenstimme, die unheilvoll gefasst klang.

»Bitte keine Panik, meine Damen und Herren. Verhalten Sie sich ruhig«, tönte es über den Köpfen der Massen, die sich zum Haupteingang drängten. »Auf der Baustelle im zweiten Stock ist ein Feuer ausgebrochen. Es ist nicht schlimm, bitte bleiben Sie ruhig. Die Brandschutztüren sind alle geschlossen. Es besteht keine Gefahr, dass sich das Feuer ausbreitet.«

Aus den Lautsprechern hörte man leichtes Husten.

»Bitte passen Sie auf den Rauch auf. Halten Sie den Kopf niedrig und gehen Sie die Treppen hinunter. Es gibt drei Treppen, im Norden, Süden und Westen des Gebäudes. Die Fahrstühle und Rolltreppen dürfen nicht benutzt werden. Ich wiederhole: Es handelt sich nur um ein kleines Feuer, nicht um einen großen Brand. Die Feuerwehr wird gleich eintreffen und die Löscharbeiten durchführen. Bitte bringen Sie sich ohne Hektik in Sicherheit!«

Die Ansage schien ihre Wirkung zu zeigen, jedenfalls sahen die Leute, die die Treppe hinunterkamen, wieder etwas ruhiger aus. Unter ihren ängstlich blickenden Augen hielten sie sich Taschentücher oder andere Stofflappen vors Gesicht, während sie im Gleichschritt auf die Verkaufsebene im Erdgeschoss herunterströmten. Die Menschenmassen schienen endlos. Unwillkürlich bewegten sich meine Füße quer durch den Strom von Leuten auf die Mitte der Verkaufsebene zu. Der Hutstand, die Schirmecke, die Kosmetikabteilung. Durch den Brandgeruch war der Parfümduft wie weggefegt.

»Ein Rettungsleiterwagen der Feuerwehr ist da!«, rief jemand freudig beim Eingang.

»Da kommen noch mehr!«

Die Feuerwehr war schnell vor Ort. Drei Minuten nach der Lautsprecherdurchsage waren sie schon Richtung Kaufhaus unterwegs. Mit kreisendem Blaulicht und Sirenengeheul. Mittlerweile standen schon fünf Rettungsleiterwagen um das Gebäude herum.

Ich hörte und sah sie kommen:

Polizeiautos, Wasserspritzen, Rettungswagen.

Unzählige, ohrenbetäubend laute Sirenen.

Irgendwo da oben kauerten jetzt Grün und der Hund im Rauch.

Die Rolltreppe stand still. Ohne zu zögern rannte ich hoch. Die Schuhe schienen wie Lebewesen unter meinen Füßen zu hüpfen. Während ich drei Stufen auf einmal nehmend hinaufsprang, verdeckten dichter werdende Rauchschwaden langsam das Blickfeld. Hinter mir heulten ständig neue Sirenen auf und hetzten mich weiter.

Wieder Schattenmäuse

Das Feuer war tatsächlich nicht so groß. Im zweiten Stock angekommen, konnte ich in den Rauchschwaden keine Flammen erkennen und auch die Hitze war erträglich. Als ich mich bückte, sah ich überall auf dem Boden bunte Farbflecken. Rot, orange, blau und gelb. Aber der darüber aufsteigende Rauch war einheitlich grau, wie ein Stück dicht bewölkter Himmel.

Über den Kassen hing weißer Qualm und irgendwo schien mit lautem Knistern etwas zu bersten.

Einen Moment lang tauchte der Hintern des auf den Vorderläufen stehenden Stinktiers in meinem Kopf auf. Aber die Brandursache war jetzt absolut unwichtig. Ohne einmal zu stolpern rannte ich über die Rolltreppe in den dritten und vierten Stock hinauf.

Die Herrenabteilung müsste hier im vierten Stock gewesen sein. Eine Schaufensterpuppe in eleganter Haltung tauchte vor mir aus dem Nebel auf. Die Ansagestimme von vorhin wiederholte noch einmal von der Decke herab:

»Bitte bewahren Sie Ruhe, bewahren Sie Ruhe!«

Ich erreichte den fünften Stock.

Hier war schon fast alles weiß. War das die Damenabteilung oder eher die Bettwäsche? Ich drückte mir die Hand auf den Mund und schritt durch den Rauch, bis meine Knie gegen etwas stießen, das klirrend zu Boden fiel. Es klang nach Glas. Offenbar befand ich mich in der Porzellanabteilung.

Beim Rückwärtsgehen spürte ich plötzlich einen stechenden Schmerz in der linken Brustgegend. Ich kauerte mich auf den Boden und atmete das bisschen Luft ein, so tief ich konnte.

Mein Herz.

Dieses Herz, das jetzt schon achtzehn Jahre lang Blut durch meinen viel zu großen Körper pumpte. Es meldete sich genau in diesem ungünstigen Augenblick mit einem Hilfeschrei. Ich legte meine rechte Hand auf die Brust, klopfte zwei, drei Mal und rieb langsam darüber. Weich und sanft, als löste ich einen Klumpen.

Der Schmerz ließ langsam nach.

Ich schleppte mich die Rolltreppe hoch zum sechsten Stock.

Schwach erkannte ich eine Schaufensterpuppe. Sie trug einen Wickelrock, wie sie in diesem Sommer Mode waren.

Grün!, wollte ich rufen. Bist du hier? Grün!

Erschrocken riss ich die Augen auf. Meine Stimme versagte. Von dem Rauch, den ich eingeatmet hatte, spürte ich einen stechenden Schmerz im Hals. Ich schluckte den angebrannt schmeckenden Speichel hinunter und presste mit aller Kraft meine heisere Stimme heraus.

»Grün!«

Rauch wirbelte auf und schlug mir entgegen, als machte er sich über meine erbärmliche Stimme lustig.

»Grün! Bist du da?«

Mein Herz begann wieder zu schmerzen und ich legte rasch die Hand auf meine Brust.

Im Zeitlupentempo schlurfte ich über den grauen Fußboden. Von Zeit zu Zeit bückte ich mich mit dem Kopf nach unten und schaute, ob ich ihre Füße erspähen oder sie irgendwo liegen sehen konnte.

Bald konnte ich mich nicht mehr auf den Beinen halten. Ich warf mich auf die Knie, hielt den Atem an und rutschte weiter.

In meiner Brust begann es wieder zu klemmen und ich schlug mit der Faust auf die Herzgegend.

Da hörte ich eine Stimme.

Von weit weg drang aus dem weißen Rauch ein schwaches Geräusch an meine Ohren.

»Wiuwiu! Wiuwiu!«

Es war ein Stockwerk höher.

Ich ging zum Absatz der Rolltreppe zurück. In den weißen Dunst über dem Fußboden mischten sich schwarze Wirbel, die von unten hochgeblasen wurden. Ich krabbelte auf allen Vieren die Rolltreppe hoch, während ich auf mein Herz einhämmerte.

Das Geräusch kam allmählich näher und schien gleichzeitig immer schwächer zu werden.

Endlich, der siebte Stock.

»Wiuwiu! Wiuwiu!«, kam es aus dem Rauch. Grün!, wollte ich rufen. Grün, ich bin es!

Aber – was war das? Mein Hals öffnete sich keinen Millimeter mehr. Meine Zungenwurzel war wie festgeklebt von dem schwarzen Rauch, den ich eingeatmet hatte. Ich klappte den Mund auf und zu, während ich auf meine Brust polterte: Los komm, spuck einen Ton aus! Da plötzlich:

»Miau!«

Aus meinem geöffneten Mund sprang ganz mühelos eine Katzenstimme. Nein, nicht nur aus dem Mund, aus Rücken, Kopf, Hüfte – aus meinem ganzen Körper miaute es.

Jedes Mal, wenn ich auf mein Herz klopfte, ertönte diese Stimme.

»Miau! Miau!«

Der Rauch vor mir vibrierte für einen Moment wie eine Wolke, durch die der Blitz hindurch fährt.

»Miau!«

Langsam begann ich zu verstehen. Ich hatte darauf gewartet.

Seit meiner Geburt hatte ich unbewusst auf diesen Moment gewartet, den Trommelstock zu schlagen.

Schon sehr lange stand ich regungslos wie ein Idiot an dem Platz ganz hinten, oben bereit und wartete auf den Moment, dieses absonderliche Schlaginstrument erklingen zu lassen.

»Miau!«

Die Katzenstimme schallte lauter denn je, wie das vollendete Miauen einer Paradieskatze. Der Klang breitete sich bis in alle Winkel der grauen Verkaufsebene aus.

Aus dem weißen Rauch kam darauf das Winseln eines Hundes, als würde er antworten.

»Wiuwiu! Wiuwiu!«

Auf Händen und Füßen kroch ich, mir auf die Brust schlagend, durch einen verwinkelten Spielzeugverkaufsstand in die Richtung, aus der die Töne kamen.

»Miau!«, rief ich. Als rief ich den letzten überlebenden Freund in dieser Welt an.

»Wiuwiu! Wiuwiu!«, antwortete mir die Stimme. Wie eine Dampfpfeife, die auf dem Ozean durch den Nebel hallt.

Grün und Olivgrün umklammerten sich zitternd in der Ecke neben einem Stand, an dem Schwimmringe und Taucherbrillen baumelten. Als Grün mich erblickte, lächelte sie mir mit blassen Lippen ängstlich entgegen. Ihre Haare waren nass. Vor ihr stand ein Aquarium, in dem Spielzeugdelphine schwammen. Der Hund ließ traurig den Kopf hängen und blickte mich mit einer Plastikmaus zwischen den Zähnen flehend an.

Da spürte ich etwas hinter mir und drehte mich auf allen Vieren um. Ganz am Ende der grau gefärbten Verkaufsebene, in der Nähe der Rolltreppe, sah ich orangene Flammen, die aus dem unteren Geschoss herauf loderten. Aus dem Lautsprecher über uns dröhnte die Ansage.

»Bleiben Sie bitte ruhig, dies ist kein großer Brand, nur ein kleines Feuer! Bleiben Sie ruhig, dies ist nur ein kleines Feuer!«

Über die Rolltreppe konnte ich nicht gehen. Aus der unteren Verkaufsebene rückten die Flammen näher. Ich goss mir Wasser aus dem Aquarium über den Kopf und krabbelte mit Grün auf den Schultern und Olivgrün an der Leine Stufe für Stufe die heiße Steintreppe hoch.

Achter Stock.

Die Treppe, die eigentlich aufs Dach führte, war mit einem Eisengitter versperrt. Trotz des Rauches konnte ich das Hinweisschild entziffern, das am Gitter klebte.

»Freiluftspielplatz im Bau. Wir freuen uns auf Sie!«

Hätte mich Grün nicht an den Ohren gezogen, hätte ich mich wahrscheinlich bis zum bitteren Ende keuchend gegen das Eisengitter geworfen. Plötzlich bemerkte ich neben meiner Nase Grüns Zeigefinger, der nicht zum Dach, sondern genau in die andere Richtung auf die grau qualmende Verkaufsebene zeigte.

Wie?, dachte ich, immer noch auf allen Vieren, das ist doch eine ausweglose Sackgasse!

Das knisternde Bersten kam jetzt schon bis in die Nähe des Treppenabsatzes unter uns.

Während Grün auf meinem Rücken stöhnte, drängte sie mich mit dem Zeigefinger heftig, ohne zu zögern mitten in den dicken Rauch hineinzugehen.

Ich seufzte und ließ das Gitter los. Dann begann ich langsam, ihrem Zeigefinger folgend in die achte Verkaufsebene hineinzukriechen.

Vor meinen Augen hing ein Vorhang aus Rauch, der mir die Sicht versperrte.

Immer wenn ich anhielt, hieß mich der Zeigefinger von Grün, geradeaus weiterzugehen. Oder sie zog mich an den Ohren, um den Kurs zu ändern – nach links, nach rechts –, wie ein Navigator, der im Nebel auf dem Ozean das Steuer bedient. Nein, sie war viel schneller als die Matrosen. Diese arbeiten mit einem Kompass, aber Grün brauchte kein Gerät, denn sie konnte bis ans Ende des verqualmten Stockwerkes hindurchsehen.

Grün sah die Strömung des Rauches. Die farblose, schwarzweiße Welt war ihre Stärke. Sie konnte sämtliche Schattierungen der Dichte und Helligkeit des Rauches erkennen. Der ganze Qualm muss für Grün wie Lebewesen ausgesehen haben, wie eine riesige Schar von Mäusen, die auf der Flucht aus dem Gebäude verzweifelt nach dem Ausgang suchten.

Als ob wir von Schattenmäusen geführt würden, die über unseren Köpfen schwebten, durchquerten wir die Verkaufsebene. Ich stieß mit dem Kopf gegen zahlreiche Stuhlbeine aus Metall. Offensichtlich krochen wir gerade mitten durch ein großes Restaurant.

Grüns Finger zeigte nach links.

Wir kamen in eine für mich unsichtbare Küche. Olivgrün überholte mich und sprang vorwärts in die graue Wand. Kurz darauf hörte ich, wie seine Vorderfüße an glatten Fliesen kratzten.

»Wiuwiu«, rief der Hund aus dem Rauch.

»Wiuwiu!«

Meine Hand berührte eine Wandfliese. Ich hielt den Atem an und stand auf. Auf meinem Rücken zeigte Grün gerade nach oben. Es war zwar nur vage zu erkennen, aber jetzt konnte ich es auch sehen. Etwas drehte sich hier mit ungeheurem, fast närrisch wirkendem Eifer, um an Stelle des grauen Rauches frischen Wind in den neunten Stock zu blasen – ein Lüftungsventilator.

Der Lüftungsventilator drehte sich in der Nähe der Decke. Ich tastete über das Spülbecken und packte einen großen Kochtopf. Den schweren Topf, den ich nur mit beiden Hände zu heben vermochte, stemmte ich über meinen Kopf und warf ihn mit aller Kraft in den Ventilator. Beim zweiten oder dritten Mal flog der Lüftungsventilator mitsamt Rahmen nach draußen aus dem Gebäude. Der Rauch hinter uns, der sich in der Küche gesammelt hatte, strebte mit unglaublicher Energie auf den Ausgang zu.

Als ich meine Hände in das große Loch steckte und mich hochzog, konnte ich meinen Kopf aus dem Gebäude strecken. Es war eine ähnliche Pose wie damals als Kind, wenn ich auf den Dachboden guckte.

Auf der Plattform einer Rettungsleiter standen zwei Feuerwehrmänner. Sie machten ungläubige Gesichter, als sie mich sahen. Nachdem sich meine Brust mit frischer Luft gefüllt hatte, löste sich der Krampf in meinem Hals.

»Näher mit der Leiter! Kommt bitte näher hier ran!«

Die Feuerwehrmänner gaben dem Personal am Boden über Mikrofon entsprechende Anweisung. Ich zog den Kopf wieder aus dem Loch und setzte Grün, die sich immer noch an meinen Rücken klammerte, nach oben auf die Schultern. Sie verschwand halsaufwärts aus dem Gebäude.

Nach einer Weile verschwand das Gewicht von meinen Schultern. Ich kauerte mich hinunter, hob den ängstlichen Hund auf und schob ihn durch das Loch. Sogleich spürte ich, wie die Feuerwehrmänner ihn entgegennahmen.

Noch einmal kauerte ich mich auf den Boden. Neben meinen Füßen lag die Spielzeugmaus. Obwohl sie neu war, war sie schon völlig zerbissen und blieb nicht mehr in ihrer Form. Ich hob sie auf und steckte sie in die Hosentasche. Dann streckte ich mich und packte den Rand der Öffnung.

Ich ragte bis zur Brust aus dem Loch. Direkt vor mir streckten mir die Feuerwehrleute ihre Hände entgegen.

»Jawohl, gut so, gut so!«

Ich nickte und schaute mich um. Stahlblauer Sommerhimmel. Durchsichtige Wolken. Von unten hörte ich anfeuernde Hurra-Rufe. Ich seufzte und ergriff die Hände der Feuerwehrmänner, um mit einem Zug aus dem Gebäude zu gleiten.

»Was ist denn?«, fragte der eine. »Komm schon raus!«

»Geht nicht«, sagte ich, während ich zwischen Himmel und Erde hing, »ich hänge unten irgendwie fest!«

Ich kam nicht weiter vorwärts. Wie das Maul einer riesigen Maus, hatte mich die gezackte Ventilator-Öffnung an der Hüfte gepackt und ließ mich nicht mehr los. Als wollte sie sich für den vernichtenden Schlag mit dem Kochtopf rächen und mich in das Gebäude zurückziehen.

Da spürte ich es. Die Schuhe! Diese fünfunddreißig Zentimeter große Sonderanfertigung. Irgendwo in der Küche war ich mit den beiden fest geschnürten, riesigen Schuhen hängengeblieben.

Ich kämpfte.

Die Farbe des Rauches, der aus der Öffnung strömte, veränderte sich schlagartig. Für mich nicht sichtbare Flammen begannen die Sohlen meiner Schuhe zu rösten. Ich spürte einen nie da gewesenen Schmerz in meinem Herzen, ballte die Faust und schlug mit aller Kraft gegen die Brust.

»Miau!«

Der rechte Schuh war ab.

»Miau!«

Auch der linke.

Im selben Moment glitt mein Körper vollständig aus der Öffnung. Mit weit aufgerissenem Mund schrie der eine Feuerwehrmann etwas. Das Feuerwehrauto kam immer näher, die Schaulustigen, die Gesichter der Menschen. Auf dem Lastwagen, der vor dem Hintereingang geparkt hatte, lagen Berge von Zierpflanzen. Daneben ein von sechs Leuten aufgespanntes Rettungstuch. Während ich kopfüber hinunterstürzte, sagte ich noch zu mir: »Das ist doch viel zu klein für mich!«

Das frische, mit viel Sommersonne vollgetankte Grün breitete sich zusehends in meinem ganzen Gesichtsfeld aus. Kräftig gewachsene, grüne Blätter waren das letzte, was ich sah.

Auf dem Operationstisch

Weiß gekleidete Menschen bewegen sich geschäftig um den Operationstisch. Sie halten den Kopf geneigt und flüstern sich mir unbekannte Worte zu.

Ich liege auf dem Rücken, regungslos. Bewegen kann ich mich nicht.

Tam, tatam, tam

Tatam, tam, tatam

Sag mal, Kuhtse!

Ist das der Rhythmus vom Weizenstampfer-Lied?

Die Stimmen der weißen Menschen werden plötzlich lauter: »Kampfer! Puls!« Im nächsten Moment entfernen sie sich wieder. Wie Wellen, die am Pier anschlagen, um sich gleich wieder hinter die Brecher zurückzuziehen.

Ist Großvater wirklich nur ein Zimmermann gewesen? Was hat es mit diesem entsetzlichen Geräusch auf sich, das der Wiedergeburtsmann gehört hatte? Ich habe noch viel mehr Fragen. Unendlich viele.

Aber ich weiß schon – Kuhtse antwortet bestimmt nicht.

Nur seine gleichgültigen Schritte lässt er durch das Zwielicht hallen.

Tam, tatam

Tatam, tam

Langsam verstehe ich. Die absonderlichen Menschen, die sich überall in der Welt aneinander festhalten. Jeder von ihnen trainiert seine besonderen Fähigkeiten. Um stolz auf seine Absonderlichkeit sein zu können. Mit vollem Einsatz, selbst wenn sie dabei wie Dummköpfe aussehen.

Tam, tatam, tam

Es gibt nichts auf dieser Welt, das nicht als Musikinstrument taugt. Aber jedes klingt anders. Kesselpauken, Gongs, große Trommeln, kleine Trommeln. Alle bringen unterschiedliche Töne hervor, die zusammen die Musik dieser Welt bilden.

Tam, tatam, tam

Ich verstehe so vieles nicht.

Aber obwohl ich nichts verstehe, hat die Katze in mir geschrien. Dank der Katzenstimme habe ich es geschafft, den Hund und Grün aus dem Feuer zu retten.

Sag, Kuhtse, geht es Grün gut?

Meinst du, wir finden das Spielzeug für Olivgrün auch in einem anderen Laden?

Tam, tatam, tam

Kuhtse antwortet nicht.

Seine Schritte stampfen ruhig weiter durch die Dunkelheit. Nur etwas scheinen mir die bedächtigen Tritte mitzuteilen. Die Worte, die Kuhtse seit jeher wiederholt. Diese eine Sache, die er vermutlich weiter vor sich hin singen wird, auch wenn ich nicht mehr da bin.

Weder gut noch schlecht – das ist eben Weizenstampfen!

Ich höre noch, wie eine scharfe Stimme ruft: »EKG!« Dann lösen sich die flüsternden Stimmen in meiner Umgebung auf, zerstreuen sich und verschwinden in den Ecken des Raumes.

Elektrokardiogramm

»Die sollen aufhören!«, sagt jemand.

»Der Lärm da draußen muss sofort aufhören!«

Was ist? Lärm? Ich höre nichts. Hinter meinen fest verschlossenen Augen erahne ich nicht mal Licht. Auch die laute Stimme, die da ruft, scheint mir weniger ein Klang zu sein, als mit Geheimtinte geschriebene Buchstaben, die verschwommen in meinem Kopf auftauchen. Die Buchstaben fahren fort:

»Scheiße! Was zeigt das EKG?«

»Keine Reaktion!«, antwortet eine andere Geheimschrift.

Man muss sich in Geduld üben auf dieser Welt

Ich höre Hunde bellen. Drei Hunde sehe ich am Ufer eines Sees herumspringen. Am Ufer wird ein Strohhut in die Luft geworfen. Auf der ruhigen Wasseroberfläche spiegelt sich die Abendsonne, die die Hunde in rotes und gelbes Licht taucht. Ich höre wieder Kesselpauken. Eine Holzbühne, die in einem düsteren Lagerhaus steht. Andere Instrumente sind nicht da. Ganz hinten, oben steht jemand mit Schlägeln in der Hand. Sein Gesicht kann ich nicht richtig erkennen. Vielleicht ist es Großvater. Oder ein mir unbekannter Schlagzeuger. Der Paukist steht während der langen Zeit bis zu seinem nächsten Einsatz mit kerzengeradem Rücken und stolz erhobenem Haupt unbeweglich da.

Ich höre die Schulglocke. Der Streit endet schlagartig, wie eine Welle, die sich glättet. Ich sehe, dass der Boxer aus der roten Ecke auf einer Tragbahre abtransportiert wird. Um den Ring herum stehen zahlreiche Matrosen mit ihren Kindern. Der Schiedsrichter im Ring erinnert mich an den Hausmeister.

Dann Zeitsignale, die überall in der Stadt läuten.
Eine Dampfpfeife im Nebel.
Klopfgeräusche im Halbdunkel einer Treppe.
»Es sind Primzahlen, ganz bestimmt!«, flüstert eine leise Stimme.

Ich höre es regnen. Keine Mäuse, sondern richtiger Regen ergießt sich in den Kanal. Ein Mann ohne Schirm, der einen gediegenen, regenbogenfarbenen Anzug trägt, schaut auf den randvollen Kanal. Auch auf die Kühlerhaube des direkt dahinter geparkten, schwarzen Wagens prasseln die Regentropfen. Der Mann zuckt mit den Achseln, steigt in den schwarzen Wagen und rauscht über die dampfende Pflasterstraße davon.

Ich höre ein Baby schreien.
»Es heißt Grün«, sagt eine heisere Frauenstimme.
»Das ist die Farbe, die ich am liebsten einmal sehen möchte!«
Die Babystimme hallt von der Decke eines feuchten Kellerzimmers wieder. Der Maestro spielt am Bett einen Glückwunsch auf dem Cello. Langsam zwischen laut und leise hin und her wogend, wie eine große Welle.

Zum Beispiel der Klang von Sternschnuppen.
Oder Worte, die der Papagei in seinem Inneren eigentlich sagen wollte.
Die natürliche Stimme der Blindenhunde.
Diese Dinge kann ich jetzt nicht hören. Nicht, dass diese Klänge nicht da wären, sie sind nur zu weit weg. Mit andern Worten, es ist ein Problem der Entfernung. Der Mensch muss mit dem klarkommen, was er gerade hören kann. Wenn die Zeit gekommen ist, werden die Dinge, die er hören muss, schon bis an sein Ohr dringen.
Wie ein erfahrener Paukist muss ich mich in Geduld üben. Das ist ziemlich schwierig. Ganz hinten auf der Bühne zu stehen und auf keinen Fall die Schlägel wegzuwerfen, selbst wenn man als Dummkopf betrachtet und als Sonderling bezeichnet wird. Mit scharf gespitzten Ohren, um den richtigen Moment ja nicht zu verpassen.

Meine Welt war lange Zeit voll von Geräuschen.

Auch jetzt ist sie davon erfüllt.

Der unsystematische Lärm dieser Welt kann durch einen einzigen Rhythmus zu strahlend schöner Musik werden.

Tam, tatam

Tatam, tam

Ich bin überrascht. Sind das Kuhtses Schritte? Nein, dieses Geräusch kommt aus meinem Körper.

Meine Ohren öffnen sich wie Blumen.

Miau! Miau!

Das also hat in meiner Brust geschrien.

Miau! Miau! Miau!

Und dieser Rhythmus harmoniert perfekt mit der Musik, die ich von draußen vor dem Operationssaal höre.

Das Cello des Maestros, wie das Meer.

Das Winseln der Hunde und die vortreffliche Nachahmung von Grün. Der herrliche Rhythmus von Schattenboxen. Ein großer, chaotischer Frauenchor. Zweifellos kann ich sie hören, die Musik dieser Welt.

Eine gellende Frauenstimme schreit:

»Doktor! Dieser Patient lebt! Er lebt!«

Es ist wahrscheinlich eine Krankenschwester. »Schauen Sie, seine Füße bewegen sich. Schauen Sie nur! Er klopft mit den nackten Füßen auf den Operationstisch!«

Ich spüre, wie der Chirurg und seine Assistenten sich alle gleichzeitig auf meinen Körper stürzen und aufgeregt mit Schneidewerkzeug, Watte und großen Spritzen zu hantieren beginnen. Vage spüre ich ihre hektischen Bewegungen, während ich zum Takt des Konzertes, das die Musiktruppe unter der Leitung des Maestros spielt, ganz leicht die Zehenspitzen bewege.

Aschenbecher

Als ich auf der Krankentrage aus dem Operationssaal gefahren wurde, waren im Gang nicht nur Grün und der Maestro. Die Madame aus dem Hotel ohne Spiegel, fünfzehn Dirnen. Die Intendantin der staatlichen

Musikhalle, die fünf Schlagzeuger. Die Haushälterin, Hellgrün, Gelbgrün, Viridiangrün, Grasgrün, Olivgrün, Blaugrün und Dunkelgrün.

Und in ungewöhnlich eleganter, farblich abgestimmter Kleidung – der Schmetterlingsmann.

Wie ich später erfuhr, hatte der Maestro ihm schon vor längerer Zeit von der geplanten Musikaufführung berichtet. Er war einen Tag nach dem Brand im Hafen eingetroffen und von da direkt zum Haus des Maestros gegangen, um die Kinder von Rot (Grün) und mich zu treffen. Da hatte ihm die Haushälterin von dem Unglück berichtet.

Umgeben von meinem alten Freund und von sieben Hunden, glitt ich wie ein berühmter Boxer, der aus dem Ring abtransportiert wird, durch die Gänge.

Es dauerte noch knapp eine Woche bis zum Konzert. Aber das beunruhigte mich nicht. In meinem Körper fühlte ich all die Rhythmen, die ich während der Operation gespürt hatte. Grün besuchte mich morgens und abends mit dem Schmetterlingsmann in meinem Krankenzimmer und erzählte mir, was alles passiert war. Sie hatte keinen einzigen Kratzer abbekommen.

An dem Konzert vor der Tür während meiner Operation hatten sich der Cellomaestro, die fünf Schlagzeuger, der Schmetterlingsmann, Grün und die Hunde beteiligt. Außerdem ein spontaner Spielmannszug der Dirnen. Und die Haushälterin mit Falsett.

»Spielt! Rettet unseren Gefährten!«, soll der Maestro gerufen haben. »Erinnert euch an Dinge, die er erzählt hat, und singt, egal was!«

Der Krankenhausdirektor war ein großer Fan des Maestros. Über die Hunde im Haus verzog er wie erwartet das Gesicht, aber das Spielen von Instrumenten erlaubte er, solange dies vor dem Operationssaal geschah, in dem ich lag. Das »Hotel ohne Spiegel« blieb drei Tage lang geschlossen (dies sollen die ersten Ruhetage seit der Eröffnung gewesen sein). Abgesehen von Spiegeln brachten die Dirnen allen möglichen Hausrat ins Krankenhaus mit. Mitten während der Operation erschien – an der Hand geführt von einer Krankenschwester – der Schmetterlingsmann und zog, noch bevor ihm der Maestro etwas sagen konnte, sein Hemd aus, um im Krankenhausgang mit Schattenboxen anzufangen. Die Hunde sprangen auf die Beine und tanzten keuchend um ihn herum.

»Das hätte ich gerne gesehen!«, sagte ich. »Das muss ein gigantisches Orchester gewesen sein!«

»Ja, es war gigantisch!«, sagte Grün. »In Schwarzweiß sieht die Schminke der Frauen aus, wie Masken bei einem Fest.«

»Jetzt bin ich schon zwanzig Jahre so«, meinte der Schmetterlingsmann und zeigte auf seine Sonnenbrille, »aber noch nie habe ich es so bedauert, nichts sehen zu können, wie an diesem Tag.«

Grün brachte mir die Zeitungen der letzten Tage und einen neuen Brief mit. Der Kaufhausbrand war natürlich das große Thema. Der Typ, der sich mit den Schuhen verhedderte und aus dem neunten Stock abstürzte, nachdem er eine junge Frau und einen Hund gerettet hatte, wurde in allen Blättern als der größte Trottel vor dem Herrn dargestellt. Zusammen mit Grün las ich die Artikel kichernd dem Schmetterlingsmann vor. Danach schnitt ich sie mit der Schere aus und klebte sie in ein Sammelalbum.

Als Brandursache wurde tatsächlich der fahrlässige Umgang mit Zigaretten festgestellt. In der Baustelle im zweiten Stock fand man die Reste eines Skunks mit abgeknicktem Schwanz.

Der Wiedergeburtsmann hatte beim Hinausgeleiten der Kaufhausbesucher sein Leben verloren. In der Presse stand, er hätte vortreffliche Arbeit geleistet und dabei den Eindruck eines Sicherheitsbeamten mit langjähriger Erfahrung erweckt. Nachdem er einige Verkäuferinnen sowie Büropersonal bis zum Haupteingang begleitet hatte, blieb er mit einem rätselhaften Lächeln auf dem Gesicht vor dem Eingang des Kaufhauses stehen. In dem Moment fiel ein Aushängeschild, das sich unter dem Löschwasserschwall von der Außenwand des Gebäudes gelöst hatte, direkt auf ihn herab. Für ihn gebe es kein Morgen mehr, hatte er gesagt. Der Wiedergeburtsmann wusste von Anfang an, an welchem Tag er wiedergeboren werden würde.

In dem Brief stand, dass das Blasorchester nach langer Zeit wieder ein Konzert plane. Alle seien ganz gespannt, schrieb der Postdirektor. Da diesmal Dutzende von Schlagzeugern dabei seien, schauten sie sich jetzt nach einem geeigneten Aufführungsort um. Großvater widme seine Zeit nach wie vor dem Reparieren von Eisenwaren und den Pauken.

»Ich muss dir noch etwas Trauriges mitteilen«, schrieb der Postdirektor. »Vorgestern ist meine Schwester gestorben. An einer Gehirnblutung. Morgens um fünf fand sie ihr neuer Ehemann zusammengebrochen in der Küche der Konditorei. Auf dem Boden lagen Erdbeeren und Bratäpfel herum. In ihrem Mund fand man Teigreste eines neuen Obstkuchenrezeptes. Der Ehemann meinte, sie habe vermutlich den ofenfrischen Kuchen probiert und sei vom leckeren Geschmack überwältigt in Ohnmacht gefallen. Er hätte selbst auch ein wenig davon genommen, aber der Obstkuchen sei so lecker gewesen, dass ihm von dem einen Bissen richtig schwindlig geworden sei. Ja, Katze, das ist wirklich eine traurige Geschichte, aber immerhin ist es ein Trost, dass sie nicht in einem düsteren Zimmer einsam krepieren musste, sondern beim Essen eines unvergleichlich leckeren Gebäcks gehen durfte. Dies ist nicht nur ein Trost, sondern für mich fast eine Art ein Beweis, dass die Götter meine Schwester mochten.«

Ich faltete den Brief. Von Göttern verstand ich nichts. Aber ich hatte das Gefühl, dass die Tante – genau wie der Wiedergeburtsmann – eine gewisse Vorahnung gehabt hatte, wann ihre letzte Stunde schlagen würde. Was für Geräusche sie wohl hörte, als sie frühmorgens in der Konditorei in den Obstkuchen biss?

Drei Tage vor dem Konzert durfte ich das Krankenhaus verlassen. Der Chirurg, der mich operiert hatte, war verblüfft über die schnelle Genesung.

»Vor dem Eingang warten schon die Journalisten der Klatschzeitschriften. Möchtest du nicht lieber den Hinterausgang nehmen?«, fragte er.

»Das macht mir nichts aus«, antwortete ich. Im Krankenzimmer befanden sich außerdem der Maestro, der Schmetterlingsmann, Grün und die Hunde.

»Wenn die Grün anfassen, dann hau ihnen rücksichtslos eine rein!«, sagte der Maestro zum Schmetterlingsmann. »Wenn du einem den Kiefer brichst, können sie ihn hier ja gleich wieder zusammensetzen!«

Bevor wir das Krankenzimmer verließen, fragte ich den Chirurgen, ob es eine Krankheit gebe, bei der man sein eigenes Herz schlagen hört. Ob es vorkommt, dass jemand seinen Herzschlag wahrnimmt wie einen regelmäßigen, von Füßen gestampften Rhythmus.

»Unmöglich«, sagte der Chirurg klar und deutlich, nachdem er kurz nachgedacht hatte. »Ich habe auch mal Nervenheilkunde studiert, aber so einem Fall bin ich nie begegnet. Erscheint mir auch unsinnig.«

Ich bedankte mich und ging aus dem Zimmer.

Als sich die Fahrstuhltür öffnete, ging ein Aufschrei durch die Menge der Journalisten und Patienten, die uns erblickten. Der Maestro stieg auf ein Sofa im Warteraum und warf den panisch Flüchtenden einen stählernen Aschenbecher hinterher.

Aus dem Sammelalbum vom 6. Juli

*

Morgen findet in der staatlichen Musikhalle das Abonnementkonzert statt. Gleichzeitig feiern wir ein Jubiläum, den 400. Jahrestag der Stadtgründung. Zu diesem Anlass wird ein noch nie dagewesenes, neuzeitliches Programm aufgeführt. Es erwartet uns folgendes Repertoire:

1. Akt Schlagzeugensemble

Alles mit Hilfe von Hebeln und Rollen
Serenade für einen jammernden Dinosaurier
Walzer vom blinden Boxer und dem roten Hund
(sämtlich Uraufführungen)

2. Akt Staatsorchester

Konzert Nr. 2 für Cello und Orchester

Der weltberühmte Meister wird zum ersten Mal seit einem Jahr wieder in unserer Halle auftreten. Alle Plätze in der ersten und zweiten Klasse sind ausverkauft. In den hinteren Reihen der dritten Klasse sind zurzeit noch einige Sitzplätze frei. Ferner ist es der Wunsch aller Vortragenden, dass jeder Zuhörer etwas mitbringt, das Töne produziert (nicht nur Instrumente, auch Spielzeuge oder Haushaltsgeräte sind erlaubt. Sirenen jedoch verboten).

Aus dem Sammelalbum vom 8. Juli

*

Das gestern aufgeführte Jubiläumskonzert zum 400. Jahrestag der Stadtgründung war höchst außergewöhnlich.

Besagter Meister ließ sein kristallklares Cello erklingen, worauf das Orchester, als würde es von ihm mitgerissen, ein Konzert voll inbrünstiger Hingabe zum Besten gab. Ich kann behaupten, dass dies mit Abstand das gelungenste aller Cellokonzerte war, die ich je gehört habe.

258

Auch die Darbietungen des Schlagzeugensembles im ersten Akt waren nicht übel. Von Augenblick zu Augenblick ertönte ein anderes Schlaginstrument, so als würden Kinder miteinander spielen. Dennoch zeigten alle Kompositionen einen glänzenden Aufbau. Das lag nicht zuletzt an dem jugendlichen Dirigenten, der gestern sein Debüt gab und dabei imposant den Taktstock führte. Dieser junge – und vermutlich größte – Dirigent unserer Stadt kann als strahlende Neuentdeckung bezeichnet werden.

Außergewöhnlich war vor allem die Zugabe nach dem zweiten Akt. Während der Beifallssturm tobte, ging plötzlich das Licht aus und es wurde stockdunkel im Saal. Von der Bühne sprach eine Stimme – vermutlich der junge Dirigent – zum lärmenden Publikum und bat alle Anwesenden, ihre mitgebrachten Sachen, die »Töne produzieren«, hervorzuholen (ich hatte einen Klammerhefter dabei). Man hörte in der Dunkelheit, wie auf den Zuschauerrängen allerlei Dinge hervorgekramt wurden. Haustierglöckchen, Essgeschirr, Spielzeugflöten, Fahrradklingeln, Luftpumpen und zahllose Scheren.

Nachdem sich der Lärm gelegt hatte, begann auf der Bühne das Cello ein Pizzicato zu spielen. Jeder Ton klar und deutlich, in einem stetigen, eindringlichen Tempo. Gerade als ich mir wünschte, es möge immer so weitergehen, stimmten auf der Bühne verschiedene Instrumente mal laut und mal leise in das Tempo mit ein. Kesselpauken und Violinen, Oboen und Hörner. Sogar eine Katze miaute und eine Spielzeugmaus begann zu piepsen. Alles im selben Rhythmus.

Plötzlich merkte ich, dass die Leute auf den Zuschauerrängen in das Konzert mit einstimmten. Es wurde auf Teller geklopft und mit Türglocken geläutet. Um mich herum das abgehackte Schnippen von Scherklingen. Irgendwann begann auch ich meinen Klammerhefter im Takt zusammenzudrücken. Diejenigen, die nichts zum Töne produzieren mitgebracht hatten, stampften im Dunkeln mit den Füßen auf den Saalboden. Einer stand sogar auf und bewegte sich, als würde er boxen.

Schweigend spielten wir alle gemeinsam. Schließlich verschwand das Cello-Pizzicato langsam in der Ferne und das Saallicht ging an. Die Musiker des Orchesters waren komplett von der Bühne verschwunden. Alleine im Zuschauerraum zurückgelassen, blickten wir uns gegenseitig an, lächelten etwas verlegen und machten uns alsbald mit leisen Schritten auf den Heimweg.

Auch jetzt erscheint mir dies alles noch immer höchst geheimnisvoll. Ich erinnere mich, dass die Fülle dieser Klänge, die durch die Dunkelheit hallten, erstaunlich leise war. Obschon Tausende von Menschen daran beteiligt waren, entstand ein äußerst zurückhaltender Klang, wie ein vertrautes Gespräch unter Freunden in einem kleinen Zimmer. Dennoch sind meine Ohren auch jetzt, während ich diesen

Artikel schreibe, von Tempo und Rhythmus dieses Cello-Pizzicato wie besessen. Im Nachhinein kommt es mir vor, als ob der ganze dämmrige Saal gestern ein einziges Instrument gewesen wäre. Ich selbst steckte mittendrin in diesem dunklen Instrument und lauschte den Tönen, die es hervorbrachte.

Seit über vierzig Jahren schreibe ich nun schon Musikkritiken, aber das Konzert gestern Abend lehrte mich erneut etwas ebenso Fundamentales wie Essenzielles:

»Zusammen musizieren macht Spaß!«

Das meine ich nicht zum Scherz. Musik zu hören, bereitet mir in der Tat große Freude. Aber irgendwann ist mir der Spaß am Spielen eines Instrumentes abhandengekommen. Ich denke, nicht nur die Konzertbesucher, die gestern Abend bei der Zugabe mitgemacht haben, sondern jedermann kennt diese Erfahrung und sei es aus seiner Kindheit, als er zum ersten Mal ein Instrument in die Hand nahm.

»Gemeinsam musizieren macht Spaß!«

Selbst die ersten Musiker in der Geschichte der Menschheit würden bei diesem Satz vermutlich zustimmend nicken. Ein Großteil der Freude, die Musik bereitet, liegt im Zusammenspiel. Um verbunden zu sein, sich dessen zu versichern und darauf zu vertrauen – dafür spielten die Musiker schon immer ihre Instrumente und werden es auch in Zukunft tun.

Die außergewöhnlich große Frau

Den nächsten Konzertabend würde sie gerne auf ähnliche Weise gestalten, sagte die Intendantin. Zwei Stücke des Hausmeisters und ein neues von mir. Bis im Oktober müsstet ihr das schaffen, sagte sie mit sanftem Nachdruck. Der Maestro besuchte wieder täglich das Bordell und Grün ging zur Schule. Der Schmetterlingsmann kehrte mit Olivgrün (er wich dem Boxer nicht mehr von der Seite) in meine Heimat zurück. Er hatte scheinbar eine Stelle als Lehrkraft an der Blindenschule bekommen, die demnächst wieder eröffnet werden sollte.

Ich vergrub mich jeden Tag im Archiv der staatlichen Musikhalle. Hier lagerten alle möglichen Dokumente über die Orchestergeschichte der letzten dreihundert Jahre. Aber mir genügten die Unterlagen, die nur ein paar Jahrzehnte zurückreichten. Nicht nur der Archivleiter, auch die anderen Angestellten, die schon lange in der Halle arbeiteten, kannten Großvater. Sowohl von dem Journalisten, der den Artikel vom 8. Juli geschrieben hatte, als auch von den Hochschullehrern konnte ich viel über das Leben von

Vater und Großvater in dieser Stadt, bevor ich auf die Welt gekommen war, erfahren. Auch in dem Essay des Wiedergeburtsmannes, das ich vor dem Brand erworben hatte, stand etwas über Großvater, Vater und meine Mutter.

Die beiden Männer stammten nicht aus der Stadt, sondern waren, als Vater noch klein war, aus dem kalten Norden hierher gezogen. Großvater war ein geschickter Zimmermann. Er kümmerte sich um die Innenausstattung vieler Hallen und machte sich dabei als meisterhafter Bühnenbauer einen Namen. Es war niemand anderes als mein Großvater gewesen, der die Bretter in der staatlichen Musikhalle verlegt hatte.

»Es war nicht nur die Art und Weise, wie er mit Hammer und Hobel umging«, erzählte der Archivleiter, »auch seine Ohren waren ausgezeichnet. Wirklich unglaublich gut!«

Wenn Großvater an einer Bühne Hand anlegte, wurde ihr Klang dramatisch besser. Es passierte zum Beispiel, dass die Violinisten dank eines einfachen Brettes, das er an der Rückseite der Bühne angebracht hatte, fest davon überzeugt waren, ihre Technik hätte sich schlagartig verbessert. Mit anderen Worten, Großvater war ein Bühnenstimmer. Außerdem war er dafür bekannt, dass er während der Orchesterproben nicht mit Kommentaren hinter dem Zaun hielt. Waren Hörner oder Oboen beispielsweise leicht verstimmt, klopfte es laut mahnend vom Bühnenboden. Das war Großvater, der sich unter der Bühne verkrochen hatte und mit Holzhammer oder Säge dagegen pochte.

Der damalige musikalische Leiter fragte ihn einmal:

»Machst du eigentlich selbst keine Musik?"

»Musik machen?«

Er zuckte mit den Achseln.

»Für mich ist die Bühne selbst das Instrument. Ein einziges, großes Schlaginstrument. Na ja, wenn ich mal keine Arbeit mehr finden sollte, würde ich gerne in einem Orchester spielen, egal wo.«

Mit diesen Worten verschwand er flink unter der Bühne.

Während der musikalische Leiter nostalgisch den Rauch seiner Zigarette in die Luft blies, sagte er zu mir:

»Nie mehr in meinem ganzen Leben habe ich einen so stolzen Mann getroffen!«

Wenn Großvater eine Arbeit beendet hatte, stieg er mit kerzengeradem Rücken auf die Bühne und testete ihre Resonanz, indem er darüber stampfte.

Hoch die Füße anhebend, in einem Rhythmus, der an einen ländlichen Tanz erinnerte.

Tam, tatam, tam

Tam, tatam, tam

Wenn jemand fragte: »Was ist denn das für ein Rhythmus?«, antwortete er: »Nur ein einfaches Volkslied aus meiner Heimat, nichts Besonderes!« und stampfte weiter.

Vaters Sinn für Mathematik erwachte schon, als er noch klein war. Auslöser war ein Spielzeuginstrument, das ihm Großvater gebaut hatte. Es bestand aus fünf Seidenfäden, die auf ein Brett gespannt waren, und einem beweglichen Steg, mit dem man die Tonhöhen variieren konnte. Wenn man den Steg sorgfältig platzierte, konnten hier und da angenehm harmonische Klänge erzeugt werden.

»Es ist alles eine Frage der Zahlenverhältnisse!«, pflegte Vater zu seinen Kollegen zu sagen.

Als er mit etwa dreißig seine Lehrtätigkeit an der Grundschule aufnahm, führte er nebenbei seine Studien an der Universität weiter. Er war offenbar schon damals ein unzugänglicher, sonderbarer Typ, aber jedermann wusste um seine Leidenschaft für die Mathematik und selbst seine Lehrerkollegen zeigten Respekt vor seinen Fähigkeiten. Die Leute in der mathematischen Fakultät wunderten sich deshalb, als Vater eines Tages während eines Referats nur geistesabwesend in die Luft starrte und sich mit keinem Wort beteiligte. Als am nächsten Tag eine Frau ins Institut kam und Vater mit den Worten: »Du hast was vergessen!« ein Lunchpaket überreichte, waren alle sprachlos.

»Sie war eine unglaublich große Frau!«, erzählte der Assistenzprofessor der Universität. »Ab da kam sie zwei-, dreimal pro Woche, um ein Lunchpaket abzugeben. Immer mit einem innigen, freundlichen Lächeln im Gesicht. Es war ein großes Lächeln, das sich auf alles in ihrer Umgebung zu übertragen schien. Wie ein warmes Herdfeuer.«

Diese große Frau kam wie Großvater und Vater aus einem gottverlassenen Dorf im Norden. Sie trug bunte Kleider mit wilden Farbkombinationen, die ihr sehr gut standen. Da ihr Kleider von der Stange nicht passten, schneiderte sie sie selbst, indem sie mehrere Stoffe zusammennähte. Mit unverhüllt ländlichem Akzent begrüßte sie jedermann, wenn sie durch die Straßen schritt, und winkte dabei mit ausladender Geste.

Nach den Worten des Assistenzprofessors soll es erstaunlicherweise mein Vater gewesen sein, der sie in der Schlange an einer Bushaltestelle angesprochen hatte, während sie mit Einkaufstüten in der Hand auf den Bus wartete. »›Das sind ja unglaubliche Größenverhältnisse!‹, hat er damals zu ihr gesagt. Damit meinte er ihren Körper. Alles steht in wunderbarem Einklang zueinander. Als sie anhand des Dialektes merkte, dass er aus demselben Dorf stammte, schleuderte sie ihre Tomaten und Zwiebeln in die Luft und drückte Vater gegen ihre Brust.«

Bald begann sie, Lunchpakete für die Studenten und Dozenten der ganzen Fakultät zuzubereiten. Es sei nicht nur ihr Äußeres gewesen, erinnerte sich der Assistenzprofessor an damals. Meine Mutter war offenbar in vielerlei Hinsicht eine unerschütterlich harmonische Person. Wie ein gut gedüngter Acker an einem fernen Ort, auf den das ganze Jahr die Sonne scheint.

Mutter und Vater lebten fast ein Jahr zusammen. Auch Großvater, der sich sonst nur für seine Arbeit interessierte, war regelmäßig bei ihnen zu Besuch.

Der Archivleiter erzählte:

»Deinem Großvater gefiel diese Frau offensichtlich. Das hat er natürlich nie zugegeben. Aber als er einmal beim Arbeiten gähnen musste – was er selten tat –, brummte er sichtlich zufrieden, er habe wieder die ganze Nacht nicht geschlafen, sondern bis zum Morgengrauen bei seinem Sohn zu Hause gesessen und Geschichten aus der Heimat erzählt.«

Auch an dem Morgen, als ich auf die Welt kam, war Mutter munter wie ein Fisch im Wasser. Direkt nach der Geburt ging sie in ein nahegelegenes Restaurant und aß drei Portionen Omeletts. Danach kehrte sie zurück ins Haus, tätschelte sich ihren rechten Oberarm und band mich in einem Wickeltuch daran fest.

Jeden Morgen ging Mutter spazieren und schwang dabei ihre dicken Arme, während sie mich an ihrem Oberarm schaukelte. Am Nachmittag verrichtete sie unten am Hafen schwere körperliche Arbeit. Es gab niemanden in der Straße, in der Vater damals wohnte, der sich nicht an diesen Anblick erinnert hätte.

Die Wirtin des Restaurants erzählte:

»Sie war eine Frau, die selbst mit fünf oder auch zehn Säuglingen am Arm noch hätte laufen können.«

Die Omeletts in diesem Restaurant hatten es Mutter besonders angetan und immer, wenn sie etwas zu feiern hatte, kam sie ins Lokal und verputzte drei Portionen. Die Wirtin erinnerte sich noch an das verlegene Gesicht von Vater, der eines Tages seinen Kopf in die Restaurantküche hineinsteckte.

»Was ist denn?«

Auf die Frage der Wirtin blinzelte er mit den Augen und fragte mit einem Notizbuch in der Hand zurück:

»Würden Sie mir eventuell das Geheimnis verraten, wie man leckere Omeletts brät?«

In der Grundschule, in der Vater unterrichtete, waren viele Kinder aus gutem Hause. Mit Spenden der Eltern war für die Vorführungen im Winter der Bau eines Musiksaals geplant, und Großvater wurde mit der Bauleitung beauftragt. Drei Monate nach meiner Geburt war der Saal fertiggestellt. Zur Eröffnung sollte ein Schlagzeug-Ensemble der Grundschulblaskapelle spielen, gefolgt vom Auftritt eines aus der staatlichen Musikhalle eingeladenen Streicher-Ensembles mit Sopranistin. Die Kinder starrten mit großen Augen auf die funkelnagelneue Bühne und blieben wie angewurzelt zwischen den Zuschauerstühlen stehen, als ob sie an einem schneebedeckten Berg emporblickten, den zu besteigen sie sich unwürdig fühlten.

»Geht rauf!«, sagte Großvater zu ihnen. »Die habe ich gebaut, damit ihr Töne darauf macht. Das ist eure Bühne! Geht rauf und macht mal ein paar Geräusche!«

Die Kinder stiegen schüchtern auf die Bühne. Ein Mädchen stampfte vorsichtig mit dem Schuh. Bam!, hallte es durch den Raum. Noch jemand stampfte. Dann hörte man das klatschende Geräusch von Händen, die auf die Bühne klopfen. Bald war der ganze Musiksaal erfüllt mit buntem Lärm.

Der damalige Schulleiter erzählte:

»Dein Großvater sah glückselig aus. Er hielt die Augen geschlossen und hörte verzückt zu. Es war wirklich erstaunlich! Der ohrenbetäubende Schabernack, den die Kinder miteinander trieben, erzeugte plötzlich einen reichen Klang.«

Zu dem Eröffnungskonzert waren viele Gäste eingeladen. Mutter holte ganz hinten aus dem Schrank ein Kleid. Es war ein lila Abendkleid, mit silbernen Fransen übersät. Sie hatte über viele Jahre Stück für Stück Stoffe in der gleichen Farbe gesammelt und das Kleid zusammengenäht.

»Ich gehe das erste Mal in meinem Leben in ein Konzert!«

Mutter zeigte den Leuten in der Nachbarschaft ihr Kleid. Das steht dir bestimmt gut!, meinten alle einmütig und berührten vorsichtig die Fransen.

Abends um sieben betraten an jenem Tag Vater, seine Studienkollegen von der Hochschule und Mutter mit dem Säugling in den Armen den lärmigen Zuschauerraum. Ihre Sitze befanden sich in der elften Reihe vor der Bühne und um sie herum saßen dicht gedrängt viele Kinder.

»Ich gehe lieber ganz nach hinten!«, sagte Mutter. »Wenn ich hier sitze, können die Menschen hinter mir sonst nicht gut nach vorne sehen.«

»K17. Dies ist dein Platz!«, sagte Vater, der es mit Zahlen sehr genau nahm, und zeigte auf einen Stuhl, auf dem ein Tuch ausgebreitet lag. Mutter verzog das Gesicht und verkroch sich in dem Stuhl, so tief sie konnte.

Die Mitglieder der Blaskapelle am Bühnenrand konnten sich nicht mehr beherrschen und tuteten schon auf ihren Hörnern. Die Elitemusiker aus der staatlichen Konzerthalle betrachteten mit großen Augen den strahlenden Saal, der so gar nicht nach einer Kinderbühne aussah. Einer davon war der Wiedergeburtsmann. Die hauptamtliche Sopranistin, die ebenfalls eingeladen worden war, erinnerte sich später an die Worte des Tontechnikers am Bühnenrand, der, als er Großvater erblickte, mit ernstem Gesicht gesagt haben soll:

»Das Mikro funktioniert nicht richtig! Auf der Aufnahme sind überall Aussetzer!«

»Warum denn?«

Großvater steckte den Kopf durch den Vorhang und schaute zur Decke hoch. An einem der Querbalken hing ein stattliches, altes Reflektormikrofon. Es war eine viereckige, schwarz angemalte Kiste, ungefähr in der Größe eines Reisekoffers. Oberhalb des Balkens verlief ein verdrehtes Kabel.

Großvater schnalzte mit der Zunge.

»Schon wieder eine Schlamperei!«, murmelte er. »Vorgestern sind die Arbeiter für die letzten Elektroinstallationen hier gewesen. Kein Wunder, so wie die nach Alkohol gestunken haben. Moment, ich schau schnell nach.«

Mit diesen Worten verschwand er hinter der Bühne.

Kurz darauf tauchte Großvater in einer Ecke an der Decke auf. Mit der Körperhaltung eines routinierten Zimmermannes ging er rasch auf dem Balken entlang, geradewegs auf das Reflektormikrofon zu.

»Das war genau fünf Minuten vor Beginn«, sagte die Sopranistin mit kühler, glasklarer Stimme, obwohl seit damals fast zwanzig Jahre vergangen waren.

Sowohl der Tontechniker als auch die Vertreter der Schule und die Jugendlichen, die am Bühnenrand ihre Trompeten bliesen, waren sich gegenüber dem Zeitungsjournalisten einig, dass es nicht die Schuld des Zimmermannes gewesen sei. Er konnte nichts dafür! Seine Finger hatten das Mikrofon kaum berührt, als dieses im Kreis zu schlingern begann. Der Zimmermann umklammerte mit den Beinen den Balken und versuchte das riesige Mikrofon zu greifen.

Das Mikro pfiff einmal unangenehm, als lachte es über die suchenden Finger, neigte sich weit zur Seite und stürzte senkrecht hinunter, direkt in die Zuschauerreihen. Großvater, der dabei die Balance verlor und mit den Beinen vom Balken rutschte, folgte hinterher.

Bei dem Pfeifen schauten alle zur Decke hoch. Die meisten verstanden nicht, was vor sich ging. Mutter jedoch sprang mit einem Satz von ihrem Stuhl auf, riss die Kinder in ihrer Nähe an sich, drückte sie gegen ihren riesigen Busen und duckte sich zwischen die Stühle. Vater erhob sich ebenfalls und streckte die Hände aus. Aber er kam zu spät.

Aus knapp zehn Metern Höhe fiel das alte Reflektormikrofon mit voller Wucht auf Mutters Hinterkopf. Dabei soll es ein furchtbares Geräusch gegeben haben. Dunkle Bässe, die die Magengrube zum Vibrieren bringen, wurden durch das alte Mikro übertragen und dröhnten durch den Musiksaal. Sämtliche Aufschreie waren wie weggefegt. Sowohl die Musikspieler am Bühnenrand als auch die Menschen, die sich in den Zuschauerreihen drängten, standen wie erstarrt im Widerhall dieses unheilvollen Geräusches.

Vor Sitz K18 lag Vater am Boden und hielt sich den Kopf. In dem Moment, als er sich zu Mutter hinüberwerfen wollte, hatte ihn das Knie von Großvater, der von der Decke fiel, an der Stirn gestreift. Unter dem Körper von Mutter kauerten zehn Grundschüler und ich, das Baby. Auf ihrem Rücken lag Großvater, der vor Schmerz stöhnend sein Knie umklammerte.

Während Mutter mit dem Krankenwagen abtransportiert wurde, soll sie ganz benommen »Das ist mein erstes Konzert!« vor sich hin geflüstert haben. Neben den Rettungssanitätern saßen in dem Wagen Vater, mit einem Verband um den Kopf, Großvater, mit geschientem Bein, und der Grundschuldirektor.

»Geht's den Kindern gut?«

Auf Mutters Worte antwortete der Schuldirektor mit lauter Stimme:

»Niemand hat auch nur einen Kratzer abbekommen!

Sie nickte und lächelte matt.

Kurz bevor der Rettungswagen in das Krankenhaus rauschte, tat Mutter ihren letzten Atemzug. Das lila Kleid mit den Gold- und Silberborten brauche er ihr nicht auszuziehen, sagte Vater dem Leichenbestatter. Während der Trauerfeier schüttelte Großvater unaufhörlich den Kopf, als versuchte er mit aller Kraft etwas Unsichtbares abzuschütteln, das ihn verfolgte.

Vater machte Großvater keine Vorwürfe. Auch sonst schien niemand Großvater eine Schuld zuzuweisen. Der damalige musikalische Leiter erinnerte sich, dass er ihm dringend empfohlen hatte, so schnell wie möglich einen Orthopäden aufzusuchen.

»›Ich geh ja regelmäßig zum Arzt!‹, hat er gesagt. Aber drei Tage nach der Bestattung trug er immer noch die alte Schiene. Ich habe später herausgefunden, dass dein Großvater die ganze Zeit beim Hals-Nasen-Ohren-Arzt war!«

Die HNO-Klinik war noch am selben Ort wie damals.»›Ich habe Ohrensausen – ein heftiges Dröhnen, das nie weggeht!‹, hat er mir gesagt.« Der runzlige alte Doktor erzählte: »Er hat mich regelrecht bestürmt. Es würde sowieso nicht mehr heilen, hat er gesagt, und deshalb sollte ich ihm schleunigst Löcher in die Ohren hauen, jetzt sofort! Meine Güte – er war ein grausiger Patient!«

Nachdem ungefähr eine Woche vergangen war, hatte sich Großvaters rechtes Bein in der Lage versteift, in der es geschient worden war, und ließ sich so gut wie gar nicht mehr beugen.

Eines späten Abends bemerkte der Grundschuldirektor, dass im Musiksaal, in dem eigentlich niemand mehr sein sollte, noch Licht brannte. Als er durch die große Eingangstür blickte, die einen Spalt weit offen stand, sah er Vater mit zottigem Haar auf einem Stuhl in der elften Reihe sitzen. Die Hälfte seiner Haare war weiß. Der Schuldirektor bemerkte, dass es K18 war. Vater saß auf dem Stuhl, auf dem er gesessen hatte, als der Unfall geschah, und starrte regungslos auf den leeren Sitz K17 neben sich. Ohne sich einen Millimeter zu rühren oder auch nur zu zwinkern. Auch der Schuldirektor vor der Tür konnte sich nicht bewegen. Nach einer Weile beugte sich Vater nach hinten, blickte an die Decke und seufzte tief. Das Geräusch breitete sich im ganzen Saal aus.

»Mich schauderte!«, murmelte der Schuldirektor und zog die Augenbrauen zusammen. »So einen Seufzer hatte ich noch nie gehört. Wie soll ich

sagen – es klang wie ein Windstoß, der von einer modrigen Küste herüber-
weht. Wie feuchter Atem, der durch ein Loch im Rachen pfeift. Er seufzte
und seufzte. Ich habe es fast nicht ausgehalten – ehrlich gesagt, weil es so
unheimlich war.«

Einige Tage später reichte Vater bei der Grundschule die Kündigung ein. '
Er erzählte, er habe sich bei einer Hochschule im Ausland für eine Stelle als
Mathematikdozent beworben. Niemand im Institut hatte je von dieser
Hochschule gehört. Großvater verkaufte daraufhin all sein Werkzeug. Mit
seinem Bein sei es sowieso fragwürdig gewesen, ob er noch als Zimmermann hätte arbeiten können, erzählte uns der musikalische Leiter rück-
blickend. Jedenfalls habe es so ausgesehen, als ob die beiden so schnell wie
möglich aus dieser Stadt verschwinden wollten. Zumindest in seinen Augen.

Viele Menschen kamen, um sich zu verabschieden, als Großvater und
Vater mit mir als Säugling an Bord des Dampfschiffes stiegen. Die Grundschüler standen mit Trauerbinden an den Uniformen nebeneinander auf
dem Hafendamm. Ein Vertreter der Schülerschaft überreichte Vater ein
Notizbuch und Großvater einen soliden, silbernen Stock. Sie bedankten
sich mit einem wortlosen Nicken, nahmen ihre Geschenke entgegen und
eilten rasch die Laufplanke hinauf. Während die Dampfpfeife posaunte,
begann die Blaskapelle der Grundschule mit hochroten Köpfen das Schlag-
zeugstück zu spielen, das an jenem Konzertabend nicht zur Aufführung
gekommen war.

Großvater blieb an Deck stehen. Auf dem Pier wurde eine große Trommel
geschlagen und der hohe Ton eines Triangels erklang. Großvater wirbelte
herum, schlug mit seinem Stock, den er gerade erst bekommen hatte, auf
die Reling und brüllte:

»Soll das etwa Musik sein, was ihr da macht?«

Den Kindern und den anderen Abschiedsgästen stockte der Atem. Es gab
einige Schüler, die vor Schreck sogar ihr Instrument fallen ließen. Während
er mit dem Stock auf die Reling hämmerte, brüllte Großvater:

»Du da am Triangel! Hast du keine Ohren?«

»Ihr müsst die Arme weiter hochheben. Und wenn sie euch abfallen!
Keine Ruhepausen!«

»Die dritte Pauke von rechts! Deine Arme hängen! Was soll das da, an der
kleinen Trommel, das kann doch kein Mensch hören!«

Die Grundschüler begannen zu schluchzen. Aber Großvater wiederholte
seine Befehle: »Keine Ruhepausen!« »Weitermachen!«, und schlug dabei

mit voller Kraft auf die Reling ein. Vater, der noch bis vor einigen Tagen ihr Lehrer gewesen war, nickte nur undeutlich zum Abschied und verschwand wortlos in der Menschenmenge an Deck. Die wütende Stimme, die zu den verschreckten Kindern hinüberdonnerte, machte keine Anstalten aufzuhören. Mit dem stockschwingenden Großvater an Deck, entfernte sich das Dampfschiff ruhig und majestätisch vom Kai.

Alle, die mir von damals erzählten, waren freundlich zu mir und kein Einziger sprach schlecht von den beiden. Die Süßigkeiten und Sandwiches, die ich allerorts bekam, schmeckten ganz bestimmt nicht so furchtbar schlecht, wie Großvater gesagt hatte. Die über zehn Jahre, die sie in dieser Stadt verbracht hatten, waren anscheinend gar kein so »elendes Leben« gewesen.

Bis zu dem Unfall im Musiksaal.

Das entsetzliche Geräusch, das durch den Saal dröhnte, als das Reflektormikrofon auf Mutters Kopf fiel. Der ekelhafte Nachhall, der sich in Großvaters Ohren festbiss und in Vaters Herz einnistete. Ich begann zu verstehen. Es konnte einem auf dieser Welt zweifellos geschehen, dass durch ein einziges »entsetzliches Geräusch« – einen einzigen Ton und seinen Widerhall – die mannigfaltigen Klangfarben der Blasmusik übertönt und die bunten Färbungen des gesamten bisherigen Lebens stockdunkel überstrichen wurden.

Kuhtse auf dem Weizenfeld

Der alte Bus holperte knirschend über die hochsommerliche Schotterstraße.

Zu beiden Seiten der Straße ausgedehntes Ackerland. Noch unbepflanzt.

Es war kurz nach Mittag und vom wolkenlosen Himmel strahlte milder Sonnenschein. Im Hochsommer ging hier im hohen Norden die Sonne sehr spät unter. Ich lehnte mich vom hintersten Sitz nach vorne zu dem Bauern, der zwei Reihen vor mir saß, und fragte ihn, ob wir nicht bald da seien. Er war ein alter, aber kräftig aussehender Mann. Von der Nase abwärts bedeckte ein schneeweißer Bart sein Gesicht, den er wie Baumwolle zwischen den Fingern drehte, während er einen flüchtigen Blick aus dem Fenster warf.

»Stimmt, wir müssten bald da sein!«

Ich schniefte verärgert. Dieselbe Antwort hatte er mir schon vor ungefähr einer Stunde gegeben. Neben mir saß Grün in kurzen Ärmeln und biss sich auf die Lippen, um nicht zu lachen. Wir trugen beide nagelneue, dunkelbraune Schuhe. Die Füße des Bauern steckten in dreckigen Stiefeln. In dem mit Brettern verschalten Bus, den die Sonne schräg durchflutete, befanden sich außer dem Fahrer nur wir drei.

Der verbeulte Bus fuhr durch die endlos weite Ebene und wirbelte eine gelbe Staubwolke auf. Grün hielt sich das Fernglas vor die Brille und beobachtete den Horizont. Hin und wieder grüßte der Fahrer mit der Hupe alte Frauen mit Schubkarren am Wegesrand.

Der weißbärtige Bauer wirkte auf den ersten Blick recht wortkarg, aber als wir auf die Landwirtschaft zu sprechen kamen, begann er spuckend zu plaudern. Draußen dehnten sich noch immer bis weit in die Ferne flache, kahle Weizenfelder aus. Mitten hindurch ratterte unser Bus. Bis zu dem gottverlassenen Dorf, in dem Großvater gelebt hatte, konnte es noch eine ganze Weile dauern.

In dieser Gegend wurde jedes Jahr in der ersten Oktoberwoche Weizen ausgesät und im Mai des darauffolgenden Jahres geerntet. Die Winter waren offenbar sehr hart. Die Luft wurde klirrend kalt und es konnte unendlich viel Schnee fallen. Zum Schutz gegen die Kälte legten die Bauern gemeinsam riesige Strohmatten auf den Feldern aus.

»Du möchtest wissen, was Weizenstampfen ist?«

Der Bauer kratzte sich an der Nase. »Heute macht man das meistens mit Walzen. Wir haben grade ein ganz neues Modell gekauft!«

»Das meine ich nicht!«, sagte ich hartnäckig. »Machen Sie hier nicht dieses Weizenstampfen, bei dem man seitwärts Schritt für Schritt über das Feld stampft?«

»Hm …«, sagte er und schürzte die Lippen, als wäre er enttäuscht. Dennoch begann er ganz begeistert über das Weizenstampfen von früher zu erzählen. Er wurde immer aufgeregter und gestikulierte mit seinem ganzen Körper.

»Meistens wird an einem schönen Tag gestampft, nachdem sich in der Nacht Reif gebildet hat. Durch den Reif hebt sich der Boden und mit ihm auch der junge Weizen. Wir stellen uns alle in einer Reihe auf eine Ackerfurche und stampfen seitwärts jeden einzelnen Weizenhalm in der Erde fest.«

»Jeden einzelnen?«, fragte ich.

»Genau!«

Der Bauer trat laut gegen den Boden des Busses. »Wir stampfen jeden einzelnen Weizenkeim fest in die mit Reif durchsetzte Erde hinein.«

»Weshalb?«, fragte Grün mit großen Augen. »Weshalb in aller Welt zerstampft ihr den Weizen, der doch gerade zu wachsen begonnen hat? Das ist ja schrecklich!«

»Schrecklich …? Nein, er wächst so besser!«, sagte der Bauer mit gezwungenem Lächeln. »Wenn er im Winter nicht richtig gestampft wird, gibt es einen schwächlichen Weizen und im Frühling eine schlechte Ernte. Fräulein, Sie finden es also schrecklich, dass die jungen Keime, die gerade ihren Kopf aus der Erde gestreckt haben, getreten werden? So etwas ist mir noch nie in den Sinn gekommen. Für uns Bauern ist die Ernte lebenswichtig.«

»Ja, schon«, sagte Grün sichtlich unzufrieden, »aber es gibt doch bestimmt einige Pflanzen, die dabei zerdrückt werden.«

»Gewiss«, meinte der Bauer. »Aber schauen Sie, vor der Ernte kann niemand sagen, welcher Weizenhalm gut und welcher schlecht ist. Die zerquetschten Keimlinge düngen wiederum das Feld und ich glaube nicht, dass auch nur ein einziger Weizenhalm verschwendet wird. Letzten Endes sind sie alle Weizen. Unsere Aufgabe im Winter besteht darin, sie möglichst gleichmäßig zu stampfen. Heute macht man das selbstverständlich mit Walzen.«

»Es gibt also weder guten noch schlechten Weizen?«, fragte Grün.

»Ja, genau!«, antwortete der Bauer. »Beim Weizenstampfen gibt es kein gut und schlecht!«

Danach prahlte er eine ganze Weile von der größten Kartoffel, die er bisher gezüchtet hatte. Während wir mit einem Ohr zuhörten, dösten wir etwas vor uns hin.

Nach einer Weile hörte ich eine tiefe Stimme: »Wenn ihr aussteigen wollt, dann macht vorwärts!« Als ich die Augen einen Spalt weit öffnete, sah ich den tabakkauenden Fahrer, der sich zu uns umdrehte. Der Bus hatte unbemerkt inmitten der Felder angehalten. Während der Bauer nach draußen schaute, murmelte er: »Ja genau, hier ist es, wir sind ganz in der Nähe des Dorfes, von dem ihr gesprochen habt« und strich dabei seinen Bart.

Wir kletterten die steilen Stufen hinunter und stiegen aus dem Bus. Die Sonne brannte heißer als erwartet und Grün, die schon ihre Sonnenbrille trug, band sich ein Tuch um den Kopf. Der Bus vibrierte, stieß uns eine schwarze Abgaswolke ins Gesicht und setzte sich schleppend wieder in Bewegung. Dann schaukelte er auf der Schotterstraße davon.

So etwas wie ein Hinweisschild für die Haltestelle gab es nicht. Nach allen Seiten dehnte sich wie ein gelber Ozean das flache Land aus. Da, auf halbem Weg zum Horizont, sah man vier, fünf Bauernhäuser, die wie in die Landschaft hineingeworfen beieinanderstanden. Wir spazierten auf einem Feldweg los. Obwohl nicht die Spur eines Baumes in Sichtweite war, hörte ich das kräftige Zirpen von Zikaden. Es wurde also auch hier im Norden richtig Sommer.

In dem nachmittäglichen Weiler wuschen etwa ein Dutzend Bäuerinnen an einem Brunnen Glasflaschen und sangen dabei gemeinsam ein Lied. Sie trugen diese lilafarbenen Tücher auf dem Kopf, die ich schon einmal gesehen hatte. Offenbar waren sie ein traditionelles Kleidungsstück aus dieser Gegend.

Wie es jetzt wohl dem kleinen Mädchen ging, das am Hafen an der Hand seiner Mutter, die solch ein lila Tuch trug, die Grenzkontrolle passiert hatte und an Bord eines Schiffes gegangen war?

Als wir näher kamen, hörten die Bäuerinnen auf zu singen, deuteten mit den Augen auf uns und starrten uns an. Neben den Tüchern hatten die Frauen noch etwas anderes gemeinsam. Jede der über zehn Bäuerinnen war größer als alle Frauen, die ich je gesehen hatte. Eine von ihnen lachte leise und machte uns etwas Platz. Als Grün und ich uns vor die Waschzuber setzten, bot uns eine andere Frau eine Flasche mit Brunnenwasser an. Das Wasser floss eiskalt durch den Rachen.

An den langen Sommernachmittagen gab es außer dem Waschen von Einmachgläsern für Früchte und dem Bodenbestellen keine Arbeiten zu verrichten. Die Männer arbeiteten in der Konservenfabrik und die Kinder waren bis zum Abend in der Schule. Bodenbestellen bedeutete, Dünger auf den vertrockneten Feldern zu verteilen und in der heißen Sonne liegen zu lassen. Für den langen Winter, der bald wieder vor der Tür stand.

Ich holte ein Sammelalbum aus der Tasche und öffnete es auf meinen Knien. Eine Bäuerin nach der anderen wickelte ihr Tuch zurecht und schaute mir über die Schulter.

»Das ist Kuhtse«, sagte eine steinalte Greisin. »Zweifellos, das hier ist Kuhtse!«

»Was, wer?«

Die weißhaarige Frau, die uns am Brunnen das Wasser dargeboten hatte, streckte ihren Kopf näher über das Foto von Großvater. »Tatsächlich, es ist Kuhtse – ganz schön alt geworden!«

Ich war fassungslos.

Mit knapper Not brachte ich den Einwand heraus, dies sei aber nicht Großvaters Name.

»Das ist auch gar kein Name«, erklärte mir eine der Bäuerinnen. Kuhtse war ein altes Wort aus dieser Gegend, das so viel wie «Querkopf» bedeutete. »Er ist ein völliger Kuhtse!« oder »Jetzt hör endlich auf, dich wie Kuhtse zu benehmen!« – in der Art wurde es benutzt. Als Grün wissen wollte, woher dieser Ausdruck komme, schüttelten sie alle den Kopf und meinten, da hätten sie keine Ahnung.

»Dieser Herr hier jedenfalls«, sagte die weißhaarige Frau und tippte mit zitterndem Zeigefinger auf das Foto, »war ein waschechter Kuhtse!«

Großvater, der ganz alleine seinen Jungen großzog, soll die meiste Zeit mit Müßiggang verbummelt und kaum bei der Feldarbeit mitgeholfen haben. Was Arbeit betraf, so flickte er gelegentlich landwirtschaftliches Gerät oder stieg auch mal kapriziös aufs Dach, um einen Nagel einzuschlagen, aber sonst verbrachte er den lieben langen Tag damit, mit den Kindern Lieder zu singen.

»Der Mann ging nie aufs Feld, außer zum Weizenstampfen«, erzählte die weißhaarige Bäuerin. Die Frauen um sie herum kicherten.

»Aber das machte er jahraus, jahrein.«

»Jahraus, jahrein?«, fragte ich.

»Ja«, nickte die Greisin. »Ob an verschneiten Winterabenden oder frühmorgens im Sommer – er stampfte zu allen Jahreszeiten über das Feld. Zusammen mit seinem Sohn, seitwärts Schritt für Schritt. Er war wirklich ein völliger Kuhtse!«

Die Bäuerinnen lachten im Chor, wie schaukelnde Wiesenblumen.

»Dieses Feld«, fragte Grün, »wo befindet es sich?«

Eine besonders große Bäuerin zeigte uns den Weg bis hinter den Viehstall. In der Richtung, in die sie zeigte, stand eine zerlumpte Vogelscheuche. Das gelbe Grundstück, das sich dahinter ausbreitete, soll Großvaters Feld gewesen sein. Es war jetzt ein Weizenfeld, das der Dorfgemeinschaft gehörte. Das war scheinbar Großvaters Wunsch gewesen, als er das Dorf verließ.

Die Bäuerinnen kehrten zum Brunnenrand zurück. Kurz darauf begannen sie zu singen. Das Reinigen der Flaschen hatte wieder begonnen. Grün und ich bogen vom Feldweg in das noch nicht bepflanzte Weizenfeld ab. Wie wir im Bus gelernt hatten, wurde der Weizen im Oktober ausgesät, also erst in etwa zwei Monaten.

Wenn man uns nicht gesagt hätte, dass es eine Vogelscheuche sei, hätten wir das Zeug vermutlich für die verrotteten Überreste eines abgebrochenen Zauns gehalten. Ein zerfetzter Hut und eine Matte aus Weizenstroh. An zwei zu einem Kreuz zusammengebundenen Stöcken hing allerlei Müll. Alte Konservendosen, verrostete Gabeln, Nussschalen. Der Wind, der über das Feld blies, spielte mit der Vogelscheuche und ließ das Zeug, das daran hing, klappern. Wir gingen um sie herum. Auf der Rückseite des fest in den gelben Boden gerammten Pfahles hatte jemand mit großen, kindlichen Buchstaben »Kuhtse« eingeritzt.

»Katze!«, sagte Grün hinter mir, »du musst mal den Boden berühren, der ist total heiß!«

Ich packte etwas Erde. Vielleicht lag es an dem Dünger oder an der Sommersonne, jedenfalls fühlte sich das Feld tatsächlich heiß an. In diese Erde würde demnächst die Saat gestreut und im Winter, wenn sich Raureif bildet, jeder Keimling einzeln festgestampft. Im Frühling würde sich die ganze Fläche grün färben, um sich schon bald mit goldenen Ähren dem Himmel entgegenzustrecken. Als ich die geballte Hand öffnete, erfasste ein Windstoß die warme Erde und verteilte sie über das ganze Feld. Wie gelber Regen. Wie funkelnde Samen. Ich atmete tief die klare Luft ein und begann, seitlich von der Sonne beschienen, über den Boden zu schreiten. Seitwärts, immer weiter, im ruhigen, steten Rhythmus. So wie es Großvater scheinbar zusammen mit meinem noch kleinen Vater getan hatte. Grün gesellte sich sofort dazu und begann im gleichen Tritt zu schreiten. Unsere Schuhe färbten sich im Handumdrehen gelb.

Tam, tatam, tam

Tam, tatam, tam

Aus der Richtung des Viehstalls hörten wir die Frauen singen. Ein sanftes Lüftchen trug den Text herüber, den ich schon einmal gehört hatte.

»Stampf ihn, stampf-stampf, Weizenstampfer Kuhtse!«

Wir stampften zum Takt des Liedes auf den Boden. Schritt für Schritt hoben wir die Schuhe, die gar nicht fürs Weizenstampfen geeignet waren, mit aller Kraft hoch in den blauen Himmel.

»Weiß, schwarz, braun – stampf alles platt!«

Nächstes Jahr nehme ich Grün und den Maestro mit nach Hause auf die Insel.

Großvater wird wahrscheinlich nicht mal mit der Wimper zucken, wenn er Grün kennenlernt. Bestimmt fragt er sie nur, was sie denn für ein Instrument spiele. Wenn sie ihm dann vorsingt, schlägt er mit seinem silbernen Stock auf den Boden und sagt, die Intervalle seien ja soweit in Ordnung, aber der Rhythmus schwanke. Der Atem eines Hundes sei überhaupt nicht richtig erfasst. Er werde sich ab morgen darum kümmern und sie müsse unbedingt fleißig üben!

Tam, tatam, tam

Grün nahm das Tuch und wischte sich den Schweiß ab. Das Geräusch der Schuhe stieg in den Himmel und verklang in der milden Sommersonne.

Tam, tatam, tam

Genau die richtige Musik für Grün und mich.

Tam, tatam, tam

In dicken Staubwolken wirbelte die gelbe Erde unter unseren Füßen auf.

»He, ihr zwei, da drüben wird überhaupt nichts ausgesät!«

Als wir uns umdrehten, war die weißhaarige Bäuerin bis ans Ende des Feldweges hinausgekommen.

»Ihr benehmt euch ja komplett wie Kuhtse! Das gibt's doch nicht. Ihr habt wirklich keine Ahnung vom Weizenstampfen!«

Hinter mir wurde die Vogelscheuche vom Wind geschüttelt und klapperte grell. Das Geräusch klang für meine Ohren wie ein lachendes Kind im Paradies.

Nachwort

Der Roman *Kuhtse, der Weizenstampfer*, der in Japan im Jahre 2003 veröffentlicht wurde, ist ein Buch über Musik. Ohne explizit Begriffe aus der Musiktheorie zu verwenden, setzt sich der 1966 in Osaka geborene Autor Ishii Shinji darin mit den grundlegenden Fragen des Musizierens auseinander. Er schreibt dabei in einer Form, die an musikalische Kompositionstechniken erinnert: Ein fundamentaler, das gesamte Stück durchdringender Puls; rhythmische Dialoge, die ostinativ wiederkehren; Haupt- und Nebenthemen; plötzliche Brüche und eine dramaturgische Gliederung in vier große Kapitel wie die vier Sätzen einer Symphonie – man hat manchmal das Gefühl, dieses Buch ist selber ein zu Worten gewordenes, musikalisches Werk. Man sollte es wie Noten betrachten und laut lesen.

Obwohl die Instrumente und die Konzerthallen, die in der Geschichte beschrieben sind, auf den ersten Blick auf ein klassisches Blasorchester hindeuten, könnte sich der Erzähler »Katze« auch in einem anderen Genre bewegen. Die großen Motive Außenseitertum, Finden der eigenen Stimme, Inspiration aus der Boulevardpresse und dem Straßenmilieu, Blindheit und Boxsport jedenfalls sind Themen, die üblicherweise eher mit der Welt des Jazz in Verbindung gebracht werden.

Während Ishii Shinji aufs Gymnasium ging, spielte er abends Tenorsaxophon in den Jazzklubs von Osaka und eignete sich in der Zeit ein außergewöhnliches Wissen über die wesentlichen Aspekte des gemeinsamen Musizierens an.

Nach dem Abitur wollte er zunächst Kunst studieren, entschied sich dann aber für Französische Literatur an der Kyōto Universität, um sich ausschließlich aufs Schreiben zu konzentrieren. Seinen eigenen Worten zufolge hängte er damals nicht nur das Saxophonspielen, sondern auch die Malerei an den Nagel. Viele Illustrationen in seinen Büchern stammen heute jedoch aus eigener Hand.

Musik spielt ebenfalls nach wie vor eine wichtige Rolle im Leben des Schriftstellers. Privat trommelt er mit seinem zweijährigen Sohn zu Hause auf allen möglichen Gegenständen herum und musiziert mit ihm, genauso, wie es in *Kuhtse, der Weizenstampfer* auf Seite 20 Großvater und der Hausmeister zelebrieren: »Der König der Blasmusik und sein Lieblingsschüler spazierten durch die Stadt und trommelten auf allen möglichen Dingen, denen sie begegneten.« Am Morgen werden in der Familie Ishii alte 33er und 45er Schallplatten aufgelegt und am Abend tanzt der Vater regelmäßig mit dem Sohn zu klassischer Musik, Charlie Parker oder Elvis um das Esstischchen herum.

Auch beim Schreiben arbeitet Ishii Shinji gelegentlich wie ein Percussionist, wobei er mit anderen Musikern im Ensemble improvisiert und dabei die Grenze zwischen Textdichtung und Klangschöpfung auflöst. So trat er 2011 gemeinsam mit dem Jazz-Duo CINEMA dub MONKS beim Sense of Wonder Festival in Kasama, Präfektur Ibaraki auf und entwickelte auf der Bühne in Interaktion mit Kontrabass und Harmonika eine Geschichte, die er in rhythmischen Worten in ein Mikrophon sprach und gleichzeitig auf Papier niederschrieb. Wie der Journalist in *Kuhtse, der Weizenstampfer* auf Seite 260 nach dem Konzert in der großen Stadt schrieb: »Ein Großteil der Freude, die Musik bereitet, liegt im Zusammenspiel.«

In den Schriften Ishii Shinjis zeigt sich immer wieder seine Fähigkeit, Grenzen zu überschreiten und aufzulösen. Das Stampfen der surrealen Figur Kuhtse beispielsweise, das wie ein gigantisches Ostinato geradlinig durch das ganze Buch hindurchpulst und immer wieder in den Ohren von »Katze« trommelt, entpuppt sich für den Leser zunächst als realer Herzschlag in der Brust von »Katze«. Der rätselhafte Rhythmus im Ohr des Erzählers wird an dem Punkt physisch erklärbar und die Welt von Kuhtse entmystifiziert. Als »Katze« jedoch nach einer Operation den Chirurgen fragt, ob es denn möglich sei, dass jemand seinen eigenen Herzschlag wahrnimmt wie einen gestampften Rhythmus, entgegnet dieser: »Unmöglich!« Der Leser ist zunächst verwirrt und wird zurückgeworfen in die surreale Welt von Kuhtse. Dann fragt er sich, ob »Katze« vielleicht mit der Hilfe seiner Fantasiegestalt Kuhtse sein eigenes Herz in der Brust schlagen hören kann – die Grenze zwischen Imagination und Realität löst sich auf.

Die Grenzen zwischen realen und traumhaften Welten verschwimmen auch in der Geschichte Lulu. Sie ist Ishii Shinjis Beitrag zur Sammlung *Soredemo sangatsu wa mata* (engl. Titel: March was made of yarn, Verlag Harvill Secker 2012), in der sich verschiedene Autoren in Form von Kurzgeschichten zum Erdbeben vom 11. März 2011 zu Wort melden.

In einer Krankenstation für Kinder beobachtet Lulu – eine Hündin – jede Nacht engelshafte Frauen, die von der Decke herunterschweben, um die Leiden der Kinder zu lindern. Als Lulu in einer Ecke des Raumes fünf schwer kranke, stumm leidende Kinder entdeckt, die von den Engelsfrauen immer übersehen werden, beginnt sie sich um diese zu kümmern und verwandelt sich im Laufe der Zeit selbst in eine schwebende Engelsgestalt. Zwölf Jahre später stellt sich bei einem Treffen von 32 Überlebenden aus der Kinderstation heraus, dass es in der Realität nie einen Hund gegeben hat, weil Tiere in der Einrichtung damals streng verboten waren. Einige von ihnen erinnern sich zwar, dass sie sich in ihrer Fantasie gemeinsam einen ausgemalt haben, um sich die Zeit zu vertreiben, aber einen richtigen Hund will keiner je in der Station gesehen haben. Da beginnen fünf der anwesenden Überlebenden, die etwas abseits stumm da gesessen hatten, plötzlich im Chor den namen Lulu zu rufen und berichten detailliert über die Hilfe, die ihnen die Hündin damals zuteil werden ließ. Ohne diese Hilfe hätte keiner von ihnen überlebt, sagen sie. Der Leser ist verwirrt und weiß nicht mehr, ob Lulu imaginär oder real ist. Letztlich ist es nicht wichtig – was zählt ist die Kraft, die sie den Kinder gab.

Nach der Veröffentlichung seines ersten Romans *Burankonori* (»Trapezkünstler«) im Jahre 2000 wurde Ishii Shinji in einem Interview gefragt, was für ein Buch er als Nächstes am liebsten schreiben würde. Ohne lange zu überlegen antwortete er: »Einen Roman, der beispielsweise einem Inuit-Mädchen, das vor 300 Jahren auf der Welt war, genauso gefallen könnte, wie einem alten Iren, der erst in 300 Jahren lebt.«

In *Kuhtse, der Weizenstampfer* gibt es keine eindeutigen Hinweise auf Ort und Zeit der Handlung, weder geografische Namen noch Gegenstände, die auf einen japanischen Kontext schließen lassen, nicht einmal Personennamen. Wie in einem traditionellen Märchen werden die Figuren entweder nach ihren Berufen oder nach ihren Verwandtschaftsgraden benannt. Es ist so gesehen ein globales, universelles Buch, das sich explizit über kulturelle Identität hinwegsetzt. Trotzdem ist es in Japan geschrieben, einem Land, das sein Selbstverständnis zu einem großen Teil auf die Besonderheiten seiner Inselkultur stützt und die Frage nach der eigenen Identität immer wieder im Kontrast zur Fremde jenseits des Meeres zu klären versucht. Dem Grenzüberschreiter Ishii Shinji gelingt es, diese unüberwindbar scheinende Mauer zwischen Japan und dem Rest der Welt elegant aufzulösen, indem er auf alles verzichtet, was mit Japan oder einem bestimmten anderen Land assoziiert werden könnte. Insofern unterscheidet er sich von den japanischen Bestseller-Autoren der 1980er und 1990er Jahre, wie beispielsweise Yoshimoto Banana (geb. 1964), die Stephen King als einen ihrer ersten großen Einflüsse nennt und in ihren Geschichten um Liebe und Tod traditionelle japanische Geistermystik mit der Bilderwelt von Mädchenmangas mischt, Murakami Ryū (geb. 1952), der in seiner Studienzeit von der amerikanischen Hippie-Bewegung geprägt wurde und Japan in seinen Werken mit einem scharfen, kritischen Blick von außen beobachtet, oder Murakami Haruki (geb. 1949), dessen Sprache – mit vielen Zitaten aus der Popkultur und Idiomen, die aus dem Englischen stammen – ebenfalls stark von amerikanischer Literatur beeinflusst ist.

Durch das Fehlen von nationalen Indikatoren weiß man in *Kuhtse, der Weizenstampfer* bald nicht mehr, wer wo warum fremd ist – nur in Schicksalsgemeinschaften finden die Protagonisten Zugehörigkeit und Geborgenheit. In dieser Welt der Heimatlosen sucht »Katze« verzweifelt nach seiner persönlichen Identität, geleitet von dem drängenden Stampfen in seinen Ohren, das ihn schließlich bis zu den fernen Wurzeln seiner Vorfahren führt.

Ishii Shinji pendelt heute zwischen Kyōto, wo er mit seiner Familie in einem alten Geisha-Haus aus der Jahrhundertwende lebt, und einer ehemaligen Seemannsunterkunft in einem Fischerdorf namens Misaki, Präfektur Kanagawa. Für *Kuhtse, der Weizenstampfer* erhielt er 2003 den Tsubota Jōji-Literaturpreis. Neben mehreren Nominierungen zum Mishima Yukio-Preis, wurde er 2012 mit dem Oda Sakunosuke-Preis ausgezeichnet.

Thomas Jordi
Berlin, Januar 2013

Die japan edition im be.bra verlag

herausgegeben von Eduard Klopfenstein

Aono Soh: **Mutter wo bist du**
übersetzt von Thomas Eggenberg
224 S., 24,90 €, ISBN 978-3-86124-906-1

Dazai Osamu: **Die Teufel des Tsurugi-Bergs**
übersetzt von Verena Werner
176 S., 24,95 €, ISBN 978-3-86124-915-3

Inoue Hisashi: **Die Sieben Rosen von Tōkyō**
übersetzt von Matthias Pfeifer
672 S., 36 €, ISBN 978-3-86124-917-7

Ishii Shinji: **Kuhtse, der Weizenstampfer**
übersetzt von Thomas Jordi
288 S., 26 €, ISBN 978-3-86124-916-0

Kaga Otohiko: **Kreuz und Schwert**
übersetzt von Ralph Degen
384 S., 26 €, ISBN 978-3-86124-900-9

Kita Morio: **Das Haus Nire. Verfall einer Familie**
übersetzt von Otto Putz
992 S., 38 €, ISBN 978-3-86124-909-2

Kojima Nobuo: **Fremde Familie**
übersetzt von Ralph Degen
200 S., 22 €, ISBN 978-3-86124-905-4

Kometani Foumiko: **Wasabi zum Frühstück**
übersetzt von Elena Giannoulis
192 S., 24,95 €, ISBN 978-3-86124-913-9

Levy Hideo: **Shinjuku Paradise**
übersetzt von Matthias Adler
224 S., 26,95 €, ISBN 978-3-86124-914-6

Miyabe Miyuki: **Feuerwagen**
übersetzt von Ralph Degen
400 S., 29,95 €, ISBN 978-3-86124-912-2

Mizukami Tsutomu: **Im Tempel der Wildgänse**
übersetzt von Verena Werner
160 S., 19,90 €, ISBN 978-3-86124-904-7

Mori Ōgai: **Das Ballettmädchen**
übersetzt von Jürgen Berndt
112 S., 16,95 €, ISBN 978-3-86124-910-8

Natsume Sōseki: **Sanshirōs Wege**
übersetzt von Christoph Langemann
272 S., 24,90 €, ISBN 978-3-86124-908-5

Takahashi Katsuhiko: **Auf der Suche nach Sharaku**
übersetzt von Sabine Mangold und Hayasaki Yukari
272 S., 26 €, ISBN 978-3-86124-918-4

Tsutsui Yasutaka: **Mein Blut ist das Blut eines anderen**
übersetzt von Otto Putz
224 S., 22 €, ISBN 978-3-86124-902-3

Yū Miri: **Gold Rush**
übersetzt von Kristina Iwata-Weickgenannt
352 S., 26 €, ISBN 978-3-86124-911-5

Alle lieferbaren Titel unter www.bebraverlag.de/japanedition

Endlich auf Deutsch: die japanischen Buddenbrooks!

Kita Morio
Das Haus Nire
Verfall einer Familie

Roman

Aus dem Japanischen
von Otto Putz
Hrsg. von Eduard Klopfenstein

1024 Seiten
14 x 22 cm, geb./SU
38,00 € [D]

ISBN 978-3-86124-909-2

»Ein Meisterwerk!« *Publishers weekly*

»Ein höchst humorvoller Roman.« *The Times*

»Ein Buch voller warmer Ironie und überraschender Wendungen.«
San Francisco Chronicle

Das preisgekrönte Meisterwerk erzählt vom Aufstieg und Fall der Familie
Nire und der von ihr geführten Nervenklinik. Mit feiner Ironie, tiefgrün-
digem Witz und scharfer Beobachtungsgabe zeichnet Kita Morio ein
faszinierendes, bisweilen karikierendes Bild der japanischen Gesellschaft.

Kita Morio ist ein begeisterter Anhänger Thomas Manns. Bei einem
Besuch in Lübeck 1958 macht er sich auf die Suche nach den Spuren
der Buddenbrooks und beschließt, einen solchen großen Gesellschafts-
roman auch für Japan zu schreiben. Kita Morio verfasste zahlreiche
Kurzgeschichten und Romane, 1960 wurde er mit dem Akutagawa-Preis
ausgezeichnet, dem wichtigsten Literaturpreis für japanischsprachige
Autoren. Kita Morio lebt in Japan.